타이완 향토문학 논쟁

40주년 자료집

범례

- 외래어 표기는 국립국어원의 외래어표기법을 따른다. 만일 主音符號와 拼音의 차이로 한국어 표기가 달라질 경우 타이완에서 쓰는 주음부호를 우선으로 한다.
- 중국 인명의 경우 신해혁명(1911)을 기준으로 생존 시 현대 중국어발음, 그 이전의 인물인 경우 한국식 한자발음으로 적는다. 단, 학계에서 굳어진 용법이 있는 경우 그것을 따른다.
- 중국 지명의 경우 최대한 현대 중국어 발음을 준수하되, 역사적 지명이나 한국어 한자음으로 굳어진 지명의 경우는 한국식을 따른다. 예) 장안(長安), 낙양(洛陽)
- 책 이름의 경우 기존의 번역이 있으면 그것을 최우선으로 따른다. 없는 경우 기본적으로는 한국어 한자 발음을 준수하되, 한자만으로 한국인의 이해가 어렵거나 어색한 경우는 번역하고 한자를 병기한다.
- 한국어 표기에 있어 무리하게 하나의 원칙으로 통일하기보다는 이해의 편의와 자연스러움을 도모하였다. 예)『슝스미술[雄獅美術]』
- 원문의 따옴표 표시인 「 」는 맥락에 맞추어 ' ' 또는 " "로 처리하였다.
- 각종 단행본, 문집, 신문, 잡지(정기 간행물), 장편소설, 서사시, 전집 등의 경우 →『 』
- 논문(석사·박사논문 포함), 시(시조, 가사, 한시), 중·단편소설, 단행본 속의 소제목, 기타 독립된 짧은 글 제목, 영화제목명이나 연극명, 노래명, 악곡명, 그림명, ……등의 경우 →「 」
- 한글 표기와 한자 표기의 音價가 다른 경우 → [ ], 같은 경우 → ( )를 사용한다. 또한 번역문 뒤에 오는 원문을 나타내는 경우에도 [ ]를 사용한다. 단, 인명의 경우 일괄적으로 ( )으로 처리했다.
- 기타 필요한 경우 역자주를 달아 설명하였다.

인터아시아
사상총서 1

台灣鄉土文學論戰四十年學習讀本

타이완 향토문학 논쟁 40주년 자료집

임우경任佑卿 · **린리윈**林麗雲 ·
왕즈밍王智明 · **쉬슈훼이**徐秀慧 편
임의선 · **이용범** 옮김

성균관대학교
출 판 부

차례

3부 ｜ 성찰[反思]

부록

향토문학논쟁 서언(序言)*

린리윈(林麗雲)

　　타이완 향토문학논쟁은 1977년 4월부터 1978년초까지 일어났던, '문학'의 이름하에 전개된 이데올로기 논쟁이었고, 또한 타이완 경내 (境內)에서 '향토'라는 이름을 걸고 전개된 두 번째의 이데올로기 투쟁이기도 했다. 1930년대에 발생했던 '향토문학논쟁'에서 '향토'가 가리켰던 것은 식민지 타이완이었고, 투쟁 대상은 일본 식민정권이었다. 1977년에 일어난 '향토문학논쟁'은 '반제국주의', '반자본주의' 및 '민족주의'를 핵심으로 삼아 반공·친미의 국민당정권에 도전하였다. 이 책에 수록된 글들은 1977년의 '향토문학논쟁' 중 주로 향토파 측의 문장들과, 한 편의 1930년대 '향토문학'을 논하는 글, 그리고 논

＊　글을 다듬는 데 있어 스수(施淑), 왕즈밍(王智明), 쉬슈훼이(徐秀慧), 임우경(任佑卿)이 보내준 소중한 의견에 감사드린다. 그러나 내 개인의 능력과 시간상의 문제 등으로 인해 모든 의견들을 반영하지는 못했다. 만일 부족하거나 이해상의 착오가 있었다면 모든 책임은 나에게 있다.

쟁 이후 20주년, 30주년에 이루어진 재검토[反思] 중 선별한 것이다.

이하 글을 네 부분으로 나누어 구성하여 한국독자들의 진입을 돕고자 한다: 1. '향토문학논쟁'의 처음과 끝. 2. '향토문학논쟁'의 시대 배경. 3. '향토문학논쟁' 선문(選文) 설명. 4. 결론을 대신하여: 어째서 다시 '향토문학논쟁'을 제기하는가.

1. '향토문학논쟁'의 처음과 끝

일본 유학생 출신 학자 천정티(陳正醍)[1]는 '향토문학논쟁'의 기점을 1977년 4월로 잡는다. 왜냐하면 바로 그 달 발행된 잡지 『선인장』 제2호에 '향토파' 작가 왕퉈(王拓)의 「'리얼리즘 문학'이지 '향토문학' 이 아니다」와 '반(反)향토파' 작가 인정슝(銀正雄)의 「무덤 속 어디서 들려오는 종소리인가?」, 주시닝(朱西寧)의 「어디로 회귀할 것인가? 어떻게 회귀할 것인가?」가 동시에 실렸기 때문이다. 향토문학이 타이완의 현실을 반영하고 하층 민중의 곤경에 대한 관심을 표하고 있기에 왕퉈는 '향토문학'을 '현실문학'이라고 정명(正名)하였다. 이와 반대로, 인정슝은 "향토문학은 원한과 증오 등을 표현하는 이데올로기적 도구로 변할 위험이 있다"고 보았으며, 주시닝은 "향토문학이 장차 편협한 지방주의로 흐를까 걱정된다"고 우려를 표명하며 왕퉈 등 향토파 작가 및 기수(旗手)들의 작품과 논점에 대해 반박하였다.

---

1) [역자주] 천정티는 향토문학논쟁에 대한 글을 일본어로 써서 일본매체에 발표했다. 그래서 천정티가 언급되는 경우 일본유학경험이 제시된다.

천정티는 이 세 편의 문장을 논쟁의 발단이자 전형(典型)이라고 보았다. 이후의 발전상황을 두고 보자면 전화(戰火)는 확실히 여기서 시작되었고, '전형'은 곧 논쟁 중 입장의 확인이었다. 반향토파는 반공·친미의 국가의 입장에 서서, 향토파 작품이 공산주의의 '공농병(工農兵)문학'의 재현(再現)이라고 고발했다. 한편, 향토파측은 민족주의를 근본으로 삼고 계급에 대한 관심을 핵심으로 하는 문학창작을 강력히 주장했다. 동시에 반제국주의, 반자본주의적 입장에서 논전의 무대를 열고, 국민당 정권의 우익(羽翼) 아래의 문예단체들을 맞아 싸우는 것을 통해 타이완의 70년대와 80년대의 문학사조를 뒤흔든 중요한 논쟁을 열어젖혔다. 이 사조(思潮)가 관심을 기울였던 초점은 '향토'나 '향촌'이 아닌 다수를 점한 민중들의 처지였다. 난팅(南亭)이 「도처에 종소리 울린다」에서 말한 것처럼, "'향토문학'은 이미 하나의 텅 빈 개념이 되어, 그것은 이미 훨씬 더 큰 종합성의 조류에 의해서 그 뱃속으로 흡입되었다. 그리고 이러한 조류는 그 시대의 최대 다수인에게 유익한 것이고, 전민족의 발전에 가장 유리한 것이다." 향토라는 이름이 추동한 조류는, 단순히 반공·친미의 국민당정권에 도전하는 데 그친 것이 아니라 동시에 이후 타이완 본토화 운동의 새로운 길을 개척하고 긴밀하게 연계된 대규모의 정치운동에 횃불을 제공한 것이니, 다시금 문학이 정치·사회 개혁의 선봉임을 입증한 것이다.

이 세 편의 문장이 발표되자 타이완 문학계·문화계 및 지식인들의 보편적인 관심을 끌게 되었다. '향토'측에 서있던 잡지『선인장』은 기세를 타고 3개월간 연이어 '향토'문학과 관련된 글들을 게재하여 마침내 '향토문학논쟁'의 전면(全面)적인 전화(戰火)를 당기게 된다. 1977년 8월 17일, 작가 펑거(彭歌)는 친(親)정부 주류매체인『연합보

(聯合報)』에 3일간 「인성을 논하지 않으면 어찌 문학이 있겠는가?」를 연재했다. 그는 글 속에서 직접적으로 왕퉈, 천잉전(陳映真)과 웨이톈충(尉天聰) 등 향토파의 논쟁의 기수들의 실명을 거론하며 향토파가 주장하는 반제국주의는 응당 반공산주의로 바꾸어야 한다고 비판하였다. 타이완에서 발전되어 온 자본주의가 식민경제가 아니냐는 지적에 대해서 펑거는 '마땅히 경제학자의 객관적 분석이 있어야 한다'고 주장하였다. 1977년 8월 20일, 당시 홍콩에 거주하던 반향토파 시인 위광중(余光中)은 그의 뒤를 이어 「늑대가 왔다」를 발표하여 향토문학을 '공농병문학'과 동등한 것으로 놓고, 이러한 문학부류의 정치적 배경이 마오쩌둥(毛澤東)이 1942년 5월 「연안문예강화」에서 특별히 강조한 문학의 기능이라고 설명했다. 그는 위협적인 어조로 다음과 같이 글을 끝맺었다: "그들 '공농병문예 공작자'들은 먼저 자신의 머릿속을 검열해 보아야 할 것이다." 문학의 불길은 분명히 이미 정치적 불길로 변화하였다. 그리하여 이 글은 훗날 논전의 분위기를 정치적 탄압으로 반전시킨 대표작으로 간주되게 된다.

1977년 8월 29일, 국민당은 특별히 '전국 제2차 문예회담'을 개최한다. 회의 중 전면적(全面的)으로 향토문학에 대해 반격하는 관점이 결의되었고, 이후 글쟁이들은 관방(官方)매체에 밀집하여 향토문학을 비판하는 글들을 발표하기 시작한다. 궈지저우(郭紀舟)가 인용한 자료에 근거하자면: "제2차 문예좌담회 전후(前後)의 5월[2] 20일로부터 9월 20일까지 한 달간의 문장이 41편에 달한다. … 이와 같은 단시간

---

2) [원주] 여기는 8월이 되어야 한다. 아마 원저자의 실수로 보인다.

의 대량생산과 집체동원에 거의 모든 국민당의 기관지 및 주류매체
가 동원되어 참전한 것이다.” 당·정(黨政)의 강대한 화력에 마주치게
되자, 잡지『하조(夏朝)』를 논쟁의 기지로 삼고 있던 향토파의 세력은
점차 약해졌다. 어떠한 종류의 정치적 자원의 도움도 받지 못할뿐더
러 다양한 매체를 전장으로 삼을 수 없는데다가 정치적 탄압의 일촉
즉발의 분위기 속에서, 향토파의 장수(將帥)들은 논쟁이 최고조에 다
다른 시점, 눈송이가 끊임없이 떨어지는 것처럼 쇄도하는 수많은 비
판과 공격에 응전하는 것 외에도 동시에 비호해줄 수 있는 맹우(盟友)
를 얻어 미래의 정치적 박해를 피할 필요가 있었다. 이러한 정세하에,
『하조』를 근거지로 삼은 향토파의 구성원들은 민족주의자 후츄위안
(胡秋原)이 창간한『중화잡지(中華雜誌)』와 결맹(結盟)하기 시작했다.

　『중화잡지』는 1963년, 당시 입법위원이었던 후츄위안에 의해 창
간되었다. 후츄위안(1910~2004)은 중국 근대사의 온갖 논쟁을 겪은
지식인이었다. 그는 젊은 시절 일본 와세다 대학에서 정치경제학을
전공했고, 당시의 일본 공산주의 사조의 유행을 만나 마르크스주의
이론을 깊이 연구하여 사회주의자로 자처했었다. 훗날 스탈린의 공
포정치의 폭력적 독재는 그로 하여금 마르크스주의가 각기 다른 지
역과 사회조건하에 제약과 오용(誤用)을 겪게 된다고 다시 생각하도
록 만들었다. 그가『향토문학토론집』의 서문으로 쓴「중국인 입장으
로의 복귀」속에는 공산주의, 사회주의, 서방자유주의 및 서방자본주
의와 중국혁명의 관계가 매우 명쾌하게 천명되어 있다. 그가 보기에
자본주의와 사회주의를 막론하고 모두 서방의 산물이다. 따라서 제
3세계의 주체성은 양자의 기초 위에 건립될 수는 없는 것이고, 반드
시 자기자신의 제3노선을 걸어야 한다. 그러므로 후츄위안은 다음과

같이 주장한다. 제3세계는 응당 '민족적 자본주의'를 실시해야 하고 국가자본과 국민의 자본을 함께 발전시켜나가야 한다. 정치적으로는 마땅히 '민주법치'를 실시하여 관료자본과 정치기생(寄生)의 자본주의를 피해야 한다. 그러나 2차대전 이후 미·소 패권이 형성한 냉전 체제는 대부분의 제3세계 국가들을 각 제국의 진영에 부속되는 신세로 만들어 장기적으로 불평등한 의존관계를 형성시켰다. 그리하여, 후츄위안은 반제국주의, 반자본주의이면서 또한 반공을 하는 것으로써 종신토록 반(反)서구화를 자신의 신념으로 삼았다. 전후(戰後) 미·소 제국에 대한 인식에 있어 후츄위안은 제3세계 경내의 민족주의를 미·소 패권에 대항하는 무기로 삼아야 함을 역설하였고, 중국민족주의를 예로 들었다.

향토파가 표방했던 반제국주의, 반서방자본주의, 반분리주의(타이완과 중국의 분리), 그리고 민족주의와 제3세계라는 위치에 입각해야 한다는 소구(訴求) 등은 모두 후츄위안의 주장과 미리 짠 것도 아닌데 일치하였다. 그리하여 향토파의 구성원들이 그에게 도움을 구했을 때, 그는 흔연히 손을 내밀었다. 그리고 같은 해 9월 『중화잡지』에 발표한 「'인성'과 '향토' 등의 부류를 말한다」에서 논쟁 쌍방의 글을 위아래로 배열하고 위광중과 펑거가 향토파를 공격한 논점들을 일일이 반박하였다. 국민당 내부에서 일정한 지위를 지닌 후츄위안이었기에 그의 발언은 곧바로 효과를 발휘하여 덕망이 높은 지식인들의 반응을 이끌어냈다. 예를 들어 당시 홍콩 신아서원(新亞書院)에서 교편을 잡고 있던 쉬푸관(徐復觀)과 정치작전학교 교수였던 런줘쉬안(任卓宣)이 찬동하는 발언을 했다. 특히 후자는 기자가 방문했을 때 향토문학은 삼민주의 문학과 같은 것이라고 하며 특별히 의식적으로, 정치적 압력에 직면한 향토파를 호위해주었다. 1978년 4월 1일 출판된 『향토문학토론집』에 수록된 논문들을 통계내어 보면, 1977년 9월 후 추위안의 문장이 발표된 이후 논쟁의 포화가 흩어지게 되는 1978년 3월까지 짧은 반 년간 『중화잡지』에 게재된 반향토파의 주장을 반박하는 글들은 16편이었다.

후추위안 등의 인물들이 함께 한 이후 전황은 변화하였지만 쌍방은 군건히 양보없이 맞섰다. 1978년 1월 18·19일 양일간, 군은 '국군문예대회'를 개최하여 이 전화를 종식시키고자 하였다. 당시의 국방부 총정전부(總政戰部) 주임 왕성(王昇)은 향토문학을 확대하여 '국가에 대한 사랑, 민족에 대한 사랑'으로 정의하며, 작가들이 단결하여 향토와 민족, 국가를 사랑하고 아껴야 한다고 발언하였다. 그리하여 향토문학을 내걸었던 이데올로기 투쟁은 평화로이 막을 내리게 되었다.

2. '향토문학논쟁'의 시대적 배경

70년대 중·후반에 있었던 향토문학논쟁은 문학의 이름으로 진행된 이데올로기 투쟁이었기에, 자연스레 당시 정치주장들 사이의 충돌과 이념적 차이와 관련되어 있다. 이하에서는 3가지 각도에서 향토문학 논쟁이 발생하게 된 시대적 배경을 설명하도록 하겠다.

(1) 정치 요인

1970년대 타이완은 외교관계상 거대한 변화를 겪었다. 1970년

9월 10일, 미·일 쌍방은 은밀히 합의에 다다른다. 미국은 1972년에 제2차 세계대전시기 점령한 오키나와 열도를 일본에게 반환하기로 하는데, 그 중에는 본래 중국의 판도에 속했던 댜오위타이[釣魚台]가 포함되어 있었다. 이는 타이완 도내(島內) 지식인 및 해외 유학생들의 불만을 초래했다. 1970년 11월 17일, 미국 프린스턴 대학의 타이완 유학생들은 '댜오위타이 보위(保衛)행동 위원회'를 조직하고 "미·일의 밀실협약 반대" "밖으로는 강권(强權)에 반대하고, 안으로는 주권을 쟁취하자" 등의 구호를 외치며 항의행동을 시작했다. 미국내 다른 학교의 타이완 유학생들도 이에 호응하며 단체행동을 시작하여 훗날 '댜오위타이 보위운동'이라 지칭하게 되는 풍조를 형성하게 된다.

댜오위타이 보위운동의 진전과 더불어 중화인민공화국 또한 국제 관계에 있어 중화민국에 대해 상대적인 우세를 점차 확보해 나가게 된다. 1971년 10월 중화인민공화국은 중화민국을 대신하여 UN구성원의 지위를 확보하게 되고, 1972년 닉슨의 베이징 방문과 같은 해 9월 일본정부의 중화민국과의 국교단절이 이어진다. 댜오위타이 사건과 연이어 일어난 외교적 좌절들은 국내외 지식인들에게 그동안 강국에 의존해온 민족의 위기에 대해 재차 생각하게 만드는 자극이 되었다. 또한 이로부터 다시 국가/민족 정체성을 정위(定位)하며, 타이완이라는 이 땅을 새롭게 보게 되었다. 이같은 일련의 역사과정과 뒤이은 향토문학논쟁의 발생과 발전은 매우 밀접한 관계가 있는 것이다.

가장 먼저 말해야 하는 것은 댜오위타이 보위운동 중의 사회주의 의식이다. 미국과 일본이 몰래 댜오위타이를 주고받은 사건이 불러일으킨 애국심과 민족의식은 댜오위타이 보위운동의 외부에 드러난

정서이다. 그것의 반제국주의라는 주장이 반드시 이데올로기적 대치(對峙)와 연관된 것은 아니지만, 일부의 지식인들로 하여금 전후(戰後) 타이완을 주도한 미국적 가치에 대한 의구심을 품게 만들었다. 그것이 곧 향토문학논쟁 중 향토파가 계승한 반제국주의, 반자본주의의 주장이다. 댜오위타이 보위운동 이전에 이미 형성되었던 사회주의 의식은 댜오위타이 보위운동 중 제출되었을 뿐만 아니라 동시에 향토문학논쟁 중의 중요한 주장이었다.

그 다음으로는 댜오위타이 보위운동이 열어젖힌 사회의식이다. 종전 후 타이완은 2·28사건과 백색테러 등의 정치탄압 사건들을 겪으면서, 사회의 대중들 사이에는 보편적으로 정치는 논하지 말고 일신이나 건사하자는 심리상태가 팽배했다. 그러나 댜오위타이 보위운동과 외교위기들은 오히려 타이완 민중들을 각성시켰다. 특히 캠퍼스에 있던 청년들의 사회의식과 사회에 대한 책임을 일깨워, "캠퍼스를 나가 사회로 가자"는 구호가 당시 지식청년들의 사회운동의 방침이 되었다. 그 중 비교적 영향이 깊이, 또 멀리까지 끼쳤던 사회운동은 타이완 대학 학생단체가 시작한 '위대한 사회를 건설하자 ― 100만 시간의 봉사활동'이었다. 그들은 뜻있는 이들에게 사회봉사단을 설립할 것을 호소하고, 단체 구성원을 나누어 농촌, 빈민, 경찰과 인민관계, 노동자 및 지방선거 등의 5조(組)로 편성했다. 그들은 "캠퍼스를 나가 사회로 가서" 사람들에게 봉사하는 방식을 통하여 사회문제들을 발굴해냈다. 이 운동은 단순히 청년 엘리트와 사회민중과의 밀접한 관계형성이었을 뿐만 아니라 동시에 그들이 타이완 ― 이 땅과의 관계를 맺는 일이었던 것이다.

반제·반미의 민족주의와 지방에 관심을 갖는 사회의식은 곧 댜오위타이 보위운동에서 소구되었던 것이면서 향후 향토문학작품의 주요한 내포가 되었다. 하지만 향토문학논쟁 시기, 전자는 반향토파로부터 이적(利敵)행위[3]로 고발당하고 후자는 협애한 지방주의 의식이라는 비판을 받게 되니, 논쟁은 이로부터 시작되는 것이다.

(2) 경제 요인

향토파 논자들은 2차대전 이후 타이완의 경제발전을 식민지경제이자 제3세계 경제라고 성격을 규정했다. 후츄위안은 1977년 11월 자신을 방문한 기자에게 다음과 같이 말했다: "제3세계는 비록 정치상으로는 독립하였지만 경제상으로는 아직 독립하지 못했습니다. 소위 신제국주의, 신식민주의는 곧 자본주의의 미국, 서유럽, 일본과 사회주의의 러시아를 가리킵니다. 그들은 군사력과 경제원조, 정치개입이나 기술합작의 구호를 통해, 제3세계와 경쟁하고 제3세계를 수탈합니다." 그가 제기한 신제국주의와 신식민주의야말로 향토파가 논지를 구성하던 때의 핵심개념이며, 향토파 문학작품의 표현상의 특징이다. 향토파의 시각에서 미·일 양국은 신제국주의 및 신식민주의의 주요대표였다.

타이완의 전후 경제발전은 가장 먼저 미국원조(1953~1963)시기의 경제수복(修復)과 경제안정에서 시작된다. 국민당정부는 경제의

---

3) [역자주] 원문은 부공혐의(附共嫌疑)이다. 70년대 타이완에서는 중국공산당을 공비(共匪)라 불렀으며, 오늘날 한국에서 쓰이는 빨갱이와 유사한 이데올로기적 함의가 담겨 있는 표현이다.

수복·안정과 동시에 1960년 반포한 '투자장려 조례'를 포함한 일련의 경제계획을 전개하고, 한 해 걸러서는 제3차 경제건설계획을 실시한다. 1966년 타이완의 첫 번째 가공수출구역이 가오슝[高雄]시에 설치되었다. 1969년에는 가오슝의 난쯔[楠梓]수출구역이 설치되었고, 1971년에는 타이중[台中] 탄쯔[潭子]가공수출구역이 설치되었다. 10년간 타이완은 매년 거의 평균 8%에 달하는 경제성장률을 기록하며 소위 경제기적을 창조해냈다. 투자장려와 저렴한 노동력이라는 두 가지의 유인책으로 60년대 후반 외국자본이 대량으로 타이완으로 쏟아져 들어왔다. 대부분은 저임금·노동집약적인 산업들로, 분분히 환경규제가 느슨하고 투자와 관련된 세금혜택이 주어지는 투자의 낙원—타이완—에 공장을 설립하였다. 미국과 일본이 그 중 나란히 1위와 2위를 기록한 양대 투자국이었다.

향토파 작가들과 논자들이 글 속에 반영하고 비판했던 대상은 곧 국민당정권과 다국적기업들이 함께 형성한 '당·국(黨國)-자본'체제였다. 그들은 이 체제가 벌어들이는 거대한 이득이, 노동자의 임금을 착취하고 농민을 희생시키며 환경을 파괴한 대가라는 것을 지적했다. 향토파로부터 많은 찬양을 받은 두 편의 소설, 황춘밍(黃春明)의 「사요나라, 짜이젠」(1973)[4]과 왕전허(王禎和)의 「샤오린, 타이베이에 오다」(1973)[5]는 다국적기업의 매판경제를 배경으로 삼아 식민지경제 아래 인간성의 왜곡과 비굴해짐을 그려내고 있었다. 논쟁이 발

---

4) [역자주] 한국어 역으로 이호철 역, 『사요나라, 짜이젠』, 창작과 비평사, 1983 이 있다.

5) [역자주] 한국어 번역으로 고운선 역, 「샤오린, 타이베이에 오다」, 『혼수로 받은 수레』, 지만지, 2012 이 있다.

생하기 1년 전부터 향토파의 근거지 – 잡지 『하조』에는 이미 노동자의 권익에 관심을 기울이는 글들이 출현하고 있었다. 1976년 9월 왕싱칭(王杏慶)이 쓴 「타이완 지역의 노동자 권리문제 – 실험적 성격의 분석」이 그것이다. 논쟁 발발을 전후(前後)하여 『하조』는 다량의 노동자 관련 소설과 보도를 게재한다. 「싼허[三合] 광부들은 돌아갈 집이 없다」, 「광화(光華) 수건 세탁공장 어린이 노동자 사건 – 어린이 노동문제 재론」, 「철도노동자의 비가(悲歌)」, 「가난한 사람들에게 밥을 해주는 봉사자들이여, 농민의 마음속 소리를 들어보자」 등이 그것이다. 노동자 작가 양칭추(楊青矗)는 심지어 '노동자가 공장을 소유해야 한다'는 생각을 제기하고, 그것을 『하조』에 싣기도 하였다.

　반향토파는 향토파가 말하는 식민경제와 매판경제라는 타이완 경제에 대한 규정을 받아들일 수 없었다. 그들은 향토파가 가짜 '사회의식'과 '대중에 대한 관심'을 내세워 사회 내부의 갈등을 고의로 전파하고, 계급갈등을 고취한다고 생각했다. 반향토파는 심지어 향토파 배후의 동기에 대해 질의하며, 더 나아가 중공(中共)의 해외선전이 으레 빈부격차와 외래자본 및 염가의 노동자 임금 등의 계급문제를 확대시키는 것임을 들어, 향토파가 경제를 명분삼아 실제로는 계급투쟁을 하는 것이 아니냐는 암시를 했다. 이러한 고발이야말로 이 논쟁의 핵심적인 임계점이었다.

(3) 문화 요소

　1950년 6월 25일 한국전쟁이 발발했다. 한 달 후 미군은 38선 이남으로 물러나 1953년까지 중국과의 격전을 지속했다. 쌍방이 화력을 쏟으며 결코 물러서지 않고 버티는 상황에서 같은 해 7월 23일, 군사분계선을 경계로 하는 합의에 다다랐다. 한국전쟁에서의 실패는 미국으로 하여금 중국의 실력을 인지하게 하였고, 극동전략계획을 수정하는 결정으로 이끌었다. 중국을 대소(對蘇)전략의 일부로부터 떼어내어 독립시키고, 극동정책의 핵심적인 위치에 포진시켰다. 공산주의 사상의 동진을 막기 위하여 미국은 북으로는 일본으로부터 남으로는 필리핀에 이르기까지 태평양 서편에 고리형의 반공(反共) 섬의 연쇄 전략(The Island Chain Strategy)을 구성했다. 타이완은 이러한 연쇄의 한 가운데에 있어 중요한 지위를 부여받았다.

타이완 역사학자 자오치나(趙綺娜)의 논문「미국정부의 타이완에서의 교육과 문화교류활동(1951~1970)」에서 미국과 타이완의 전후(戰後)관계는 특히 문화적 측면에서 다음과 같이 설명된다: "미국은 비록 군사원조와 경제원조를 위주로 삼았지만, 타이완의 미국에 대한 경제·군사방면의 의존은 또한 교육·위생과 문화 등 방면에까지 뻗쳐있었다. 미국은 동맹국의 인민들에게 미국의 제도와 문화가 공산주의의 것보다 우월하다는 점을 설복시키고자 시도하였다. 미국이 문화적으로 다른 나라의 인민들의 인정을 받게만 된다면, 그들의 사상선전의 영향을 받는 일도 방지할 수 있고 미국의 '자유세계'에서의 영향력도 유지할 수 있다. 그리하여 세계를 향해 미국문화의 세일즈에 나선 것은 공산주의 세계에 대항하는 또 하나의 냉전전략이었던 것이다."

이러한 극동문화전략의 실행을 위해 대통령 직속 기관인 미국문화정보국(United States Information Agency)이 1953년 설치되어 극동 각 지역에 미국문화정보국(이하 USIA)의 지부를 설치하여 문화·교육 및 선전 업무를 시작하였다. 극동지역에는 타이완 외에도 한국, 태국, 일본, 인도, 말레이시아, 인도네시아 등이 있었다. 타이완 내에서는 타이베이, 타이중, 가오슝, 타이난, 쟈이[嘉義], 핑둥[屛東] 등 6개 도시에 USIA지부가 설치되었고 타이베이 지역이 이들을 총괄하였다. USIA의 문화선전 정책은 신세대 청년 엘리트들을 대상으로 삼았기에, USIA의 지부는 주로 명문 고등학교 부근에 설치되었다. 타이베이시의 젠궈고등학교[建國高中], 타이난 시의 타이난제일고등학교[台南一中] 등이 그것이다.

타이완 문학연구자 천젠중(陳建忠)은 2012년의 논문에서, USIA의 설립을 '미국원조의 문예체제'로 보고 이 체제를 '연성(軟性)체제'로 명명하여 국민당정권이 실시한 '강성(剛性)'의 문예체제와 구별지었다. 그는 만일 '국가문예체제'가 눈에 띄게 혹은 은밀하게 냉전과 계엄시기 타이완의 사조경향을 지배했었다면, 그것은 '강성체제'로서 작가의 이데올로기와 문화상상의 방향을 제약했을 것이라고 본다. 그렇다면 '미국원조의 문예체제'가 비록 외부로부터 이입되어 들어온 것이지만 또한 유사한 형태의 제약으로 작용했기에 일종의 '연성체제'를 형성하여, 타이완 문학의 발전방향을 미국(혹은 서방)에 유리한 세계관과 미학관으로 이끌게 하였을 것이라고 보았다. 사회학자 왕메이샹(王梅香)의 박사논문『은폐권력: 미국원조 문예체제 하의 타이완·홍콩 문학(1950~1962)』(2015)은 한 걸음 더 나아가 미국원조의 문예체제를 '냉전 선전체제 하'에 위치시켜 이해했다. 그는 이 체제가 USIA 본부와 각지의 지부들 및 각지의 출판자본, 작가, 번역가들로 구성된 문학의 생산과 유통의 네트워크로 '음성(隱性)'적이며 조직적이고 구조적으로 운영되었다고 보았다. 또한 동시에 미국원조

체제는 반공을 최고원칙으로 하여 문학 생산자들의 경계를 한정지었다. 위의 두 가지 문예체제는 2차대전 후 타이완 문예의 향방을 결정지었으며, 향토문학논쟁이 발생한 이후에야 진정한 질적, 양적 변화가 일어나게 된다.

상술한 두 가지 문예체제에 도전한 핵심인물로는 작가 천잉전이 있다. 그는 루쉰의 『외침[吶喊]』으로부터 좌익적 계몽을 받았고, 고등학교 재학기 '류쯔란(劉自然) 사건[6]'의 항의행동에 참여하기도 하였으며, 대학생 때에는 잡지 『필회(筆匯)』에 처음으로 사회의식을 구비한 문학작품 「국수 노점[麵攤]」을 발표하였다. 이후에도 다수의 작품들을 당시 현대주의 풍조를 주도하던 『현대문학』과 『극장』 두 잡지에 발표하였다. 이들 작품을 발표하던 동시에 천잉전의 사회주의 의식도 보조를 같이하여 발전했다. 그는 위의 두 가지 문예체제에 대해, 특히 USIA가 선전하는 현대주의의 가치에 대해 비판하였다. 1965년 말 『극장』에 「현대주의의 재개발: 「고도를 기다리며」의 연출에 대한 생각」을 발표한 것이 시작이었다.

1966년 천잉전은 웨이톈충 및 현대주의 풍조를 못마땅하게 여기는 친구들과 함께 『문학계간(文學季刊)』을 창간하였다. 『문학계간』은 현실에 관심을 가지고, 본토(本土)창작을 발간이념으로 삼았다. 천잉

---

6) [원주] 류쯔란 사건은 5·24 사건이라고도 한다. 1957년 3월 20일, 타이완 혁명실천연구원의 류쯔란이 총격을 받아 사망한다. 범인은 타이완 주둔 미군상사 로버트 G 레이놀즈였다. 그러나 로버트는 재판 중 류쯔란이 자신의 아내가 샤워하는 모습을 엿봤기에 총을 쐈다고 진술했다. 2개월 뒤, 미군 군법회의는 로버트에게 고의가 없었다고 판단하여 무죄 석방한다. 그리하여 국내에는 커다란 파문이 일었으며, 대규모의 민중이 USIA지부 및 미군사령부를 둘러쌌다. 천잉전은 학교에서 이 소식을 듣자마자 동학(同學)들과 함께 표어를 만들어 미국대사관 앞에 가 항의했다.

전은 이 간행물에 연속하여 「탕쳰(唐倩)의 희극(喜劇)」(1967/01/10), 「첫번째 차사(差事)」(1957/04/10), 「6월의 장미꽃」(1967/07/10) 등 현대주의와 미국적 가치를 비판하는 단편소설들과 두 편의 자아비 판적 문장인 「가장 견고한 반석: 이상주의의 궁핍과 궁핍한 이상주 의」(1967/11/10), 「지식인의 편집(偏執)」(1968/02/15)을 발표한다. 1968년 5월, 그는 백색테러의 체제하에서, 사상범으로 유죄판결을 받아 10년형을 언도받는다. 이후 장졔스 서거 후 특별사면으로 감형 되어 1975년 출옥한다.

천잉전이 감옥에 들어가자 문단에서의 교전은 잠시 적막함에 빠 져들었다. 2년 후, 댜오위타이 보위운동의 풍조가 다시금 상술된 바 두 가지 문예체제에 대한 비판을 불러일으켰다. 1972년 2월부터 시 작하여, 홍콩 화교 학생인 관졔밍(關傑明)과 탕원뱌오(唐文標)(탕원뱌오 는 미국유학시기 댜오위타이 보위운동에 깊이 연루되었다)가 앞다투어 주류 매체인 『중국시보(中國時報)』에 현대시(現代詩)에 대한 비판을 발표하 여 소규모의 '현대시논쟁'을 촉발하였다. 논쟁 중 탕원뱌오는 타이완 현대시가 미국 자본주의에 의존하는 시스템의 일부이며, 문화매판의 산물이라고 비판하였다.

1973년 7월 『문학계간』은 복간되고 제호를 『문계(文季)』로 변경하 였다. 『문학계간』의 현대주의 속의 무근(無根), 탐닉, 자아, 창백(蒼白), 허무, 난삽 등 개인주의 색채가 농후한 의식형태들에 대한 비판을 계 승하고, 동시에 문학창작은 사회성, 민족성에 기반을 두어야 한다는 탕원뱌오의 논조에 호응하여 겨우 3호의 발간 중에 훗날 향토파에 의해 추앙받는 다음과 같은 작품들을 싣게 된다: 황춘밍의 「사요나 라, 짜이젠」, 왕전허의 「네가 어서 돌아오기를[望你早歸]」, 왕퉈의 「묘

(廟)」. 이와 함께 일제시기의 반항문학 작품들의 발굴과 정리에도 착수한다. '현대시논쟁'으로부터 『문계』에 이르기까지, 향토파 문인들을 위하여 '민족적'·'향토적'이고 '현실적'인 논술자원들을 저축해두었으니, 3년 뒤의 향토문학논쟁에 반격의 탄약을 제공하기 위한 것이기도 했다.

1976년 2월 28일 창간된 잡지 『하조』는 타이완 대학 의학원(醫學院) 학생들이 시작하였지만, 4호부터는 수칭리(蘇慶黎)가 총편집을 맡게 된다. 수칭리는 각별히 이 잡지를 사회주의 지향의 간행물로 만들고자 했기에, 갓 출옥한 천잉전을 적극 초빙하여 함께 힘써보자고 했다. 이 잡지는 '사회적'·'향토적'·'문예적'의 기치를 내걸고, 수칭리와 천잉전의 호소 하에 『문학계간』과 『문계』 동인 중 뜻있는 이들과 현대시논전의 탕원뱌오를 규합하여 상술한 두 가지 문예체제—국민당의 강성체제와 미국의 연성체제—에 전면적으로 대항하며, 일년 뒤 마침내 향토문학논쟁을 촉발시키게 된다. 논쟁 후 타이완의 문예풍조는 '반공팔고(反共八股)', 현대주의로부터 사회현실, 정치개혁과 밀접하게 결합한 현실주의 문예로 전환된다.

3. '향토문학논쟁' 선문(選文) 설명

이 책의 맨 처음 편집구상은 논쟁 중 쌍방의 문장과 그 이후 40년 동안의 논쟁을 다시 돌이켜보는 글들을 싣는 것뿐만 아니라, 동시에 향토파 내에서의 민족의식의 분기(分岐)를 드러내고자 한 것이었다. 그러나 편집자들이 반향토파의 논자들로부터 번역에 대한 동의를 얻어내지 못했기에, 이 책에는 향토파의 글만 실리게 되었다. 한편, 논쟁 중 향토파 내에서는 민족의식에 대해 두 가지 층위의 모순이 출현했다. 첫 번째는 중화인민공화국과 중화민국이다. 간단하게 말해서 반공과 불(不)반공의 대립이다. 두 번째는 중국과 타이완의 모순이다. 특히 두 번째의 모순은 논전이 종결된 이후에도 끊임없이 확대되어 오늘날 타이완 사회 내부의 주요한 모순이 되었다. 이 책의 초점은 향토문학논쟁이었기에 편폭의 제한으로 인해 이 과제는 충분히 전개되지 못했다. 훗날 그것에 대해 다른 지면을 통해 독자에게 제공할 기회가 있기를 희망한다. 이 책은 3개의 단원으로 구성되어 있다. 맥락, 논전, 그리고 성찰로 다음과 같다.

1부 맥락

여기에는 두 편의 논문이 수록되어 있다. 첫 번째는 궈숭펀(郭松棻)의 「타이완의 문학을 말한다」, 두 번째는 후츄위안의 「중국인 입장으로의 복귀 – 웨이톈충 선생의 『향토문학토론집』을 위해 쓰다」이다. 먼저 간략하게 두 번째 글을 수록하고 이 단원에 넣은 이유를 밝히도록 하겠다. 제목에서 알 수 있듯이 이 글은 토론집을 위해 쓰여졌다. 그러나 그는 오히려 민국 초기 중국에서 일어났던 '신문화운동'과 '신문학운동'으로부터 이야기를 시작하여, 아편전쟁 이후 중국의 지식인들이 서구화운동을 통해 구국을 도모하려 했던 시도의 한계와 폐단을 설명한다. 더 나아가 그는 향토문학운동이 '민족주의'적 경향에 기반을 두고 있기에 긍정적인 시선을 보낸다. 후츄위안의 글을 수록하게 된 이유는 독자들에게 두 가지 시야를 제공하기 위함이다: 첫째, 70년대 중반 발생한 향토문학논쟁은 서구물결의 충격으로 인해 시작된 중국 신문화운동과 계승과 단절관계를 가진다. 둘째, 중국민족주의를 중심으로 하여 서방에 저항하는(de-westernization) 사유이다. 후츄위안은 반제뿐만 아니라 반공도 병행하여, 반제로 나아간 만큼 향토파와 굳게 맺어졌으나 반공에서는 오히려 향토파와 결을 달리하게 되었다. 다만 당시의 정치적 고압 하에서는 민족주의가 '반공의 주장'과 '계급의식이 농후한 현실주의 문예'가 결맹(結盟)할 수 있는 공통의 기초가 되었던 것이다.

1부 맥락의 첫 번째 글은 「타이완의 문학을 말한다」로 저자는 궈숭펀이다. 이 글은 1974년 뤄룽마이(羅隆邁)라는 필명으로 홍콩의 잡지 『두수(抖擻)』 창간호에 발표되었다. 2006년 인간(人間)출판사에서 이 글을 『향토문학논쟁 30년 – 좌익전통으로의 복귀』에 실으며 저자를 궈숭펀으로 표기했다.

「타이완의 문학을 말한다」의 발표시기는 향토문학논쟁에 앞선다. 우리가 이 글을 수록하고 논전의 첫 번째 글로 배치한 이유는 두 가지다: 먼저, 이 글은 향토파 논술의 기초가 되었다. 다음으로, 이 글의 저자가 향토파와 함께 형성한 국경을 넘어선 좌익단체의 네트워크는, 해외의 댜오위타이 보위운동의 불길이 타이완의 향토문학논쟁으로까지 이어져 타오를 수 있게 하였다. 천잉전은 예전에 양자의 관계에 대해 다음과 같은 글로 설명하였다. "댜오위타이 보위운동 중에 타이완 당대(當代)문학이나 '향토문학'을 논한 글들은 적지 않았다. 그렇지만 마치 한 배우가 옷을 갈아입고 다시 무대에 등장하는 것처럼, 때로는 왕퉈의 '식민경제론', 현대주의 비판론, 현실주의문학론, 향토문학논쟁에 참여한 글이 되었던 것은 뤄룽마이의 문장뿐으로 댜오위타위 운동과 향토문학논쟁의 직접적인 영향을 증명하고 있다."

타이완문학 연구자 젠이밍(簡義明)은 그의 책에 실린 「냉전시기 타이완·홍콩 문예사조의 형성 과정과 전파 - 궈숭펀의 「타이완의 문학을 말한다」를 실마리로」에서 제3지(地)라는 개념으로 「타이완의 문학을 말한다」가 탄생하게 된 배경, 그리고 이 글과 타이완 좌익단체가 촉발시킨 현대시논쟁, 향토문학논쟁 등의 공진(共振)효과를 설명한다. 그는 글 속에서 궈숭펀이 댜오위타이 보위운동에 참여하고 또한 중국정부의 초빙을 받아 UN에 들어가 일을 하게 되었기에 타이완 당국으로부터 블랙리스트에 올라 타이완에 돌아올 수도, 타이완에서 문장을 발표할 수도 없었던 상황을 밝혔다. 그리하여 "어쩔 수 없이 당시 모든 화인(華人)들이 사는 곳 중 언론이 비교적 자유로웠던 홍콩을 골라 발표하는 수밖에 없었다." 홍콩이 젠이밍이 말하는 제3지였던 것이다. 제3지 개념은 전후(戰後) 타이완의 좌익문예운동을 이해하는 데에 있어 매우 중요하다. 왜냐하면 전후 타이완은 2·28사건과 백색테러의 정치탄압을 겪으면서 기본적으로 좌익사상과 연관된 전파와 계승이 거의 단절되었기 때문이다. 60년대 중반 타이완 본토에서 스스로 발전하기 시작한 좌익단체들의 사상자원의 일부는 국경 밖의 제3지, 이를테면 일본, 홍콩, 미국 등지에서 온 것들이었다.

결론적으로, 「타이완의 문학을 말한다」는 독자들에게 향토문학을 이해하기 위한 기초적인 논점을 제공하는 것 뿐 아니라 동시에 독자들이 향토파 단체와 제3지의 공진(共振) 네트워크를 이해하게 하여, 독자들에게 향토문학운동을 보다 넓은 시야에 두고 이해하도록 돕는다.

2부 논전

향토문학논쟁 발생 후 2년간, 논쟁과 관련하여 두 가지 선집이 타이완에서 출판되었다. 하나는 펑핀광(彭品光) 주편(主編)의『현재 문학문제 총비판[當前文學問題總批判]』으로 총 76편의 문장을 수록하여 1977년 10월에 출판되었다. 이 책은 관방(官方) 색채가 농후하고 실린 글들에 향토파를 탄압하고자 하는 목적의식이 뚜렷하여 재료로 고려하지 않았다. 다른 하나로 이듬해 4월 간행된『향토문학토론집』은 향토파 작가 웨이톈충이 주편을 맡아 1976년 4월부터 1978년 2월까지의 글 75편, 총 850매를 수록하고 있다. 이 책은 논쟁관련 글들을 성질에 따라 4집(輯)으로 나누고 3편의 부록, 그리고 2편의 특별전재(轉載)를 포함하고 있다. 매 집(輯)마다 향토파의 작품을 수록했고 부록에는 반향토파의 작품을 실었다. 이 단원에 수록된 글들은『향토문학토론집』에서 선별한 것들이다.

2부에는 여섯 명 저자의 일곱 편의 글을 담았다. 그중 쉬난춘(許南村)은 천잉전의 필명이다. 6편의 글은『향토문학토론집』에서 가져왔다. 웨이톈충의 글「우리의 민족·우리의 문화」는 1977년 7월『중국논단』제 8호에 발표되었고, 이듬해 제목을「우리 사회와 민족교육정신」으로 변경하여 그가 주편한『향토문학토론집』에 실렸다. 이 단원에서 선별한 향토파의 글들은 향토파가 변힐(辨詰)[7]하고자 했던 두 가지를 보여주고 있다. 첫 번째는 '향토'의 지칭이고, 다른 하나는 중

---

7) [역자주] 변힐(辨詰)이란 용어에 대해 원저자는 변론(辯論)과 힐문(詰問)의 두 가지 의미가 중첩된 것이라고 설명하고 있다. 한편, 한국어사전에서는 잘잘못을 가려 꾸짖음으로 풀이하고 있다.

국과 타이완 두 종류의 민족주의에 대한 것이다.

향토라는 명사의 변힐은, 무엇보다도 우선 논쟁기간 중 거듭 불려나온 두 명의 작가 황춘밍과 왕전허가 자신들의 작품을 '향토'문학으로 귀속시키는 것을 원치 않았다는 데에서 시작한다. 향토파의 작가이자 논자였던 왕퉈는 「'리얼리즘'문학이지 '향토문학'이 아니다」에서 향토문학의 개념 속에서 계급의식을 제련해냈다. 그는 문학의 기능과 가치가 현실의 하층민중을 위해 봉사하는 데에 있음을 강조하였다. 난팅이라는 필명을 쓴 왕싱칭(王杏慶)의 글은 중국 근대의 신문학운동의 고찰을 진행한 후츄위안의 글과 호응한다. 하지만 그는 타이완의 반(反)식민문학을 주축으로 삼아 향토문학이 이미 죽었다고 선고하였다. 왜냐하면 향토개념은 운동과정 중 진작에 보다 거대한 조류―민족주의와 계급의식―의 뱃속에 흡수되었기 때문이다.

다음으로 중국과 타이완이라는 두 가지 민족주의의 변힐이다. 이 책에 수록된 작가 예스타오(葉石濤)의 「타이완 향토문학사 서론」은 비록 타이완문학사를 중국문학사의 거대한 구조 속에 두고 이야기하고 있지만, 1604년 네덜란드 인들의 침입으로부터 일제시기의 역사경험에 착안하여 타이완 문학 중의 반제·반봉건의 특수성을 강조하고 있다. 이 글이 발표된 이후 천잉전은 곧바로 필명 쉬난춘으로 「향토문학의 맹점」을 발표하여 예스타오의 글이 '타이완인 의식'을 '타이완의 문화민족주의'로 발전시키려는 의도를 지닌 "꽤나 신경써서 만든 분리주의의 의론"이라고 지적하였다.

이후의 발전상에서 알 수 있듯이 당시 향토라는 용어를 둘러싼 변힐은 80년대 중반에 접어들면서 논쟁의 중점이 되었다. 그때엔 이미 '향토'의 내포와 리얼리즘 문학과의 관계가 아니라 위의 두 번째 논제와 엮여 들어갔다. 즉 '향토'가 대체 어디를, 어떤 토지를 가리키는지의 문제가 되었다. 이 책의 3번째 단원은 비록 성찰로 이름 붙였지만, 반향토파의 글들을 싣지 못했기에 논쟁 쌍방의 주장을 함께 드러낼 수 없었다. 따라서 '향토'의 이미지가 여러 역사적 경험들을 거치며 어떻게 연역되어 왔는가에 집중하고자 한다.[8]

3부 성찰

3부에는 다음의 세 가지 의제를 품은 여섯 편의 글이 선별되었다: 향토와 반(反)식민·반제국, 향토와 본토, 향토와 제3세계. 첫 번째 글은 스수(施淑)의 「향토의 상상·족군(族群)의 상상 - 일제시대 타이완 향토관념의 문제」이다. 이 글은 1997년 잡지 『연합문학』에 처음 실렸고, 한 해 걸러 『타이완 향토문학 - 황민문학의 정리와 비판』(인간출판사)에 수록되었다. 그의 글은 1930년의 앞뒤로 있었던 '향토문학논쟁'을 주축으로 삼고, 타이완 문학계에서의 향토관념의 발생이 일본 식민경험과 현실세계의 파열이 만들어 낸 것임을 서술했다. 그리하여 향토라는 용어는 이미 족군 정체성과 이 땅에 사는 주체라는 구성요소를 지니게 되어 제3세계적 타이완 문학으로 표현되었다. 하지만 전쟁의 수요에 부응하기 위한 식민정책 하에 향토문학은 지방의 특수한 색채를 드러냈지만, 주체적 정신을 잃어버리게 되었다. 이 글을 수록한 의도는 독자들에게 타이완 향토문학논쟁의 역사적 종심(縱深)

---

8) [원주] 향토 이미지의 다중적인 연역과 관련하여, 사회학자 샤오아친(蕭阿勤)이 2000년 10월 발표한 「민족주의와 타이완 1970년대의 '향토문학' - 문화(집체)기억 변천의 검토」가 한국의 독자들에게 도움이 될 것이다.

에 대한 이해를 제공하기 위한 것이다. 향토라는 명사가 다중(多重)의 연역 가능한 공간을 지닐 수 있게 된 것은, 그것이 타이완 자신의 역사적 변천을 반영하고 있기 때문이다.

스수의 문장으로 이야기를 시작한 것은 다음과 같은 3편의 글을 이끌어내기 위함이다: 린짜이쒜(林載爵)의 「본토 이전의 향토」는 1997년 타이완 사회과학연구회에서 개최한 '회고와 다시 생각하기 – 향토문학논쟁 20주년 토론회'에서 발표되었고 훗날 『타이완 향토문학 – 황민문학의 정리와 비판』에 수록되었다. 이어서 뤼정훼이(呂正惠)가 다른 시기에 썼지만 서로 연계된 두 편의 글인 「향토문학 중의 '향토'」와 「향토문학과 타이완 현대문학」이다. 전자는 1997년 12월 잡지 『연합문학』에 발표되었고 후자는 2012년 4월 간행된 『마카오 이공학보(인문사회과학판)』의 15권 2호에 실렸다. 두 편 모두 뤼정훼이의 저서 『타이완문학 연구 반성록』(2014)에 실렸다. 이 세 편의 글은 독자들에게 진일보한 '향토' 개념의 이해를 제공하고, 그것의 내포가 어떠한 형태로 논쟁이 종결된 이후에도 계속해서 확장되며 논해졌는지 설명해 준다.

옌산눙(晏山農)의 「향토 논술의 중국 콤플렉스 – 향토문학 논쟁과 『하조(夏潮)』」와 펑뤠이진(彭瑞金)의 「20년 이래의 향토문학」은 독자들에게 향토문학논쟁에 대한 또 다른 시각들을 제공하고자 하는 시도이다. 전자는 1997년 10월 춘풍문교기금회(春風文教基金會)와 정부의 문화부문에서 함께 개최한 '청춘시대의 타이완 – 향토문학논쟁 20주년' 토론회에서 발표되었다. 이 글은 향토파의 작전기지였던 잡지 『하조』의 변천을 논술의 중심주제로 삼아, 향토문학논쟁의 핵심가치가 제3세계적 관점에 있었음을 제기했다. 그러나 1980년대 이후 본토의식을 강조했던 독파(獨派)나 혹은 통일을 인민과 토지의 수요(需要)의 위에 놓은 통파(統派)를 막론하고 모두 애써 제3세계라는 중요한 자산을 잊으려 했기에, 향토문학논쟁의 비판정신은 실락(失落)에 떨어지고 말았다.

　펑뤄이진의 글은 2006년 2월 15일 인터넷상에 발표되었다.[9] 이 글은 매우 간단하여 논술이라고 말하기보다는 감상을 적은 글이라고 말하는 편이 낫다. 70년대 타이완은 정치, 사회, 문화 각 방면에서 거대한 변화를 겪었다. 논쟁기간 중 천잉전에 의해 타이완 의식, 혹은 분리주의가 아니냐는 질의를 받은 예스타오의 글은 논쟁이 종결된 이후 빠른 속도로 발효하여 향토의식을 타이완 의식으로 전화(轉化)시켜 또 다른 종류의 향토서술을 만들어냈다. 그의 글 속에서 70년대 향토파와 공유되었던 일제시기의 '향토'자원은 타이완 의식의 서술 원천이 되었다. 이 때의 '향토' 상상은 30년대와 70년대와는 또 다른 내포를 지닌 것으로 발전되었다. '향토'로부터 나온 국·족(國族) 정체성, 통독논쟁[10]은 80년대부터 지금까지 타이완 경내(境內)의 주요한

---

9)　[원주] https://www.ptt.cc/man/Taiwanlit/D623/M.1151296228.A.DD0.html

10)　[역자주] 통독(統獨)논쟁 : 통독논쟁은 1980년대 이후 타이완과 중국과의 관계에 대한 재(再)정의의 성격을 지닌다. 하나의 중국으로의 통일(統) 대 독자적인 타이완(獨)의 대립항으로 볼 수 있다. 논쟁에서 중국과 향토의 좌표는 1970년대 향토문학 논쟁과는 또 다른 결을 지니게 된다. 역사적으로는 1983년 2세대 외성인(外省人) 한한(韓韓)·마이궁(馬以工)의 계간지 『대자연(大自然)』 창간, 그리고 역시 2세대 외성인 출신 민가(民歌)가수 허우젠더(侯建德)가 조국회귀(祖國回歸)의 꿈을 이루기 위해서 중국대륙으로 간 두 사건으로 통독논쟁이 촉발되었다. 메이리다오 사건으로 인해서 각성한 세대는 논쟁 과정에서 뚜렷하고 확고한 반중국의 타이완 의식을 드러냈다. 자세한 내용은 천자오잉(陳昭瑛), 「타이완의 본토화 운동을 논한다 – 문화사의 한 고찰(論台灣的本土化運動 : 一個文化史的考察)」,『해협평론(海峽評論)』, 51호, 1995. 3 참조.

갈등으로 자리잡았다. 펑뤠이진의 글을 수록한 것은 타이완 의식을 주장하는 이들의 감정적 내포를 보여주기 위함이다.

4. 결론을 대신하여: 어째서 다시 '향토문학논쟁'을 제기하는가

논쟁이 끝난 뒤에도 매 10주년마다 향토파 혹은 계승자들은 이 논쟁에 대해서 다양한 형태로 재현과 재해석을 행했다. 다만 계엄해제 이후 논쟁을 다시 이야기하게 되었을 때 상정되는 상대방이 현실주의 입장에 대해 반대하는 태도를 가진 이들로부터 타이완 의식 혹은 타이완 민족주의를 고수하는 문론(文論)으로 바뀌었을 따름이다. 그래서 '향토'는 타이완 정치의 변화과정에서 두 가지 판이하게 다른 내러티브의 축선(軸線)으로 발전되었다. 첫 번째는 '향토'를 중국 100년래의 반(反)식민, 반압박의 혁명사관(史觀)과 결부하는 것이다. 두 번째는 '향토'를 타이완의 근 100년의 반식민, 반압박의 반항사관과 연계시키는 것이다. 이 두 가지 사관이 형성한 충돌은 오늘날 타이완의 정치현실을 구성하고 있다.

다음으로, 1950년 한국전쟁 발발 후 미국은 더욱 적극적으로 동북아의 경제와 군사방면에 개입했다. 타이완과 한국 두 지역은 일본의 식민통치라는 공동의 경험 이후 또 다시 함께 미국의 신제국주의를 경험하게 된다. 독재와 경제적 의존에 이르기까지, 타이완·한국 양자의 사회성질과 발전은 다양한 형태의 상호참조의 가능성을 지닌다. 향토문학이 논쟁을 형성할 수 있었던 이유는 바로 반식민, 반제국주의의 기초위에서 진행되었기 때문이다. 똑같이 냉전체제와 다국적 자본의 이중지배를 겪은 한국에서의 반항운동은 또 어떠한 형태로 전개되었을까? 머지않은 장래에 타이완과 한국이 이러한 의제에 대해 보다 활발한 교류와 토론을 진행할 수 있기를 바란다.

마지막으로, 만일 우리가 제2차 세계대전 이전의 압박과 반압박의 관계를 식민지역사로 규정해본다면, 2차대전 후의 압박과 반압박 관계는 제1·2세계와 제3세계로 규정지을 수 있을 것이다. 향토문학은 비록 한 지역성의 문학 이데올로기로부터 촉발한 논쟁이었지만, 그것의 입론의 기초는 전세계적인 제3세계적 시각에 있었다. 1970년대의 향토문학논쟁 중 제3세계적 시야가 제출되었고, 당시 한국의 '민중문학'과 '민족문학'에 대한 논쟁에 호응하는 측면도 있었다.[11] 그러나 반공·친미의 정치적 고압하에 향토의 의제 자체조차 충분히 전개되지 못했는데, 하물며 제3세계적 관점은 논해질 여지가 없었다. 시간은 흘렀다. 과거 40년 동안 타이완에서는 통독논쟁이 진행되는 가운데 제3세계는 여전히 주변부의 시각이었다. 원컨대 이 책의 출판이 타이완·한국 두 지역의 제3세계적 관점에 대한 토론을 돕고, 나아가 새롭게 제3세계의 사상자원들을 잇는 계기가 되어주기를 희망한다.

2017년 2월 20일

---

11) [원주] 천잉전의 「내가 보는 '제3세계'」를 참조하라. 쉬슈훼이의 조언에 감사드린다. https://goo.gl/AquW25

참고문헌

웨이톈충 편, 『향토문학토론집』, 타이베이; 자비출판, 1978, 초판

궈지저우, 『70년대 타이완좌익운동』, 타이베이; 해협(海峽)학술출판사, 1999, 초판

자오치나, 「미국정부의 타이완에서의 교육과 문화교류활동(1951~1970)」, 『구미(歐美)연구』 31권 제1기, 2001

왕메이샹, 『은폐권력: 미국원조 문예체제 하의 타이완·홍콩 문학(1950~1962)』(2015), 타이완 신주(新竹) 칭화(淸華)대학 사회연구소 박사논문, 2015

천젠중, 「USIS와 타이완 문학사 다시쓰기 – 미국원조 문예체제하 타이완·홍콩의 잡지출판을 중심으로」, 『국문학보』 52호, 2012

젠이밍(簡義明), 「냉전시기 타이완·홍콩 문예사조의 형성 과정과 전파 – 궈숭펀의 「타이완의 문학을 말한다」를 실마리로」, 『타이완문학연구학보』 18호, 2014

1부

맥락

脈絡

타이완의 문학을 말한다

귀숭편(郭松棻)

1. 문학과 식민주의

20세기 타이완 문학은 한 번도 식민주의로부터 자유로운 적이 없었다고 말할 수 있을 것이다. 제2차 세계대전 이전은 말할 것도 없이 종전 후 20년간 식민주의와 끊을 수 없는 관계가 이어져왔다. 그러나 제2차 세계대전의 전과 후, 타이완 문학과 식민주의의 관계에는 본질적인 차이가 있다. 전전(戰前), 타이완은 일본의 식민지였고 일본 정부는 무력으로 타이완의 각종 민족주의 운동을 억압하는 것 외에도 회유정책의 수단을 통해 문화·사상 상 각종의 귀화운동을 추진하여 타이완 인민과 중국 대륙과의 사상과 감정적 유대를 끊고, 한(漢)민족으로서의 의식을 거세시키고자 하였다. 국어(곧 일본어)운동, 황민화운동이 좋은 실례(實例)이다. 이러한 식민정책 하에서 틈새를 찾고, 민족의 몰락과 굴욕, 반항과 투쟁 등 여러 면모들을 표현하는 것이 당시 타이완 문예가들의 제1과제였다. 그들의 작품에서 나타난 여러 특징들은 종종 – 언어가 약간 조잡하거나, 구조가 간단하고 일관되지 못하며, 인물묘사가 원숙하지 못하고, 줄거리 전개에 설득력이 떨어지곤 했지만 내용만은 풍부한 향토 색채를 띠고 현실을 대면하여 주제가 역사의 동맥과 연결되어 함께 숨 쉬고 있었다. 라이허(賴和)의 『착한 변호인의 이야기[善訟人的故事]』, 양쿠이(楊逵)의 『의사가 없는 마을[無醫村]』, 장원환(張文環)의 『불까기[閹鷄]』, 뤼허뤄(呂赫若)의 『소달구지[牛車][1]』 등과 일제시기 씌어지기 시작했지만 광복 이후에나 출간될 수 있었던 우줘류(吳濁流)의 『아시아의 고아[亞細亞的孤兒][2]』가 바로 이러한 작품들이다. 제2차 세계대전 이후 타이완은 더 이상 일본의 식민지가 아니었다. 비록 표면상 타이완이 새로운 중국 영토의 일부분이 되었음에도, 실제의 국면은 상당히 복잡한 것이었다.

50년대 이래 20년간, 타이완의 정치·군사·경제 각 부문에는 모두 하나하나 미국산의 낙인이 찍혔다. 문화·사상의 영역도 자연스럽게 이러한 근본적 정책으로부터 벗어날 수 없었기에, 같은 형태의 운명을 받아들여 부지불식간에 곳곳에서 '중·미(中美)합작'의 상표를 출현시켰다. 50년대부터 타이완은 경제적으로 미국원조에 의존하였고, 사상상으로는 서구 선진국가들이 제창한 '현대화'를 받아들였으며, 정신적으로는 자기 자신이 낙후되었음을 기꺼이 받아들이는 심연 속으로 빠져 들어갔다. 이때에 '전반 서구화'는 거의 타이완 지식인들의

---

1) [역자주] 한국어역으로 송승석 역, 「소달구지」, 『식민주의, 저항에서 협력으로』, 도서출판 역락, 2006, 63-106면 이 있다.

2) [역자주] 한국어역으로 송승석 역, 『아시아의 고아』, 아시아, 2012 이 있다.

활동 기조가 되어버렸다. 20년간 타이완 문학의 주류 또한 이러한 정신상에서 먼저 서구의 노예상태가 되어버린 다음, 의식적·무의식적으로 해마다 발전해온 것이다.

이 서구화된 문학의 줄기는, 20년간의 재배를 거쳐 지금에 이르러는 잇달아 그 결실을 맺고 있다. 이미 맺은 이 결실들이 공유하는 특징은 예를 들어: 언어가 점차 세련되어지고, 구조가 뒤얽히고 복잡해졌으며, 인물은 대부분 내성적이고 기개가 늠름한 청년 준걸이고, 환상 등의 유형에 속하며, 하나하나의 이미지들을 고심하여 그려냈고, 비유를 만들어 내는 데에의 집착, 소수 개인의 감수성에 내용이 국한되는 것, 현실과의 유리, 주제와 역사적 맥락과의 배리(背理) 등을 들 수 있다. 소설가로는 바이셴융(白先勇), 치뗑셩(七等生), 왕원싱(王文興), 시인에는 위광중(余光中), 뤄푸(洛夫), 저우멍뎨(周夢蝶), 산문가들은 장슈야(張秀亞), 샤오펑(曉風) 등의 인물로, 다들 많고 적음의 차이는 있을지언정 모두 이러한 색채와 경향을 띠고 있다.

만약 1945년 이전의 타이완 문학이 식민지 통치의 질곡을 부수고 민족의식의 공기를 풀어놓고자 했던 것이었다면, 1945년으로부터 오늘날에 이르기까지의 타이완 문학의 주류는 오히려 자기 민족의 모습을 잃고 서방의 신을 쫓아 의식상으로는 이미 서구를 향해 스스로 무장해제 하고 더 나아가 자신의 손으로 자신의 신체 위에 서구의 문화식민주의의 족쇄를 씌웠다. 20년래 타이완 문학과 식민주의는 이미 미묘한 지점까지 연루되었고, 또 서로 칭칭 얽혀버렸다. 이는 작품 중에서 혹은 드러나고 혹은 숨어 있으며, 혹은 완곡한 어법으로 정서를 전하거나 혹은 직접적으로 말하여 숨기지 않았다. 타이완의 일부 작가들은 힘써 서구의 사상과 정서를 자신의 정원에 이식하고자 하였다. 서구 작가들은 타이완의 작품 속에서 자신의 사진을 발견할 수 있어, 내 안에 네가 있고 네 안에 내가 있는 것이 되어버렸다. 일부 명성을 얻은 기성작가들의 경우는 마치 남을 위해 헛 힘쓰는 마음가짐을 가지게 되어, 민족주의를 근간으로 하는 타이완 문학(전전과 전후 모두)으로부터는 등을 돌리고 달아났다고 말할 수 있을 정도이고, 대륙의 5·4운동 이래의 문학적 정통과도 커다란 차이를 초래하게 되었다.

이제부터 20년래 타이완 문학의 면모를 살펴보도록 하자.

2. 서구적 감수성과 타이완의 현실

간단하게 말하자면, 타이완 현대문학의 주류는 다음과 같은 면모를 지니고 있다.

(1) 의식 형태의 측면에서, 종적으로는 민족의 대전통(大傳統)과 단절되어 있고 횡적으로는 서방에 빌붙기에 노력하여 여념이 없다.

(2) 생활태도의 측면에서 낙관적·진취적이지 못하고, 미래를 예측함에 외부 요소를 고려치 않으며, 비관주의와 퇴폐적·회고적이고 자꾸 내면으로 침잠한다.

(3) 작가의 배경을 본다면 타이완 문단의 분위기는 두 종류의 작가들이 우이(牛耳)를 잡고 있다고 말할 수 있다. 하나는 군중(軍中)작가들로 투철하게 경직된 반공사상에 물들어 있다. 다른 하나는 학원작가들로 각자가 서방의 각종 사조(思潮)의 타이완 총대리점이라 할 수 있다.

(4) 창작 경향의 측면에서 대부분은 형식의 다양한 변화에만 집착하는 까닭에 제재나 주제를 소홀히 하여 현실과 유리된다.

1949년 이후의 몇 년간 타이완 사회는 사실상 사상의 진공상태였다. 광복(1945년) 이후 시중을 풍미했던 대륙의 문화생활출판사, 개명서점(開明書店) 등이 출판한 서적들은 순식간에 사라져버렸고, 반미성향의 민족주의자들은 대량으로 체포되어 학살되었다. 또 다른 측면으로는 국민당을 따라 타이완으로 들어온 우파작가들이 내전에 시달린 나머지 정신상으로 이미 고사상태에 이르러 현실에 대해서는 언급할 수 없는 백치상태가 되어버린 것이다. 마치 찍어내는 듯한 강경한 반공문학을 제외하고는 문학상으로는 그다지 볼 것이 없었다. 일찍이 대륙에서 일시 활약했던 작가나 번역가, 예를 들어 타이징눙(臺靜農)이라든가, 리레원(黎烈文), 저우쉐푸(周學普) 등은 모두 학원으로 들어가 현실과 이별을 고했다. 타이완 본토에서 자라난 작가들은 첫째, 중국어의 활용 능력을 처음부터 다시 수련을 시작해야 했고, 둘째로는 거의 목숨을 위협하는 습격들로 인해 침묵할 수밖에 없었다. 반세기 동안이나 대륙과 풍물·습속·인정·정부 스타일이 달랐던 타이완 사람들은 갑자기 천이(陳儀) 행정장관이 연출한 1947년의 '2·28'사건[3]의 참극을 목도하게 되었고, 그들은 비교할 수 없을 정

---

3) [역자주] 2·28 사건(二二八事件): 1947년 2월 27일 밤, 타이베이[臺北]시 위엔환[圓環] 빌딩 안의 복도에서 정부의 전매(專賣) 독점품인 담배를 노점에서 팔던 린장마이(林江邁)라는 여인이 허가받지 않고 담배노점을 벌였다는 이유로 담배주류공사의 직원과 경찰에 의해 단속되었다. 대륙에서 온 단속반원이 담배를 팔던 여인을 상대로 총신으로 머리를 때리는 등 심한 구타를 가하자, 주변에 있던 시민들이 과격한 단속행태에 항의하면서 충돌이

도의 충격을 받은 채 일시적으로 어찌할 바를 몰랐다. 잔혹한 정치현실은 소박하고 단순한 민족주의를 지니고 있던 타이완 지식인들에게 중대한 타격을 주었다.

일제시기 타이완에서 태어나고 자라났으며, 또 1947년의 사변을 몸소 겪은 작가들은 역사적 경험을 통하여 1945년경 일반적인 타이완 인민들이 가지고 있던 단순한 민족주의에 대해 수정과 비판을 가한, 독자들이 기대하는 문학창작을 제출하고자 했다. 이러한 측면에서 우줘류의 장편『무화과』가 실험작으로 첫 번째 발걸음을 내딛었다.

요약하자면 당시의 타이완 출신 작가들이 정치적 현실로부터 잠정적으로 얻은 결론은 움직이는 것보다는 가만히 있는 것이 낫고, 풀어놓느니 꽁꽁 싸매는 것이 낫다는 것이었다. 그리하여 매우 적은 수의 작품만이 세상의 빛을 보았고, 40년대 말부터 50년대 초까지 일단의 사상적 진공시대를 만든 주요한 원인 중의 하나가 되었다. 만일 타이완 당국의 문화정책이 타이베이를 금성(禁城)으로 만들려는 의도를 가지고 있었고, 타이베이를 둘러 해자를 팜으로써 5·4 반제국주의의 전통과 단절하고 중국의 30년대와 40년대의 문학사조를 봉금(封禁)하려고 한 것이었다면. 다른 방면인 전후(戰後) 서방국가의 사상냉전의 공세에 대해서 타이베이는 오히려 철두철미하게 아무런 방어설비

빚어졌다. 이 과정에서 경찰이 군중에게 발포하였고, 경찰이 쏜 총에 학생 천원시(陳文溪)가 사망하면서 사태는 걷잡을 수 없이 확대되었다. 28일에는 타이베이시 전역에서 파업과 시위가 시가지를 휩쓸었고, 3월 1일 이후에는 전 섬으로 확대되었다. 당황한 국민당은 계엄령을 선포하고 3월 8일 본토에서 2개 사단의 진압군을 대만으로 불러들여 3월 9일부터 대대적인 살육과 약탈을 자행하면서 진압에 나섰다. 정부의 공식발표로만 2만 8천여 명이 사망했다.

도 갖추지 않은 도시였다.

　50년대 타이완의 지식인들은 전면적으로 서방 냉전정책하의 사상들을 받아들이기 시작했다. 개인 대 전체, 자유 대 독재, 민주 대 전제의 구도 하에서 서방의 자본주의는 개인, 자유, 민주적 가치체계의 수호를 제창하는 것으로, 동방의 공산주의가 대표하는 것은 전체, 독재, 전제 등 비인간적인 생활을 대표하는 것이 되었다. 이것이 대체적으로 냉전시기 타이완 지식인들이 받아들였던 사상의 이분법이었다. '자유중국'의 테두리 안에 있었기에, 자각하지 못하는 새에 냉전하의 새로운 서구의 비바람을 흡수하여 귀가 젖고 눈이 물들어 시일이 지나니 자연스러운 것이 되어버렸다. 50년대 후반기가 되어 타이완 작가들이 새로이 문단의 창신을 요구하기 시작할 무렵, 그들의 사상이 서구적으로 표백된 정도는 이미 결코 가볍지 않았다. 『문학잡지』, 『현대문학』은 한 떼의 실의한 지식인들이 서방 사조를 호흡하는 장소가 되었다. 여러 문학의 형태 중, 표백의 정도가 가장 철저했던 것을 가늠해 본다면 시였다. 지셴(紀絃)이 창간한 『현대시』가 가장 먼저 '현대화' 경향을 제창했고, 시 잡지 『창세기』가 뒤이어 호응했으며, 이를 밀고나가 확대하여 장모(張黙), 뤄푸(洛夫)가 『60년대 시선』을 결성하던 때에는, 타이완의 시 창작은 거의 95%는 서방의 관점을 학습하고 있었으며, 그들의 감성을 다루는 방식을 따라하고, 그들의 이미지를 베끼고, 작품 안에서 하나님 마리아를 외치는 것을 배워, 서방의 말류(末流)작품들과 구분할 수 없을 정도로 모방하여 거의 같은 가마에서 도자기를 빚어내는 정도가 되었다.

　이것은 종적으로는 자기의 민족전통과 단절되고, 횡적으로는 외려 흉금을 활짝 열고 서방을 껴안은 것이 만들어낸 결과가 아니겠는가.

타이완 작가들은 이처럼 현대 서방의 도안을 자기의 마음속에 새기는 데에 급급하였다. 그들이 지향했던 서방은 어떤 것이었던가? 비록 서방 자본주의가 개인, 자유, 민주 등의 가치들을 표방한다고 말하지만 최첨단의 서방작가들이 그려낸 현대 서방사회는 오히려 인간낙토와는 거리가 멀었다. 오히려, 그들은 개인, 민주, 자유 등을 외친 것이 아니라 개인의 절망, 자유의 두려움, 사회의 경화(硬化), 신의 죽음 등을 다루어 창작 중 은연중에 서구 르네상스 이래 서방인들이 유지해 온 가치체계가 마치 바빌론처럼 무너지는 모습을 폭로하였다. 예이츠의 『황무지(The Wasted Land)』, 오든의 『불안한 시대』, 카프카의 꿈의 세계, 카뮈의 황량한 세계, 헤밍웨이의 죽음의 세계, '길 잃은 세대(Lost generation)', 분노의 세대, 무너지는 세대 등등의 대표적인 문학들은 현대 서방작가들의 다른 방식이지만 같은 방향이며, 연주하는 곡은 다르지만 그 절묘함은 같은 것처럼, 다같이 서방문화의 만가(挽歌)를 제창하는 것이었다.

서방 현대작가들의 세계관은 난파를 당한 고통이었다. 그들은 허무주의의 망망대해 중에 빠졌다. 서방의 문예비평가와 사상가들 중에는 창작상의 허무·퇴폐를 부정하고 곤경에 빠진 작가들에게 살 길을 지시해 주는 이도 거의 없었을 뿐더러, 오히려 대부분 창작가들과 함께 같은 배 위를 지키고 앉아, 그들의 비평이론을 현대문학을 위한 옹호로 삼고 허무주의에게 존재의의를 만들어 주었다.

실존주의는 서방생활의 불안, 초조함, 공포 등등의 측면을 지적하는 데에는 충분한 역량을 발휘하였지만, 잘못을 발견하고 지적하여 시정하는 시선은 아예 없었다. 하이데거와 초기 사르트르가 강조했던 것은, 인간은 아무 이유 없이 이 세계에 던져진 존재로 혈혈단신으로 끝없이 망망한 가운데 일생은 고독 속에서 자기의 가치를 찾아야 하고 자기 자신의 자유를 긍정하는 것으로 정해져 있다는 것이다. 따라서 일생을 살아가는 가운데 오로지 고독과 적막, 불안, 초조함, 공포 등과 함께 해야 한다는 것이다.

이러한 고립된 개인의 형상은 정치·경제의 사회적 활동과 동떨어져 있고, 역사의 궤도 밖에 서서 스스로 고독을 한탄하는 것으로, 서방 현대문학이 공들여 빚어낸 인성인 것이다. 이러한 세계관에서 출발하였기에 서방작가가 퇴폐와 몰락의 묘사를 숭배하고, 가치관의 분열과 붕괴와 혼란을 노출하며, 생존의 무의미함과 거칠고 쓸쓸함을 강조하는 것은 이상하게 여길 것이 아니다.

카뮈의 『시지프 신화』는 서방현대문학이 표현하는 고립된 '현대인'을 대표하여 이론적 해설을 써낸다. 카뮈는 그리스 신화 중의 시지프를 현대 서방인에 비유한다. 시지프는 뭇 신들의 분노를 사서 신들은 그에게 영원토록 큰 돌을 산 정상으로 밀어 올려야 하는 벌을 내린다. 돌이 산 정상에 이르면 다시 또 산 아래로 굴러 내려온다. 시지프가 유일하게 위안을 느끼는 것은, 그에게 벌을 내린 신들에 대해 자신의 마음 속에서 경멸의 뜻을 몰래 가지고 있다는 것이다. 카뮈의 결론은 시지프가 자신의 정신승리법을 통해 인생의 행복을 얻게 된다는 것이다.

전후(戰後) 서방의 퇴폐하고 황량한 생활을 체험하고도, 변화를 꾀하며 그것으로부터 벗어나고자 하지 않고 오히려 신화를 떠올리고 허무주의적 생활에 이론적 기초를 제공한 것은, 서방의 정신적 파산이 이미 이제는 돌이킬 수 없을 정도의 지경에 이르렀음을 의미한다.

이제 고개를 돌려 타이완의 문학을 보도록 하자. 타이완의 작가들이 어떻게 서방 '현대인'의 세계관을 이식·전파하였는지 보자. 표면적으로 본다면 타이완과 유럽은 같다. 제2차 세계대전의 피해를 받았고, 인민들은 이리저리 떠돌고 흩어짐을 겪었고, 죽음에 대한 공포가 횡행했다. 그렇지만 타이완에 한정해보자면 이런 혼란한 현상의 배후에는 오히려 한줄기 길게 끊이지 않고 이어져 온 반제국주의의 민족주의의 맥락이 오르락내리락하고 있었다. 100년간 타이완은 다른 아시아 지역들과 마찬가지로, 식민주의의 족쇄를 짊어지고 있었다. 100년래 반제국주의의 사상과 활동은 아시아 인민들의 정신·감정·시간과 생명의 절대 부분을 점거하였고, 그리하여 당대 아시아인들의 성격을 부조해냈다.

하지만 지난 20년간 타이완은 반대로 동시대 아시아 지역의 주류에서는 벗어나 있었다. 타이완 사회는 정체되었고, 반식민주의적 민족주의 운동의 일시적 퇴조는 사람들의 마음속에 고민을 만들어낸 본질이었다. 50년간의 일제시기가 끝난 후 일본은 타이완으로부터 물러갔다. 그러나 일본인이 떠난 자리에 들어온 것은 미국인이었다. 더욱 더 심한 것은, 군장을 차고 물러갔던 일본인들이 20여 년이 지난 뒤 새로운 머리스타일과 얼굴로 양복을 차려 입고 다시 타이완에 들어와 무력침략 대신 경제적 침투를 하고 있다는 것이다. 황춘밍(黃春明)이 『문계(文季)』 제1호에 발표한 단편소설 「사요나라, 짜이젠」[4]에서는 70년대 복대 가득 돈을 차고 온 일본상인이 다시금 타이완 사람들에게 돈을 뿌리며 모욕하는 모습이 그려진다. 비록 과거 남경

---

4) [역자주] 한국어 역으로 이호철 역, 『사요나라, 짜이젠』, 창작과 비평사, 1983 이 있다.

에서 손에 칼을 든 일본 군인이 남경 시민들에게 저지른 만행에는 미치지 못하지만, 일본상인이 눈앞의 타이완의 여성들의 육체를 마음껏 자신의 마음대로 음욕을 채울 수 있는 대상으로 찾는 모습의 묘사는 참으로 잔혹하고 냉정한 일면을 가지고 있다.

타이완은 군사적으로는 미국에 의지하고, 경제적으로는 일본에 의존하고 있었다. 이러한 정치현실 하에서 민족주의 운동이 침체에 빠져든 것은 이상할 것이 없었다. 정치적 참여라는 것은 거의 0에 가까운 것이었고, 50년대 이후 타이완에서 자라난 청년들은 모두 공개적 정치생활이라는 것을 겪어보지 못했다. 그들과 전체 사회의 분리는 상당히 심각했다. 이러한 상황 속에서 마음속에 생겨난 답답함과 결핍은 지식인들로 하여금 서방 허무주의를 끌어오게(혹은 추수하게 하는) 하는 원인이 되었다.

20년간 타이완의 정치적 폐색이 키워낸, 멍하니 아무것도 할 수 없다는 정서는 비록 표면상으로는 당대 서방작가로 대표되는 유한계급적 정서와 그들이 고취하는 상실감과 유사한 지점이 있었지만, 엄격하게 말하자면 동양과 서양의 이 두 가지 감성활동은 각기 다른 근원을 가지고 있을 뿐 아니라 기본상으로는 서로 상대에 저항하는 것이었다. 20세기 이래로 타이완은 식민주의의 속박에서 벗어난 적이 없었다. 지금 밖으로는 신식민주의(경제적 침투로 오는 정치적 통제)의 착취, 안으로는 외래 식민주의자에 빌붙는 매판정치의 압박이 있다. 타이완의 진정한 고민은 이러한 것들로부터 생산되는 것이다. 한편, 서방 현대문학이 표현하고자 하는 고민은, 곧 이데올로기적으로 서방의 기득권자와 부합하는 일군의 작가들(카뮈가 50년대 말 알제리의 독립운동 혁명을 반대했던 것이 좋은 사례이다)의 날로 몰락해가는 현실로부터 출발한 슬픈 노래였던 것이다.

두 가지 고민은 본질적으로 이와 같이 모순적이며 상극이다. 진상을 제대로 알지 못한 채, 실정을 살피지 않는 타이완의 작가와 학자들은 외려 여전히 경솔하게 견강부회하고, 함부로 끌어다 붙이며, 서방의 서가(書架)에 꽂혀 있는 감정들을 몰래 훔쳐다 쓰고, 그들의 허무주의를 가져다가 자기 자신의 고민에 붙인다. 다른 사람의 술잔을 빌어다가 자기 마음에 쌓인 응어리를 붓는다. 결과적으로 옛 근심 위에 새로운 근심을 덧붙이고도 셈할 줄을 모르니, 거꾸로 타이완의 현실의 진상을 마구 뒤섞어버렸다. 타이완 문학계가 보여주고 있는 세계는 이처럼 황당하고 현실 상황으로부터 유리되어 있는데, 독자들은 왜 그런지 알 수 없고 작가자신조차 미혹되기에 이르렀다. 위광중의 발언에 따르면 제2차 세계대전으로부터 지금까지의 세계는 "어디에나 모두 오늘날 작가들은 눈이 어지럽고 마음이 혼란하게 되어, 세계의 해석을 할 수 없게 되었다." 이것이 그가 타이완에서 편찬한 『중국현대문학대계』의 총서(總序)의 개종명의(開宗明義)인 첫 번째 문단에서 자백한 것이다. 이 '대계'에 속한 작품 대부분과 장모(張默), 뤄푸, 야셴(瘂弦)이 편찬한 『60년대 시선』과 『70년대 시선』 등이 만일 선집 구실을 제대로 하려면, 오히려 지난 20년간 타이완 문인들이 서방 허무주의병을 앓은 병력의 기록이라고 이름 붙여야 할 것이다.

3. 민족주의 대 현대주의

대체 누가 서방서적의 그러한 감정들을 몰래 훔쳐다 썼는가?

주요하게는 대학 외국 문학과의 교수와 학생들이다. 타이완에서 성장하여 이제는 기성작가가 된 청년작가들의 과반은 타이완의 대학 및 전문학교 외국문학과의 졸업생들이다. 그들은 대학시절 서방의 서적에 푹 빠져 있으면서 서방인의 감각과 사유방법을 학습하고, 그들의 세기말적 퇴폐의 세계관을 추수하는 가운데 그들의 마비되고, 황당무계하고, 병태적으로 조증과 울증 사이를 오락가락하는 모습을 따라하였다. 결과적으로 타이완 문학—특히 현대시—에 드러나는 대부분은 여기에 절망, 저기에 허무, 그것도 아니면 문자와 글로써 크게 죽음에 대해서 쓰는 것이었다. 왕원싱이 타이완 문학계에 호소한 것은, 기교와 내용 모두 서방을 배울 것이었지만 이는 다만 서구화 논조를 벗어나지 못한다. 서구를 숭배하는 심리는 이미 그것으로 가득 차 있는 타이완 지식계를 더욱 더 빠져들게 만들었고, 더 나아가 지식인들로 하여금 퇴패(頹敗)적인 서방으로 한 걸음 더 가게 만드는 상시(嘗試)[5]였을 따름이다.

기실 오늘날 타이완 문예계에서 구문학 혹은 반공(反共) 팔고문(八股文)의 역량은 이미 몰락하였다. 작가들은 이제는 더 이상 서방의 기교와 내용을 가져와서 그들의 범람을 막을 필요가 없다. 그러나 지금 진정 반성을 필요로 하는 것은, 현재 타이완 문예계가 이미 과도한

5) [역자주]: 상시(嘗試)는 본래 시험삼아 해보다란 뜻을 지니고 있다. 여기서는 원래의 뜻과 함께 중국 신문화운동의 선구자 후스(胡適)가 엄격한 중국의 정형시를 벗어나 백화문으로 시를 창작한 시집 「상시집(嘗試集)」을 일컫는 중의적 용법으로 쓰였다. 신문화운동의 소환은 두 가지 해석이 가능한데, 하나는 대륙의 신문화운동의 전통과는 단절되어 버린 타이완 문학계의 현상을 비판하기 위한 풍자적 함의로도 볼 수 있고, 다른 하나로는 전반 서구화를 제창한 신문화운동의 서구추수 경향이 이어지고 있다는 관점으로도 해석할 수 있다. 심지어 둘 다 가능한 것으로 보인다.

정도로 서방의 내용과 기교로 붐비고 있다는 것이다. 50년대의『문학잡지』,『현대문학』으로부터 70년대『중외문학(中外文學)』에 이르기까지, 이들은 타이완의 대학 외국 문학과의 교수와 학생들이 앞뒤로 편집을 맡았던 잡지들로, 쉬지 않고 서방의 감수성을 타이완 문예계에 수입해온 주요 매개체였다. 타이완의 학자·작가와 학생들은 이러한 잡지를 빌려 T. S. 엘리엇, 카프카, 카뮈, 사르트르를 소개하였고 형식주의적 비평 방법을 이용하여「황무지」,「재판」,「이방인」 등을 해설하였다. 저 작품들이 어떻게 위대한지를 분석하고, 심지어는 고개를 돌려 이러한 서방의 쇠락하고 무너진 담장 위에서 피어난 신(新)비평을 가져다가 타이완 땅에서 자라난 작품을 덮으려고 했다. 녹이 슨 서방의 메스를 빌려다가 타이완에서 자라난 육체를 열어 보려 하였을 때, 그 유폐(流弊)는 상상하기 어렵지 않은 것이었다. 옌위안수(顏元叔)가 양칭추(楊靑矗)를 비평할 때 낳은 착오들이 이 실례(實例)이다.

이처럼 정신적으로는 이미 서방에 신복(臣服)하고 있으면서 서구의 사조를 소개하는 것으로 자신의 직분으로 삼은 학자와 작가들이『문학잡지』,『현대문학』,『중외문학』 등 서방문예 대리점의 쇼윈도에 갖가지 신기하고 눈을 홀리는 서구 작품들을 배치해 놓은 것을 볼 때에, 창 밖에서 바라보는 독자들은 대체 어떠한 감상을 가질 것인가?

일반 독자들이 이런 종류의 물건들의 살펴보며, 탄복하거나, 선모(羨慕)하고, 감탄하며 스스로를 부족하다 여기는 것 외에 어디 진정한 가치를 찾아보려고 할 수 있겠는가. 그렇기 때문에 타이완의 두 종류의 주요 작가들―군중작가와 학원작가들―사이에는 일종의 미묘한 관계가 자리 잡게 되었다. 일반적으로 군인 출신의 작가는 경험이 풍부하고 감성이 자연스러운 반면, 학원작가는 생활의 내용이 비교적 부족하고 감성은 책을 통해서 길러져 나온 것이 많다. 이러한 조건 하에서 작품을 쓴다면, 어떤 부류의 작가들의 창작이 보다 더 나을지는 명약관화한 일이다. 그렇지만 사실은 정반대로, 오로지 서방만을 추종하는 타이완 문단에서는 외국어를 알지 못하는 군인출신 작가들이 사상 방면에서 은연중에 학원파 작가들의 영도를 받아들여, 창작할 때 점점 자기 고유의 신념을 잃고 서방을 닮으려 하게 되어, 온실 속의 이상한 정취가 현지에서 자라난 화초의 향기를 잃게 했다『신정(神井)』의 돤차이화(段彩華)와 『철장(鐵漿)』의 주시닝(朱西寧)의 후기 작품들은 천천히 박래품의 '현대감성'의 침습을 받아, 내용이 점차 조급해지고 문란해져버렸다(전자의 경우는 『눈밭의 곰사냥[雪地獵熊]』과 『다섯 소년범[五個少年犯]』, 후자는 『비례기(非禮記)』와 『야금자(冶金者)』).

위의 작가들 외에도, 한 무리의 표현 작풍이 판이하게 남다른 작가들이 있다. 그들은 대부분 타이베이 밖에서 거주하며 글쓰기를 생업으로 삼지 못하고 다른 직업을 가진 이들로 누군가는 중학교 교원이고, 누군가는 회사의 직원이며, 누군가는 자영업자이다. 취재와 문체 방면에서 그들 사이에는 각기 다름이 있을 수 있지만 큰 흐름상은 비교적 일치하므로, 보이지 않는 가운데 하나의 파별(派別)의 경향을 형성하여 군인 출신 혹은 학원 출신 작가들과는 구별된다. 우줘류, 중자오정(鐘肇政), 정환(鄭煥), 랴오칭슈(廖淸秀), 린중룽(林鐘隆), 예스타오(葉石濤) 등이 대표적 인물이다. 그들은 학원작가들처럼 서방의 풍조에 의존하지 않았고, 또 군인작가들처럼 감성적인 구도를 가지고 이전 대륙의 풍물과 인정에 초점을 모으지도 않았다. 그들은 모두 타이완 적(籍)의 작가들로, 타이완에서 태어나고 타이완에서 자라났으며,

타이완의 각종 면모들을 글로 쓰고 있다. 이 점에서 그들과 비교할 때 다른 두 종류의 작가들은 "뻔히 보면서 따라잡지 못하고, 그들이 일으키는 먼지만 바라볼 뿐 그들에게 미치지 못한다."

　그러나 이들 작가들이 오히려 문단으로부터 올바른 평가를 받지 못했던 원인은 그들의 언어가 판에 박은 듯하고, 이미지에는 참신함이 없으며 플롯과 구조가 세련되지 못하다는 것 이외에도, 가장 주요한 문제는 제재의 선택에 있었다. 우쭤류로부터 시작된 이들 작가들의 스타일은 대부분 향토를 배경으로 의탁하여 근대민족이 겪어 온 순탄치 못한 경로를 그려내는 데 익숙했다. 그들은 역사를 주제로 삼고, 개인의 경험을 오르락내리락하는 역사의 조류와 짝지웠다. 작품 속에서 먹을 듬뿍 묻힌 붓을 가지고, 먼저 19세기 이래의 국토가 식민지로 전락하는 역사의 폭풍을 커다란 배경으로 제시한 뒤, 이어 세필로 그 속에서 한 집안 혹은 한 개인의 기쁨과 분노, 영예와 치욕, 몰락과 투쟁의 생활을 그려내었다. 이렇듯 강렬한 역사적 투시법을 갖춘 창작 방식은 소위 현대파의 창작 방식과는 판연히 다른 것이었다. 현대주의는 개인으로부터 출발하여, 역사의 조류 밖에 우두커니 서 있는 고독한 개인의 형상을 강조할 뿐이다. 서방 현대파의 작품들인 카뮈의 『이방인』, 사무엘 베케트의 『고도를 기다리며』, 엘리엇의 『황무지』를 보면 모두 독자는 개인의 의식이 확대되고, 현실역사가 축소되는 공통점을 볼 수 있다. 표현기법상 현대주의는 개인의 의식의 흐름상의 편린을 포착하는 것을 숭상하고, 역사·사회의 큰 동태를 그리지 않고, 미묘하고 순간적인 특수한 경험에 집중해서 연속적이고 총체적 현실을 무시하고 파악하지 않는다. 현대파는 스스로 위와 같은 현실을 관찰하는 방법에 대하여, 부분으로서 전체를 보고, 찰나로서 영원을 깨달으며, 낱알로부터 전 세계를 볼 수 있다고 해석한다. 그러나 그들의 지혜는 의식측면에서 역사에 개입하고 있는 우줘류 등의 작가들이 보기에는 지나치게 단순하며, 19세기 이래 아시아 역사상 그러한 지혜는 어떠한 특출난 이치도 도출해내지 못했다.

그들이 쓰고자 하는 것은, 단편적인 경험과 의식의 흐름에 맡긴 자유로운 정신을 조합하여 역사로부터 도피하고자 하는 개인의 감수성과는 지향이 크게 다르다. 그들이 완성하고자 하는 작품들은 대부분 엄청나게 긴 '대하소설[江河小說]'의 범주에 속한다고 할 수 있다. 역사의 진전을 거대한 편폭으로 총괄하면서 민족의 시련과 개인의 희비를 돌출시킨다. 우줘류의 『아시아의 고아』, 중자오정의 『타이완 사람 3부곡』에 포함된 「침몰하는 섬」[6] 등이 이러한 뜻을 담고 있다.

세계관의 근본적인 차이로 인해, 창작상 염두에 두고 의미를 부여하는 곳 또한 같지 않으니, 학원파들이 득세하고 있는 타이완 문예계에서 저들 작가들의 창작성과가 주류에 속하지 못한 것도 이상한 일이 아니다.

그렇지만 이들 타이완 성적(省籍) 작가들의 표현의 성과는 완벽하다고 말하기에는 아직까지는 무리가 따른다. 특히 형식·기교 방면—언어, 인물조형, 장면구성, 플롯, 구조 등—에서는 개선의 여지가 많다. 오로지 주제의 적실함, 제재의 탁월함에 의존해서는 전체 독자를 얻기 어렵다. 취재와 의도가 비교적 유사한 비교적 젊은 또 다른 작가인 황춘밍(黃春明)과 천잉전(陳映真)을 보자면 기교 방면에 있

---

6) [역자주] 한국어 역으로 문희정 역, 『침몰하는 섬』, 지만지, 2013, 총 2권이 있다.

어서는 다소나마 발전이 있다고 할 수 있다.

누군가는 이들 작가들의 문학을 향토문학의 반열에 놓았다. 그것에는 약간 오해를 불러일으킬 가능성이 있다. 향토라는 것은 이들 작가들의 소재가 향토에서 온 것으로 인하여 가리키는 말이다. 그들이 타이완의 향토와 풍물을 배경으로 삼았지만, 표현하고자 하는 것은 단순히 지방의 인정습속에 그치지 않는다. 그들의 의도는 단순히 지방지(地方誌)를 쓰기 위함이 아니다. 만일 그들이 그려내는 인물과 사건이 만약 기교와 내용상 완벽에 가까울 수 있다면, 저들 도시생활을 소재로 삼은 타이완 현대파의 작품이 그려내는 것보다 훨씬 더 근대 아시아인의 운명을 잘 그려내고, 20세기 역사를 상징한다고 말할 수 있다. 그러나 향토문학이라는 용어는 일반인들로 하여금 쉽게 터무니없는 생각을 하게 했을 뿐만이 아니라, 작가들 스스로도 종종 이에 연루된다. 시 잡지 『삿갓[笠]』을 예로 들어보자면 그들이 표방하고 있는 향토의식은 때때로 풍속을 수집해놓고 사투리를 진열하는 것으로 주객전도가 되어, 향토를 이용하여 주제를 두드러지게 하는 것이 아니라 단순히 향토를 묘사하는 것이 주제로 변해버렸다.

4. 형식주의의 범람

하지만 민족주의가 퇴조에 든 20년간 타이완의 문화 영역은 서구파의 천하로, 문학 또한 문화의 하위범주로서 자연스럽게 서구파의 지도를 받았다.

타이완 기층사회의 소인물들의 신산(辛酸)을 그려낸 작품으로 일정 정도의 현실을 반영한 양칭추의 『방 안의 남자[在室男]』는 한 편의 저속하고, 음란하고, 의미가 없으며 어떠한 가치도 없는 다만 비교적 문장이 아름다운 화류계의 소묘로 인식되고 있다. 반대로, 남녀연애의 번뇌 외에 다른 근심이 없고 부동부실(浮動不實)한 도시 대학생의 편을 드는 린화이민(林懷民) 같은 경우는 그의 지성과 감성이 현 세대의 대표처럼 여겨지고, 천잉전, 황춘밍 등의 작품들이 아직 올바른 평가를 받고 있지 못하던 때에 내용상으로는 창백하게 지어졌고 문장이 난삽한 왕원싱의 『가변(家變)』 같은 작품이 현대중국 소설 중 극소수의 걸작의 하나로 추앙받았다. 이처럼 황당하기 그지없는 현상들은 타이완 문단의 여러 작가들이 일부러 사람들을 놀래키려고 만들어낸 말이 아니다. 오히려, 그들의 사상이 일관되었기에 만들어진 결과이다.

서방 서적의 감정들을 표절하고, 그것을 타이완 사회의 현실 위에 덮어씌우려 하였으니, 애초에 잘 맞지도 않았던 것들이 종내에는 음양으로 어긋나버렸음은 더 말할 필요도 없다. 민족주의의 감성·경험과 현대주의의 감성·경험의 차이는 상당히 크다. 오늘날 타이완에서 득세하고 있는 현대주의는 형식미를 숭배하고, 문구와 비유의 조탁이 활짝 핀 꽃가지가 바람에 흔들리는 듯 아름답고 영롱하고 정교하다. 그러나 그들이 형식이 치밀하지 못한 민족주의 감성을 기조로 한 작품들을 대하는 태도는, 마치 도시 안에서 신발을 신은 아이들이 시골에서 신을 신발도 없는 아이들이 빨리 달리지 못하는 것을 경시하는 것과 같다. 이러한 현상은 오늘날에야 첫 걸음을 내딛기 시작한 타이완 비평계에서 가장 엄중하게 나타난다.

타이완 비평계와 창작계는 동일한 사상적 연원을 가지고 있다. 비평가들 또한 줄곧 서방―특히 미국―의 발자국을 따르고 있어, 그들이 걸으면 걷고 뛰면 뛴다. 혹 오늘날 비평계가 바로 현 시대적 요구에 따라 만들어진, 20년간 타이완 현대주의 문학의 이론적 기초일지도 모른다. 그러나 그 기초는 한 마디 말로 하자면 곧 미국의 형식주의였던 것이다.

미국적 형식주의란 무엇인가? 간단히 말하자면 미국 남부 농업문화 전통의 학자·시인들이 자신의 문학관을 발표하여 이후 유행하게 된 일종의 문학비평이론으로, 때로는 '신비평'이라고 불리기도 했다. 그들은 오늘날 세계의 혼란의 잘못을 과학기술의 발달에서 찾았다. 세상에 분노하고 세속을 미워하며 오늘날 공업사회와 좀처럼 맞지 않아 뒤로 물러나 개인의 소세계에 숨는다. 그들은 개인주의의 기반 위에서 시를 주장하여 그것을 넓히고 심화시켜 소설에까지 적용시켜, 작품은 자립자족적인 유기체로서 시공을 초월하여 존재하는 것이었다. 그리하여 작품을 읽고 연구할 때에, 그것을 홀로 허공에 떼어놓고 볼 수 있다. 작품이 존재하는 시·공간 요소는 작품 자체와 필연적 관계가 성립하지 않는다. 비평을 함에 있어 그들의 시야는 작품 내의 작은 세계에 국한되어, 글자와 구절의 완벽한 해석을 추구하고 작품의 가치판단을 애써 피한다. 작품을 읽을 때 그들은 이미지 사냥꾼들로서, 만들어진 특이한 은유, 장력(張力), 충돌, 풍유, 모순어법 등등을 추구하여 그들의 목적은 작품 속의 수수께끼를 푸는 것이 된다.

이러한 방식의 학문과 공부는 거의 중국 전통학문의 초등학교 범주에 귀속시킬 수 있는 것으로, 학자의 수양이자 교수들의 가장 잘하는 본령이 되어야지 비평가들의 본업은 아닌 것이다. 가치판단을 할 수 없다면 비평가가 아니다. 역사적 맥락, 문화의 변천을 보지 못하는 비평가는 좋은 비평가라고 할 수 없다. 문학을 자기 자신의 작은 세계에 국한시키고, 자신과 자신이 의지하고 있는 역사적 지리적 환경과 단절시킨 채, 불필요한 미사여구를 죽 늘어놓은 글로 핵심을 잃은 작법들은, 문학을 비천하게 만드는 것 이외에는 아무런 공헌이 없다.

저들의 문학비평법을 타이완에 이식한 것은, 은연중에 현재 의식형태의 유지를 조장한 것이었다. 그들은 변혁을 말하는 것을 꺼리고, 간접적으로 소위 '피진(避秦)[7]'과 편안한 생활태도를 조장하는 것이다. 더 나아가 이러한 비평은 주제, 취재의 좋고 나쁨의 구분에 대해서도 소홀히 하고, 다만 은유, 풍유, 모순어법 등등을 문학창작의 목표로 본다. 일반 작가들이 저런 것들에 힘쓰게 됨에 따라 결과적으로 내용은 텅 빈 골짜기가 되고 기교상으로 온 힘을 다해 신기함을 다투고, 괴상한 것을 팔며, 허위를 지어내는 것을 능사로 삼는다. 소설에는 치뎡셩, 시에는 뤄푸, 예산(葉珊), 예웨이롄(葉維廉) 등이 모두 눈앞의 사례들이다. 시인들은 특히 실체가 없는 것들을 사랑하여, 은유를 만드는 작품을 유행시키고, 더 심한 경우는 산문을 물들이고자 했다. "나는 천천히 걷고 있다. 나는 가장자리 위를 걷는다. 나는 가장자리 사이를 걷는다. 나는 가장자리 아래를 걷는다. 가장자리는 내 안에 있고, 나는 가장자리에 있다.", "봄은 절대로 연립 일차 방정식의 질문을 생각하면 아니 된다. 봄은 또한 앵글로 색슨 인의 방언을 외우려고 해서는 아니된다. 봄은 더더욱 베트남 정세의 자료카드를 수집하면 아니 된다." 이와 같은 스스로 풍류가 있어 대낮에 꿈꾸는 것이라

---

7) [역자주] 진(秦)나라의 학정을 피해 숨는 다는 의미로, 폭정의 박해를 피해 도망가는 것을 비유한다. 도연명의 『도화원기』에서 유래했다.

고 착각하는 시인들의 글은 사람들로부터 "현대적 감성을 풍부히 갖춘" 산문으로 떠받들어져 모범사례가 되기도 한다. 그들은 현대문학의 수법은 그러한 것이라고 생각한다. 5·4운동의 전통을 반대해야 하고, "반(反)으로 정(正)을 삼고, 닮지 않는 것으로 닮는 것이다."

괴테는 "사람이 먼저 타락한 후에 문학이 타락한다"고 하였다. 오늘날 현대파를 대표로 삼은 타이완의 일부 소설, 시, 산문, 비평 등은 각기 그 신통함을 내걸고, 이채로움을 드러내며, 기괴한 것을 앞다투어 팔며, 표절하고 허위를 지어낸다. 그들 작가들은 제2차 세계대전 이래 타이완이 식민지로부터 벗어나 다시 또 다른 식민지로 들어가게 된 현실을 똑바로 보지 못한다. 오히려 아직까지도 외국의 퇴폐사상에 탐닉하여 현대 구미 유한계급의 허무주의 정서를 가지고, 쇠락하고 있는 서방을 끼고 있는 것으로 스스로 자랑이라고 생각하며, "현대적 감성을 풍부히 갖춘", "초현대적"이라고 그럴듯하게 말한다. 부인할 수 없는 것은, 여기 "현대"의 길로 잘못 들어간 문학유파는 타이완 문단에서 이미 점차 그 입지를 조금씩 잃고 있다는 것이다. 독자들은 더 이상 이들 반짝반짝 빛나고, 덕지덕지 화장을 칠한, 눈부시기 그지없는 '현대' 작품들에게 감탄을 표하지 않는다. 더욱이 최근 많은 사람들은 서방 중상층 사회로부터 억지로 떼다가 이식한 이종(異種)의 나무에 대해 의심을 품을 뿐 아니라, 비판적 시선으로 바라보며 더 나아가 활발하게 이의를 제출하고 있다. 『대학잡지』로부터 『중외문학』에 이르기까지, 비판의 문장들이 잇달아 출현하고 있다. 누군가는 타이완 문학의 두 가지 특색으로 식민지 문학과 광대문학을 들었다. 누군가는 직접적으로 물었다. "타이완은 너무 미국화 되어버린 것이 아닌가?" 누군가는 다시금 중국의 30년대 문학전통을 계승해야 할 필요성을 제기했다. 누군가는 새롭게 태어날 다음 세대를 기대했다. 현실에 불만을 품고 새로운 기대를 품고 있는 이들이야말로 희망의 씨앗이다. 사회적 변동, 의식적 각성, 사상적 계몽 등의 풍우가 갈마들어 새로운 생장을 촉진할 것이다. 이러한 씨앗들은 어렵지 않게 타이완의 흙 속에서 발아하고 자라날 새로운 문학이다. 신문학은 이 땅 위에서 줄곧 '현대파'에 의해 무시되어 온 세기의 고난과 분노의 함성을 기록할 것이요, '현대파'의 그늘 속에 가려졌던 삶의 불빛을 해방시킬 것이다.

궈숭펀, 타이완의 문학을 말한다(1974)

초출: 뤄룽마이, 「타이완의 문학을 말한다」, 홍콩: 『두수』 창간호(1974)
原載: 羅隆邁, 〈談談台灣的文學〉, 香巷: 《抖擻》 創刊號(1974)

중국인 입장으로의 복귀

– 웨이톈충(尉天驄)선생의「향토문학토론집」을 위해 쓰다

후츄위안(胡秋原)

    웨이톈충(尉天驄) 선생께서 연래(年來) 향토문학과 관련된 글을 모은 선집을 내신다면서 나에게 서문을 써줄 것을 청해 오셨다. 나는 이미 오랫동안 문학과는 소원했다. 작년 여름에 소위 향토문학에 대한 비판 혹은 공격들이 있었다는 것을 자주 들었다. 그 공격 중에 누군가는 '문예정책'을 이야기하기도 했다. 나는 소위 '문예정책'이 있어야 한다는 것에 대해서는 일관되게 반대해온 사람이라 그것이 나의 관심을 끌어 이 토론에 주목하게 되었다. 내가 생각하기에 그러한 공격은 오해에 기반한 것이었다. 그래서 내가「향토와 인성의 부류를 말한다」를 쓴 뜻은 문예정책을 가지고 와서 향토문학을 다루는 것을 보고 싶지 않았기 때문이다. 뒤이어 나는 약간의 소위 향토문학의 작품들을 보았다. 비록 내가 본 작품 수는 많지 않았지만, 어느 정도는 환영할 만한 경향이라고 생각했다. 지금 나는 이 서문을 쓰는 기회를 빌려 네 가지 문제를 논하고자 한다. 첫 번째는 향토문학의 의의이다.

두 번째는 향토문학에 대한 오해이다. 세 번째는 소위 문예정책 문제이다. 마지막으로는 나의 희망인 ─ 중국인 입장으로의 복귀에 대해 말하겠다.

1.

어째서 향토문학을 어느 정도는 환영할 만한 경향이라고 말했는가?

이는 반드시 우리의 신문학운동사 속에서 고찰해야 한다. 신문학운동은 신문화운동의 일부분이기에, 반드시 신문화운동의 과정 속에서 고찰해야한다.

'신문화운동'과 '신문학운동'의 두 명칭은 비록 민국 초년(初年)에 시작되었지만, 좀 더 이른 아편전쟁 직후로 소급할 수 있다. 당시 중국 고유의 문화로는 중국 민족의 생존을 보장할 수 없었기에 우리는 반드시 서방을 본받아야 했다. 이에 따라 군사·공업 방면의 자강운동, 변법운동과 혁명운동이 있었고 중화민국이 성립되었다. 하지만 민국 성립 후에, 위안스카이(袁世凱) 시기 중국에는 군권정치가 시작되었다. 그러나 군권은 국가를 지키기에 너무나 부족하였다. 일본인들이 한 장의 통첩을 보내기만 하면 우리는 곧바로 그것을 받아들여야만 했다. 게다가 위안스카이의 제제(帝制) 음모 중, 과거의 신인물들은 군벌·관료·정객이 되어 이권을 다투었다. 일반국민들은 애초에 중화민국에 대해 큰 희망을 가졌었지만, 이 지경에 이르자 실망하고 비관하게 되었다.

신문예운동을 맨 처음 주장한 사람은 황위안융(黃遠庸)이었다. 그는 정치에 대한 무망(無望)으로 인해, 문예를 통해 사회사상을 바꿔보자는 생각을 가지게 되었다. 천두슈(陳獨秀)가 민국 3, 4년(1914~1915)에『신청년』을 통해 신문화·신사상을 제창한 것도 동일한 생각에 기반하고 있는 것이었다. 이 시기 재미유학생 후스(胡適)는 에즈라 파운드의 영향을 받아 민국 6년(1917) 초『신청년』의 지면에 백화문을 제창하는「문학개량추의(文學改良芻議)」를 발표했다. 이른바 팔불주의(八不主義)를 주장한 것으로, 신문화운동의 첫 번째 목소리였다. 천두슈는 이를 이어「문학혁명론」을 썼다. 이후『신청년』은 일률적으로 백화문으로 씌어졌고 신문학운동을 개시하여 신문화운동의 유력한 도구가 되었다.

신문학운동은 신문화운동의 일부분이며 가장 활발한 부분이었다. 양자는 서로 끌어주고 밀어주는 관계였다.

이제 60여 년이 되는 신문화운동·신문학운동에 대해 우리는 어떻게 평가해야 할 것인가?

신문화운동의 기본관념은, 중국 과거의 구국운동이 성공하지 못했던 이유가 가지와 마디마디까지 서양을 본받지 않았기 때문이라는 것이다. 오늘날 중국문화 전체가 현대생활에는 적당하지 않음을 깨달아야 하고, 반드시 모든 부분을 서양을 본받거나 혹은 전반(全般) 서구화를 해야 한다. 이때 이래로, 우리는 일 방면으로는 많은 수의 신지식, 새로운 사물을 가지게 되었고 그것들은 60여 년 전의 중국인은 알지 못하던 것들이었다.(기실은 대부분 외래이거나 외부의 영향을 받은 것들이다.) 한편 다른 방면으로는 전면적으로 자기의 역사·문화를 부정하면서 서구화를 통해 출로를 찾고자 했다. 제1차 세계대전 종전 후, 오래지 않아 서방문화의 위기가 폭로되었고 우리는 서양문화 또한 현대생활에 적당하지 않음을 알게 되었다. 이때 서구화로부터 소련화(化)가 나타났다. 그로부터 전화(戰禍)가 끊이지 않았고, 일본인들이 기회를 틈타 침입해왔다. 공전(空前)의 외세에 대한 대승리 이후 중국은 두 토막나버렸다. 큰 덩이는 소련인의 위협 아래에 있어 인민이 살아가기 어렵다. 그나마 작은 한 덩이는 자유를 지키고 있으나 그것의 장래는 많은 사람들의 마음속에서 아직도 안정되지 못했다. 여기서, 우리의 신문화운동 전체를 두고 논하자면, 현 시점에서 그것이 일종의 실패라고 인정하지 못할 이유가 없다. ― 진정한 중국인의 신문화를 출현시키지 못했을 뿐더러, 세계 속에서 중국 민족의 독립적 생존을 보장하지도 못했고, 전체 국민의 자유로운 생활도 지켜주지 못했기 때문이다. 만일 이 점을 부인하고 스스로 성공을 자랑하는 것은 멍청함과 타락을 표시하는 것에 다름 아니다.

전체 신문화운동이 위와 같다면, 신문학운동은 또 어떠한가? 60여 년간 우리는 참으로 적지 않은 새로운 작품을 산출했다. 그러나 질적으로 말하자면 외국의 대작들과 비교할 만한 것들이 얼마나 되는지는 둘째 치고, 소위 구문학과 비교해본대도 그 우열은 어떠한가? 양적으로 말하자면 신문학작품은 그 시작부터 금일에 이르기까지, 그 전파와 영향력은 지식청년에 한정되었다. 광대한 국민들이 감상하는 바는 평극(平劇)[1], 지방희(地方戲), 무협소설 혹은 탐정소설이다. 또 오늘날 텔레비전에서의 가수들이 부르는 유행가와 당나라 때 술집의 가기(歌妓)가 불렀던 것들(왕지환(王之渙), 왕창령(王昌齡), 고적(高適)의

---

1) [역자주] 여기서의 평극(平劇)은 경극(京劇)을 뜻한다. 국민정부가 북벌 성공 후 북경을 북평으로 개칭하였기 때문에 쓰인 명칭이다.

작품들)과 비교하면 또 어떠한지 생각해보라. 일본인들은 가장 중국 시를 잘 감상하는 이들이다. 문학가 시오노야 온(鹽谷溫)은 중국 시를 골라, 심지어 일본의 패전 후에 『중국시선』을 내어 그 민족의 부흥을 돕고자했다. 하지만 그는 민국시기의 시에 대해서는 '거칠고 잡초만 무성하다[蕪穢]'라는 두 글자로 평가했다. 만일 우리의 신문학가가 고인의 작품들이 죄다 볼 것이 없다고 여겼다면, 우리의 신문학은 고인의 것보다 높은 곳에 있어야 하는데, 어찌 이리도 광망(狂妄)하였는가? 만일 '구문학'보다 낫지 못하다면 어찌 '신'이라고 말할 수 있겠는가?

원인은 어디에 있는가? 이것은 결코 중국 강산의 업(業)이 이미 정령(精靈)이 시들어버려 다시 인재를 내지 못했다거나, 60여 년간 나라에 인재가 없었기 때문이 아니다. 내가 보기에 중요한 원인은, 애시당초 신문화·신문학운동의 지도자들의 학문과 이론의 부족이 신문화·신문학을 잘못된 길로 가게 한 것이다. 한편으로는 자신의 뿌리를 잘라내고, 다른 한 편으로는 외국을 모방하기에만 급급하여 온 민족정신을 '자신의 밖', '자기상실' 혹은 '정신착란'으로 몰아 서양인들이 말하는 소위 alienation의 속으로 빠져들게 한 것이다. 이는 그들에게 있어서는 기껏 일개인의 자기상실이지만, 우리에게 있어서는 자기도 모르게 전 민족을 '자신의 밖'으로 빠져들게 하는 것이다. 그러니 자연히 성공은 난망한 것이요, 다만 인재를 못 쓰게 만들었을 따름이다. 우리는 그 과정을 검토해보도록 하자.

신문화·신문학운동은 대체로 평행한 것이었다. 소위 신문학운동은 대체로 4개의 시기로 나눌 수 있다. 제1기는 민국 6년(1917)으로부터 민국 19년(1930)까지이다. 제2기는 민국 19년(1930)으로부터 민국 25년(1936), 제3기는 항일전쟁으로부터 대륙의 윤함(淪陷)까지이다. 제4기는 대륙 윤함으로부터 지금까지이다.

먼저 신문학운동이 일어나기 직전을 보도록 하자. 그때, 문학 방면의 기존 세력으로는 동성(桐城)파의 고문, 그리고『문선』(『소명문선(昭明文選)』)이 있었다. 이들은 청나라의 동성, 양호(陽湖) 두 파의 여파로 동성파는 증국번(曾國藩)에 의해 제창되며 더욱 왕성했고, 옌푸(嚴復)와 린수(林紓)가 서방문학을 번역하는 것 또한 동성파의 문체를 사용했다. 시는 동광체(同光體)로 곧 송시(宋詩)의 부흥이었다.

그러나 날이 갈수록 외부로부터의 압박이 거세짐에 따라 신문학운동 또한 일어나게 되었다. 변법운동 후 량치차오(梁啓超)의 산문이 이것으로, 대체로는 명나라 말기 제자(諸子)의 문체였으나 다소간 당시 일본의 고문(古文) 어체(語體)의 영향도 있었다(그는 전기(傳奇)와 백화소설도 썼다). 황준셴(黃遵憲)의 시는 민가체(民歌體)를 사용한 것이고, 우워야오(吳沃堯), 리쟈바오(李嘉寶)의 소설은『유림외사』식이었다. 남사(南社)의 혁명시를 제외한 혁명당들은 백화를 이용해 시를 썼으니 천톈화(陳天華)의「힘껏 고개를 돌리다[猛回頭]」같은 것이었다. 백화신문 또한 각지에서 출현했다.

만일 이러한 추세를 따라 온건하게 전진했었다면, 훨씬 더 건전한 신문학운동이 될 수도 있었을 것이다. 민국초기, 혁명 후 일종의 실망으로 인한 반동과 위안스카이의 복고를 이용해 음모를 가리려는 계략 등 민국초는 일종의 암흑과 침체의 공기 중이었다. 위에서 언급한 동성파와 송시의 '경파(京派)' 문학 외에 새로운 문장으로는 장스자오(章士釗)의 로직(Logic)문(柳宗元體)과 수만수(蘇曼殊)의 소설이었다. 수만수의 소설에는 혁명의 호흡이 깃들어 있었다. 그들은 제제(帝制)

운동이 일어나는 완세(玩世)의 분위기 속에서 상하이의 『토요일[禮拜六]』(잡지이름)과 원앙호접파가 되었다. 이는 왕타오(王韜)에 수만수까지 더한 말류(末流)에, '해파(海派)'의 '양장재자(洋場才子)'의 유한문학이었다.

때는 확실히 문학혁명을 요구하고 있었다. 『신청년』의 신문학운동은 곧 '경파', '해파'에 대항하여 일어났다. '신'이라고 하는 것은 두 가지 특색을 가지고 있었다.

1. 문언문을 부정하고 백화문을 정종(正宗)으로 삼는다.
2. 형식상 내용상을 막론하고 서방문학 혹은 외국문학을 모방한다 (모방하는 외국은 주로 일본과 인도였다. 신(新)시인들은 대부분 타고르의 시를 모방했다. 「신월」 파의 '신월' 두 글자는 타고르의 1895년 시집인 The Crescent로부터 왔다).

이것이 당시 소위 '신'이 갖추어야 할 두 가지 필요조건이었다. 근근히 백화만 갖췄다고(예로 장회체) '신'이 아니요, 문언문으로 외국 소설을 번역한 것도 '신'이 아니었다. 그렇지만 이 두 가지 지점은 모두 정확하지 않은 것이었다. 첫 번째 지점으로, 장기적인 문언과 백화 간의 투쟁이 있어 왔지만, 이것을 중국문화와 외국문화의 투쟁으로 연결시켰다. 이러한 문호간의 투쟁은 복고파가 완고하게 백화파를 '수레를 끌고 다니며 장을 파는 자들의 부류'로 경멸하는 것과, 신문학파가 백화와 문언문을 '사람의 문학'과 '귀신의 문학', '산 문학'과 '죽은 문학'으로 분류하여 선전하는 것 따위였는데, 이 또한 근거가 없는 것이었다.

① 어느 나라를 막론하고 입으로 하는 언어와 쓰는 문자는 차이가 있을 수밖에 없다. 비록 서방이 표음문자를 쓴다고는 하지만 언어와 문자는 별개의 것이다. 미국인의 일상 회화와 그들의 소설을 비교해본다거나, 대통령의 국회연설문을 한번 비교해본다면 그 사이에는 분명히 거리가 있다.

② 중국문(中國文)은 표의문자이고, 표음문자가 아니기에 어·문의 거리가 서양보다 크다. 그러나 다른 한편으로 중국의 글자는 구어를 고정시켰기에, 구어의 변화가 서양 언어만큼이나 크지 않다. 어·문의 변화 또한 서양만큼 크지 않다. 오늘날 영국인은 14세기 초서(Chaucer)의 시를 읽을 수 없지만, 우리는 기원전 1천 년의 『시경』을 그다지 어렵지 않게 이해할 수 있다.

③ 문장은 항상 간결할 것을 요구한다. 그러나 너무 간결하면 또한 말이 명확하지 않게 된다. 또, 설명, 서사, 묘사, 강연의 기능은 또한 각기 다르다. 중국문에 대해 논하자면, 간결할수록 문언문에 가깝다. 예를 들어 전보를 보낼 때에는 반드시 문언에 가깝다. 장타이옌[章太炎]의 문장은 고오(古奧)하다. 그의 글쓰는 '비결'은 먼저 문언으로 써내려간 다음, 일체의 생략 가능한 허자(虛字)나 불필요한 글자를 지워내는 것이었다. 귀스타브 플로베르 또한 모파상에게 유사한 방법으로 소설작법을 가르쳤다.

또, 구어 중에는 지역·직업으로 인한 다수의 특수한 방언·속어가 있을 수 있다. 외국의 소위 slang이 그것이다. 어떤 속어들은 특히 세련된 경우 일반적으로 통용되게 된다. 단, 일반적으로 문자는 표준화를 요구한다. 중국과 외국을 막론하고 피할 수 없는 것이다. 문학가는 항상 구어를 문자 속에서 정련한다. 각국의 서적은 한 나라 사람들이 입으로 한 말을 문자로 옮겨 실은 것이다. 옮기는 과정 중에 수식이 붙게 된다. 이러한 문자들은 훗날 구어의 기초가 된다. 그러므로 문언 속에 구어가 있고, 또 구어 속에 문언이 있는 것이다. 무엇이 구어이고 무엇이 문언인지에 대해서는 자른 듯한 경계가 있을 수 없다. 예를 들어 '석양', '바람이 쓸쓸[風蕭蕭]' '춘광명미(春光明媚)', '차마 떠나지 못하다(依依不捨)', '시비자유공론(是非自由公論)'…… 같은 것들은 당시 신문학가들이 말하는 죽은 언어와 산 언어, 사람의 문학과 귀신의 문학이라는 구분으로는 나눌 수 없는 것들이다(30년대 취츄바이(瞿秋白)가 '대중어'를 제창한 일, 수년 전 이 땅의 누군가 말한 '기(其)'와 '지(之)'가 이미 사문자(死文字)라는 것들도 모두 무지의 소이이다).

④ 진정한 문학은 죽지 않는다.『시경』,『초사』, 당시(唐詩), 송사(宋詞), 원곡(元曲)의 죽지 않음은 마치 호메로스와『구약』의「시편」, 서방의 중고(中古) 민요가 죽지 않는 것과 같다. 이들은 모두 인류문학의 재산이다.

⑤ 중국의 구어와 문언의 거리는 확대되는 측면과 축소되는 두 가지 국면이 있었다. 진·한(秦漢)으로부터 육조시대까지, 문학활동에 참여한 것은 궁정의 사대부였고 일반 평민의 문학은 악부가사 등에 실린 몇 편을 제외한다면 전하는 것이 없다. 그렇지만 도시의 발전 이후, 특히 인쇄술의 발명 이후 평민이 문학활동에 참가하면서부터 필연적으로 백화문학이 시작되었다. 그리하여 백화문학은 도시 발전의 자연스러운 결과이다. 유럽의 중고(中古)시대 그들의 문인은 대부분 교회 계통의 인물이었다. 서방의 근대사는 15세기에 시작되는 것으로, 각 민족의 수도에서 국어가 형성되고 그로 인해 민족국가가 생겨나고 뒤이어 각국어로 성경을 번역하고 또 다시 인쇄하여 고정되면서, 각국

의 국문 및 국민문학의 기초가 되었다(단테는 100년 앞서 이탈리아 백화문으로 『신곡』을 썼는데, 이는 이탈리아의 도시발달이 가장 일렀기 때문이다). 당나라는 중국 문학의 황금시대로 역시 도시가 발달하고 인쇄술이 발명된 시기였다. 당 왕조는 중국 국민문학이 형성되기 시작한 시대라고 할 수 있다. 율시와 절구를 근체시(곧 당시의 현대시)라고 일컬은 것은 육조시대의 사대부와 평민의 시가를 융합하여 일체화시켰기 때문이다. 산문에 있어서는 한유(韓愈)의 고문, 당나라 소설 및 '변문(變文)'과 백화소설이 동시에 일어났다(이 점은 천인커(陳寅恪)가 지적한 바 있다). 백거이의 시는 노파도 이해할 수 있었고, 송대에 이르면 우물가에서도 모두 능히 류사(柳詞)를 읊었다. 구두문학이 시작되었고, 강학 또한 어록체(語錄體)를 사용하였다. 구어와 문어가 상당히 근접했다. 원대에 이르러서는 우리가 현재 쓰는 '국어'가 형성된 시기였다. 희곡뿐만 아니라 조정의 명령과 법률 또한 백화를 사용했는데, 몽고인과 색목인이 한족의 말을 하기 쉽지 않았기 때문이었다. 그때의 백화는 확실히 지나치게 세속적인 것이었다. 명대에 이르러 이에 대한 반동이 일어나 전후칠자(前後七子)의 복고주의가 출현하여 '문은 반드시 진·한, 시는 반드시 당'을 주장하였다. 그러나 다른 한편으로는 주유돈(朱有燉), 서위(徐渭)의 잡극, 『비파기(琵琶記)』, 형·류·배·살(荊劉拜殺)[2], 『원사기(院紗記)』, 『모란정(牧丹亭)』 등의 전기소설과 여항의 민가(民歌)가 일시의 성행을 이루었다. 중국의 저명한 백화소설인 『삼국연의』와 『수호전』, 『서유기』 및 『삼언양박(三言兩拍)』(『금고기관(今古奇觀)』은

---

2) [역자주] 형·류·배·살(荊劉拜殺)은 명대의 4대 전기소설인 『형차기(荊釵記)』, 『유지원백토기(劉知遠白兔記)』, 『배월정(拜月亭)』, 『살구기(殺狗記)』를 일컫는다.

그것의 선본(選本)이다) 또한 모두 명대에 완성된 것이다. 그렇지만 대조적으로, 명나라 대에는 문언과 백화의 대립상태가 형성되었다.

그러나 명나라 사람들은 이미 대립상태를 축소시켰다. 왕양명(王陽明)으로부터 시작하여 귀유광(歸有光)(동성파의 시조), 대명세(戴名世) 등 모두 당시의 산문을 개혁하고자 했다. 원굉도(袁宏道) 형제는 나란히 평이한 문장을 구사했고, 당시의 민가 「은류사(銀柳絲)」, 「괘침아(掛鍼兒)」 등을 높게 평가하였다. 김성탄(金聖歎)에 이르면, 이미 『장자』, 『이소』, 『사기』와 『수호전』, 『서상기』를 동등하게 보게 되었다. 황종희(黃宗羲)의 글은 문언도 백화도 아닌 느낌이 있었다.

청조의 문학은 대체로 명대의 연장이지만, 대립상태는 여전히 존재했다. 한편으로는 동성파의 고문, 양호(陽湖)파의 변려문(騈儷文)과 당시(唐詩), 송시(宋詩)가 있었고 다른 한편으로는 『유림외사』, 『홍루몽』, 『경화연』으로부터 아래로는 『노잔유기(老殘遊記)』 등의 소설과 『십이루(十二樓)』, 『조세배(照世盃)』에 실린 단편들, 『도화선』, 『장생전(長生殿)』 등의 희곡과 피황(皮黃), 경희(京戲) 및 기타 지방희 들은 대개 명대에 시작되어 청대에 성행한 것이다. 초자용(招子庸)의 『월구(粵謳)』는 당시 민가를 본받은 새로운 창작이었다.

이를 통해 보자면, 당송 이래 중국의 문학은 한편으로는 비록 문언과 백화의 대립상태였지만, 또한 영향을 주고받으며 서로 밀고 끌며 새로운 것을 만들어 내었다.

⑥ 새로운 문학운동은 이러한 대립상태를 축소시키거나 혹은 틈을 메꿔야 할 것이다. 그러나 신문학운동은 이러한 거리를 확대 혹은 과장시켰을 뿐더러, 문언문의 문학으로서의 가치를 사문학(死文學)이라 부정했다. 이것은 사실이 아니다. 예를 들어 오승은(吳承恩)의 『사양산

인문집(射陽山人文集)』, 오경재(吳敬梓)의 『문목산방집(文木山房集)』이 모두 죽은 문학이라면, 그들의 『서유기』와 『유림외사』만이 산 문학인 것인가? 『홍루몽』 안에도 역시 문언 시·사(詩詞)가 있는데 산 문학 안에 죽은 문학이 있는 것인가? 또, 포송령(蒲松齡)의 문언단편 『요재지이(聊齋志异)』와 백화장편 『성세인연전(醒世因緣傳)』은 같은 계열인데 전자는 귀신의 문학이고 후자는 사람의 문학이라고 말할 수 있겠는가? 사실 전자 중에도 좋은 작품이 매우 많았기에, 영국인 허버트 길스(Herbert A. Giles)가 몇 편을 뽑아 번역하기도 했다. 문언문을 문학의 정통으로 보아 어체문(語體文)을 문학의 범주에서 배제하는 것은 편견이다. 통속문학만이 문학임을 인정하고 문언문을 문학의 밖으로 배제하는 것 또한 편견이다. 두 가지 편견은 모두 문학의 발전에 해를 끼친다. 그러나 앞의 편견은 역대의 작가들이 그들이 어체(語體) 작품들을 쓰는 것을 방해하지 않았지만, 뒤의 편견은 신문학의 발전을 크게 방해하였다. 역대의 사서(史書)와 사상(思想) 문헌들은 문언문을 사용한 것이다. 문학가가 역사와 사상사의 전문가가 될 필요는 없지만, 그곳에는 확실히 문예창작의 광산이 존재한다. 곧 문학으로 말할 것 같으면, 에머슨이 말한 것처럼 "언어·문자는 역사의 당안(檔案)이다." 문언과 백화를 막론하고 모두 역사 속에서 형성된 것으로, 문언작품과 백화작품 모두 중국문학의 보고이다. 신문학가가 그 중 하나를 불고(不顧)한다면 그의 문학적 재산, 감상과 학습범위는 축소되어 그의 이해력, 어휘 및 그 변화의 범위도 가난하게 되고 그가 중국 문자를 사용·운용하는 능력에도 영향을 끼쳐 위축시킬 것이다. 그리고 문자를 사용·운용하는 수법이야말로 문학의 기본적인 소양이다. 만년에 이르러 소위 구시(舊詩)를 좋아하게 되는 많은 신문학 작가들은 결코 반동이거나 후퇴한 것이 아니고, 산 문학으로부터 죽은 문학으로 가는 것도 아니다. 신체시는 아직도 진정한 '신'체의 결정을 맺지 못해서, 오히려 '구' 격식 속에서 그의 감정과 사상을 더 잘 표현할 수 있기 때문이다. 요컨대, 백화·문언으로 신·구를 나누는 것은 이유가 없을뿐더러, 또한 신문학에 해를 끼치는 것이다.

두 번째 지점에 대해 말하자면, 곧 형식·내용상으로 모두 서방문학의 모방을 신문학의 시작으로 삼은 것이 만들어낸 손해가 더욱 컸다는 점을 반드시 지적해야 한다.

① 일반적으로는 인류의 사상, 기예는 항상 상호 교류하면서 서로 영향을 끼친다. 문학예술상 외래의 기교, 제재는 일국 문예의 내용을 더욱 풍부하게 해준다. 그리고 학습의 첫 걸음은 모방이다. 여기에는 전혀 아무런 문제도 없다. 불교예술, 서역의 음악은 중국예술의 재산을 풍부하게 해주었다. 중국 문학예술이 서방에 끼친 가장 큰 영향이 최소한 네 가지가 있다. 1. 그리스 로마의 시에는 각운이 없었다. 중고시대 이후 서구의 각운은 흉노(匈奴)인들이 중국으로부터 전해준 것이다. 2. 서양의 가장 유명한 회화작품 다빈치의 「모나리자」 상면의 산수배경은 마르코 폴로 이후 이탈리아에 전해진 것이다. 3. 서방 음악은 피타고라스 이래로 중국의 고대와 마찬가지로 12음률과 그 사이에 1/3의 손익관계까지 알고 있었다. 그러나 중국과 마찬가지로 줄곧 한 개의 음률에 도달하지는 못했다. 명대의 주대육(朱戴堉)이 가장 먼저 등률(等律)을 발명하고 약 100년 후에야 서양인들이 알게 되었다. 4. 중국의 도자기와 정원예술이 유럽에 도달하여 18세기 전기 프랑스

및 유럽의 로코코 예술을 촉진하였다. 이는 또한 18세기 후반의 신고전주의의 선성(先聲)이었다.

② 그러나 영원히 모방만 할 수는 없다. 그렇게 된다면 영원히 유치함을 벗어날 수 없고, 스스로 설 수 있는 날은 오지 않는다. 중국은 과거에 불교예술을 수입한 후 변화시켰다. 예로 중국의 탑은 인도의 탑과 다르다. 중국의 관음(觀音)은 인도의 남성을 여성으로 변화시켰다. 서방인들은 12평균률을 알게 된 뒤 음악상에서 우리보다 커다란 진보를 이루어냈다(중국은 오히려 주씨가 발명한 뒤로 그것을 버려두고 쓰지 않았다).

③ 절대로 모방할 수 없는 것도 있는데, 우선적으로 중국의 언어·문자의 규칙이다. 어법, 문법이라고 하는 것은 두 가지를 가리킨다. 첫번째로 어미(語尾)의 변형이고, 두 번째로는 글자의 순서이다. 중국과 유럽의 언어는 기본적으로 같지 않다. 중국어에는 성(性), 숫자, 시간의 어미 변화가 없다. 그래서 중국 문법에서 가장 중요한 것은 글자의 순서이다. 한유(韓愈)가 말한 "문(文)은 각 글자 순서에 술직(述職, 기능)을 따른다"고 한 것은 글자를 위 아래의 글 속에서 적절히 배치해야 함을 말한 것이다. 그리고 그 자체에는 일종의 논리적 사고를 포함하고 있다. 영어는 인도·유럽의 언어 중에서 어미 변화가 가장 적은 편으로, 또한 글자의 순서를 중요시한다. 이는 덴마크의 영문학자 오토 제스퍼슨의 중요한 지적이다.

우리나라 사람들은 이러한 이치를 알지 못했다. 중화민국 초기 이래, 리진시(黎錦熙) 등은 영문문법을 모방하여 국어문법을 설명하여 8대 품사를 주장하였다. 중국의 글자는 어미변화가 없기 때문에, 불필요한 글자를 만들었고 그것은 오늘날에도 영향을 끼치고 있다. 예를 들어서 '타(她, 여성의 3인칭)'를 쓸 것인가에 대하여 민국 초기에도 토론이 있었다. 타이완에 와서는 또 '니(妳, 여성의 2인칭)' 자가 생겨났다(심지어 '상시(嘗試)'의 상(嘗)에도 입구 방을 붙여 '상(嚐)'을 만들었다. 그러나 상(嘗)자 중간에 이미 입 구(口)가 들어 있지 않은가?). 또 영어의 부사는 꼭 어미가 붙는 것은 아니다. 형용사에서 부사로 변할 때 어미에 ly를 붙인다. 몇몇 명사는 어미 변화를 겪어서 형용사가 된다. 예를 들어 명사 경제 economy는 형용사가 되면 economical이 되고, 부사가 되면 ecnomically가 된다. 그래서 우리는 보통 형용사의 경우는 '적(的)', 명사가 변형된 형용사의 경우는 '저(底)', 부사는 '지(地)'를 쓴다. 일본인은 economically를 '경제적인(經濟譯的に)[3]'으로 번역한다. 20년대의 루쉰(魯迅)은 '政治底地, 經濟底地'라고 졸렬하게 번역했는데 오히려 스스로 최상의 직역법이었다고 자부했다. 사실, 중국의 문법으로 쓰자면 '在政治上, 在經濟上'이나 '就政治言, 就經濟言'이 되어야만 말이 통할 것이다. 당연히 외국에도 새로운 명사가 생겨난다. '원자탄'이나, '인공위성' 같은 단어는 새로운 발명에서 온 것이다. 4천년이 넘는 문자를 가진 나라로서 사물의 기본상태를 서술하고 묘사하는 데에는 저들보다 부족하지 않다. 공교롭게 그 반대로, 그들은 '단단하다[硬]'와 '엄혹하다[辣]'를 구분하지 못하고, '청(靑)'과 '녹(綠)'을 나누지 않으며, '우러르다[仰]'를 '등 대고 눕는다[躺在背上]'라고 말한다. 당연히 각국에는 관례화된 표현 방법이 있다. 예컨대 인도인의 '여시아문(如是我聞), 그 때 부처께서 사리국에 계실 때…' 이는 우리말의

---

3) [역자주] 譯자는 잘못 들어간 것으로 보이나, 원문의 내용을 그대로 남겨둔다.

문법질서 안에서 번역한 것이다. 유사하게 유럽의 문법에 대해서도 반드시 그렇게 해야 한다. 그러므로 영어의 it rains를 우리는 '하늘에서 비가 온다[天下雨]' 혹은 '비가 온다[下雨]'라고 해야지 '그것이 비를 내린다[它下雨]'라고 해서는 안 된다. 다만 우리는 이미 유럽의 문법에 비추어 자신의 문자를 고쳤고, 또 유럽의 문법을 따라하며 스스로 유럽화 되었다고 치켜세운다. 다행히 우리의 제1외국어는 영어로, 프랑스어·독일어·러시아어가 훨씬 복잡한 어미 변화를 보이는 것과는 다르다. 예를 들어 독일어에는 하나의 명사에 3가지 성(性)이 존재하고, 러시아어에는 하나의 글자에 7, 8개의 격(格)이 존재하니, 자국의 언어가 어떻게 변할지도 알 수 없다. 어법구조는 각국의 문자가 같지 않기 때문에, "문은 각 글자 순서에 술직(기능)을 따른다"는 원칙에 따라 자신의 어법형식을 연구하지 않고, 오로지 영문문법을 모방해서 중국어 문법을 해석한다면, 첫 번째 악영향은 초등학교 학생들의 국어국문에 대한 흥미를 파괴한다는 것이다. 어법이 수학보다 훨씬 어렵다고 생각하게 되고, 두서없는 문법을 많이 가르칠수록 그들의 사색을 방해하기만 한다. 다음으로는, 외국어와 접촉이 일어날 때 중국어법 내에 외국 문법의 의미를 확실히 이해할 수 없는 경우 기계적으로 옮겨서 이해하게 되니 뜻이 통하질 않는다. 요한슨은 "언어와 문자는 각 민족의 경력이다", "거의 모든 행위가 허망한 이유는, 결코 닮을 수는 없는 것을 모방했기 때문이다"라고 하였다. 일국문학의 기초는 문자, 어휘, 문법이다. 문학가는 무엇보다도 먼저 이러한 도구들을 사용하는 동시에, 한 나라의 문자를 더욱 풍부하게 하고 정련하여 그 다채롭고 다양한 기능을 충분히 발휘하는 공장(工匠)이 되어야 한다. 만일 서구 문법을 잘못 모방함으로 인해 그 기초재료를 부패시키고 마침내 불통의 지경으로 만든다면, 일국 문학으로 하여금 그 기초에 손상을 입게 하는 것이다. 여기서 이미 불통이 되어버린 중문(中文)으로부터 진일보하여 서방문학을 모방하자고 하는 것은 더욱더 불통의 길을 걷는 것이다. 문자가 통하지 않는데 무슨 문학이 있을 것이며, 신문학이 있겠는가?(근래 자주 들리는 국어수준의 하락에 대해, 내가 생각하는 구제방안은 무엇보다도 국어교과서 안에서 근본적으로 틀린 소위 '문법'을 없애버려야 한다는 것이다).

④ 묘사, 플롯 구성의 기교는 배울 수 있는 것이다. 예를 들어 그들의 유화의 원근법 같은 것이다. 그러나 제재, 작풍에 있어서는 문화배경이 같지 않기 때문에 그 뜻을 배울 수는 있어도 베껴서는 안 된다. 그들의 신과 우리의 천(天)은 같지 않다. 그들의 여신과 우리의 항아(嫦娥), 직녀도 같은 부류가 아니다. 우리에게는 마리아와 그리스도가 없지만, 관음보살과 종규(鐘馗)가 있어 그들에게는 없는 것이다. 같은 이치로 그들의 부르주아와 프롤레타리아는 우리나라의 성질과는 다른 점이 있다. 여기에 프로문학의 근본적인 착오가 있다. 그들의 고전주의는 그리스·로마의 풍격을 가리키고, 낭만주의는 그들의 중고(中古) 시대 혹은 원시의 풍격을 말한다. 그들의 사실주의·자연주의는 곧 그들의 산업사회 내지 자연과학을 배경으로 삼은 것으로, 이상(以上)은 모두 그 뜻만을 본받을 수 있는 것이다. 상징주의에 이르러서는 혹 그들의 문자구조와 연상법이 관련되거나, 혹 그들의 문학전통―그리스신화, 그리스도교 및 다수의 명작들 이 관련되어 있다. 그 부분은 중국에서 전고를 쓰는 것과 유사하다. 그들과 우리의 고전은 같지 않다. 가장 손쉬운 예로, 우리의 양은 길조이고, 물고기는 부귀를 상징하지만 그들의 양은 호색꾼을 지칭하고, 물고기는 괴상한 사람 또는 고약

한 말버릇을 가리키며, 심지어는 공산당을 뜻한다! 우리가 시지프(산 위로 바위를 굴러 올리는 것이 도로(徒勞)가 되어버리는 자)를 통해 인생을 보는 것보다는, 정위전해(精衛塡海)와 우공이산을 통해 보는 것이 훨씬 더 중국인의 정신을 몸소 체험하고 발휘할 수 있게 할 것이다. 요약하자면, 우리는 우리가 가지지 못한 것은 채용하고, 그것으로 우리의 기교를 풍부하게 하고 확장하여 중국문학 풍격의 장점을 발휘하게 해야 한다. 많은 계집애들 모양으로 성형으로 높은 코와 파란 눈을 좇아 기괴한 꼴로 변하지 말아야 한다.

⑤ 절대로 모방하면 안 되는 것이 입장이요, 마음가짐이며 '세계관'이다. 문학가는 그가 익숙한 사회를 통해 세계를 보는 존재이다. 여기서 '세계관'이라 함은 과학자, 철학자의 추상적 세계구조가 아니라 피와 살을 지닌 사람의 마음의 통과하여 희로애락을 받아들이는 이미지이다. 그는 이 이미지를 진실되게 하여, 반드시 정당한 입장에 서야 하며, 그것은 또한 그의 동포의 입장이기도 하다. 또한 반드시 자기 동포의 희로애락에 대한 진심이 있어야 한다. 그래야 그의 글은 진정한 빛과 온기를 지니게 되어 독자에게 공감을 줄 수 있다. 외국의 작가들은 그들의 국민의 입장에서 세계를 본다. 우리는 그들의 입장과는 다르고, 우리 또한 우리의 세계가 있다. 소위 '신(新)'이라는 것은 곧 이전에 없었던 필법으로, 자신의 독창적인 관점을 통해 오늘날의 세계를 그려내는 것이다. 진정한 신문학은 반드시 오늘날 중국인의 생활을 묘사하고, 오늘날 중국의 감정과 바람을 표현하여, 사람들을 감동시키고, 위로해주고, 격려하며 오늘날 중국인들의 마음과 영혼을 단결시킬 수 있어야 한다. 우리는 옛 사람들의 과구(窠臼)에서 벗어나야 한다. 오늘날 중국인들의 상황은 옛 사람들이 한 번도 보지 못한 것이

기 때문이다. 그러나 이것은 우리가 외국인의 과구에 맞춰야 한다는 것도 아니다. 외국인들은 우리사회 인민들의 생활을 보지 못했기 때문이다. 만약 그들이 우리를 보았다고 해도 여행객의 심정에 불과할 것이며 이국의 정취 혹은 기이함을 느끼데 그치고 우리와 같은 비애와 환희를 알지 못할 것이다. 이것은 그들의 크리스마스와 우리의 과세(過歲)를 맞는 심경이 서로 호환되기 어렵다는 점에서 이해할 수 있다. 자기자신과 자신의 동포의 마음을 이해함에서 오는 감정 없이 다만 외국인의 것을 흉내내는 감정은 곧 옛날 장의사가 돈을 주고 사람을 고용해 대신 곡하게 하던 것과 같은 골계로, 애초에 문학이라고 할 수 없다. 여기서 어떻게 진정한 신문학이 있을 수 있겠는가?

⑥ 위의 두 가지는 서로 영향을 주고받으며 우리 신문학의 경로를 더욱더 나쁘게 만들었다. 중국의 문학유산을 죽은 것과 산 것 두 가지로 나누려고 할수록, 곧 그 절반을 갖다 버리는 것이고―백화로 된 부분이라고 해봤자 몇 부의 유행소설밖에 없기 때문에―오늘날 현실과 더욱 거리가 먼 것을 절감할 뿐이며, 멸시의 뜻조차 있는 것이다. 많은 문학청년들은 '문학적 프롤레타리아'가 되어, 자기가 학교 교과서에서 얻은 약간의 언어 능력에 기반하여, 몇 권의 번역된 외국작품을 창작의 규범으로 삼는다. 겨우 백화만 가지고서는 신문학을 만들어낼 수 없고, 의고주의(擬古主義)로는 참으로 신문학을 만들어낼 수 없다. 그렇다고 의서주의(擬西主義) 또한 결코 신문학을 만들어낼 수 없다. 진정 새로운 국민문학이 아직 만들어지지 않았기에, 지금 중국인들은 문학상 각기 다른 3가지의 세계에 위치해 있다. 일반인들은 차라리 구 백화소설이나 무협소설을 보려고 한다. 지식분자의 일부분은 차라리 과거의 시·사(詩詞)를 보고 싶어 한다. 여기에 소위 신문학은

그저 일부분 신문학가들 사이의 독물이나 소통수단을 지칭한다. 신시(新詩)는 일반인들에 의해서 노래로 부르거나, 낭송하거나 인용되지 않고, 다만 신시인들 사이에서 자랑거리로 쓰일 뿐이다. 저들 신문학은 민중의 정감으로부터 오는 영양분을 잃었기에 당연히 빈혈일 수밖에 없고, 사회와도 분리된 채, 더욱이 외국을 모방하여 결과적으로는 지식인들의 외국의 의식형태를 반영하거나 매판(買辦)하는 매개가 되어버렸다. 문학이 문학의 기능을 잃고, 진정한 문학이 아닌 이상, 신문학, 신국민문학이 있다고 말할 수 없다. 그것은 먼저 서구의 잡탕주의[種種主義]였고, 그것에 이어서 소련의 마르크스-레닌 주의, 오늘날에는 서방 '실존주의'의 문학광고일 뿐이다! 이것이 우리 60여 년의 사상운동을 외부로부터 온 진창길로 몰아간 것이다.

현재 서구인들은 그들의 문화의 위기로 인하여 문학 또한 진창길을 걷고 있다. T. S. 엘리엇은 일찍이 시에 대해서 다음과 같이 말한 적이 있다:

우리의 관심은 언어였고, 그것을 통하여
우리는 민족의 방언을 순화해야만 했고,
과거와 미래를 내다보는 마음을 갖게 해야 했다.
그러나 오늘날의 정신적 분위기에서 '신고(辛苦)'는 '작렬(炸裂)'하여
긴장을 버티지 못하고 지지고 볶여 하나도 정확하지 않게 썩어 문드러지고
그래서 우리 시인들은
… 언제나 존재하는 악화(惡化)중의 부서지는 무기를 가지고

말 못하고 우물거리는 불명확한 것들을 향해 진공한다

그것은 한 덩어리 명확하지 않은 혼잡 속

다만 정서의 오합지졸이 되어…

그러나 정신적으로, '현대인'은 대체 어떠한 인간인가?

우리는 텅 빈 사람들

우리들은 짚으로 채워진 사람들

짚으로 채워진 머리를

서로 기대고 있는. 아![4]

독일의 당대 대시인 릴케는 인생은 항로도 없이 망망대해 중에서 떠돌아다니는 것이라고 생각하여 인생의 의의는 이미 난파 후의 부유물이 되어버렸다고 하였다. 일체 인생의 경험이 배가 난파한 후의 '폐기물'이고, 두 가지가 섞여 하나가 되어버렸다!(졸역인 『현대시의 위기』, 「20세기 문예와 비평」에서 인용하였다).

우리의 신문학운동을 회고해 보면, 일찍부터 이와 유사한 상황이었고 그들을 추수(追隨)한 것이 오히려 더욱 비참하게 만들었다. 우리의 신문학운동은 새로운 문체로 중국인의 정신을 단결하게 하지 못했을 뿐더러, 오히려 처음부터 신·구를 분열시키고 서구화·소련화를 통해 우리의 문자를 지리멸렬한 상태로 몰고 갔다. 우리는 외부로부터의 영향으로 인해 자신의 입장을 잃은 채 망망대해로 떠밀려 갔

---

4) [역자주] 「리틀기딩(Little Gidding)」(1942), 「텅 빈 사람들(The Hollow Man)」(1925) 등이 혼재되어 있다. 한국어 역은 이창배 역, 『T. S. 엘리엇 전집』, 민음사, 1988을 참조하였다.

다. 온 중국인들은 이제 난파 후의 부유물이 되었는데, 아직도 바다 위에서 서로를 죽이고 있다. 지금 바닷가 섬에 도달한 이들 중 다른 사람의 난파 후의 '폐기물'을 피안으로 여기는 자들이 있다. 우리는 한 번 자신의 입장으로 돌아가려는 노력을 했지만 종내 또다시 포기해버렸다. 현재 다시금 자아의 입장으로 돌아가려는 경향이 있는 것에 대해, 나는 성공할 수 있기를 바란다.

이상의 일반적인 설명에 이어, 이하는 매우 간단할 것이다.

신문학운동의 제2기는 서구를 모방하는 운동이었던 제1기의 방향 전환이었다. 제1차 세계대전 이후 세계의 풍운은 점차 색채가 바뀌기 시작하였다. 민국 10년(1921) 좌파와 우파는 양대 문학단체(문학연구회와 창조사)를 결성하였는데 대체로는 여전히 서구의 조류 속에 있는 것이었다. 민국 13년(1924) 이후 마르크스–레닌주의가 수입되었지만 아직 중국 신문학의 면모를 완전히 바꾸지는 못하였다. 민국 17년(1928) 이후, 소비에트 러시아는 새로운 대중(對中) 정책을 결정했다.—"소비에트만이 중국을 구원할 것이다." 중국 공산당은 온 힘을 다해 문학을 이용해서 그들의 사상운동을 밀어붙였고, 이는 중국 문학계의 대논쟁을 촉발했다. 민국 19년(1930) 좌익작가연맹이 성립되었고 이것은 소련의 '나프'(러시아 프로작가협회)의 중국지부였다. 그들은 마르크스–레닌주의의 조류를 더욱 거세게 만들었다.

그러나 30년대 초기에 프로문학이 일시 성세를 이루었지만 그들은 중국 사회에 뿌리를 둔 것이 아니었기 때문에, 중국의 인민과 청년들의 반일조류가 일어난 뒤 모스크바는 이러한 형세를 이용하여 소위 '통일전선'을 구축하려 했지만 좌련은 오히려 분열되고 말았다.

이 다음부터가 3기이다. 항일전쟁의 전야로부터 항전시기, 동북지방으로부터 중경(重慶)까지, 중국 대륙의 구석구석마다, 도시와 농촌, 학교와 군중에서 우리는 진정한 국민문학의 개시를 명확히 볼 수 있다. 이 시기 동북 작가들이 실질적인 선구자였다. 그들의 고향은 가장 먼저 일본인들의 유린을 받았기 때문이다(예를 들어 「8월의 향촌[八月的鄕村]」, 「생사장(生死場)」, 「조국이 없는 아이[沒有祖國的孩子]」, 「아루커얼친기 초원[科爾沁旗草原]」, 「만보산(萬寶山)」), 항전시기 가두극 「당신의 채찍을 내려놓으시오[放下你的鞭子]」가 얼마나 많은 사람들을 감동시켰는지 모른다. 「송화강상(松花江上)」, 「의용군행진곡(義勇軍進行曲)」은 거의 모든 사람들이 부를 줄 아는 노래가 되었다. (후자는 훗날 공산당에 의해 '국가'가 된다. 그러나 공산당은 그 노래를 이용해서 항전의 공을 절취한 것에 불과하다. 이후 그들은 또다시 「동방홍(東方紅)」을 국가로 삼지만, 오늘날에는 또 다시 새로운 가짜 국가를 만들었다. 우리는 「의용군행진곡」을 회수해도 된다. 공산당의 것이라고 여기지 않아도 된다.) 민간예술가로 쏸야오단(山藥旦), 푸궤이화 부녀(富貴花父女)가 항전을 크게 고무했고, 장회체 소설(『여양영웅전(呂梁英雄傳)』) 또한 출현했다. 이들이야 말로 신문학의 정도(正道)라고 일컬을 수 있는데, 그들이 중국인 입장을 긍정하고 자부했기 때문이다.

그러나 민국 31년 이래로 마오쩌둥(毛澤東)이 '공농병(工農兵)문학'을 주창하고, 이는 또 소련의 '사회주의 리얼리즘'을 받아쓰는 것을 교조로 삼아 문학계에서의 중국인 입장을 파괴하였다. 이어 우리는 전쟁에 승리하였지만, 다시 일어난 내란 속에서 신국민문학의 새싹은 심각한 타격을 입었다. 세계 정세의 변화와 사상적 혼란과 붕괴의 와중에 마오 정권이 성립하였다.

제4기의 대륙은 중국 문예작가의 대수난시기이다. 다섯 차례의 숙청과 '문화대혁명'을 겪고, 분서갱유, 작가들은 군대에 편입당하거나 자살하는 가운데에 30년대와 항전시기의 작가들의 생존자는 거의 없었다. 공산당에는 오로지 3대 작가만이 있었으니, 마오쩌둥, 쟝칭(江青), 궈모뤄(郭沫若)였다. 그러나 신 5·4운동(백가쟁명)으로부터 새어나온 길광편우(吉光片羽) 및 대륙으로부터 도망칠 수 있었던 몇몇의 인물들의 작품을 통해 중국인 정신이 아직까지 도처의 지하에 여전히 흐르고 있어 분출되어 나올 날을 기다리고 있음을 알 수 있다.

　　타이완은 대륙 밖의 대다수 중국인들이 살고 있는 자유의 땅으로 마땅히 신문학이 발전할 수 있는 곳일 것이다. 최초의 10여 년간은 반공과 회고성의 작품이 많았다.

　　민국 50년(1961) 이후, 미국의 영향이 심화되고, 일본의 '기술합작'이 확장됨에 따라, 가공 수출이 크게 늘어났고 경제상으로 일시적·일면적 발전이 있었다. 그리하여 서화주의(西化主義)가 고개 들기 시작하였다. 그들의 사상상 영향은 비록 '문화논전'에서 불리하여 한풀 꺾였지만, 문학상으로는 점차 영향력을 행사했다. 가장 먼저 타이완대학의 외국문학과에서 '현대문학'을 제목으로 삼은 교육을 시작하면서 미국 3·40년대의 '신비평'(실상은 형식주의)을 제창하였다. 현대 서구인의 '자신의 것이 아닌 고통[自外苦]'의 탄식을 가져와 자랑하며 진정으로 이해하지는 못하고(만일 진정으로 이해했다면, '서구화'를 주장할 수 없다. 왜냐하면 서구화는 민족의 밖에 있는 것이기에), 다만 D. H. 로렌스와 이미 과거가 되어버린 프로이트를 떠받들어 감상하며, 그것으로부터 상징주의에까지 나아가 중국에는 원래 문학비평이 없었다고 업신여기기에 이른다. 청년작가들이 등장하는데 소설의 대표작은 「타이베이 인[臺北人]」으로 과거 대륙의 '귀족 집안'의 몰락을 회고하고 추도하는 내용이다. 많은 시인들은 문예의 '종적 계승'이 아닌 '횡적 이식'을 주장하며 심지어 '전통'을 '파괴'할 것을 요구했다. 타이완 밖 세계 어디에 어느 나라의 시인들이 저런 정신 나간 소리를 한단 말인가? 그들은 또 외국인의 '자아' 신조를 신봉한다고 자칭하였지만, 그들의 '자아'는 전(前) '세기말'의 상징시(象徵詩)의 모방일 따름이었다. 그렇지만 생각해보라, 만일 중국의 문자조차 통하지 않는다면, 어떻게 '상징'할 수 있는가? 줄곧 서양인의 퇴폐를 모방하는 데 어찌 무슨 '자아'가 있을 수 있는가?

민국 60년(1971)은 자유중국의 결정적인 순간이었다. 첫 번째로는 중공이 UN에 가입하고, 닉슨이 대륙을 방문하겠다고 선언한 것이다. 두 번째는 일본인들이 기회를 틈타 댜오위타이[釣魚臺]를 강제 편입한 것이다. 이는 타이완의 본성인(本省人)과 외성인(外省人) 모두에게 대륙 융함 이래 최대의 충격을 주었다. 민족주의가 일어난 것은 자연스럽고 당연한 귀결이었다. 그러나 서화파(西化派), '현대파'는 그러지 않았다. 그들은 민족주의를 '신 의화단'으로 여기고, 만일 미국인이 우리를 필요로 하지 않는다 하더라도 여전히 미국과 일본에 의지하고자 하여, 일본인의 '아편'을 먹을 결심을 하였으니, 작년에 카터에게 글을 올려 '1천 7백만 인'을 보호해 주십사 하며 '두 개의 중국'을 최고목표로 삼았다. 문학상의 '대표작'은 『가변(家變)』이고, 문학은 원래 통하지 않는 것이어야 한다고 했다! 『가변』은 표면적으로는 오이디푸스 콤플렉스로 그러한 집은 필요 없다고 했지만, 만일 상징적으로 본다면 그것은 그 나라가 필요 없다는 것이었다. 그들의 매우 특징적인 선언은 "서구화를 반대하는 것은 문화를 반대하는 것이다"와

"문학의 목적은 사람을 즐겁게 하는 것이다"였다.

그러나 민국 50년(1961) 이후, 특히 댜오위타위 사건 이후 한 무리의 본성(本省)출신 작가의 소설이 출현했다. 「첫 번째 차사[第一件差事]」, 「장군족(將軍族)」, 「사요나라, 짜이젠」, 「망군조귀(望君早歸)」, 「샤오린, 타이베이에 오다[小林來臺北]」[5], 「공장인(工廠人)」 등이 그것이다. 일반인들은 그들을 향토문학이라고 부른다. 이들 작품은 위에서 언급한 '서화주의', '현대문학'과 대조를 이루며, 전자에 대항하여 일어난 것이라고 말할 수 있을 것이다. 그들 중에는 '6대에 걸친 번영의 봄이 가버린' 장군, 귀족과 유명한 여인이 없고, 자기 부친을 깔보는 대학조교나, 유학 후 귀국하는 유학생도 없다. 미국의 앨런 긴즈버그나 로렌스 퍼링게티와 친하게 지내며 공감하고 깨달음을 얻거나, 엠파이어 스테이트 빌딩 아래에서 자신이 중국인임에 생각이 미쳐 치욕을 느끼는 '시인'도 없다. 작품 속 타이완의 농촌, 시골마을 혹은 공장의 '소인물'들은 모두 부지런하고 순박하고 성실한 사람들로, 운명이나 '주인'들에게 업신여김 당하고 농락당하는 소인물들이다. 여기에는 '즐거운' 장면이 없다. 암흑의 애수 중에 표류하거나, 의식(衣食)을 위해 다투는 생활이나, 일본인의 '즐거운' 시간에 정의로운 광대역할의 신산과 고초를 맛보거나, 또는 업신여김과 압박을 원하지 않아서 관재(棺材)로 의분(義憤)을 표시한다……

이들 작품들은 대체로 단편에서 중편소설들로 몇 가지 특징이 있다. 첫째, 20여 년간 국어국문교육이 보급되었기 때문에, 일제시기의

---

5) [역자주] 한국어 번역으로 고운선 역, 「샤오린, 타이베이에 오다」, 『혼수로 받은 수레』, 지만지, 2012 이 있다.

작가들보다 훨씬 나은 국문수양을 보여준다. 비록 때로는 우리들의 '문법가'들로부터 오도되는 것을 면하지 못하지만, 오늘날 그리고 과거의 대륙작가의 글과 비교해도 손색이 없다.

둘째, 이 땅의 인민의 생활로부터 출발했기에 실감이 있다. 그 세계는 30년대의 상하이 조계(租界)를 세계로 삼은 것들과 비교해도 협소하지 않다. 그들이 그려낸 것은 참으로 소인물들이다. 그러나 대인물들은 신화 속, 역사에 있는 것이고, 소설세계의 인물들의 대부분은 소인물들일 수밖에 없으며 '소인물'을 민족의 운명과 연결시킬 수 있으면 되는 것이다. 이점을 이해한다면 일본인에 의해 징병되어 남양군도에 갔다 타이완에 돌아온 「시골 교사[鄕村的教師]」가 많은 사람들의 운명을 대표 혹은 상징하고 있음을 알 수 있다. 비록 많은 이들이 스스로 깨닫고 있지 못할 뿐이다. 또, 「사요나라, 짜이젠」에서는 민국 14년 쉬즈모(徐志摩)의 「사요나라 18수」를 떠올릴 수 있다. 후자는 비록 사조(詞藻)가 화려하지만, 타고르의 문자를 베낀 것으로(예를 들어 "그 머리를 숙이는 온유(溫柔)는 마치 한 송이의 연꽃처럼 냉풍을 이겨낼 수 없어 수줍어한다"), 제17수 또한 경박함을 면치 못한다. 6년 후, 일본은 중국에서 14년간 도살을 저지르다 마침내 투항한다. 「사요나라, 짜이젠」에서는 예전에 일본인이 중국인을 죽이던 것을 대신하여 일본인이 타이완 여자를 희롱하는 것을 그렸다. 한 걸음 더 나아간다면, 중국의 남자를 참살하지 않겠는가? 그렇게 생각해본다면 이는 결코 가소로운 이야기가 아니라, 또한 중국인 공동의 운명의 안에 있는 것이다.

셋째, 그들은 서양을 숭배하고 외국에 아첨하는 자들의 부패와 무지, 경박하고 골계적인 것에 대해서 항상 신랄한 풍자를 보여주고 있다. 마치 오늘날 2종의 '두 개의 중국'의 구상에 있어 하나는 일본인에 의지하는 '기술합작'이고 다른 하나는 '정치합작'인 것으로, 그들은 명백히 그것들 모두를 경시한다. 그들은 도도하게 흘러들어오는 외래 문화·문학의 지배로부터 벗어나, 자신의 땅과 동포로부터 흡수한 창작의 원천으로부터, 곧 자기 민족의 과거와 현재의 문학으로부터 영양분을 섭취하여 민족문학의 풍격을 건립하고 문학상 자립자강의 정신을 수립할 것을 선언한다. 이는 항일전쟁을 계승하는 것이고, 다시 새롭게 중국인의 입장으로 복귀하고자 하는 노력이다. 그러므로 나는 이것이 환영할 만한 경향이라고 말한 것이다.

이는 하나의 고립적이고 우연적인 경향이 아니다. 최근 몇 년간 대륙으로부터 홍콩으로 탈출한 청년들 란하이원(藍海文)·왕루숭(王祿松) 등은 모두 조국을 재건하자고 외치고 있다.

예전에 홍콩과 필리핀에 살았었고, 타이완에 와서 사람을 구하다 죽은 청년 리쐉쩌(李雙澤)는 외국 노래를 부르던 콘서트에서 연단에 올라 외쳤다. "어째서 중국의 노래를 부르지 않는가?" 작년의 향토문학 토론 이후, 미술 잡지 『슝스[雄獅]』는 개혁을 선포했다. "현 단계 문예의 발전에 발맞추기" 위해, "지금-여기 중국인의 존엄과 존재가치를 찾는 책임을 짊어지고" 한편으로는 중국의 예술사를 연구하고, 한편으로는 각 민족의 문화유산을 흡수한다. "영원히 서방문화의 처마 밑에 빌붙어 살며 옴짝달싹 않고 앉아 있는 중국인이 될 수는 없다"고 하였다. 이들은 모두 같은 포부를 지니고 있다.

향토문학의 명칭이 정확한지 아닌지를 막론하고, 문제는 내용과 지향에 있다. 먼저 그럴듯한 이름을 정한 뒤에 좋은 문학이 나오는 것이 아니다. 이는 '도학(道學)', '인상주의'등이 원래 비웃음을 사던

명사였던 사례로 이해 가능할 수 있다. 이것은 일제시기 타이완의 작가들이 일본 침략에 대항하던 영광의 역사적 기치가 아니더냐. 몇 년 전, 대륙으로부터 온 여작가가 쓴 「비취전원(翡翠田園)」 또한 일종의 향토문학이라 할 수 있다. 향토는 외국에 대립하여 쓰는 말이다. 서구화·소련화에 대하여 중국인 입장으로 돌아간다는 뜻을 가진다. 향토는 지금-여기의 향토인 타이완으로부터 시작하여, 마침내는 반드시 대향토인 대륙에서 끝을 맺어야 한다. 이것이 민족주의다.

나는 소위 향토문학에 결점이 없다고 말하는 것이 아니다. 그것은 아직도 시작단계이다. 그렇지만 분명 취할 만한 경향이 있으니, 그것은 민족주의적 경향이다.

2.

작년 나는 소위 향토문학에 대한 공격을 듣게 되었다. 대체로는 그것이 '30년대 문학'이고, '프로문학과 계급투쟁을 고취하는 문학'이며, '공농병문학'이고 '사회주의 리얼리즘', 즉 '사회주의 리얼리즘적 문학'이란 것이었다. 근거로는, 향토문학파의 작품이나 평론 속에서 반제국주의를 표시하고, 타이완에 식민지 경제, 매판경제가 남아 있다고 인식하며 과두 자본가를 반대하고 저소득의 노동자·농민을 동정한다는 것이었다.

일체의 학문은 명칭을 바르게 하는 것으로 시작된다. 나는 또 '30년대 문학', '프로문학', '공농병문학', '리얼리즘'과 '사회주의'등의 명사에 대해 논하려 한다.

오늘까지도 많은 사람들은 30년대 문학과 좌익문학 혹은 프로문학을 같은 것으로 취급한다. 이것은 우리의 과거의 역사와 너무 벗어나 있기 때문이다. '30년대'는 응당 1930년에서 1939년 혹은 40년까지를 가리킬 것이다. 중국좌익작가연맹(이하 좌련)은 1930년 상하이에서 성립했다. 중공이 러시아 공산당(제3인터내셔널)의 지부였던 것과 마찬가지로, 좌련은 라프―러시아 프로작가협회―의 지부였다. 그러나 30년대 초, 베이핑, 상하이 등지에서 신문학 이후의 갖가지 조류가 있었다. 이를테면 서방의 사실파, 낭만파, 상징파, 유미파 등이다. 바로 유미파, 퇴폐파의 조류가 일어나던 때에 그제야 혁명문학, 프로문학이 일어났다. 좌련 성립이후에는 곧 민족주의 문학이 대항하여 일어났다. 신월(新月)파, 유머파 및 자유파 와 제3종인(種人)의 목소리도 있었다. 좌련은 그 조직 기술 및 루쉰의 이름을 내걸어서 일시에는 성세가 최고조에 달했지만, 정치적 역량이 없고 지식계의 일치된 찬성을 얻지 못하여 끝내 30년대 문단을 통일하지 못하였다. 1934년 일본의 화북지방 침공에 따라 민족주의가 일어났고, 소비에트 러시아가 제3인터내셔널을 경유하여 통일전선을 제창하고 중공이 국방정부의 구호를 제출한 뒤, 좌련은 오히려 민족주의의 조류중 분열되고 말았다. 항전이 시작되고 1938년 봄 '중화전국문예계항적협회(中華全國文藝界抗敵協會)'가 한커우[漢口]에서 성립되어 기관지 『항전문예』를 발행하여 전국 문예계는 항전의 깃발 아래 단결하였다. 민족주의의 고조는 공산당에게 불리하였다. 옌안[延安]의 마오쩌둥은 1940년 '신민주주의'의 거짓 책략을 발표하고, 1942년에는 '공농병문학'을 제창하여 과거 좌익작가를 다시 조직하고 굴레를 씌웠다. 가장 먼저 희생되었던 것은 루쉰파의 동북작가들이었다. 중공 정권 성립 후, 가장 먼저 반항하였던 것도 루쉰파의 이론가 후펑(胡風)이었다. 그 후 중공 문예노선의 실제 담당자는 처음에는 저우양(周揚)이었고 후에는 쟝칭이었다. '문화대혁명' 이후 거의 대부분의 30년대 작가는 궈모뤄를 제외하면 모두 청산되어버렸다. 이것이 보여주는 것은 30년대의 좌익문학이라고 해서 곧 '마오쩌둥 사상'에 부합하는 것도 아니고, 또 '공농병문학'과 같은 것도 아니라는 것이다.

이상과 현실은 인류의 정신활동의 양 극단이다. 사실과 상징은 예술이 생겨난 이래로 양대 표현 방식이다. 상형과 회의(會意)는 중국인이 글자를 만드는 육서(六書) 중 두 가지이다. 공필(工筆)과 사의(寫意)는 중국 회화의 양대 전통이다. 서방에서는 중세 기독교 예술은 상징적이었고, 르네상스를 따라 사실적 작풍이 발달하였다. 그 후 고전주의와 낭만주의가 번갈아 일어난 뒤, 19세기 중엽에 이르러 리얼리즘과 자연주의가 정점에 달하였다. 리얼리즘은 사실과 같은 객관적 묘사를 주장하며 주관과 분식(粉飾), 정서의 표현을 지양했다. 자연주의는 진일보하여 과학에 가까운 객관성을 요구했고, 특히 인물성격에 대한 환경의 결정력을 중요시했기에 더 많은 추악함을 발굴해내었다. 추악함을 견딜 수 없었기에, 상징주의가 시작되었다. 그들은 '순수미감'을 추구하며 예술의 도덕적·사회적 책임을 인정하지 않았다. 문자의 음악적 암시와 기교를 발전시켰지만, 마취품에 의존하여 미를 구하고, 종내에는 미와 퇴폐를 동의어로 만들었다.(소위 「악의 꽃」). 이 '세기말' 조류는 20세기 '현대주의'의 발단이 되었고 또한 서방문화의 위기의 표현이었다. 상징주의의 허무 이후, 다시 '신리얼리즘'과 '사회적 리얼리즘'이 시작되었다. 20, 40년대의 사이 동안 파시스트 이탈리아와 루즈벨트 시대의 미국, 영국에서까지 일시를 풍미한 조류였다.

러시아에서는 리얼리즘의 유행 이후, 20세기 초는 상징주의와 황색문학의 시대였다. 이들은 공산주의 혁명의 선성(先聲)이 되었다. 5년 계획이 시작된 이후 나프가 성립하였다. 사람들의 인망을 얻지 못했던 스탈린은 고리키의 귀국을 환영하였다. 1934년 라프가 해산되고 '소비에트 작가연합회'가 성립되어 고리키가 회장을 맡았다. 소비에트 러시아 공산당의 창작방법 토론에서는 소위 변증유물론적 창작법이 논의되었다. 고리키는 '혁명적 낭만주의와 사회주의적 리얼리즘'을 주장하였다. 고리키가 스탈린에 의해 독살당한 후, 사회주의적 리얼리즘은 창작의 교조가 되었다. 사실상 요약하면 3가지이다. 결점을 가리고, 장점을 과장하며 스탈린과 소위 노동영웅을 숭배한다. 이것은 사실상 반리얼리즘적인 것이었다.─왜냐하면 리얼리즘은 반드시 사실과 같아야 하고, 객관을 중시하며 현실을 꾸미지 않아야 하고 심지어는 암흑면의 폭로도 불사해야 하는 것으로, 이는 모를 수가 없는 것이다. 독·소전쟁의 발발 후 스탈린은 또다시 '소비에트 애국주의'를 들고 나온다. 그러나 시모노프의 『러시아인』은 붉은 군대의 약점을 이야기하기를 꺼리지 않았다. 제2차 세계대전 이후 스탈린은 더욱더 강력한 통제의 필요성을 느끼고, 안드레이 즈다노프(Andrei Zhdanov)를 소비에트 러시아 문화노예 총관(總管)으로 삼아 한 때에는 '즈다노프 주의'라는 명칭도 있었다. '사회주의적 리얼리즘'은 더더욱 떠받드는 방침이 되었고, 검색, 탄압과 체포는 더욱 강화되었다. 흐르쇼푸가 스탈린을 비판한 이후, 소련에는 일시 '해동(解凍)'의 기미가 있었으니 곧 솔제니친의 작품이다. 그러나 공산당은 '개방'의 위험을 알았기에, 오래지 않아 더 강력한 통제가 시작되었다. 그렇지만 관방(官方)의 교조 또한 유지되기 어려웠고 지하문학운동이 시작되었다. 통제에 불만을 가진 많은 작가들은 자신의 저작을 외국으로 몰래 보내어 출판하였다. 이 작품들의 다수는 사실주의적이지만, '사회주의 리얼리즘'은 아니었다. 오늘날 소련 문학계는 뒤숭숭하다. 많은 작가들이 인권운동에 참가하고 있다. 현재 소련에 아직도 스탈린 시기의 '사회주의적 리얼리즘'이 있다고 여기는 것은 정확하지 못한 것이다. 중공에서는 최근 화궈펑(華國鋒)이 '문예는 공·농·병을 위해 복무한다는 방침을 지킨다', '혁명적 현실주의와 혁명적 낭만주의를 결합한 창작방법을 제창한다'고 주장하고 있다.

이상을 통해 볼 수 있는 것은 몇몇 사람들이 30년대 문학을 공산당에게 주고, 공산당과 '공농병문학'를 섞어서 이야기하고 또 '사회적 리얼리즘'과 '사회주의적 리얼리즘'을 혼동하여 이야기해서 공산당에게 주고 있다는 것이다. 이것은 멍청하기 그지없어 공산당을 황금으로 장식해주는 것과 마찬가지이다. 공산당은 역사를 위조하여 마오쩌둥이 5·4운동을 이끌었다고 말한다. 많은 사람들이 5·4운동을 좋아하지 않기에 5·4운동에 붉은 칠을 해놓았다. 국민당이 이끈 항전에 대해서는 자기 스스로도 이 위대한 역사를 중요하게 여기지 않고, 공산당이 항전을 이끈 것처럼 사칭하도록 방조하고 있으니, 이 땅에 아직도 공산당의 거짓말을 돕고 있는 사람이 있는 것이다. 국민당의 위대한 역사를 공산당에게 갖다 바치는데 어떻게 반공경험을 가장 많이 가지고 있다고 하겠는가?

각기 다른 것들(30년대, 프로문학, 공농병문학)과 상반된 것들(사회적 리얼리즘, 사회주의적 리얼리즘)을 섞어서 한 가지로 이야기하여 향토문학에 논급하는 것은, 분명히 날조된 것이다.

그렇지만 향토문학은 '사회적', '리얼리즘' 혹은 '현실주의적'일 것을 자칭한 적이 있다. 더구나 가난한 사람들을 묘사하고, 그들을 동정하며 심지어는 가난한 이들이 부정불의한 논리에 맞서 힘으로 싸우려는 태도를 묘사하기도 했다. 그렇지만 우리는 이것이 사실인지 아닌지를 질문할 필요가 있다. 미국에는 오늘날에도 가난한 사람이 많지만, 우리는 가난을 증오할 필요는 없다. 빅토리아 시대는 대영제국의 황금기였다. 빅토리아 초기, 차티스트 운동, 구빈법 운동은 영국 자유파의 주력(主力)이자 정치적 성과로 남았다. 당시를 대표하는 작가 디킨스는 가난한 사람을 동정하는 모범사례였다. 이것은 '프로문학', '공농병문학' 같이 공산당의 정치선전 도구와는 다른 것이다. 만일 가난한 사람을 동정해서는 안 된다고 주장한다면 세상에 이런 문학은 없을 것이다. 『데이비드 카퍼필드』, 『레미제라블』 모두 가난한 사람을 그리고 있다. 소비에트 러시아에도 유명한 소설 『가난한 사람들』이 있다. 만일 오늘날 우리에게 가난한 사람들이 없다면, 또 암흑도 없다면 그것이 곧 '사회주의적 리얼리즘'이 아닌가!

빈곤문제에 대해서는 우리는 응당 어떠한 진단과 어떠한 처방을 내려야 하는가? 소위 향토문학 작가들은 그들의 평론 중에 제국주의, 자본주의를 비판하며 식민주의 경제와 매판경제를 언급한다. 이것은 자본주의, 사회주의의 토론과 관계있는 것으로, 세계에서 최소한 150년간 논쟁을 이어 온 것이다. 다음으로 그것은 오늘날의 부자국가와 빈곤국가 간 경제문제의 해결과 관련이 있다. 이는 UN 성립 직후부터 정식으로 토론에 부쳐진 중요한 논제였고, 아직도 논의가 이어진다. 그리하여 여기에서는 자세히 다루지 않는다. 나는 다만 이러한 문제의 이론적 요점을 제출하고, 간략히 나의 의견을 말하도록 하 겠다.

무엇보다도 먼저 우리는 자본주의, 사회주의에 대해 기본적인 개념을 가져야 한다. 자본주의는 일종의 '본전으로 이윤을 추구하는' 제도이다. 사유재산을 인정한 뒤, 본전으로 이윤을 추구하는 권리를 인정한다. 그리하여 이윤 또한 개인의 소유가 된다. 자본주의는 세계 모든 나라에서 일찍부터 있던 제도였으며, 중국도 마찬가지이다. 속어에 '생재(生財)'라는 것이 곧 자본이다. 공자가 말한 '화식(貨殖)'도 자본주의의 의미이다. 자공(子貢)과 범려(范蠡)는 중국의 최초의 자본가들이다. 『사기』·「화식전(貨殖傳)」은 곧 자본가열전이다. 그러나 자본주의는 각기 다른 발전단계가 있다. 중국은 과거 '초기 자본주의 단계'를 벗어나지 못하였다. 서방국가들도 18세기 후기에 이르러 산업혁명 이후에야 영국에서부터 '고급 자본주의 시대'로 들어섰다. 고급 자본주의의 개시는 자유경쟁을 말한다. 19세기의 70년대에 이르러 그것은 독점 자본주의로 변하였다. 이러한 고급 자본주의가 '현대 자본주의'인 것이다.

사회주의, 공산주의의 사상 또한 일찍부터 세계 각국에 있었다. 그러나 '현대 사회주의'의 발생은 '현대 자본주의' 이후이다. 사회주의는 종류가 상당히 많으나, 공통적인 부분은 사유재산의 부정이다. 오늘날 가장 중요한 자본은 공업과 은행일 것이다. 오늘날의 소위 '공(公)'은 국가를 지칭한다. 그래서 오늘날 자본주의와 사회주의 국가의 차이는 바로 공장, 은행을 개인이 소유하고 운영하느냐 아니면 국가가 소유하고 운영하느냐에 있다.

서방 자본주의가 고도로 발전하면서 온갖 폐해가 속출했다. 그리하여 사회주의가 일어나게 되었고 가장 이론적으로 세련된 이가 마르크스였다. 마르크스주의는 '과학적 사회주의'라고 불리기도 한다. 왜냐하면 자본주의를 도덕관에 의거하여 비판하지 않고, 심지어 그것의 역사적 의의를 인정했기 때문이다. 다만 현재(곧 당시 서구)의 자본주의가 고도의 발달로 인하여 자신의 생산력과 생산관계 사이의 해결 불가능한 모순을 낳았다고 보고, '필연적'으로 사회주의로 이행할 것을 주장했다. 이행은 무산계급의 계급투쟁을 거치게 될 것이고, 정권을 탈취하여 무산계급 독재를 통해 자본의 공유화를 이루어 생산력을 해방시킨다는 것이다.—그가 말하는 무산계급은 공업의 노동자계급을 일컫는다.

마르크스주의의 기본이론의 요점은 사회주의는 아무 곳에서나 실현 가능한 것이 아니고, 반드시 자본주의 생산력이 일정 정도 이상 발전된 곳이어야 한다는 것이다. 많은 수의 단결된 무산계급이 있어야만 사회주의의 실행을 보증할 수 있다고 보았다. 그리고 최후의 공산주의는 반드시 세계적 규모로 실행되어야 한다고 말한다. 그래서 「공산당 선언」은 "세계 각국의 노동자여 단결하라!"로 끝을 맺는다.

당시 서구 각국의 마르크스주의자는 앞다투어 사회민주당을 만들고 의회를 이용하여 노동자의 권리를 쟁취하였다.

소련은 자본주의의 낙후국으로 강대한 무산계급이 없었다. 레닌은 '직업 혁명가'를 양성하여 '소비에트(공농병회의)'를 지휘하여 폭력으로 정권을 탈취하고 일당독재를 실행하며 '사회주의 조국'을 자칭했다. 게다가 사회주의가 러시아에서 가장 먼저 실현된 것은 러시아가 '자본주의가 가장 약한 일환'에 속했기 때문이라고 주장했다. 이는 너무도 새빨간 궤변이다. 그래서 고리키는 스탈린의 공포주의는 공산주의가 아니라고 비판했다. 마르크스가 말한 무산계급 독재는 다수당의 통치였지 일당독재가 아니었다. 그러므로 레닌주의는 가짜 마르크스주의이고, 반(反) 마르크스주의이다.

레닌이 살아 있을 때에는 그는 마르크스의 진전(眞傳)이라고 자칭했으니 '레닌주의'란 말은 없었다. 스탈린에 이르러서야 마르크스주의와 레닌주의를 붙여쓰기 시작하여 소위 '마르크스-레닌주의'가 그것이다. 이는 참으로 양두구육이다. 그런데 중공도 이를 믿을 뿐만이 아니라 반공주의자들 또한 마르크스, 레닌, 스탈린, 마오쩌둥을 한데 묶어서 공격하니, 참으로 중공의 계략에 넘어간 것이다. 마르크스의 서구사회 경제에 대한 주장은 상당한 설득력을 지니고 있어, 케인스가 부정할 수 있는 바가 아니다.

러시아 혁명 이후 사회주의 혹은 마르크스주의에는 두 파가 있었다. 서구파는 의회주의를 주장하며 점진적으로 사회주의를 실현하고자 했다. 소련과 소련이 세운 각국 공산당은 폭력주의와 일당독재를 주장했고, 다만 때때로 필요에 의해 통일전선을 내세웠다(그러나 최근 유럽의 공산당을 보면 또 새롭게 변하고 있다).

실상, 제1차 세계대전 이후 그리고 세계대공황 이후 자본주의와 사회주의는 서로 섞이는 추세이다. 이것이 소위 '혼합경제'이다. 1942년 이후, 영국의 베버리지는 '복지국가'를 주장했다.

이상은 유럽의 고도공업국가의 상황이다. 그러나 동방국가 또는 식민지, 반(半)식민지 국가들은 어떻게 해야 한단 말인가? 이들 국가를 수탈한 것은 외국자본이고, 이들의 공업은 불평등 조약의 속박으로 인해 발전할 수 없다. 무산계급은 전 인구 중 소수 중의 소수에 불과하다. 그러므로 가장 첫 번째 답으로 사회주의가 아니라 나라의 독립을 구해야 한다. 그렇다고 독립 이후 서방의 옛 길을 걷는 것은 또다시 계급투쟁의 길이니 가서는 안 된다. 일찍이 쑨중산(孫中山) 선생께서 이에 가장 먼저 주의를 기울인 분이시니, 삼민주의를 낸 것이다. 삼민주의는 민족독립, 민주정치, 그리고 국영과 민영을 함께 운영하여 농민과 노동자의 이익을 보호하는 것으로 계급투쟁을 피할 수 있는 정책이다. 소련은 국민당을 이용하려는 계책이 실패한 뒤 마오쩌둥에게 '공·농·병'정권을 운영할 것을 명령한다. 그렇지만 무슨 공장이라 할 만한 것도 없는 상황에서 다만 살인·방화의 위협을 써서 농민을 병사로 삼은 것뿐이다.

사회주의 중 무정부주의는 청나라 말에 이미 중국에 수입되었다. 『민보(民報)』가 가장 먼저 마르크스를 소개했다. 민국 초기 쟝캉후(江亢虎)는 사회당을 설립하여 마르크스주의를 가르쳤다. 국공합작 후 사회주의가 크게 성행하였다. 20년대 지식계는 량치차오를 제외한다면 사회주의를 이야기하지 않는 자가 거의 없었다. 심지어 리위안훙(黎元洪)도 그의 유언에서 국민들에게 '국가 사회주의'를 실행할 것을 권고했다. 1929년 세계대공황 이후 마인추(馬寅初) 또한 통제경제를 주장했다. 그러나 대체 사회주의란 무엇인지에 대해서는 공산당조차도 이해하고 있는 자가 몇 명 없다.

30년대 전후, 모두 남이 말하는 대로 따라 말하는 분위기 속에서 나 또한 사회주의자로 자처했었다. 1934년, 나는 유럽에 가서 무솔리니와 히틀러의 사회주의를 보았고 그 다음해에는 소련에 가서 스탈린의 사회주의를 목격했다. 그리고 그때 일본이 동북 3성을 차지하고 '황도(皇道)사회주의' 혹은 군부사회주의를 주장하고 있었다. 나는 그때 홀연히 깨달았다. 마르크스가 말한 사회주의에 있어 반드시 강대한 무산계급이 있어야 한다는 조건은 정확한 것이었다. 사회주의라고 한다면 누가 실행의 주체가 될 것인지, 누가 '공유'의 공(公)인지, 그리고 '공유'의 대상은 무엇인지를 명확히 해야 한다. 사회주의를 직업혁명가나 자칭 사회주의자가 실행하면 안 된다. 예를 들어 공(公)이 국가라고 한다면 국가가 누구의 수중에 들어 있는지를 보아야 한다. 정권이 과두의 손에 들어가 있다면 사회주의는 가장 심한 형태의 독점 자본주의이다. 그러므로 소련의 사회주의는 사실상 '공산당 독점 자본주의'이고, 독일은 '나치당의 독점 자본주의', 일본은 '군부 독점 자본주의'였던 것이다. 모든 사람들의 사유재산을 빼앗은 뒤 그들은 사람들의 위장(胃腸)을 조종하게 되고 더 나아가 머릿속 신경까지 조정할 수 있었다. 그리고 대(大)공업이 없는 이상 '공유'할 것도 없다. 유럽과 미국의 부유함을 보면 중국인의 가난함에 생각이 미친다. 나는 만일 공산을 실행한다고 해도, 먼저 재산을 만들어 내야 한다고 생각한다. 그러므로 나는 우리 중국의 문제는 무엇보다도 민족의 독립과 민주정치의 실현을 구하는 것이라고 생각한다. 민족민주주의의 기초를 충실히 하기 위하여 민족적 혹은 국민적 자본주의로 갈 필요가 있다. 모든 사람들이 합법적으로 본전으로 이윤을 추구할 권리가 있어야, 생산과 사업의 발전을 촉진할 수 있고 지식인 개개인의 인격과 자유도 보장할 수 있다. 민주가 실현되기 이전에는 국가가 통제하였고, 곧 관료가 통제하였다. 그것이 동치제(同治帝)의 신정권과 메이지 유신이 동시기 실행되었는데 결과적으로 국력의 강약이 매우 선명하게 드러나게 된 원인이다. 중국의 고통은 열강과 일본의 침략에서 유래했지, 자본주의에서 온 것이 아니다. 그것은 오히려 자본주의가 발달하지 못한 데에 기인한다. 이것이 마르크스주의가 중국에서는 애초에 소용없는 이유이다.

항전귀국 후, 나는 이상의 견해를 주장했는데 많은 친구들에게 이상하다는 평가를 받았다. 나는 사회주의로 민생주의를 해석하려는 것을 찬성하지 않았는데, 왕징웨이(王精衛)는 기념회에서 나에게 크게 욕했고, 뤄둔웨이(羅敦偉)에게 나를 고발하라는 암시를 했다(뤄둔웨이의 회고록을 보라). 다행히 얼마 지나지 않아 왕징웨이는 일본으로 도망가 버렸다. 그때에 나를 지지해준 것은 예전 중국 공산당의 가장(家長)이었던 천두슈 선생이었다. 최소한 많은 사람들에게 이 문제가 그리 간단치 않은 것이라는 것만이라도 이해시킬 필요가 있었다. 전시와 전후, 나는 정부가 민영사업을 보조하고 중산계급을 키울 것을 극력 주장했다. 또 항전 승리 이전에 중국과 소련의 우호조약을 반대하였다. 중·소 조약으로 인해 러시아 제국주의와 간교한 중공이 합류하여, 인플레이션은 중산계급을 몰락시키고 공산당이 정권을 탈취하게 되었다.

제2차 세계대전 이후 과거의 여러 제국주의자들은 거꾸러졌고, 미국과 소련 두 초강대국이 대신하게 되었다. 식민지와 반식민지들은 분분히 독립하여 '제3세계'를 형성하였다. 미국과 소련은 제3세계를 놓고 다투게 되면서 제3세계는 미·소 사이에서 정치상·사상상 방황을 거듭하게 된다. 그들은 정치적으로는 독립했지만 경제적으로는 여전히 낙후되었거나 개발 중이었다. 그들이 어떻게 공업을 발전시켜야 하는가? 서방 경제학자들은 그들에게 선진국과 '무역'을 하면 된다고 말한다. 그러나 제3세계의 경제학자, 예를 들어 라틴 아메리카의 프레비시(Prebisch)나 인도의 싱어(Singer)는 선진국과 그렇지 못한 국가간 '무역조건'의 불평등을 증명해냈다. 서방 경제학자 중에서도 스위스의 군나르 위르달 또한 그러한 관점에 동의하면서, 개발 도상국들이 서방 자유 자본주의의 옛 길도, 마르크스의 길도 가지 말 것을 권고했다. 가장 중요한 것은 계획을 세우고 민족주의의 체제를 유지한 채 과도한 빈부격차를 방지하며 특히 인플레이션을 피하는 것이라고 했다.

타이완으로 온 이후, 유행하던 경제 관념은 180도 바뀌었다. 미국 유학파가 돌아온 뒤, 특히 연경그룹[聯經集團]의 청년 준재들은 케인스가 마르크스를 무너뜨렸다고 선전했다. 그리고 제국주의가 사라졌으니 이제 타이완의 경제는 자본주의 경제라고 말했다. 우리의 성장률을 보라, 곧 선진국이 될 것이다 소비하고 가공무역을 하고 일본에 기대야 하고 아편도 먹어야 하며 관광사업을 발전시키고 고액 지폐를 발행하자! 자본주의가 아니면 곧 사회주의이고 공산당이다! 그때 나는 저들의 미국 교과서 몇 권만 보고, 전전(戰前)의 중국을 알지 못하고 또 오늘날 세계경제 전반에 대해 이해하지 못하는 잘못된 논리를 반대했었다. 케인스 경제학은 부국의 구급책이지, 우리가 실행할 수 있는 것이 아니다. 그는 마르크스를 거꾸러뜨리지도 못했다. UN의 공식문건 속에서 신식민주의라는 용어가 계속 출현하고 있는 것은 우리가 부인할 수 있는 것이 아니다. 제2차 세계대전 후 과학기술은 공전의 발전을 이룩하여 '제2차 산업혁명'이라는 말도 나왔다. 신제국주의는 신기술에 의한 제국주의이다. 우리는 첫 번째 산업혁명 때 낙오하여 100여 년의 국난을 초래했고, 마침내 대륙을 상실하게 되었다. 만일 두 번째 산업혁명에서도 낙오한다면 영원히 몸을 일으킬 날이 오지 않을 것이다. 그러므로 우리의 급선무는 정치상으로 독립한 뒤 과학기술의 독립을 추구하는 것이다. 오늘날 경제성장률의 계산법은 선진국으로부터의 기술독립을 전제해야 한다는 것을 반드시 알아야 한다. 독자적 기술이 없으면 다만 노동력의 증가율일 뿐이다. 미국 기술로부터의 독립은 짧은 시간에 이뤄낼 수 없고, 또 미국의 위험은 비교적 작다. 일본인으로부터 얻는 작은 이익을 탐하여 그들에게 의존하는 '기술합작'을 하고 가공무역을 하는 것이야말로 일본인들로 하여금 우리의 과학기술을 통제하게 하고 영원히 독립할 수 없는 경제적 속국이 되는 길이니 그 손해가 막대하다. 일본인들은 자신의 외교적 독립의 보장을 위해 다시 타이완을 점령하려 들 것이라는 것 외에도, 우리가 대일 기술의존에서 벗어나지 못하고 있는 것, 더 나아가 우리의 탐욕과 부패라는 고질병도 당장 고칠 수 있는 것이 아니었다. 게다가 일본인들은 탐욕을 부추기는 데 능해서 우리는 일종의 매판 자본주의와 관료 자본주의를 발전시키게 되었으니, 탐욕의 세태는 날이 갈수록 극심해질 수밖에 없었다. 이러한 '자본주의'는 반드시 일반기업의 이윤의 일부를 일본에 '합작'비용과 탐욕의 비용으로 지불해야 한다. 그래서 노동자를 수탈하고, 농민을 착취하여 이윤을 짜내니, 이것은 반드시 사회문제를 야기할 것이다. 그리하여 계급투쟁을 만들어내고, 공산당에게 틈탈 수 있는 기회를 제공하는 것이다.

일반인들은 이미 이러한 기형적 종속적 자본주의의 해독을 입고 있어, 많은 사람들이 사회주의를 선망하는 것처럼 보이기도 한다. 그러나 나는 또한 그들이 자신들이 생각하는 사회주의란 무엇인가를 생각해 보았으면 한다. 어떻게 실행할 것인가? 누가 실행할 것인가? 현재 우리의 모든 회사와 상점들은 어떻게 처리해야 하는가? 거리를 가득 메운 크고 작은 점포들은 어떻게 할 것인가? 솔직히 말하면 실상 사회주의는 원래 서방 부국에서 가난한 사람들이 그들의 문제를 해결하기 위한 방안이었다. 사회주의는 서구의 가난한 사람을 치료하기 위한 약으로, 중국이라는 가난한 나라의 가난한 사람의 병을 치료해줄 수는 없다. 오늘날 사회주의를 실행해야 한다면 3가지 길만 있다. 첫 번째는 영국 노동당이나 독일, 이스라엘의 사회당의 길이다. 우리는 그들의 조건을 갖추지 못했음이 명확하다. 두 번째는 모든 공장과 은행을 정부, 곧 국민당 소유로 하는 것이다. 나는 누구도 찬성하지 않을 것이라고 생각한다. 세 번째는 마르크스-레닌주의를 써보는 것이다. 애초 공산당원들이 마르크스-레닌주의를 선전할 때 많은 동정을 얻은 가장 큰 원인은 민족문제에서 기인한 것이며, 자본 제국주의만 있고, 사회주의에는 제국주의가 없을 것이라는 믿음 때문이다. 그러나 한 나라가 정치, 경제, 학술의 독립을 이루어내지 못한다면 사회주의에서도 똑같은 식민지일 뿐이다. 오늘날 중공이 '사회 제국주의'를 외치고 있지 않은가?(이 명사는 1918년 한 오스트리아 인이 제창한 것으로, 40년이 지난 뒤에야 중공은 체코인인 쓰는 것을 보고 따라한 것이다.) 폴란드, 헝가리, 몽골이 '사회주의 국가'임을 알고 있어야 한다. 그리고 오늘날 베트남, 캄보디아도 '사회주의 국가'이다!

나는 여전히 민족적 자본주의를 주장한다—이는 국가자본과 일체 국민의 자본을 발전시키는 것을 포함한다. 반드시 가장 뛰어난 경제 전문가, 과학기술자를 모으고 좋은 계획을 세워 우리나라 공업의 독립을 실현해야 한다. 외국 자본을 이용할 수는 있지만, 매판 자본주의가 되어서는 안 된다. 민주법치를 실행하여 관료 자본주의와 정치기생 자본주의를 막아야 한다. 우리는 대·중·소기업들을 골고루 발전시켜 독점자본주의를 피해야 한다. 또한 농업과 공업의 고른 발전을 유지해야 한다. 세금제도와 은행정책에서 이윤의 상당부분을 재생산과 연구개발로 유도할 필요가 있다. 훌륭한 노동법을 입안하여, 노동자, 농민, 샐러리맨의 생활을 보장하고 국민의 단결을 유지해야 한다. 그 밖에도 인플레이션은 반드시 막아, 인공적인 빈부격차를 만들지 말아야 한다. 요약하자면, 정치와 경제의 독립, 정치와 경제의 민주를 힘써 추구해야 한다는 것이다. 오늘날 타이완에서 실행해야 하고, 장래에는 대륙에서도 그렇게 해야 한다. 그런 연후에야 제3세계를 위한 새로운 경제를 수립할 수 있다.

나는 모든 이에게 내 말을 믿고 따르라고 요구하지 않는다. 나는 다만 경제사를 연구하고 세계의 경제사상·정책문제를 다룬 책들을 보고 중국의 경제문제를 연구한 뒤 말하는 것이다. 누가 말한 것을 따라 말한 것이 아니다. 마르크스의 해독을 입은 뒤 다시 케인스의 해를 입어서는 안 된다. 또 서방 자본주의를 반대하기 위해 그들의 사회주의를 환영하는 것도 안 될 말이다. 그것도 서구화이다. 중국과 제3세계의 살 길은 반드시 양자택일의 밖에 있다. 전 중국인에게 합당하고, 그리고 낙후국에게 필요한 길을 걸어야 한다. 나의 민족주의, 민족문화와 문학 그리고 민족자본에 대한 주장은 일관된 것이다. 이는 민생주의와 최근 30년간 제 세계 경제학자들의 연구에도 부합하는 것이다.

향토문학은 '공농병문학'의 부류가 아니라는 것은 상술한 것과 같다. 그것은 타이완 경제에 대해 문제 제기한 것이며, 우리의 표면적인 영광의 후면에 여전히 광대한 빈곤과 불행이 존재함을 보여주었다. 이런 문제들, 제국주의, 식민지경제, 매판독점 자본주의라는 사실을 부인하는 것은, 현상에 침닉(沈溺)하여 개혁을 거절하는 것이다. 나는 사회주의에 찬성하지 않는다. 그들이 주장하는 것이 사회주의인지도 잘 모르겠다(향토문학을 주장하는 문학지 『하조(夏潮)』가 '사회정의'라고 쓸 것을 '사회주의'라고 잘못 쓴 것에 대해서 이미 정정성명을 냈다). 그들이 사회 주의를 주장한다고 해도, 이렇게 주장하는 자들이 꽤나 많다는 것이 고 이는 또한 학리와 사상문제이지 결코 정치문제가 아니며 '문예정 책'이 해결해줄 수 있는 것도 아니다.

3.

'예술정책'이란 말이 자주 불려나오게 된 것은 오늘날이 처음이 아 니다.

광의에서 말하자면 역대 제왕들은 모두 문예정책이 있었다. 이를 테면 진시황, 한무제, 조조 부자(父子), 수양제(隋煬帝), 송휘종(宋徽宗), 명나라의 가정제로부터 청나라 초기의 여러 황제들, 또 영국의 올리 버 크롬웰, 프랑스의 루이 14세, 나폴레옹 1세와 3세, 러시아의 니콜 라이 1세와 2세까지. 특히 문예정책에 대해 논하고자 한다면 마르크 스주의와 관련이 있다. 파리코뮌에서 문예정책이 논의되었는데 흥미 롭게도 그들은 정부가 문예에 대해 중립정책을 취할 것을 주장했다. 당시 사실주의 화가 쿠르베는 정부가 어떠한 파별이나 개인에 대하 여도 지원하지 않아야 한다고 생각했다. 이후 독일의 사회민주당이 문예정책을 토론한 끝에 내린 결론은 두 가지였다. 당은 반드시 문예 의 자유를 승인해야 한다. 단, 작가들 또한 마땅히 온 힘을 다하여 진 보적 세계관을 가져야 한다.

레닌에 이르러서는 '문학은 반드시 당의 문학이어야 한다'고 선포하게 된다. 이때에는 프로문화협회와 그들의 프로문학운동이 있었다. 스탈린 독재 이전, 러시아 공산당에서는 여러 차례 문예정책에 대한 토론이 있다. 그러나 대체로는 문학의 자유를 완전히 부정한 것은 없었고, '동반자' 작가들을 용인하기도 하였다.

스탈린의 독재 후 나프가 결성되고 나서, 프로문학은 정책적 요구가 되었다. 탄압과 통제는 날이 갈수록 가혹해졌다. 이것이 종내에는 '즈다노프 주의'가 되고 만 것이다―이것이 문예정책의 대표이다. 중국에서는 '마오쩌둥 사상'이 되고, '저우양 사상'이 되고, '쟝칭 사상'이 된 것이다.

통틀어 볼 때에 성공한 문예정책은 없었다. 나폴레옹 같은 '웅재대략(雄才大略), 문무겸비'도 마지막에는 '펜이 칼보다 강하다'는 것을 깨달았다. 이는 주의를 요한다. 정권의 보호를 통해 과학기술의 진보를 이뤄낼 수 있지만, 문예가 꽃피게 만들 수는 없다. 그리고 압박은 침묵, 아부, 모해(謀害)를 만들어 낼 뿐이고, 만일 일시적으로 효과가 있다고 하더라도 그것은 단지 폭력에 의한 것이라 말할 수 있지 정책은 아니다. 더 나쁜 것은 압박은 종종 역효과를 부른다는 것이다. 이것은 30년대 초 우리의 '문예정책'이 증명하는 바다.

그러므로 나는 헌법에 보장된 사상·저작의 자유가 있고, 형법으로 사회에 위해를 끼치는 활동을 제재하는 것이 있다면 문예정책은 필요 없다고 생각한다. 만일 문예정책이 있어야 한다면 그것은 헌법의 범위 내에서 학술과 문예에 대한 일반적인 지원으로, 연구와 창작의 편리를 도모하고 창작의 곤란을 해소시키고, 자유창작과 자유비평의 분위기를 유지시키는 것이다. 문학의 기준은 우선 문학이어야 하는 것이고 비평의 기준은 우선 비평이어야 하는 것이다.

향토문학에 대해서라면 더더욱 문예정책을 써서는 안 된다. 중국과 외국, 고금을 막론하고 모든 사람이 만족하는 사회는 없었다. 만일 그들이 현상(現狀)에 불만이 있다면, 불만이 정당하게 표출되도록 하는 것이 사회를 안정시키는 올바른 방법이다. 만일 불만을 야기한 문제가 정말로 중대한 것이라면—우리의 경제문제라든가—문제가 제출된 이상 그것은 정치·경제의 정책을 통해 해결을 구해야 하는 것이지 문예정책을 통해 해결해야 하는 것이 아니다.

그러나 프로문학이나 공농병문학을 선전하는 사람이 있다고 한다면 그것은 별문제이다. 그렇지만 듣기로 공농병문학을 주장하는 학자는 겨우 한두 사람뿐이다. 만일 진실로 한두 사람이 주장하는 것이라면, 두 가지 대응을 할 수 있다. 하나는 비평이다. 나는 3구절이면 족하리라고 생각한다. 첫 번째 구절, 프로문학과 공농병문학은 계급투쟁의 문학 도구이고, 중국인의 사명은 단결이지 투쟁이 아니다. 문학의 사명 또한 단결이지 투쟁이 아니다. 두 번째로는, 일체의 문학은 모두 진실을 구할 것을 요구한다. 곧 괴테가 말한 바 '시적(詩的) 진실'이다. 공농병문학은 사회주의적 리얼리즘을 모방하는 것으로, 진실을 가리고 개인을 숭배하니 근본적으로 반(反)문학적이다. 세 번째 구절은, 공농병문학의 결과가 어떠한지를 직접 보라는 것이다. 대륙의 공포정치와 마오쩌둥과 쟝칭의 운명을 보는 것으로 충분할 것이다. 만일 사상이 아닌데 행동이 있다면, 치안기관과 법률이 있으니 문예정책의 문제는 아닌 것이다. 최근에 와서 누군가 지적하기를, 공농병문학을 주장하는 소위 '한두 명' 중 하나는 『시조(詩潮)』의 발행자 가오준(高準)이라고 한다. 그는 이미 자신의 입장을 한편의 글로 밝혔다. 그 다음으로는 이 책의 편집자이다. 이는 한 좌담회에서 누군가가 '향토문학'이 '공농병문학'이 아니냐고 지적했을 때에 이 책 편집자의 답변으로부터 나온 것이다. 그의 당시 답변이 타당했는지에 관계없이, 그는 이미 마오쩌둥의 '공농병문학'을 주장하는 것이 아니라는 성명을 냈다. 그런데도 불구하고 그가 주장했다고 지적한다면 무중생유(無中生有)이다.

문예정책을 요구하는 것은 즈다노프 주의와 마오쩌둥·장칭 사상을 요구하는 것이다. 그러므로 우리 정부는 문예정책이 없는 것이다.

4.

이번의 '현대문학'과 '향토문학' 두 파의 논쟁은 해외에서도 커다란 관심을 불러일으켰다. 그렇지만 나는 모든 토론이 유익한 것처럼, 이 토론도 그렇다고 생각한다.

이번 토론은, 일부분은 오해로부터 출발한 것이다. 그 일부분은 입장과 관련이 있는데 즉 일종의 신·구 투쟁이다. 20여 년간, 자유중국 지역은 민국 이래 공전의 안정을 향유했고 일정한 성취가 있어 어느 정도의 편안한 심리를 양성했다. 편안함 속에서 각 방면에 '기성세력'이 형성되었다. 경제 방면도, 교육·문화·학술 방면도 마찬가지였다. 문학상의 '기성세력'은 대체로는 몇몇 스스로를 문학계의 원로라고 생각하는 사람들로 문예단체를 이익을 독점하는 아문(衙門)으로 만들어버렸다. 문학상의 연구·토론이 없어지게 되니 문학이 정체(停滯)하게 된 것은 당연한 일이다. 그들이 주장하는 30년대 문학에 대한 금지령에서 '30년대'의 계산법은 꽤나 길다. 정부가 타이완으로 옮겨 오기 이전은 모두 '30년대'에 속하는 것이다. 이는 아마 그들을 자유 중국 문단의 개산지조(開山之祖)로 만들어주기 쉽기 때문이다. 다음 으로는 외국문학전공의 교수들로 '신비평파' 혹은 '상징파'및 '프로이 트파'(그들이 스스로를 상징파로 부르는지는 모르지만, 그들은 '순수미감'을 주 장한다)를 주류로 한 데에 더해 상징파의 신(新)시인의 일군(「70년대 시 선(七十年代詩選)」 같은)이 있다. 그리고 한두 명의 작가 겸 학자가 있 다. 그들은 모두 미국풍이나 일본풍 속의 성공자이다. 그들의 세계관 은 세 종류가 있다. 첫째, 오늘날 타이완은 황금시대는 아니어도, 백 은(白銀)시대이다. 둘째, 전통은 부정되어야 하며 민족주의 또한 매우 시대착오적인 것으로 신 의화단이다. 셋째, 문학은 사람을 즐겁게 하 는 것으로, 그것이 그들이 제창하는 '현대문학'이다. 그렇지만 미국풍 은 최근 역풍을 맞고 있어, 요즘 그들은 또다시 실존주의 철학가들이 말하는 'anxiety'하게 되어버렸다.

그리하여, 작년에 이르기까지 이들 문단의 기성세력들은 최근 수 년간의 소위 향토문학에 대해 홀연히 일종의 혐오스러운 이류(異類) 라는 감정을 느끼게 되었다. 어째서 오늘날의 경제기적에 만족하지 못하는가? 이는 '인성'에 맞지 않는다! 민족주의는 미국인과 일본인 을 떠나게 만들 것인데 어떻게 살아가려고 하느냐? 이는 마치 낙타를 보고 말의 등에 혹이 생겼다고 하는 것과 같다. 심지어 오히려 호랑 이와 늑대가 오는 것을 두려워하고 있으니, 문예정책을 요구하게 된 것이다.

『현재 문학문제 총비판[當前文學問題總批判]』은 그들의 오해를 대표 한다. 지식과 사실의 오해는 이미 상술하였다. 그러나 그들은 더 큰 오해를 하고 있으니, 곧 가장 좋게 말해도 교만과 편견이다. 그들은 스스로를 반공적이라고 여기고, 반공은 적어도 문예상으로는 그들의 말을 들어야 하는 것이다. 그들의 글이 통하지 않는데도, 불통의 리더십을 받아들여야 하는 것이다. 그렇지 않으면 좋은 것이 아니다! 나는 반공으로는 다른 사람에게 뒤처지지 않는다고 자부한다. 그러나 그들의 문학관과 세계관은 참으로 호랑이와 늑대를 불러들이고 있다.

무엇보다 먼저 알아야 하는 것은, 상징주의와 퇴폐의 부류들이야말로 공산당 발전을 촉진하는 인화물(引火物)이라는 것이다. 1905년 이후 러시아의 상징주의와 황색문학의 유행은 마르크스주의의 발전을 자극했고, 그리하여 1917년의 혁명이 일어났다. 러시아의 역사와 문학사를 살펴보면 이해가 되는 일이다. 9·18사변(만주사변) 이전 상하이에는 상징파, 유미파가 성황을 이루었고, 좌파는 다만 예렌부르크(Erenburg)의 "한편으로는 장엄한 공작(工作)이면서, 다른 한 편으로는 황음무치(荒淫無恥)하구나"라는 말을 인용하여 청년들을 흡수하고 있었던 것이 내가 스스로 목격한 것이다. 타이완의 향토문학은 그야말로 '세기말'문학에 반대하며 일어난 것이다. 다행히 민족주의가 있음에, 그들은 호랑이나 늑대가 아니다! 그러나 향토문학은 또한 하나의 경고이다. 반드시 일체의 불공부정한 상황을 개혁해야 하고, '세기말'문학의 신음과 외침을 모방하는 것을 멈춰야 한다는 것이다. 그래야만 늑대가 오는 것을 막을 수 있다! 퇴폐는 결코 황금시대의 상징이 아니다!

또 알아야 할 것은, 서양을 숭배하고 외국에 아첨하는 가운데에 '인성'은 이미 윤몰(淪沒)하고 왜곡되어버렸다는 것이다. 아들이 아비를 쫓아내는 것을 인성이 있다고 치는가? 반드시 일본, 미국에 의존해 살아가야만 인성으로 치는가? 이러한 것들이 인성을 위반하는 것이 아니라고 하면서, 오히려 공정한 방법과 자립자강을 요구하는 것을 인성에 맞지 않는다고 하니 어찌 너무도 괴이하지 아니한가?

만일 문학의 목적이 사람을 즐겁게 하는 것이라면, 그렇다면 모든 인류의 문학은 실패작이다! 문학가들의 전기를 읽어본다면, 몇 명이나 '즐겁게' 살았는가? 당대(唐代)의 진자앙(陳子昂), 왕창령(王昌齡)은 모두 작은 현의 관리의 손에 죽었고, 두보는 가난하게 죽었으며, 이백은 발광하여 죽었고 다만 고적(高適)은 비교적 행운아였다. 외국 또한 마찬가지이다. 괴테처럼 운이 좋았던 사람은 극소수이다. 프랑스 문단의 거인 위고는 의원의 신분으로 나폴레옹 3세를 탄핵했다가 18년의 유배생활을 했고, 또 다른 대인물인 졸라도 정의를 위해 투쟁하다가 질식사당했다. 톨스토이는 백작이었지만 행복을 향유하지 않고 말년에는 뛰쳐나가 눈밭 위를 헤매다 죽었다. 그 외의 음악가·화가들도 대체로는 마찬가지였다. 악성(樂聖) 베토벤은 일생을 궁핍 속에서 살았다. 다만 피카소만은 특별한 행운아였다. 문학을 통해 즐거움을 찾는 것은, 문학을 사기술로 삼아 청년과 여자아이들을 속이는 것 외에는 절대적으로 실패할 수밖에 없다. 공덕을 찬송하는 것 또한 관리를 속이는 것이다!

문학전통을 부정한다면 반드시 문장의 의미가 통하지 못하게 된다. 불통의 문장은 마치 오관사지(五官四肢) 기형의 장애인과 같으니, 거기에는 무슨 스스로 으스댈 것도 없다. 중문이 통한다고 해서 반드시 외국문이 통한다고 할 수도 없다. 그러나 한 중국인의 중문이 불통이라면 외국문도 반드시 불통일 것이다.

민족주의는 대단한 도리가 아니다. 하지만 이는 세계 각국의 강약과 문명·야만을 막론하고 입국(立國)의 제1원리이다. 중국으로 말할 것 같으면 민족주의는 중국인 공통의 입장이란 의미일 뿐이다. 즉, 중국 민족의 자존심을 지켜야 하고, 중국인 간의 공평을 유지해야 하고, 서로 침범하여 치욕을 주거나 다투지 말며, 단결하는 것으로 자립을 구하고, 외국인에 의존하지 않아 외국인으로부터 모욕을 받지 말아야 한다. 더 나아가 8억 인의 이해(利害)로부터 세계를 보아야 한다. 이러한 원칙을 위반한다면 반드시 부패와 타락, 그리고 무지에 이르게 될 것이다. 공산주의는 부패와 타락에서 온 것이다. 동유럽의 공산주의는 이미 민족적 공산주의로 변하였다. 다만 우리 대륙의 공산당은 아직도 '무산계급적 국제주의'를 주장하고 있다―오늘날 흑인들도 자신들의 역사를 연구하고 있으며, 혹은 '뿌리'를 찾아 '자아'와 자유신념을 강화한다. 다만 타이완의 신시인들이 자신의 뿌리를 끊어 내고 싶어한다!

저런 서양을 숭배하고 외국에 아첨하는 교만과 편견은 실상은 타락이다. 그들은 마치 사사로운 이욕을 좋아하고, 천하의 대사를 망령되이 계획하며, 불을 당겨 스스로를 태우는 것을 묘계로 알아 나라를 안정시킬 대책은 알지 못한 채 오히려 충신을 원수로 보는, 고대의 나라를 망친 혼군(昏君)과 같아 두렵다. 다행히 그들은 우리의 황제가 아니다. 만일 그들로 하여금 문예정책을 결정하게 한다면, 그것은 곧 일종의 즈다노프 주의가 결정하는 매판주의적 리얼리즘으로, 계급투쟁을 초래할 것이다!

웨이톈충의 이 책은, 그러한 오해들과 편견을 일소시키는 효과를 가져온다. 내가 본 관련자료들에 의하면, 톈충은 가장 이른 시기 향토문학의 가치를 알아본 비평가이다. 이것이 아마도 그가 '공농병문학'을 주장한다고 오해받은 이유일지도 모르겠다. 이 토론집 속에서 그는 반대파의 주요 문장들도 모두 수록하였으니, 이러한 태도는 공평한 것이다(그에 의하면 포함시키지 못한 많은 글들이 있는 것은 저자의 동의를 얻지 못하여 판권문제를 우려한 까닭이다).

어떠한 문제를 막론하고 공개토론이 있어야 하고, 그래야만 진리를 찾아낼 수 있다. 그 토론은 반드시 공평해야 한다.

'부딪혀보지 않으면 알 수 없다.' 이번 논쟁을 거치면서 나는 많은 이들의 상호 이해가 진전되었다고 생각한다. 그리고 이는 모두를 단결시키는 데 유익하며 다 함께 문예의 올바른 사업을 하고 올바른 길을 가도록 할 것이다.

향토문학이 비록 '호랑이와 늑대'가 아니라고 하더라도, 이는 분명 오늘날 유행하는 문예경향에 대한 일종의 도전이다. 나는 '현대파' 작가들이 진실한 용기를 가지고 이 도전을 받아주었으면 한다. 그것은 형체가 없는 공격도 아니고 문예정책의 요구도 아니며, 먼저 자신을 검토해보라는 것이다. 만일 서구의 유행과 그의 말류(末流)를 추수하는 것이 출로가 아니라면, 자기 인민의 생활을 묘사하는 것이야 말로 본디 문예의 영원한 주제일 것이다. 대륙에서 온 청년작가들은 더 세련된 필치로, 더 넓은 시야로, 더 큰 향토의 인민을 묘사해야 한다(비록 직접 볼 수는 없어도, 회상이나 각종 보도 및 연구를 통해 상상을 할 수 있다). 이것은 일종의 경쟁―우아한 경쟁이다.

당연하게도, 이것은 비판이 필요 없다는 것이 아니다. 비판이 없다면 진보도 없다. 그러나 비판은 반드시 비평원리에 근거해야 하며, 언어는 논리를 지녀야만 한다(『현재 문학문제 총비판』 중 향토문학에 대한 비평은 어쩌면 한 편도 문학상식이나 논리가 말이 되는 것이 없다).

내가 바라는 것들은 여기에 그치지 않는다.

나는 창작의 재능이 없다. 그렇지만 장기간 세계문화사와 사상사를 연구하는 동안 나는 문학사와 예술철학에 대해 조금 알게 되었다. 비교문학사와 예술철학의 지식에 의거하여, 나의 여덟 가지 신념을 늘어놓고자 한다.

1. 근 백여 년간 중국의 불행의 원인은 과학의 낙후에 있다. 그러나 과학과 문예는 결코 정비례 발전의 관계가 아니다. 중국의 문학과 예술은 세계 문화사상 매우 높은 지위에 있는 것이다. '서방문화 중심론'의 붕괴 후, 이 점에 대해 서방인들도 날이 갈수록 깨닫고 있다. 이는 1974년의 『대영백과전서』가 동아시아문학과 시각예술, 음악을 서방과 동등하게 놓고 보는 것으로 알 수 있다. 과거의 많은 신문예가들, 그리고 오늘날 비교문학사가와 신시인이라고 자칭하는 자들이 우리의 문학을 지나치게 업신여긴 것은 실로 중국과 세계문학 양자 모두에 대한 지식이 부족했기 때문이다. 특히 문학의 성질과 기능에 대한 지식이 부족했던 것이다.

2. 문학의 운용은, 민족문자의 예술로써 민족의 생활과 감정을 표현하여, 민족의 미의(美意)와 선의(善意)를 촉진하여 그들 사이의 친밀한 단결을 촉진하는 데에 있다. 일체의 예술활동은 모두 개인과 사회의 정신교감 작용에서 시작된다. 일개 사회의 생활의 만상(萬相)과 그 희로애락은 예술가에게 감흥을 불러일으키게 하여, 그가 창작하게 하고 다시 사회를 감동시키게 하는 것이다. 사회라는 것은 한 민

족과 국가를 말하는 것이다. 사회 속에 있는 예술가는 무엇보다도 반드시 자기의 민족과 국가에 속하는 것이다. 그래서 그의 예술은 민족의 색채를 지니게 된다. 그리고 문학은 다른 학술과는 남다른 전달매개와 부호를 가지고 있다. 과학은 국제적인 부호(이를테면 수학)를 가지고, 예술의 색채와 소리 등은 높은 통용성을 지닌다. 문학은 반드시한 민족의 언어와 문자를 사용한다. 그 언어·문자로 기록된 신화, 전설, 역사는 민족성을 품고 있을 뿐 아니라, 언어·문자의 문법구조, 수사와 기교, 시사(詩詞)의 격률(格律) 또한 민족성을 지닌 것이다.

이 전달매개는 아·속의 구분 없이 문학을 일국민의 가장 보편적인 정신적 재부(財富)로 만든다. 이는 문학이 국가를 경계로 삼아야 한다고 말하는 것은 아니다. 인류 공통의 심성과 운명과 원망(願望)이 있기에, 문학은 인도(人道)적인 것이다. 그것은 동서고금의 문학이 서로에게 읽힐 수 있는 이유이다. 그것은 문학의 공통성이다. 그러나 그 나라의 사람이어야만이 그 나라 인민의 생활을 가장 잘 묘사할 수 있고, 그 나라의 문학도 감상할 수 있다. 그것은 또한 그 나라의 가장 정련된 문자인 시(詩)를 번역하기 어려운 이유이기도 하다. 이것이 문학의 민족적 개성이다. 작가 개인의 개성도 있어, 민족적 개성 속에서 그 특색을 나타내게 된다.

일체 예술의 목적은 인생과 인심을 미화(美化)하는 데에 있다. 미화라는 것은 진(眞)에서 시작하여 미(美)에서 완성되고 선(善)에서 끝을 맺는 것이다. 현실은 결코 모두 미와 선이 아니다. 예술이 결코 고의로 현실을 전도시키거나, 현실의 특정한 부분만을 강조하는 것도 안될 일이다. 다만 권선징악의 의도를 은연중에 품고, 추한 것을 억누르고 예쁜 것만을 찬양하는 의도를 함축할 수는 있다. 그러나 작가는 설교나 선전을 하는 것이 아니고, 미추와 선악의 대조를 잘 드러내어 독자로 하여금 몸소 느끼게 하여 감동이 있는 와중에 심령을 더욱 밝고 순결하고 고상하게 하여 행동을 개선하게 하는 것이다. 또한, 그러한 밝고 순결하고 고상한 수준이 있어야 사람들의 마음이 서로 통하게 하는 작용을 이끌어내어 단결시킬 수 있을 것이다. 문학예술의 원료는 모두 우주와 인생의 만상 안에 있다. 작가는 그것을 채집한 뒤 실을 뽑아내고 꿀을 만드는 것이다. 그는 반드시 넓고 큰 애정을 지니고, 인생에 대하여 성심으로 대하여야만 다른 사람들이 보지 못한 것을 볼 수 있을 것이다. 거기에 고심을 거쳐 하나의 경계를 암시하여 그 동포들에게 안위, 고무, 계발을 주어 은연중 한 민족의 감정과 의지를 주조하게 된다. 더 나아가 인도(人道)를 위하여 한 민족을 단결시키는 정신의 분모(分母), 유대와 시멘트를 만드는 것이다. 문학은 반드시 자기 마음속의 진정(眞情)을 유출시키는 것으로, 그 진정은 만인의 공감으로 인하여 그 원천을 확대시키고, 일국 공통의 교화의 원류가 된다. 그러한 의의상, '인생을 위한 예술'과 '예술을 위한 예술'은 본디 상충되는 것이 아니다. 왜냐하면 예술은 원래 인생으로부터 나온 것이고, 인생을 위한 것이기 때문이다.

단지 '프로계급을 위한 예술'(공산당), '자신을 위한 예술'(D. H. 로렌스), 또는 '황제를 위한 예술'이거나 혹은 『1984』에서 묘사된 '빅브라더를 위한 예술' 같은 것들은 죄다 예술의 본성에 반하는 것들이다. 문학은 반드시 선심과 정의에 기초해야 한다. 그리하여 불평등을 이야기하고, 심지어는 분노를 호소한다. 하지만 만일 눈에는 눈, 이에는 이로 대응한다면 그것은 선심과 정의의 파괴일 것이다. 문학은 반드시 인류의 공감을 이끌어 내야 한다. '황제를 위한 예술', '빅 브라더를 위한 예술'은 겨우 한 사람을 즐겁게 할 뿐으로 모든 사람을 구역질나게 할 것이다. 도둑이 잡혀간다 하더라도 사람들의 동정의 눈물을 얻을 수 없는 것과 같은 이치다.

대개 언어·사조(詞藻)의 운용, 정경의 표현 방식과 구조, 교화·단결의 효과는 우리가 문학을 이해하고 평가하는 요점일 것이다.

3. 문학의 발전은 과학과 같지 않은 점이 있다. 과학은 지식의 축적으로, 쉬지 않는 진보가 가능하다. 구지식, 구기계 등은 폐물이 된다. 문예는 인류 정감의 소통을 구하는 것이고, 정감은 신·구를 논할 수 없다. 20세기 인류의 희로애락을 논해보자. 부모자식과 남녀의 사랑 등이 원시인류에 비교해 보았을 때 '진화'하였는가, 혹은 원자폭탄으로 죽는 것이 돌도끼에 맞아죽는 것에 비해 '진화'하였는가 말하는 것은 황당무계한 것이다. 하지만 그렇다고 해도, 문예의 종류나 표현의 기교, 인생의 장면과 그 변화는 일반문화의 진보를 따라 다양하고 다채로운 형태를 가지게 된다. 인류의 취미는 또 일종의 반복성이 있어서 웅장함과 우아함, 화려함과 소박함이 시시때때로 순환한다. 인류는 변화를 좋아하고 단조로움을 좋아하지 않는다. 화이부동(和而不同)이 아름다움이 되는 것이다. 그러므로 문예를 만드는 것은 반드시 온고지신이어야 하고, 사람들은 그 기교를 다투게 된다. 그리하여 화양번신(花樣飜新)은 한 시대 내에서도 끝없이 풍미하게 된다. 축적된 것이 많을수록, 변화의 가능성은 높아진다. 이러한 문예상의 신·구의 의의는 과학의 그것과는 같지 않다. 문학사 전체의 작품들이 모두 쓸모가 있는 것이다.

4. 문예는 일국 국민 활력의 표지이자 문화 중 가장 민감하고 첨예한 부분이다. 하나의 시대를 맞이하여 한 민족의 온축된 정력의 왕성

함이 새로운 문화시대를 출현시키려 할 때에는, 반드시 문예상에 먼저 드러나게 된다. 단테는 근세 서방인의 정신을 예고하였다. 이탈리아의 문예부흥은 유럽 문화의 부흥을 추동했다. 스페인, 포르투갈, 네덜란드, 영국의 발흥에 있어 모두 문학이 봄을 알리는 제비 역할을 했다. 18세기의 프랑스, 19세기의 독일 또한 마찬가지였다. 19세기 후기 러시아인의 문학 황금시대는, 민족의 활력을 표현하는 것이었고, 또한 그들이 능히 20세기 세계를 위협한 에너지의 근원이기도 했다. 에머슨 이래의 문학 활동은 미국의 정치적 독립 이후의 정신적 독립을 가능하게 했다. 당대(唐代) 문학의 성황은 수나라와 초당(初唐) 시기 예고된 것이었다. 일대의 흥성은 인재의 배출을 볼 수 있으니, 한두 명의 선구자는 다만 그 중 가장 민감하고 예민한 이들이었을 뿐이다. 같은 이치로 한 민족의 문화가 쇠퇴하는 시기에는, 문예상에 반영이 나타난다. 민족의 정치·경제가 해체된 이후에 심지어 다른 민족에게 정복된 이후에도 그들의 민족정신, 희망과 용기를 보존한 문학이 있기만 하다면 그 민족은 늦든 이르든 부흥의 약속이 있는 것이다.

5. 일국문예의 성쇠는 일반 문화 및 정치, 경제, 학술의 실력과 밀접한 관계가 있다. 그렇지만 문예와 정치와의 관계는 항상 일치하는 것만은 아니어서 늘 거리를 갖고 있다. 정치는 가장 현실적인 것이고 문예는 다소간 이상적인 것이기 때문이다. 문학과 정치의 관계는 너무 밀접하면 온당치 못하다. 직접적인 압박은 반드시 문예를 시들게 만들고, 그렇다고 정치적으로 너무 부식(扶植)하려 해도 온실 속의 화초 혹은 알묘조장(揠苗助長)이 되어 진정한 문예의 발전을 이룰 수 없다. 문예는 자유와 민주를 필요로 하니, 자연스럽게 성장하고 자유경쟁 하는 것이다. 어떠한 문예조류도 정권이 개창한 것은 없다(팔고문

은 예외이다).

6. 예술은 상품이 아니고, 반드시 고유성이 있어 표준화 시킬 수 없다. 그러므로 모방과 창작은 서로 상반된 개념이다. 모든 학문과 예술은 모방시기를 거쳐야만 입문할 수 있다. 그렇지만 모방을 벗어나야만 창작할 수 있다. 옛 사람, 혹은 동시대의 사람을 모방하는 것은 습작기에 반드시 거쳐야 하는 길이지만 그 정수를 취한 뒤에는 그것을 확대시키고 스스로 고민하여 만들어내야 예술이라고 할 수 있다. 같은 이치로 외국인의 성취나 유행을 참고와 계발의 자료로 쓰는 것이 각국 문학의 일반적인 일이다. 하지만 한 나라의 문예가 완전히 외국의 것을 모방하는 때에는 자신의 주체성을 잃게 된다. 문학이 자신의 사회성을 잃게 되면 전달성을 잃는 것이다. 그렇게 되면 작자는 진정한 자아의 개성을 잃게 되며 근본적으로 예술성 또한 사라지게 된다. 만일 예술이 자연을 모방하는 것이라면, 다른 사람을 모방하는 것은 다만 싸구려 모조품일 뿐이다. 더구나 다른 사람의 퇴폐를 빌려와 자신의 새로운 유행으로 삼고자 하면 어떻게 할 것인가.

7. 문예는 일국 인민 운명의 기록이다. 중국의 문화·문예는 비록 과거 세계에서 영광의 지위를 차지하고 있었지만 과학이 낙후되고, 또 백여 년간 열강의 침략을 받았기에 계속된 문화수입과 침략, 내우외환의 끝에 전 민족이 실질적으로 참담하여 보지 못할 지경에 이르렀고, 정신상으로는 더욱 더 심하여 말할 수도 없다. 우리는 세계상 인구가 가장 많은 국가이지만, 내가 보고 아는 것에 따르면, 백여 년래 전 세계 인류 운명의 불행 중 학대되고 모욕당한 비참함은 중국인보다 심한 경우가 없다. 그러한 비참함은 세 가지의 결합이다. 처음엔 외국인이 번갈아 그 세력을 들여보내 중국인에게 해를 입혔다. 이어

서 국인 중 본디 외국인의 학문을 배워 외세를 억누르고자 했던 이들이, 종내에는 외국인의 세력을 빌고 외국인의 말을 가장하여 스스로를 속이고 스스로에게 해를 입혔다. 마지막으로 외국인과 일부 중국인이 서로 죽이 맞아 가장 선량한 인민들에게 해를 입혔다. 문학 방면에서는 항전시기 민족정신의 앙양을 본 이외에는 중국인의 운명을 절절히 담고 있는 기록이나 묘사를 거의 찾아보기 힘들다. 그 외 고유의 문예 또한 파산 상태에 있다. 국악, 국화(國畵), 국극(國劇) 등을 보존만 한 것으로는 결코 문화를 부흥시켰다고 할 수 없다. 부흥에는 반드시 새로운 것이 더해져야 한다. 만일 오늘날 중국인의 생활상의 고난이 충분히 표현되지 않는다면, 그 감정·의지가 깊이 새겨져 나타나지 않는다면, 감동을 주지 못한다면 '신(新)'이라고 말할 수 없다. 위에서 본 것과 같이, 이것은 중국 민족의 활력이 다 했기 때문이 아니고, 우리가 정력을 남용한 것이다. 옛 것을 본받고 서구를 따라하는 데에 오용했기 때문이다. 동시에 많은 작가들이 스스로 교양을 쌓고, 수련하며, 자기 고유의 재능을 발전시키지 못했기에 종내에는 자폐에 빠지고 만 것이다. 혹은 자질구레하지만 잔혹했던 정치투쟁 중에 유폐당하기도 했다. 우리는 인재를 애석히 여기고, 인재 또한 스스로를 아껴야 한다.

8. 그렇다면 우리는 어떠한 문예를 필요로 하는가? 나는 대답한다. 중국인의 운명, 우환, 분투, 실패, 우둔함, 치욕을 표현하는 문예가 필요하다. 중국인의 가장 좋은 정신, 풍격, 이상을 표현하면서도 우리의 치욕을 씻어낼 수 있는 것으로, 중국인의 마음과 영혼을 빛나게 하고, 순결하게 하고 숭고하게 하여 중국인의 비겁, 구차함, 불성실함, 불의, 사리사욕, 분열, 동족상잔을 극복하게 해주어, 중국인들 정감의

상통(相通)을 다시 건설하여, 중국 민족의 단결과 존엄을 다시 만들고, 그 정신의 향상과 미래로의 분투를 격려하여 중국인의 생활을 더욱 더 선하고 더욱 더 아름답고 더욱 더 인도화(人道化)시키는 문예가 필요하다!

이것에 앞서 중국인의 입장으로 돌아갈 것이 요구된다. 이 모든 것은 중국인 입장으로의 복귀의 당연한 귀결일 것이다.

중국인 입장으로 돌아가기 위해서는, 반드시 중국 민족의 우환을 체득하고, 외부로부터 온 죽음에 이르는 병, 곧 서양을 숭배하고 외국에 아첨하는 병을 극복해야 한다. 중국인들 간에도 아직까지 서로 동포의 도리로 대하고 있지 않으므로, 비록 과거의 유전(流傳)이 있다 하더라도 외세의 도래로 인하여 더욱더 악화되었다.

이상의 주장은 결코 내가 문학 작가 이외의 신분으로 문학에 대해 이러쿵저러쿵 지시하는 것이 아니다. 이것은 문학 그 자체의 조건 혹은 요구이다.

이는 내가 사상, 문화·역사를 연구하고, 중국 신문화운동의 역사를 통과하며 획득한 방관자의 말이다. 나는 신문학운동 제1기의 작품과 번역을 거의 대부분 보았다. 민국 17년의 제1기와 2기의 전형기에 나는 혁명문학의 구호에 반대하였다. 1932년 나는 당시 민족주의문학과 프로문학의 선전에 대해 '문학은 죽음에 이르기까지 자유적이고 민주적이다'는 주장으로 비판했다. 항전기, 나는 '민족적·국민적 문학'의 재건을 극력 주장하였다.(나는 '민족주의문학'이 문예정책을 위해 구성되었으므로 반대했다. 만주사변 때 그 공허함을 증명하였다. 항전 중 주장한 '민족문학'은 상술한 4절 2조의 내용이다.) 동시에 나는 중국문화의 부흥과, 전통, 서구화, 소련화를 극복하고 전진할 것을 제창하였다. 대륙이 소련의 물결에 잠식된 후, 중국 신문예가 마오쩌둥의 '공농병문학'의 칼날 아래 옥석구분 당하고 있을 때, 나는 역사학을 이용하여 중국의 영광과 우환을 논증하고, 중국인 입장을 다시 세울 고민을 하였다. 그러나 서화주의(西化主義)는 날이 갈수록 범람하여, 반(反)민족주의의 길을 걷는 데까지 이르러 나는 부득불 힘주어 민족주의를 주장하게 되었다. 지금에 이르러 서양을 숭배하고 외국에 아첨하는 풍조는 문학이 놀랍게도 '횡적 이식이어야지, 종적으로 계승해서는 안 된다'는 주장으로 나타났다. 계승이 없으면, 통하지 않게 됨은 이미 상술하였다. 번역은 이식이라고 말할 수 있겠지만 중문이 통하지 않는다면 번역할 수 없는 것이다. 뜻이 통하지 않는 글로 외국시를 모방하는 것은 여전히 불통일 뿐이다. 불통은 그저 문학이 아닌 것뿐만 아니라 반(反)문학이 되어버린 것이다. 그들은 또 말하기를 '문학의 목적을 즐거움을 추구하는 데 있다.'라고 한다. 우리의 성현께서 말씀하시길, '걱정 속에서 살아나고 안락 속에서 죽어간다'고 하였다. 서양의 성경에서 말하기를, '환난은 인내를 자아내고, 인내는 수양을, 수양은 희망을 자아낸다'고 하였다. 서방에는 또 문학은 '세계 고민의 표현'이라든가, '고민의 상징'이라고 말한 이들도 있다. 프로스트의 말이 더욱 명확할 수도 있다. '쾌락은 육체에 유익하고, 근심은 영혼의 힘을 키워준다.' 또 19세기의 한 러시아 시인도 '러시아에서 누가 즐거워서 자유로울 수 있는가?'라고 반문하였다. 사실, 오늘날 전 세계 문예의 주류는 결코 즐거움의 목소리가 아니다. 근심이 층층이 쌓인 오늘날의 중국에서 즐거움을 구할 수 있는 이는 대륙의 마오쩌둥과 장칭, 그리고 그들의 후예(그들은 스스로 '마음이 편안하다'고 한다)밖에 없다. 이 땅에는 슬픔이 마음이 죽는 것보다 크다는 무리들밖에 없다.

무릇 자신의 뿌리를 스스로 자르고 즐거움을 구한다는 망언은 마비되고 타락하는 징후로 서화(西化) 중독의 결과이다. 만일 대륙의 동포가 우리 모두가 그처럼 배알도 없다고 여기게 된다면, 우리는 마침내 돌아갈 집도 없는 사람이 될 뿐만 아니라, 스스로를 멸망케 하는 것이다.

지금 나는 많은 본성(本省) 작가들과 화가들이 자기 동포의 우환을 직시하며, 자신의 땅에서 중국인의 문예를 창작하는 것을 본다. 나는 그들이 이 올바른 방향에서 출발하여 진지하게 절실한 노력을 기울이기를 바란다. 곧, 많이 읽고, 많이 보고, 많이 생각하고, 많이 관찰하고 체험하며, 문예와 관련된 학문―예를 들어 중국 과거의 문학, 서양문학, 제3세계 문학, 미학과 문예비평, 중국과 외국의 역사, 철학, 사회, 과학 등―을 많이 보고 많이 생각하여, 자신과 동료 상호간에 많은 비평, 토론과 연구를 거쳐 자신의 작품을 더욱 깊이 있고 가치 있게 만들고 정련하여 중국 신문예가 다시 한 번 이곳에서 발전할 수 있게 해주기를 희망한다. 신 5·4운동 이래 대륙에서 자유를 구하는 소리는 우리를 고무하였다. 여기서도 동포를 사랑하는 마음과 민족정신의 발휘를 통하여, 대륙 동포에게 대답하여 그들을 고무할 수 있는 이가 있기를 바란다. 이처럼 서로를 감동시켜, 문자의 큰 효력을 발휘해야 한다. 예전에 쩌우룽(鄒容)은 '문자가 성공을 거두는 날에 전 세계에 혁명의 조류가 등장한다[文字收功日, 全球革命潮]'라고 했으니, 통달한 말이다. 대륙과 타이완의 청년 작가들이 서로를 격려하여 공동으로 민족주의의 광휘를 발양하며, 중국인을 외부로부터 온 겹운으로부터 중국인 입장으로 되돌리고, 동포애의 발양 중에 중국의 재통일을 실현시킬 것이다. 그리하여, 톈충의 이 토론집은 이러한 전

세역전 중의 중대한 기록인 것이다. 소망을 담아 시를 제(題)한다:

서구의 바람 미국의 비는 사람 따라 왔고, 신구는 서로를 원수 삼으니
애닯도다

어찌하여 효빈(效顰)을 예쁘다고 칭하는가? 탁발로 부자가 된 것은 듣
지 못했다네

슬픔은 마침내 거름이 되었으니, 흔연히 돌아간 집에 새싹이 돋아남
을 보네

동해에서 초혼하며 태족(太簇)[6]을 취주(吹奏)하고, 중원의 상처를 어
루만져 개천(開天)을 연주하네

歐風美雨逐人來,	新舊相仇幷可哀
豈有效顰稱好色?	未聞托鉢致多財
愴懷逐臭成焦土,	欣見還家闢草萊
東海招魂吹太簇,	中原撫蕩奏天開

67년(1978) 3월 1일

**후츄위안, 중국인 입장으로의 복귀 – 웨이톈충(尉天驄) 선생의 「향토문학토론집」을 위해
쓰다(1977)**

초출: 웨이톈충 편, 『향토문학토론집』, 타이베이: 자비출판, 1978, 초판
原載: 尉天驄編, 《鄕土文學討論集》, 台北, 作者自行出版, 1978, 初版

---

6) [역자주] 태족(太簇): 중국 고대 음률중의 하나. 만물이 풍성히 생장한다는 뜻에서 취했다.

2부

논전

論戰

문학은 사회로부터 나오고, 사회를 반영한다

천잉전(陳映眞)

1. 문학과 사회

나는 문학 또한, 다른 모든 인류의 정신생활과 마찬가지로 특정한 발전단계에 있는 사회의 영향을 받는 것이라고 줄곧 생각해왔다. 양자는 서로 밀접한 연관성을 가지고 있다. 왜냐하면 하나의 시대에는 그 시대만의 '시대정신'이 있기 때문이다. 유럽의 낭만주의 시대로 예를 들자면, 각 나라와 민족마다 문학의 양상은 같지 않지만 그럼에도 그 이전의 소위 '의(擬)고전주의 시대'의 문학과 비교해 본다면 각국의 낭만주의 문학은 서로 공통점을 지니고 있다. 곧, 개인의 각성과 해방이다. 문학작품 속의 기괴한 환상, 신비와 공포에 대한 격정, 반항적인 열정, 육체적이고 활발히 약동하는 '인간'의 각성, 과도한 센티멘털리즘, 전통적인 도덕관·기율·관념 등의 속박에 대한 반발 그리고 강렬한 자아중심주의 등은 온 유럽을 풍미했다. 큰 그림에서 보면, 낭만주의 시대의 종교는 개인과 신의 직접적인 소통을 추구했다. 즉, 성경읽기와 기도를 통하여 직접 하나님으로부터 영감을 구하려 했지, 층층의 성직자 계급체계를 경유하려 하지 않았다. 그리고 정치의 '자유·평등·박애', 더 나아가 혁명을 통하여 봉건귀족 전제를 타파하고 근대시민의 민주정체(政體)를 만들어냈다. 경제학 분야에서는 개인을 사회 행복의 최고 재판장으로 보는 자본주의 경제학설이 나타나기 시작했다. 그 외의 음악, 회화, 철학, 법률이론 등도 모두 새로운 정신에 젖어 들어갔으니, 그것은 바로 낭만주의 정신이었다. 많은 사상사가들은 이 정신은 특정한 시기, 특정한 국가의 특정한 개인이 부르짖은 특정한 주장—예를 들어 프랑스 장 자크 루소의 '자연으로 돌아가라'가 공감을 불러 일으켜 강력한 흐름이 되었다고 말한다. 그러나 만약 공부를 열심히 하는 한 학생이 "왜 이러한 정신은 하루 빨리 혹은 하루 늦게 발생하지 않았습니까? 왜 '의고전주의' 시대와 '낭만'시대 중간의 소위 '앞 물결[前浪]' 시기에도 똑같이 사상가가 개인의 각성과 해방의 사상을 심각하게 고민했었는데 사회적 기풍으로 널리 퍼지지 못했습니까?"라고 질문을 한다면 위의 사상사가들은 아마도 대답하기 어려울 것이다. 그리하여 다른 사상사가들은 각 사조의 배후에 있는 사회와 경제라는 근원을 찾았다. 그들은 낭만주의 사조가 성행하던 시기는 유럽의 산업혁명 이후이자 공업 자본주의가 발전하기 시작한 시대였다는 것을 발견했다. 현대적 공업생산은 유례없던 부유한 사회를 창조하고 이전에 존재하지 않던 신흥 도시, 그리고 새로운 부류 사람들—산업자본가 계급을 만들어냈다. 이 사람들은 과거의 봉건적·귀족적 전통과는 아무런 관계가 없었다. 그들은 새로운 생산수단을 통해 발전가능성으로 충만하고 부유한 새로운 세계를 만들어냈다. 물질·재부의 개발과 생산, 과학기술의 발전, 예전에 알지 못했던 세계에 대한 끊임없는 정복… 등으로 인해 그들은 새로운 태도로 인간의 능력과 가치를 긍정하게 되었다. 그들은 대담하게 생각하고 대담하게 행동했다. 그리고 생각하고 행동하는 것으로 전무후무한 성과를 이룰 수 있었다. 신흥 공업자본계급으로부터 '인간'은 깨어났고 해방되었다. 모든 봉건적이고 귀족적인 가치와 성취는 부족해 보이기 시작했다. 이 시기 그들의 마음속은 마치 지금 막 사춘기에 접어든 소년처럼 열정·호기심·자신감·반역·창조·환상·감상 등의 정서로 가득 차 있었다. 신흥 공업자본계급은 이처럼 사회경제적 주도권을 가지게 되었고 온 유럽의 정신생활을 지도하게 되었다. 이러한 정신은 문학에서는 낭만주의로 표현되었고, 정치적으로는 자유주의와 민주주의가 형성되었으며, 경제적으로는 아담 스미스[1]의 '절대다수의 절대행복'이 이끄는 자본주의 경제학이 등장했다. 종교, 음악, 회화 그리고 철학에서도 이와 같은 낭만주의 정신이 일관되게 관철되었다. 한 시대의 '시대정신'에는 반드시 이를 시대정신으로 만드는 기초이자 근원인 사회적 경제적 요소들이 있다. 나의 주장은 결코 사회적 혹은 경제적인 요소가 문학에 영향을 끼치는 유일한 요소라고 하는 것이 아니다. 예를 들어 마치 수학의 변수와 같이, X=2Y의 함수관계처럼 X의 수치가 달라지면 Y의 수치도 반드시 변한다는 것이 아니다. 문학과 사회·정치·경제 사이의 관계는 수학처럼 기계적이고 딱딱하지 않다. 우리는 다만 사회적 혹은 경제적 요소

---

1) [역자주] '절대다수의 절대행복'은 밴덤의 공리주의의 유명한 문구이다. 저자가 착각한 것으로 보인다.

는 사상 혹은 정신생활(물론 문학도 포함해서)에 영향을 미치는 비교적 중요한 요소라고 말할 수는 있을 것이다.

2. 2, 30년 이래의 타이완 사회

지금부터 30년래 타이완의 사회와 문학에 대해서 논할 것인데, 먼저 30년래 타이완의 사회·경제를 논할 것이며, 이 과정에서 혹여 몇 가지 특징을 찾아낼 수 있을지 모른다. 1953년은 미국의 원조가 정식으로 우리의 국민경제에 참여하기 시작한 해였고, 1965년은 미국의 경제원조가 끝난 해였다. 타이완 경제의 연구자 모두는 미국의 원조가 타이완의 경제발전에 큰 영향을 미쳤다는 사실을 알고 있다. 태평양전쟁 발발 이전, 일본은 타이완을 일본 제국주의의 남침 근거지로 삼으려고 했었다. 그때부터 일본은 전통적인 '농업 타이완' '공업 일본'의 정책에 수정을 가하여 타이완의 공업에도 보다 큰 규모의, 그리고 보다 중요한 공업 시설들이 생기기 시작했다. 그러나 오래지 않아 제2차 세계대전 후반기 타이완은 연합국의 폭격, 경제봉쇄와 인플레이션을 겪어 전 국토가 파괴되었다. 광복 이후 우리 정부가 타이완으로 옮겨 왔을 때, 타이완의 경제는 완전히 피폐하여 파산직전이라고 할 수 있을 지경이었다. 물론, 그럼에도 기초적인 공업시설과 엔지니어링 설비는 남아 있었다. 수많은 전쟁을 겪은 가난한 지역의 공산주의화를 막기 위해, 사회를 안정시키고 경제를 재건하는 정책을 수립한 미국은, 타이완과 전후의 서유럽을 원조하기 시작하였다. 그 목적은 경제를 안정시켜 좌파 세력의 성장을 막기 위한 것 하나와, 구매력이 있는 시장을 만들어내는 것 또 하나였다. 우리는 제2차 세계 대전 중 미국이 전쟁이 진행될수록 많은 돈을 벌었으며, 생산력도 증가했다는 것을 알고 있다. 그리하여 미국은 경제적 원조의 방식으로 유럽과 기타 지역을 도와야 했다. 왜냐하면 한편으로 각 지역의 정권을 안정시켜 적화(赤化)되지 않도록 하고, 다른 한 편으로는 구매력이 있는 시장을 만들어내어 미국의 물품을 구매하도록 할 수 있기 때문이었다. 그리하여 미국의 원조는 타이완에서도 전체 경제와 재정 분야에서 막중한 기능을 발휘하였고, 심지어 타이완이 어떠한 공업을 발전시킬 것인가에 대해서도 미국의 허락과 심사를 통과하여야만 그들의 돈을 쓸 수 있었다. 그렇게 10년이 흐르며, 타이완의 공영사업들이 천천히 성장하기 시작했다. 특히 한국전쟁과 베트남전쟁을 거치며 성장은 가속화 되었다. 19년간의 타이완 국민경제 속에서 미국의 자금·기술·자본·정책과 상품은 우리 경제에 절대적이고 지배적인 영향을 행사하였다. 1965년 미국원조의 중단은 타이완 경제에 대한 미국의 영향력이 중지되는 것을 의미하지 않는다. 그들은 타이완이 이미 경제적으로 '자립'할 수 있는 지역이라고 주장했지만, 자립 가능 여부는 별개의 문제이다. 미국의 뜻을 풀이하자면, 타이완은 자체적으로 몇몇 기초적인 공업제품을 생산해 낼 수 있고, 그에 상응하는 정도의 구매력을 갖추게 되었다는 것이었다. 1965년 이후, 미국은 타이완 경제에 관여하는 다른 방법을 채택하게 되었다. 즉, 투자의 방식이며 자본의 수출이다. 새로운 은행, 그리고 미국자본으로 짓는 공장들이 하나 둘 들어섰다. 미국의 원조가 중지된 후 일본 자본이 타이완에 들어오기 시작했다. 오늘날까지도 일본의 자본·기술·상품은 타이완에 현저한 영향을 미치고 있다. 『중화잡지(中華雜誌)』는 줄곧 다음과 같이 큰 소리로 꾸짖는다: "우리와 일본간의 무역은 매년 매년 수입이 수출을 초과하고 있다!" 우리가 6개년 경제계획을 진행하기 시작한 것도 최근 2년 사이의 일이다. 계획이 추구하는 기본 정신은 우리 스스로의 힘으로 일어나야 한다는 것이다. 이미 10개 항의 건설이 시작되었고, 자본집약적 공업이 계획되었다. 이 모든 것은 과거 30년 이래 외래자본과 기술에 과도하게 의존했던 것을 벗어나기 위한 노력이다. 이러한 노력은 많이 힘들 수도 있지만, 이는 우리의 지지를 받을 만한 일이다. 이 길은 좋은 길이다. 맞다. 30년 이래 타이완의 국민경제는 오늘날 볼 수 있는 것처럼 어느 정도의 성장을 이루어냈다. 이는 어떤 조건하에서 이룩된 것인가? 그것은 초기 미국 그리고 일본의 자본과 기술의 절대적인 영향 하에서 시작되고 성장한 것이다. 이야말로 30년 이래 타이완의 사회·경제의 매우 중요한 특징이라고 할 수 있다.

3. 서구화─30년래 타이완 정신생활의 초점

이상의 사회·경제적의 특수성 하에서, 우리는 과거 30년간 타이완 경제생활의 각 부분을 되돌아보며 한 가지 특징을 찾아낼 수 있다. 그것은 바로 서구화이다. 우리는 서구나, 동방의 일본의 영향을 많이 받았다. 우선 정치적 측면을 보도록 하자. 여기서 논하고자 하는 것은 우리 정부의 시책이 아니라, 정부 이외의 정치적인 운동과 생각들이다. 50년대와 60년대의 교체기, 자유화운동이 있었다. 당시 발행금지를 당한 『자유중국』이라는 잡지가 있었다. 이 잡지는 '재야당(在野

黨)'과 당외(黨外)[2] 정치운동의 기관지였다. 그들의 지향은 서구식 의회 민주주의였고, 그들의 요구사항은 정치상의 서구식 자유·민주였다. 그들은 서구의 사례를 따라 재야당을 조직하려 했고, 그들의 이상과 목표는 완전히 서구적 의회정치의 노선이었다. 이는 당연히 타이완의 경제성장에 따라 이제 막 성장하기 시작한 새로운 타이완의 민족 공상(工商)계급의 정치적 요구를 반영하고 있었다. 이것은 우리의 정치적 목표이며, 오늘날까지도 많은 사람들이 정치적 민주와 자유화를 요구하고 있다. 내가 이렇게 말한 것은 결코 이 운동에 대해서 가치판단을 내리려는 것이 아니다. 나는 다만 독자들에게 이 운동과 30년래 서방의 타이완 경제에 대한 지배가 불가분의 관계라는 것을 말하려는 것이다. 그 다음으로 '알아서 문을 닫은' 잡지『문성(文星)』의 예를 들 수 있다. 당시 한 작가가 연속하여 많은 글들을 써냈는데, 그 속에 표현된 사상은 개인주의와 권위에 대한 회의와 반항이 아닌 것이 없었다. 중국의 미래의 방향과 노선의 문제에 있어 그는 '전면적 서구화'의 구호를 내세웠다. 그는 심지어 전면적 서구화를 위하여 희생도 불사하고 서구의 결점까지 모두 받아들여야 한다고 크게 외쳤다. 사상적 내용으로 보았을 때에는 참신한 점이 없었다. 우리는 중국의 1920년대와 30년대에 이미 이러한 '중서문화'에 대한 논쟁이 깊이 있고 광범위하게 진행되었다는 것을 알고 있다. 전체 국면에서 보았을 때 기본적으로 이 문제는 이미 해결된 것이다. 하지만 1949년 이후 여러 가지 원인으로 인하여 중국 근대사상의 전통과 타

---

2) [역자주] 일당독재를 실시하던 국민당의 밖을 의미한다.

이완과의 단절이 발생하였기에, 이미 오래되고 중국에서는 이미 해결된 문제가 다시금 새롭게 타이완에서 똬리를 틀게 되었다. 타이완의 전체 역사로 보았을 때, 이는 매우 흥미진진한 일이다. 이것은 타이완이 제국주의로 인해서 중국 대륙과 떨어지게 된 것과 밀접한 관련이 있다. 예컨대 일찍이 타이완에서도 백화문 논쟁이 벌어진 적이 있었는데, 다만 시간적으로 중국의 백화문 논의와 10년의 시차가 있었다. 즉, 대륙에서 백화문논쟁의 토론이 종결된 지 거의 10여 년이 흘렀고, 기본적으로 문제는 해결되었다고 볼 수 있을 것이다. 뿐만 아니라 백화문이 중국의 많은 문학작품들 속에서 꽃을 피우고 결실을 맺은지 10년이 지난 후에야, 타이완에서 이 문제에 대한 토론이 개시된 것이다. 중서(中西) 문화논쟁과 마찬가지로 70년대의 신시논쟁도 유사하다고 볼 수 있다. 서구적 개인주의, 자유주의의 권위에 대한 반항, 자유에 대한 지향 혹은 서구에 경도된 심리상태는 30년래 타이완의 혁신사조의 주류였다. 마지막으로 지난 30년간 타이완의 학술계와 과학계는 어떤 상황이었는지 살펴보도록 하자. 이 문제를 언급하기 이전에 동학(同學)들에게 한 편의 글을 소개하고자 한다. 즉『대학잡지』105호에 의사 리펑(李豐)이 쓴 글─「의학을 식민지의 위치에서 구해내야 한다」이다. 이 글은 다음과 같이 시작한다. 그녀는 자신이 교육병원인 타이완 대학 의학원 소속 의사임을 밝히고 그곳에서 매주 열리는 임상병리 세미나에 대해 이야기했다. 지난 30년간 세미나에서 사용된 언어는 중국어 문법에 영어어휘를 끼워넣은 특수한 언어였다. 그러나 오래되어 사람들은 이미 익숙해져 있었고 이상하다고 생각하지는 않았다. 그러던 어느 날 갓 미국에서 돌아온 의사 리즈쉐(李治學)의 발표 차례가 왔다. 그는 많은 준비를 하고 세미

나에서 중국어로 발표를 했는데, 결과적으로 세미나장을 채운 모두의 폭소를 불러일으켰다. 2, 30년 동안 모든 사람들이 중국어도 아닌 영어도 아닌 언어에 익숙해 있었는데 갑자기 중국어로 전환하니, 말하기 시작한 순간 도리어 어색하고 서툴게 느껴진 것이다. 사람들은 너무 이상해서 웃기 시작했던 것이다. 하지만 그 자리에 있던 리핑은 침통했다. 그녀는 "중국인이 중국 땅에서 중국의 언어로 중국인의 병세를 토론함으로써 폭소를 터뜨리게 하다니. 그리고 아무도 이게 웃긴 상황이라고 생각하지 않다니. 아무도 이게 아이러니하다고 생각하지 않다니. 중국인이 중국 지역에서 중국인을 진료하는데 어색한 외국 문자로 진료 기록을 쓰고, 중국인이 중국 지역에서 중국 자료로 연구를 하는데, 통하는 것 같으면서 통하지 않는 외국 문자로 논문을 쓰는데 아무도 이를 웃기다고 여기지 않고 아이러니하다고 생각하지 않는다…"라고 적었다. 이어서 저자는 우리와 가까운 일본과 한국 그리고 멀리에 있는 유럽과 미국의 경우에도 의사가 외국의 언어 혹은 문자로 자국의 병례를 토론하고 논문을 쓰는 나라는 하나도 없다고 말했다. 홍콩만은 예외이다. 그러나 홍콩은 영국의 식민지이고 우리는 독립 자주국이다. 그녀는 "우리 학생들이 10여 년 동안 열심히 공부해서 겨우 대학에 붙고 나서 겪게 되는 첫 번째 곤혹은 외국어로 된 교과서이다. 파도가 하늘을 뒤덮을 만큼 많은 양의 외국어 교과서 때문에 우두망찰 정신이 나가 있고 매일밤 사전을 뒤져야 했다"고 적었다. 이처럼 타이완의 교육은 외국 고등교육의 예비교육이 되고 말았다. 타이완에서 공부한 학생이 겨우 박사학위를 받고 글이 가끔 신문에 실린다고 해도, 학술 시장에서는 절대로 외국물을 먹은 사람에 미치지 못한다. 우리에게 이 문제는 조금도 낯설지 않다. 대학에서 중문과를 제외하고는 교과서의 저자가 외국인이 아닌 과는 없을 것이다. 심지어 어떤 학교는 학과장을 비롯하여 많은 교사들이 외국인인 경우도 있다. 기본적으로 나는 외국의 것을 반대하는 것이 아니다. 나는 줄곧 외국의 경험 중 좋은 것은 우리가 받아들여야 하고, 외국의 것을 받아들일 때에는 비판적으로 분석하고 흡수해야 한다고 여겨왔다. 그런 다음에 우리 민족의 구체적인 상황에 적용하는 것이다. 우리는 교과서란 무엇인지를 분명히 알아야 한다. 교과서는 한 나라의 학자나 전문가들이 스스로의 학술적 성과를 통하여 자기 민족 혹은 국가의 구체적인 문제를 대면하여 문제를 푸는 방향을 잡고 그가 찾아낸 답과 방향을 그 다음 세대에 전하는 내용이어야 한다. 그 다음 세대는 또 자신들의 지혜와 성취로 자기의 문제를 대면해야 하고 대대로 이어가는 것이다. 다른 나라의 언어로 교과서를 쓰는 나라는 하나도 없다. 의학적으로 보면 우리는 전 세계의 암은 똑같으니 미국인들이 암을 치료하는 경험을 바로 우리의 경험으로 가져올 수 있다고 생각한다. 하지만 외국의 유색인 중에 비인두암(Nasopharyngeal Cancer)과 간암에 걸린 사람은 적지만 타이완에는 많다. 만약 당신이 의과대학에 다니는 학생이라면 외국의 내과학을 공부할 때 책에 간암을 다루는 장에서 이 병례가 흔하지 않아서 연구 자료가 적다고 나와 있는 것을 발견하게 될 것이다. 간암에 대한 해답은 외국 상황을 토대로 다루는 교과서에서는 찾을 수 없다. 사실, 우리 타이완에서 비인두암과 간암에 대한 연구는 이미 큰 성과를 이루고 있다. 하지만 이에 관련된 논문들은 우리가 보기 위해 쓴 것이 아니고 어색한 영어로 다른 나라의 의학 잡지에 발표된다. 외국의 의사들은 이런 연구를 읽고 이런 사례들이 있구나 하고 알게 되지만 그들에게 실질적인 가치는 별로 없는 것이다. 반대로 타이완의 의학 교육계에는 용서 받을 수 없는 손실이다. 이 문제는 우리 모두가 고민해 볼 만한 가치가 있다. 만일, 처음 시작하는 10년 동안 무에서 유를 창출하기 위해서, 이미 성과를 획득한 외국인의 경험을 빌려 오는 것이 필요하다는 것에 대해서는 동의할 수 있다. 하지만 30년래 우리 학술계와 대학교육 전체가 읽어 온 것은 외국인들이 자신의 다음 세대에게 자신들의 특수한 문제를 해결하는 것을 가르쳐 주기 위한 교과서였다. 2, 30년간 우리의 선생님들이 중국어를 쓰거나, 중국의 자료를 써서 중국의 구체적 조건을 교과서로 만들어 우리에게 읽히고자 한 적은 거의 없다시피 하다. 당신들은 선생들에게 이러한 교과서를 써달라고 요구할 수 있는 권력이 있다. '서구에의 종속화', 이는 타이완 학술계 혹은 과학계의 일반적인 상황이다. 다른 사회생활 방면의 종속화는 말할 것도 없다. 특히 최근 십 년간에 타이완 학생들의 생활수준은 현저하게 개선되었고, 가정생활도 부유해졌다. 심지어 타이완의 경기가 한창 좋을 때 어떤 학생은 무역을 시작하기도 했다. 이는 젊은이들의 잘못이 아니라, 객관적이고 구체적인 환경이 만들어낸 것이다. 더 나아가 우리의 음악과를 보자면, 우리는 2·30년 동안 진정한 중국 민족의 스타일을 가진 음악가를 한명도 길러내지 못했다. 음악과의 학생들은 하루 종일 외국 음악을 동반자로 삼지만, 기껏해야 외국 음악을 잘 해석할 수 있는 해석자나 연주가를 키우는 것이라고 할 수 있다. 하지만 그들이 그렇게 많은 노력과 마음을 써가며 고통스러운 과정을 겪었는데, 끝내 배운 것은 외국 음악뿐이고 자민족의 소리는 조금도 배우지 못한 것이다. 예전에 한 교수가 나에게 "음악으로 주도적 위치에 있는 나라들 중 음악 민족주의자가 아닌 경우가 없습니다"라고 말한 적이 있다. 그는 독일과 오스트리아를 예로 들어 두 나라의 경우 초등학교부터 전문대학까지 쓰는 음악 교과서에는 대부분 자신들의 민족음악가가 등장한다고 했다. 음악의 초등교육일수록 자기들의 민족음악─그들의 민요, 천년 동안 전해온 그들 민족의 노랫소리가 많이 들어 있다고 했다. 회화는 더 말할 것도 없다. 우리는 우리 학생들의 그림 전시회에서 뉴욕, 파리, 도쿄, 피카소의 그림자 그리고 우리들이 익숙한 도록에서 나오는 이름의 그림자들을 볼 수 있다. 문화적으로나 정신적으로 서구에의 종속화·식민화가 30년 이래 우리 정신생활의 두드러진 특징이다. 이 깨달음은 우리들을 놀라게 할지도 모르겠지만, 의심할 여지가 없는 사실이다. 내가 생각하기에 이렇게 된 유일한 까닭은 다름이 아니라 우리 전체의 실제 사회생활이 외부의 강력한 경제적 지배하에 놓여 있기 때문이다. 우리의 종속성의 문화는 그저 사회경제의 종속화를 반영한 것뿐이다.

4. 문화적 종속하의 타이완 문학

이러한 정신 환경 속에서 30년래 타이완 문학의 모습을 되돌아보도록 하자. 타이완의 젊은문예가들이 성장하던 시기에는 나도 조금이나마 참여했었기에, 회상을 하며 독자들과 함께 탐구해 볼 수 있을 것이다. 무엇보다도 먼저 내가 소개하고자 하는 것은, 당연하게도 문학운동을 잘 보여줄 수 있는 가장 중요한 상징─문학 동인잡지이다. 샤지안(夏濟安)이 주필이었던 『문학잡지(文學雜誌)』를 먼저 언급하도록 하겠다. 잡지는 크게 두 부분으로 구성되었다. 하나는 서양 문물,

서양 사조, 그리고 서양 작가를 소개하는 부분이었고, 다른 하나에 나는 '추억의 문학'이라는 이름을 지어줬다. 왜냐하면 당시 국민당 정부가 타이완에 온지 얼마 되지 않아, 신세대 작가들이 아직 성장하지 못한 상황에 몇몇 작가들의 작품들 거개가 과거 대륙에서의 경험을 회상하는 것으로 창작 주제를 잡았기 때문이다.『문학잡지』의 근간이 었던 두 부분은 실제 타이완의 생활상을 반영하지 못했다. 그 중 더 중요했던 부분은 역시 서구 문물의 소개로, 많은 노력을 들여 평론과 소개가 이루어졌다. 또 다른 잡지『필회(筆滙)』는 학계와는 좀 멀리 떨어져 있지만 또한 서구화 추세에 휘말려 있다. '5월화회(畫會)'의 몇몇 멤버들은 당시에 사범대학 예술학과의 학생이었을 뿐이었지만, 하루 종일『필회』에서 '칸딘스키', '다다이즘', '초현실주의'를 다루었다.『필회』는 또한 문학에도 적지 않은 공력을 투입하여 외국의 작가, 비평과 이론을 소개했다. 그들의 문학의 길과 사상을 진정으로 지도했던 주요한 것들은 모두 서구의 문물이었다.『현대문학』은 더 말할 나위도 없다. 그것은 당시 개인이 만든 타이완 대학교 영문과의 학습 잡지로 볼 수 있다.『현대문학』의 동인들은 수업과 책에서 배운 서양 문학을 중국어로 실천했던 것이다. 5·4신문학의 계승이 중단되자 그들은 서양문학에서 전통을 찾으려고 했고 서양문학의 내용과 형식을 모방하여 창작에 종사했다. 내가 이렇게 말하는 것은 결코 그들을 비판하거나 조롱하기 위함이 아니다. 사회·경제가 전반적으로 서구 종속되어 있는 시대에 문학과 예술이 서구를 향하지 않고 '삐딱선을 타는 것'은 오히려 불가능한 일이다.『현대문학』은 훌륭한 작가들을 많이 배출했다. 예컨대, 바이셴융(白先勇), 천뤄시(陳若曦), 어우양쯔(歐陽子), 왕원싱(王文興) 등이 있다. 또 1966년에 창간된『문학계간』을 보도록 하자. 오늘날에 비추어 보면 서구 문물의 강력한 영향력이 잡지 속에서 강력한 지배력을 점유하고 있음 알 수 있다. 과거 우리는 많은 노력을 기울여 잘 이해도 되지 않는 서양문학 비평을 힘들게 번역해서 잡지에 등재하고, 동시에 작가와 유파를 소개하는 일 등등을 했다. 물론 우리도 많은 작가를 배출했다. 예컨대, 인기를 얻고 있는 황춘밍(黃春明), 작품수는 적지만 최선을 다해 치밀하게 쓰는 왕전허(王禎和), 그리고 지금은 스타일이 바뀐 스수칭(施叔靑)도 있다. 그렇지만『문학계간』과『현대문학』은 결국 서로 다른 길을 걷게 되었다. 후자는 전심전력으로 서구의 방향을 따르려 했던 것이고, 전자는 계속해서 자기의 길을 찾거나 나름대로는 자기의 길을 걷기를 원했던 것이다. 자신의 길을 찾는 작업은 1970년 이후 큰 진전을 이루었다. 나는『문학계간』에서 수필 비슷한 것들을 쓰기 시작했는데 당시 글을 쓸 때 불필요한 영어단어를 집어넣고는 했다. 서양을 숭배하고 외세에 아첨하는 경향이 분명히 드러난다. 당시의 나는 서구의 영향에 반항하는 태도를 가졌다고 생각했는데도 불구하고 영어단어를 즐겨 썼다. 심지어 오늘날까지 사람들과 얘기를 나눌 때 가끔 영어단어를 쓰게 된다. 이러한 마음가짐은 전체 문화 분위기의 영향 아래 놓인 우리의 처지인 것이다.

5. 70년대의 변화

1970년대에 들어서면서 객관적 사정과 우리의 정신생활에 큰 변화가 찾아왔다. 먼저, 국제 정치상에서 큰 충격을 받았다는 것을 들 수 있다. 1950년대부터 시작된 '자유세계와 공산세계로 양분화'된 세계, 냉전의 시대는 서서히 끝을 향해 걸으며 다원화의 세계로 향하기 시작했다. 하나의 시대가 끝나고 새로운 시대가 형성되는 과정에서 우리는 몹시 큰 충격을 받았다. 우리는 자발적으로 유엔에서 탈퇴했고 이후 일련의 외교적 좌절을 맛보게 되었다. 과거 우리는 줄곧 서구와 일본을 바라보면서 늘 그들이 좋다고 생각했고 모든 아름다운 단어들은 미국, 일본과 연결되어 있었다. 하지만 70년대 이후 갑자기 우리들이 선생님으로 알고 친구로 삼았던 '자유세계'의 중진들은 뜻밖에도 냉혹하게 우리를 배신했다. 멀리 보였던 일들, 우리와 관계없어 보였던 일들이 갑자기 우리의 눈앞에 나타났고 우리는 손 쓸 도리가 없었다. 이는 국제적인 변화였다. 다음으로 경제적인 측면을 살펴보도록 하자. 60년대 말에서 74년에 이르기까지 세계 경기의 호황으로 우리는 이전에 겪어보지 못한 번영을 누리게 되었다. 이 시기 한편으로는 사회 전반적으로 재산이 늘어났고, 다른 한편으로는 산업 경제 체제 내부의 문제가 드러나기 시작했다. 부의 재분배의 문제, 노동조건의 문제, 노동자 직업병의 문제, 농촌·어촌·광산 등지의 사회 문제 등등이 현저하였다. 이러한 문제들은 청년과 사회의 진지한 관심을 불러 일으켰다. 게다가 '댜오위타이 사건(釣魚台事件)[3]'의 발발은 처음으로 전후(戰後) 젊은 세대의 애국정서와 민족주의의 감정을

---

3) [역자주] 1970년 9월 10일, 미국이 제2차 세계대전 이후 점령하였던 오키나와를 일본에 반환하는 과정에서 댜오위타이의 많은 부분이 일본의 영토로 편입되게 되었다. 당시 미국의 주일대사가 '댜오위타이는 오키나와의 일부분이다'라고 표명함으로써 일본은 댜오위타위를 직접관할에 두게 되었다. 그리하여 전 세계적인 화교들의 반대운동을 불러일으켰다.

일깨웠고, 강대국에 의존하고 있는 자기 민족의 위기를 절실히 깨닫게 되었다. 과거 우리의 중국에 대한 감정과 인식은 지도 위에 놓인 베고니아 잎과 같은 것이었다. 우리는 중국 현대사의 수업시간에 제국주의의 침략에 대해서 배울 때 잠시 슬프고 분해하다가 조금 지나면 그것을 잊어버렸다. '댜오위타이 보위(保衛釣魚台)' 운동이 일어난 후에야 청년 학생들은 실제 운동을 통하여 자기 민족의 운명에 참여하게 되었다.

1) '댜오위타이 보위' 운동 후의 사조와 문학

이 모든 변화는 원래 목을 쭉 빼어 '서쪽'만 바라보았던 젊은 세대로 하여금 자기 자신, 자기의 사회, 자기의 동포, 그리고 자기의 고향을 되돌아보게 만들었다. 그들은 "여기의 사회를 포옹하고 여기의 사회를 사랑해야 한다"는 구호에 목소리를 높이기 시작했다. 동시에 사회조사 운동이 일어나면서 그들은 산으로 어촌으로 광산으로 각지에 가서 현지의 실제생활을 조사하고 사회참여 활동을 하기 시작했다. 청년들은 정성으로 고아원, 양로원을 방문하여 위문했다. 결론적으로 그들은 자기 캠퍼스 밖의 사물, 그리고 실제 사회생활에 대해서 관심을 갖기 시작한 것이다. 물론 이러한 관심들은 아직 충분하지 못하다고 볼 수 있다. 하지만 발전하는 과정으로 보았을 때 이는 지난 30년간 처음으로 타이완 청년들의 '사전' 속에 새로운 단어들― '사회의식', '사회양심', '사회관심'이 나타난 것이다. 이러한 사조 아래 타이완 문학에도 변화가 생겼는데, 바로 황춘밍·왕전허를 대표로 하는 향토문학이다. 이 시기의 문학작가들은 외래 경제·문화의 지배를 받아 곤경에 빠진 타이완 향촌과 사람들을 전면적으로 검토하였다. 그들은 더 이상 서구에서 수입한 형식과 감정을 빌리지 않고, 당시 타이완의 실제 사회생활과 살아가는 사람들을 묘사하는 데에 착수했다. 이들 작가에게 문학 형식으로서의 현실주의는 유력한 도구가 되었고 우수한 작품을 통하여 현실주의의 무한한 가능성을 입증했다. 이 시기의 문학사상은 하나의 논쟁 중에 표현되었는데 그것이 곧 '현대시 논쟁'이다. 논쟁에서 신세대 문인들은 '현대시'의 '국제주의'·'서구화주의'·'형식주의'·'내면으로의 침잠'·'주관'주의를 반대하며, 문학의 민족귀속과 중국의 길을 걸어야 한다는 주장을 내세웠다. 그들은 문학의 사회성, 대다수 사람들이 이해할 수 있는 애국적이고 민족주의적인 문학의 노선을 가야함을 역설했다. 그들은 문학의 현실주의 및 개인의 내적인 갈등이 아닌 하나의 시대, 하나의 사회를 서술할 것을 주장했다.

2) 향토문학

'향토문학'에 대해 논할 때 한 가지 재미있는 점이 있다. 향토문학의 대표 작가로 불리는 황춘밍과 왕전허 등은 자신들의 문학을 '향토문학'이라고 지칭하는 것에 동의하지 않는다. 타이완에서 중국 신문학의 발전은 독특한 과정을 거쳤다. 60년대 말 이전, '서구화'시대를 거쳐 70년대의 전야 그리고 70년대 초 작가들은 현실주의의 형식에 타이완 사회의 구체적 생활을 내용으로 삼아 서구의 지배적인 영향을 받아 곤경에 빠진 타이완 농촌의 사람들을 들여다보았다. 70년대 이후 양칭추(楊靑矗)의 공장과 왕퉈(王拓)의 어촌은 소설의 주요 배경이 되었다. 이들은 현실생활 속에서 소재를 찾고 전형적인 인물을 설정하여 현실생활의 언어로부터 문학언어의 풍부한 원천을 찾아냈다. 왕퉈는 이러한 의미로 "리얼리즘 문학이지 향토문학이 아니다"라고 말했다. '서구화'에 대한 반동과 현실주의는 이 시기 문학의 특징이다.

역사적으로 보면 '향토문학'은 항일문화운동 중 내걸었던 구호이다. 중국문학이 식민지적 조건하에서 위축되고 사라질까봐, 또 중국의 보통화(普通話)와 민남방언과의 차이, 그리고 일제시기 타이완과 대륙 조국과의 단절로 인해 당시의 우국지사들은 타이완에서 보편적으로 사용되는 민남방언을 이용한 문학창작을 통해 식민지에서 중화문학을 보존하고자 했다. 그리하여 '향토문학'이라는 명칭을 얻게 되었다.

물론 오늘날의 상황은 당시와 크게 달라졌다. 하지만 과거 '향토문학'이 강렬한 반일·반제국주의의 정치적 의의를 지녔던 것처럼, 오늘의 작가들도 타이완 사회·경제·문화를 지배하고 있는 서구의 영향에 저항하고자 하는 것이다. 이는 서구와 동방을 막론하고 경제 제국주의와 문화 제국주의의 영향에 대항하는 의미를 가진다. 30년간의 중국 근대사 속에서 타이완은 자신만의 특징을 가지고 있으며, 타이완의 중국 신문학 또한 특수한 정신적 면모를 지니고 있다. 하지만 동시에 소홀히 할 수 없는 지점은, 타이완 신문학에서 표현되고 있는 전체 중국의 국가독립과 민족자유를 추구하는 정신의 역정이, 전체 중국 근대 신문학의 일부분이라는 것을 부인할 수 없다는 것이다.

3) 식민지 시대 반일 저항문학의 재평가

70년대의 전야, 장량쩌(張良澤), 린짜이줴(林載爵), 량징펑(梁景峰) 등 몇몇 우수하고 젊은 문예사가들이 일제시기 타이완 저항문학의 역사를 정리하기 시작했다. 오늘날까지도 『문계(文季)』, 『중외문학(中外文學)』, 『하조(夏潮)』, 『대학잡지』 등에 쉬지 않고 일제시기 타이완 저항문학의 글을 소개하거나 평론을 싣고 있다. 과거 30년래 문학잡지에서 오로지 서양문학만을 비평해왔던 사실과는 대조적이고 크게 달라졌다고 볼 수 있다. 그들 전 세대의 민족문학가들은 과거 근30년 동안 문예계의 서구 중심주의와 서구의 지배적 영향에 가려져 있었다. 시대의 변화에 따라 '현대시논쟁'·'향토문학'과 동시에 선배 세대의 저항적 민족문학가에 대한 재인식과 재평가가 시작되었다. 그 사이에는 필연적인 연관성이 있다.

전 세대의 저항적 민족문학가들이 우리에게 가르쳐 주는 것은 무엇인가? 무엇보다도 그들은 명확한 역사의식을 지녀 문학으로 근대 중국 전체가 제국주의에 저항하는 역사적 장면을 강렬하게 표현해냈다. 그 다음으로 이들 작가들은 당시의 첨예한 정치·경제·사회와 문화의 여러 문제들을 용감하게 대면하여 도망가지 않고, 구차하지 않으며 저항하는 가운데 인류의 지고한 존엄을 정면에서 그려냈다. 마지막으로, 그들은 한 치의 망설임도 없이 강력한 혁신의식과 경향성을 지닌 현실주의를 문학의 도구로 사용했다. 타이완의 과거 저항적 민족작가들에 대한 재인식과 재평가는 의심할 바 없이 신세대 타이완의 중국 문예가들에게 최고의 교재가 될 것이고, 위대하고 찬란한 전통을 계승하고 전하는 것으로써 그것을 발양(發揚)하고 빛나게 할 것이다.

6. 결론

70년대 이전의 타이완은 사회·경제·문화 모든 측면에서 동서양 강대국들의 강력한 지배를 받았다. 당연히 문학상에도 이에 상응하는 서구 종속적 성격이 노출되었다.

70년대 이후 국제정치와 국내 사회의 구조적 변화에 따라 검토와 비판의 시대가 시작되었다. '댜오위타이 보위' 운동은 민족주의와 애국주의의 열기를 격발시켰고, 사회참여와 사회조사운동을 불러 일으켰다. 사회양심과 사회의식들이 처음으로 전후 제1세대의 청년들 가운데에서 나타나기 시작했다. 이러한 변화 속에서 문학창작 측면에서는 현실주의를 본질로 삼은 소위 '향토문학'의 문학사조가 서구 종속적인 현대주의에 대한 비판을 전개하며 문학의 민족귀속과 민족풍격, 그리고 문학의 사회적 기능을 주장하였다. 문학사에서는 전 세대 타이완 성(省)의 민족 저항문학에 대한 재인식과 재평가가 이루어짐으로써, 일제시대 민족 저항문학이 지닌 반제·반봉건의 의의가 청년 작가들에게 알려졌다. 장기적인 서구일변도의 문학으로부터 민족 정체성을 지닌 문학으로의 전환, 도피주의·현대주의·'국제주의'와 주관주의로부터 문학의 민족귀속, 문학의 사회적 기능과 문학의 현실주의로의 변화, 서방문학을 평론하고 소개하는 것으로부터 타이완 전 세대 민족저항문학의 재인식과 재평가에 이르기까지. 참으로 길고도 구불구불했던 발전과 변화의 과정의 이면에는 일정한 역사·사회·경제적 기초가 있었다. 우리는 이로써 긍정할 수 있다. 새로운 세대의 청년들이 장차 이 한줄기 우여곡절이 많은 아득한 길을 따라 걸으며, 타이완의 중국 생활을 재료로 삼아 중국 민족의 풍격과 현실주의를 형식으로 하여 전혀 새로운 문학발전의 단계를 창조해낼 것이고, 중국 신문학의 새로운 단계에 엄청난 수확을 가져다줄 것이라고!

(이 연설 원고는 양펑화(楊豊華) 씨께서 정리해 주셨다. 이에 대해 감사드린다)

천잉전, 문학은 사회로부터 나오고, 사회를 반영한다(1977)

초출: 민국 66년(1977) 7월 1일 잡지 『선인장』 제 5호
原載: 民國六十六年七月一日《仙人掌雜誌》第五期

'리얼리즘' 문학이지 '향토문학'이 아니다

- '향토문학'의 역사적 분석

왕퉈(王拓)

최근 몇 년간, 언제부터인지는 확실하지 않지만 '향토문학'이라는 단어가 점차 여러 신문 잡지에 출현하고 문학을 애호하는 친구들 입에 자주 오르내리기 시작했다. 뿐만 아니라 이 단어는 차츰 문학창작의 주요 경향이 되었다. 내가 알기로 이러한 경향이 타당한지에 대해서는 작가와 독자들 사이에도 서로 의견이 다른 사람이 많다. 그리고 찬성을 하건 반대를 하건, 그 중에는 종종 문학적 혹은 비문학적인 이유들이 뒤섞여 있다. 또한 그렇게 긴 시간 동안 '향토문학'을 외쳤는데도 도대체 무엇이 오늘날의 '향토문학'인가? 정의를 어떻게 해야 할 것인가? 라는 두 질문에 대해서는 아직까지도 답이 굉장히 막연하다. 누구도 공개적으로 이 단어의 명확한 뜻을 밝히지 않았기 때문이다.

나는 위의 질문에 대해 토론하기에 앞서, 정치·경제·사회의 각 방면에서 중대한 변화를 겪은 1970년부터 1972년간의 타이완을 되돌아보는 것이 문제를 이해하는 데 도움이 될 것이라고 생각한다. 나는 언제나 문학 연구는 해당 시점의 역사와 사회의 객관적인 조건 아래에서 고찰해야 한다고 주장해 왔다. 그래야만 명료한 모습을 볼 수 있기 때문이다. 최근 몇 년의 과거 중 1970년에서 1972년간이야말로 타이완이 가장 큰 충격을 받았던 시기였다. 이 시기가 사상계, 문화계 그리고 청년 학생들에게 미친 영향은 지금까지도 찾을 수 있을 만큼의 많고 뚜렷한 흔적들을 남기고 있다.

1. 1970년부터 1972년의 타이완 사회

이 기간 동안에 우리에게 놀랍고 충격적인 대사건들이 연이어 발생했었다. 시간의 순서대로 나열하면 다음과 같다.

1. 1970년 11월부터 시작된 댜오위타이[釣魚臺] 사건
2. 1971년 10월 25일 UN 탈퇴 사건
3. 1972년 2월 21일 미국 대통령 닉슨의 베이핑[北平][1] 방문
4. 1972년 9월의 중일단교

댜오위타이는 원래 타이완에 속한 바다의 작은 군도였고, 타이완

---

1) [역자주] 베이핑[北平]은 오늘날 베이징[北京]이다. 1928년 국민당 북벌군이 점령한 후 베이핑이란 이름으로 고쳤으나, 1937년 일본군이 베이핑을 점령하면서 베이징으로 고치고, 1945년 8월 다시 베이핑이라는 명칭을 회복하였으나 1949년 중화인민공화국 성립 후, 수도로 지정하며 다시 베이징 시로 명명하였다.

동북쪽에서 약 백여 해리 떨어진 곳에 있다. 처음에는 사람들이 살지 않는 작은 섬이었고 우리나라 어민들이 자주 그 부근의 바다에서 고기를 잡았다. 그 뒤로는 그 해저에 대량의 석유가 매장되어 있다는 소문이 돌아 세계의 주목을 받게 되었고 일본이 노리게 되었다. 당시 오키나와는 제2차 세계대전 이후부터 미국의 신탁통치를 받았다. 미국은 1972년에 오키나와를 일본에게 반환하겠다고 선포했다. 동시에 미국정부는 사전에 우리나라와 협의없이 제멋대로 댜오위타이를 오키나와의 일부분으로 규정하면서 이를 오키나와와 함께 일본에게 반환하겠다고 선언했다. 비록 정부가 댜오위타이의 주권을 주장하는 엄중한 성명을 발표했지만, 중국의 해외동포들과 유학생들은 이 사건을 통해서 제국주의 침략자의 실제 모습을 확실히 알게 되었고, 약소국에게 외교란 없다는 비통(悲痛)을 절실히 느끼게 되었다. 그리하여 그들은 연합하여 힘을 내어 행동하기 시작했다. 그들은 미국과 일본을 향해 강렬한 시위저항 운동을 하는 것으로 정부의 지지세력이 되겠다고 맹세하고, 목숨을 걸고 나라의 땅을 지키겠다고 선서했다. 이처럼 댜오위타이 보위운동이 왕성하게 전개되었다. 그들은 '5·4운동' 당시의 구호를 인용해서 공개적으로 "밖의 강권(强權)에 저항하라! 안의 국적(國賊)을 몰아내자!"라고 소리 높여 외쳤다.

댜오위타이의 보위운동은 오랜 기간 일본·미국과의 표면적 경제 합작, 실질적 경제침략의 상황 아래에서 생활하고 있던 국내 동포들에게 커다란 자극과 가르침을 준 유의미한 사건이었다. 이 사건은 우리로 하여금 미국과 일본이 서로 결탁하여 중국을 침략하려고 하는 추악한 모습을 똑똑히 보게 하였고, 오랫동안 미국과 일본 두 나라의 경제 침략 아래 혼수상태에 빠져있던 민족의식을 깊은 곳으로부터 깨어나게 만들었다! 그리하여 국내의 대학생들도 수십 년간 관여하지 않았던 국가방침에 대해 캠퍼스에서 연이은 좌담회를 열고 시위와 저항 운동을 하며 공개적으로 '5·4운동' 당시의 애국구호를 인용했다. "중국의 땅은 정복될 수 있지만 내어 줄 수는 없다! 중국의 인민은 죽일 수 있지만 정복될 수 없다!" 동시에 항일전쟁 때의 구호인 "한 뼘 땅은 한 뼘의 피이고, 10만 청년은 10만의 군대다"가 등장하여 그들의 목숨을 걸고 국토를 지키겠다는 결심을 표시하고! 침략자에 항의하며! 전국 민중의 민족 자각을 격발시켰다!

나와 나의 많은 친구들은 이 운동에서 가르침을 받았다. 오늘날 사회에서 보편적으로 고조되는 민족의식은 바로 그때 댜오위타이 보위운동으로 인해 깨어난 것이다.

댜오위타이 보위운동에 이어서 발생한 사건은 더 놀랍고 충격적인 UN 탈퇴 사건이었다. 나는 아직도 이 사건이 발생한 저녁 친구들이 마음이 아파 견디기 어려워 자기도 모르게 슬픈 노래를 불렀던 것이 기억에 선명하다. 그토록 비장한 애국열혈은 지금 와서 생각해도 나를 감격하게 한다. 하지만 이 사건은 또한 동시에 많은 수의 동요하는 기회주의자들을 폭로했다. 그들은 이미 달아날 준비를 하고 있었었다. 자금을 외국으로 보내놓고 외국으로 떠나는 항공권을 사놓았다. 타이완에 위험이 생기면 바로 일천육백만 명의 동포를 버리고 멀리 도망가기 위해. 그들은 바로 평소에 그 일천육백만 명 동포의 노력 덕분에 큰돈을 벌게 된 자본가들과 소수의 국회의원 그리고 정부 관원들이다. 그러나 대부분의 사람들에게 비통은 최고의 힘을 이끌어낼 수 있었고, 이 사건을 통해서 평소에 흐리멍덩하게 살아가던 많은 사람들을 일깨우고 교육시킬 수 있었다. 이는 우리 사회의 대중들로 하여금 실패를 교훈으로 삼아 미래를 경계하게 했고 '자신의 운명은 스스로 만들어야 살아남을 수 있고, 다른 사람에게 맡기면 목숨을 잃게 된다'는 것을 확실히 알게 했다. 많은 젊은 친구들이 당시 사회언론을 대표한다고 할 수 있는 『대학잡지』를 활동무대로 삼아 연달아 문장으로 목숨을 걸고 정부를 뒷받침하겠다고 맹세하고 일천육백만 명의 동포들과 생사를 같이 하겠다는 애국 충정을 드러냈다. 그중에서도 특히 왕싱칭(王杏慶)이 미국 미시시피 대학의 장학금 제안을 거절했던 것이 가장 사람들의 기억에 남았고 감동을 주었다. 그는 장학금을 거절하며 미국인에게 보내는 편지에 다음과 같이 적었다.

> 우리나라는 장차 정치·군사 혹은 경제상에서 거대한 혁명적 변화에 직면할 것입니다. 이러한 위태로운 상황에서 저는 제 가족, 제 나라와 인민에 대한 책임으로부터 벗어날 수 없다고 생각합니다. 중국 서생의 전통은 정정당당하고 천지에 부끄럽지 않은 사람이 되는 것입니다. 커다란 변화가 일어나고 있는 시대에 제 힘이 미약하다고 해도 저는 이 전통을 받아들이기 원하고 나라를 위하여 희생할 수 있습니다.

그리고 그는 또 1971년 11월의 『대학잡지』에서 당시의 가장 대표적인 글의 하나인 「견책(譴責)과 호소」를 발표했다. 그는 이렇게 말했다.

> 나는 이 생사존망의 위기에서 타이완의 일천육백만 인민을 버리고 공산주의 정책에 고개를 조아리는 해외 유학생들을 견책한다!
> 나는 국난을 이용해서 금융을 조작하고 자금을 휩쓸어 해외로 도망가

는 불법의 무리들을 비판한다!

나는 책임을 회피하며 술에 취한 채, 망국의 노래를 소리 높여 부르며 민심과 사기를 떨어뜨리는 사회 기생충들을 또한 견책한다!

나는 사리사욕에 눈이 멀어 현실의 단점을 감추며 다른 사람한테만 요구하고 자신에게는 너그러울 뿐만 아니라 지뢰밭을 걷는 것 같은 비상시국에 인심을 마취하는 낙관적인 논조를 퍼뜨리는 사람들을 더더욱 비판한다!

지금 우리는 용감하게 자신의 처지를 인정해야 한다. 우리가 지금 다만 할 수 있는 일은 외부의 힘에 전혀 의지하지 않는 것을 전제로, 천년만년을 버텨나갈 기반을 힘써 닦는 것이다!

나는 정부와 청년이 결합하여 하나가 될 것을 호소한다. 청년들의 끓는 피와 밝은 지혜로 민족부흥의 첫 번째 횃불을 피우도록 한다!

나는 정부가 굳센 의지와 사람들의 지혜를 모아서 철저하고 전면적인 혁신 정치를 해야 한다고 호소한다! 그것만이 민심을 단결시킬 수 있고 생존과 부강의 유일한 길이다!

나는 더 나아가 모든 국민이 개인의 욕심을 버려야 한다고 호소한다! 어떠한 특권으로 사리(私利)를 꼭 붙잡고 놓지 못하는 행위는 필연적으로 진보를 막을 것이고 승리의 열매를 거두는 시간을 늦출 것이다. 하지만 지금 우리는 더 이상 기다릴 수도 없고 늦출 수도 없다!

왕싱칭이 보여준 애국적 행동과 견해는 그 당시 청년들을 대표하는 것이면서 교육적 의미가 있는 것이었다. 국가가 처한 상황이 위급하고 어려웠기에 대다수의 사람들은 부득불 이에 주목하고 관심을 가질 수밖에 없었다. 그리하여 '그들 사리사욕을 챙기고 기회주의적이며 현실을 도피하는 사람들이야말로 사회와 인민의 공적'이라는 것을 명확히 알게 되었다. 또한 '우리가 할 수 있고 해야 하고 할 수밖에 없는 일은, 이 땅에 두 다리를 디디고 뿌리를 내리는 일!' 임을 깊이 깨닫게 된다. 그리하여 자연스럽게 정부를 향해 패기를 갖고 굳은 마음을 지녀 철저하고도 전면으로 정치를 혁신할 것을 요구했다!

여기서 우리는 분명히 다음과 같은 일들을 배우게 되었다. 민국 59년(1970)의 댜오위타이 보위운동은 우리의 사회대중에게 현실의 정치수업으로 작용하여 우리 민족의식의 보편적 각성과 고조를 가능케 했다. UN으로부터의 탈퇴는 민족주의에 있어서 보충수업이었을 뿐만이 아니라, 동시에 우리로 하여금 제국주의 침략에 저항하고 국제적 생존권을 쟁취하기 위해서는 우선 국내 정치와 사회의 철저한 혁신이 있어야 한다는 것을 깨닫게 했다. 따라서 청년들은 비판의 창 끝을 사회와 인민의 공적(公敵)에게 돌렸다. 그 후 닉슨의 베이핑 방문, 일본이 베이핑과 수교하며 일방적으로 우리와의 관계를 끝낸 두 사건은 우리사회의 민족주의와 정치교육에 있어 깊은 인상을 남긴 교훈이 되었다. 그로부터 우리의 지식 청년들은 언론과 지면에서 제국주의자와 사회의 공적에 대해 엄중한 비판을 시작한 것뿐 아니라, 행동으로 더 많은 사회와 정치 참여를 요구했다. 당시 그들의 정치적 참여 행동은 주로 국시(國是)문제에 관한 좌담회 개최, 더 많은 언론 자유와 민주 정치의 요구, 대의제 개선 문제에 관한 대규모 토론회 참여 등이었다. 이러한 에너지 넘치는 애국행동과 열기는 당시의 『대학잡지』와 각 학교의 학생 간행물의 풍부한 기록들에서 쉽게 찾아볼 수 있다. 그들의 사회참여 활동은 각 학교 사회봉사단의 연이은 성립, 산과 들로 나아가 현장에서 일하는 것, 농어촌 및 광공업 문제의 현지조사와 이해, 노동자의 건강을 위협하는 산업재해의 폭로, 광산사고의 구조활동 및 노동자의 권익 보호 등으로 표현되었다. 「타이완 대학 사회봉사단의 성립」에서는 다음과 같이 상세한 설명을 하고 있다.

> 댜오위타이 보위운동 이후, 타이완의 청년들은 각성하게 되었다! 대다수의 사람들은 더 이상 머리를 모래 속으로 감추는 타조처럼 살기 싫어서 국사(國事), 그리고 세계사(世界事)에 더 많은 관심을 갖게 되었다. 각 대학교와 전문대학의 정치 토론회가 학생들의 주요 활동처가 되었다. 교내 간행물과 사회의 신문 잡지도 많은 지면을 할애하여 우리나라의 처지, 그리고 미래의 활로 등 문제에 대해서 토론하기 시작했다. 우리나라가 유엔에서 쫓겨난 후 이러한 추세는 더욱 뚜렷해졌다. 사회 각계에서는 슬픔이 가라앉은 후 국가와 사회의 안정을 위해, 그리고 미래 발전의 새로운 방향을 찾기 위해 분발하고 정신을 차리기를 간절히 원했다. 많은 청년 학생들은 두 차례의 사건을 겪은 후, 학교 내의 청담(淸談)만으로는 불충분 하다는 것을 깨달았다. 사람들은 서로 대화하면서 모든 청년들이 '사회의 기압계'를 담당해야 할 뿐만이 아니라 '사회를 개혁하고 인민을 감싸안는' 선봉대가 되어야 한다는 것을 절감하고 지적했다. 전자는 소극적이고 나약한 대응인 반면, 후자는 적극적이고 전투적이다. 이러한 기초적인 분위기가 장기적으로 양성되어 마침내 '사회봉사단'의 기본행동을 촉발시켰다(『대학잡지』 49호, 62쪽 참조).

당시의 지식 청년들이 '인민을 감싸안는' 선봉대가 되겠다는 각오를 하게 된 것은 위에서 언급된 국제정치 문제의 충격 이외에도 또 하나의 주된 이유가 있다. 타이완 산업경제의 성장과 발전 이후, 부의 재분배가 충분히 이루어지지 않았기 때문에 그들이 자극받고 깨어나게 된 것이었다. 과거 정부의 장기적이고 계획적인 격려와 보조 아래 타이완의 산업경제는 극히 현저한 진보와 발전을 이루었다. 1971년 타이완의 UN 탈퇴 이후, 정부는 즉시 보다 유연성 있는 정책을 추진하게 되었다. 정부는 적극적으로 정경분리 정책을 취하고 더 많은 우대와 장려책을 통해서 외국자본의 공장 설립과 투자를 유인했다. 정책은 성공적이어서 타이완은 외교적으로 지극히 큰 좌절과 실패를 겪었지만 경제적으로는 다시 고도의 놀라운 성과를 이루게 되었다. 하지만 숨겨서는 안 되는 사실은 이러한 성과가 실상 타이완 농촌의 위기를 초래했다는 것이다. 상공업을 장려하는 경제발전의 정책아래 쌀과 농산물의 가격, 노동자의 임금은 계속해서 감소하였다! 희생당했다! 이 상황은 애국적이고 사회에 뿌리를 내린, 열정적으로 사회를 개혁하고자 하는 민중과 지식청년에게 불만족스러운 것이었다. 따라서 당시 지식 청년들이 창끝을 사회와 인민의 공적에게 돌리던 때, 그들이 '사회를 개혁하고 인민을 감싸안고자 하는' 이상을 주장했을 때 사회의 광범위한 공감과 열렬한 지지를 얻은 것이다. 그리하여 지식청년들이 열과 성을 다해 각종 농어촌과 광공업 문제를 조사하였을 때, 그동안 은폐되어 있던 노동자 동포들의 비참하고 불평등한 삶의 여러 현실이 냉정하게 밝혀졌다. 내 손에 쥐고 있는 신문 자료들로만 봤을 때에도 손쉽게 그 중의 세 가지 확실하고 대표적인 예를 들 수 있다.

1. 1972년 10월 미국 자본이 단쉐이[淡水]에서 설립한 필코 전자회사에서 일 년 만에 7명의 젊은 여성 노동자들이 괴상한 직업병에 걸려 그 중의 3명이 사망했다. 그리고 십여 명의 여성 노동자들이 병에 걸린 후 남방의 집으로 돌아가서 치료를 받았는데 이후의 생사가 알려지지 않았다. 『연합보(聯合報)』는 이 사건에 대해서 엄밀하게 추적하여 더 많은 피해자들이 있다는 것을 발견했다. 그리하여 타이완의 대중사회로 하여금 미국 회사가 사람의 목숨을 우습게 여기고 우리 동포들을 학살한 무책임한 행위에 대해 엄중한 항의를 하게 했다.

2. 1973년 4월 일본 회사가 타이중[臺中] 탄쯔[潭子] 가공구에서 투자한 후나이[船井] 전자회사는 일본인 회장이 주간회의에서 훈시할 때 전체 회사원들이 자신의 자리에 똑바로 서서 들어야한다는 규정이 있었다. 일본인 회장이 일본어로 훈시를 하고 또한 주간회의의 국민의례는 제대로 하지 않으며 훈시자도 보이지 않아서 50여 명의 학생 연수생들이 2분 동안 서 있다가 모두 다 자리에 앉아버렸다. 일본인 매니저 야스무라 모토아키[安村元彬]가 이 상황을 보고 발끈 화를 내며 학생 왕모 군을 불러서 훈계를 했다. 하지만 왕군의 태도는 지극히 강경했다. 그는 조회 시에 국가에 존중을 표현하기 위해서 타이완의 국기와 국부의 영정을 걸어놓아야 하는데 회사에서는 제대로 하지 않았기 때문에 학생들은 회장한테 경의를 표시할 의무가 없다고 주장했다. 왕군은 이로써 해고당하게 되었고 나머지 50명의 학생들은 이 일을 알게 되자 극도로 분개하여 집단사직을 했다. 사건은 먼저 『대만시보(臺灣時報)』에서 기사로 나오고 『연합보』에서도 연이어 보도 했다. 이것은 일본 상인이 중국 노동자를 학대한 실제 사례이다.

3. 1973년 5월 일본 회사가 타이베이현 진산향[金山鄕]에 설립한 미

쓰이[三井] 금속광업회사의 공업 폐수가 논밭에 흘러들어 심각한 공해를 유발했다. 처음에 일본 상인은 그 잘못을 인정하지 않았지만 언론과 정부의 압력 끝에 잘못을 인정하게 되었다. 하지만 그들의 배상금액은 소액에 불과하여 현지 농민의 엄중한 항의를 불러 일으켰다. 일본 상인이 우리나라의 농민에게 행하는 만행과 능욕의 실상을 엿볼 수 있다.

이러한 일련의 사건들의 폭로와 항의는 한편으로는 사회의 대중이 국제정치에 있어 제국주의의 강권에 반항을 표시하는 것이고, 다른 한편으로는 낮은 곳에 있는 노동자·농민 동포들에게 시선을 돌림으로써 식민주의 경제침략에 대한 반발을 나타내는 것이다. 두 가지 모두 고도의 민족의식의 표현인 것이다!

이상의 서술을 통하여 우리는 당시 타이완 사회에 대해 간단한 결론을 내릴 수 있다. 즉, 이 시기의 타이완 사회는 국제적인 중대사건들의 충격과 국내 경제의 불평등한 발전으로 인해 인민들이 강렬하게 제국주의, 식민경제 그리고 매판경제에 반발하는 민족의식과 사회의식을 갖게 되었다. 또한 나라를 사랑하고 민족을 사랑하고 대중사회의 생활 문제에 대해서 관심을 갖기 시작했다.

이것이 바로 오늘날 소위 '향토문학'의 활발한 발전을 자극한 시대적 배경이다.

2. 1949년 이후의 타이완 문학을 되돌아보다

어느 시대의 문학을 막론하고 그것의 발전은 주로 당시의 정치·경제·사회 등 객관적인 조건에 의해 결정된다. 만약 당시의 객관적 역사 조건이 일정한 정도까지 성숙되지 못한다면 특정한 문학에게 시대를 초월하여 주류가 되라고 요구할 수 없다. 1970년대 이전의 타이완 문학계에 타이완 향토를 창작 배경으로 삼는 '향토문학'을 주장하는 사람이 없었던 것은 아니었다. 그러나 이전의 타이완 사회는 향토를 기본으로 하는 '향토문학'에게 객관적으로 성숙한 환경을 제공해주지 못했기 때문에, 누군가가 제창하거나 부지런히 창작을 한다고 해도 당시 문학계의 주류가 될 수는 없었다. 이 문제의 좀 더 명료한 모습을 보기 위해서 여기서는 1949년 이후의 타이완 문학사를 한번 간략하게 되돌아보기로 한다. 이는 의미 있는 작업일 것이다.

1949년이 바로 정부가 타이완으로 철수한 첫 해였다. 이 해부터 처음 몇 년간은 여러 거대한 정치·사회적 변동과 불안으로 인해 타이완 사회는 사상적 진공상태에 빠져 있었다. 정부를 따라서 타이완으로 옮겨온 작가들은 장기적인 내전의 괴로움과 정치 또는 생활의 불안정을 겪었기 때문에 현실로부터 유리되어 대학에 들어가든지 딱딱하고 단조로운 '팔고문'을 쓰는 것에 머물러 문학적으로는 아무런 공헌도 하지 못했다. 이 시기 타이완에서 성장한 본토 작가들, 예컨대 양쿠이(楊逵), 우줘류(吳濁流), 중리허(鐘理和), 중자오정(鐘肇政) 등은 오랫동안 일본의 식민주의 교육을 받아서 중국어로 창작하는 능력을 더 갈고 닦을 필요가 있었다. 동시에 또한 몇몇 객관적인 환경의 이유 때문에 이 시기 동안에는 거의 무거운 침묵을 유지했다.

한국전쟁 발발 후, 미국의 원조물자가 대량으로 타이완에 도착하기 시작했다. 정치의 안정은 점차 경제적인 활력을 불어넣었다. 신흥 상인들이 사회에 대두하기 시작했고 미국의 물질적·재정적 원조 아래 사회의 중산층으로 성장했다. 그리고 과거 군복을 입고 무기를 들고 중국을 침략했던 일본인들은 새로운 옷차림으로 등장했다. 그들은 양복에 007 가방을 들고 다시 타이완에 들어와서 다른 목적—경제적 침략을 진행하기 시작했다. 타이완은 미국과 일본의 경제적 식민주의 아래 저가의 노동력과 농산물로 일정 정도의 경제 성장과 발전을 얻게 되었다.

이 시기의 타이완 지식계와 사상계는 정부가 제창하고 옹호하는 중국 전통의 유교사상 아래서 간신히 하나의 껍데기를 유지했지만 실제로는 서구 자본주의 경제에 딸려 온 개인주의 사상과 자유민주의 가치체계를 막기에는 중과부적이었다. 미국에서 제창하고 주도한 전 세계적 냉전 정책 아래, 타이완에서 생활하고 있는 지식인들은 서구 사상—개인 대 전체, 자유 대 독재, 민주 대 전제(專制)와 같은 이분법의 사상을 대량으로 흡수하기 시작했다. 그리하여 중국 근대사의 제국주의 침략에 반항했던 민족주의 전통은 오히려 완전히 끊어지고 방치되었다! 타이완에서 생활하는 문학작가들은 종적으로는 자신의 민족 전통을 단절시키면서 횡으로는 맹목적으로 조금의 거리낌도 없이 서구 자본주의 사상과 가치관을 흡수하여 서구 문학을 모방하고 표절하는 창작 노선을 시작했다.

하지만 서구 자본주의 사회의 민낯은 어떠한가? 자본주의의 본질은 자본증식과 독점에 있고, 그것은 인간과 인간 사이 혹은 국가와 국가 간의 치열하고 '공평한 경쟁'으로 표현된다. —그러나 실상은 약육강식과 적자생존이다. 이러한 상황에서 나타나는 결과는 다음과 같다.

한편으로 빈부격차와 시장쟁탈로 인해 그들은 각종 유형무형의 전쟁을 일으킬 수밖에 없게 되었고, 다른 한 편으로는 내재적 갈등이 나날로 커져 그들을 붕괴 직전에서 허덕일 수밖에 없게 만들었다. 역사학자 토인비(Arnold J. Toynbee)는 이렇게 말한다. "기계 발명의 대성공으로 인해, 서구 중산층은 전쟁과 계급제도라는 두 가지 병증을 불치병으로 악화시켰다. 계급제도는 오늘날 사회에 이미 돌이킬 수 없는 분열국면을 만들어낼 것이고, 전쟁은 인류 전체를 파멸시킬 수도 있다. 최근 서구의 기술진보는, 이미 각종 특권을 향유하던 소수와 특권이 없는 다수 사이의 분배 불균형을 더욱 악화시켜, 예전에는 필요악이었던 것을 이제는 더 이상 참을 수 없는 불공평으로 만들었다." 이러한 이유로 인해 중산층이 막대한 위기에 처하게 되는 것은 물론이거니와 일반 사람들 또한 이러한 상업문화에 침식당하게 되어, 인간과 인간 사이의 관계는 서로 이용하고 배척하게 되어 각양각색의 상처를 만들어냈다. … (중략) … 인간에 대한 존중이 사라진 현실에서 사람들은 서로 도움과 이해가 부족하기에 고독, 외로움, 소외 등을 노출하게 된다. 그것들은 도처에서 발에 채일 만큼 흔했다.

따라서 이러한 상황에서 발버둥치는 현대인에게 보편적으로 몇몇 증상이 나타났다. … (중략) … 한편으로 그들의 표정과 태도는 지극히 오만하지만, 다른 한편으로는 의지력이 지극히 약해서 나약함을 표출하고 충동에 휩쓸리기 쉽다. 의지의 상실로 인해 사람들은 더욱 예민해졌고 그로 인해 자주 염세와 공포를 느끼게 된다. 그리고 도덕관

넘과 선악의 구분이 더욱 혼란스럽게 된다. 이들 병증을 몰아내기 위해서 그들은 어쩔 수 없이 인공적인 자극을 추구하여 절정에 도달하기를 추구했다. 술과 담배뿐만 아니라 성욕이 이들이 외로움을 달래는 주요 방식이 되었다. 끊임없이 과도한 자극을 받은 결과 이들은 성욕을 포함한 관능장애에 시달리게 되는 것이다. 동성연애와 난륜의 사례가 많아졌을 뿐만 아니라 이들의 음감과 색감 또한 착란상태에 빠지게 되었다. 자극이 강해질수록, 여러 가지 쾌락생활의 종류는 끝없이 상승하여 개인의 삶이 완전히 붕괴된 이후에야 끝난다(웨이텐충,『한 사람이 걷는 것으로는 길을 낼 수 없다[路不是一個人走得出來的]』, 43-45쪽, 렌징[聯經]출판을 인용했다).

이와 같은 자본주의 사회 속의 서양 문학작가들이 반영해낸 서구 사회는 당연히 개인, 민주, 자유의 빛나는 모습이 아닌 개인의 상실, 자유의 역설, 경직된 사회, 신의 죽음 등의 모습이었다.

그들의 주제는 두 가지 프로이트적 본질—살인(혹은 자살)과 섹스이다. 예술 그 자체는 살인의 동기와 성욕을 자극하는 것으로 퇴화했고, 오락과 소일거리 도구가 되었다(같은 책, 46쪽).

중세적 예술가치의 붕괴에 따라 예술은 매우 빠른 속도로 타고난 병적 특질을 발전시켰다. 점차 창조성은 감소하였고 더 병태적이고 퇴행적이며 소극적이고 부조리한 예술로 변해버렸다. 그것은 사회의 폐기물로 전락했다. 하나님을 대신하여 등장한 예술 속 영웅과 주인공은 양아치, 범죄자, 창녀, 정신병자 그리고 버려진 사람들이다. 주로 등장하는 배경은 감옥, 주차장이거나 여자 집주인·간부(奸婦)·창녀나 혹은 성(性)을 미끼로 유혹하는 자의 침실, 나이트클럽, 술집 혹은 살롱, 음모를 꾸미는 이의 사무실 혹은 모살과 다른 죄악의 분위기를 풍기는 거리이다. …(같은 책, 77-78쪽).

이상의 문학과 예술은 유럽의 문예부흥 이래 유지해왔던 서양 사람들의 가치체계의 붕괴와 멸망을 드러냈다. T. S. 엘리엇의 「황무지」, W. H. 오든의 『불안의 시대』, 카프카의 가위에 눌린 세계, 카뮈의 황량한 세계, 헤밍웨이의 죽음의 세계, 그리고 상실의 시대, 분노의 시대, 와해되는 시대 등등 이와 같이 대표적인 문학은 현대 서양 작가들이 함께 부르는 서구 문화의 만가(挽歌)였다.

타이완의 작가들은 미·일의 식민주의 경제제도와 미국식 교육제도의 영향으로 부지불식간 서양인들의 감정과 사고방식을 배우게 되어 그들 세기말의 퇴폐한 세계관을 따라 오만하게 그들의 마비되고 황량하며 신경증적인 자세를 모방했고, 끊임없이 신문잡지를 통해서 널리 T. S. 엘리엇, 카프카, 사르트르, 카뮈, D. H. 로렌스 등을 소개했다. 그리고 그들은 서양문학의 비평이론과 방법으로 『황무지』, 『성채』, 『이방인』이 얼마나 위대한 작품인지 분석하고 심지어 고개를 돌려 이들 서양문학의 비평이론과 방법론으로 타이완의 향토에서 성장한 작품들을 규정하고 평가했다. 이러한 현상들은 타이완 문학계에 매우 보편적으로 퍼져, 활발하고 강건한 생명력이 결여된 문학작품을 낳게 했고 곳곳마다 흐릿하고 막연하거나, 창백하고, 실망하고 낙담하는 등 무병신음(無病呻吟)하고 이리저리 비틀거리는 서양문학의 모방품들을 내놓았다. 게다가 그들은 스스로를 사회의 상류층에 유폐시켜, 자신의 위대한 작품을 이해하지 못하는 일반적인 평범한 사람들에게는 오만하고 거들떠보지 않는 태도로 일관했다.

하지만 이러한 사회와 문학 풍조가 번지고 있던 타이완 사회에서도 여전히 몇몇 사람들이 완강하고 고집스럽게 자신들이 자라난 땅을 지키고 있었다. 그들은 생활의 터전인 향토를 배경으로 삼아 성실하게 자신이 잘 알고 있는 사회와 생활의 현실을 반영했다. 심지어 이들은 향토를 통해 근대 중국 민족이 겪은 고난을 나타내고자 했다. 예컨대 우쭤류의 『아시아의 고아』와 중자오정의 『타이완인 삼부작』 중의 『침몰하는 섬』[2]은 극히 거대한 편폭의 역사의 도도한 흐름 속에서 민족의 고난과 역경 그리고 개인의 기쁨과 슬픔을 두드러지게 묘사하였다. 중리허 같은 경우는 진지하게 현실 생활의 어려움을 반영해 리얼리즘의 감동적인 힘이 가득하다. 당시에 서구의 정신과 기법을 모방해서 주로 중산층의 타락, 퇴폐, 마비, 도착(倒錯)된 생활을 반영하던 타이완 문학계에서, 이처럼 민족의 역사와 개인의 생활을 작품 소재로 삼고 실제 생활의 향토를 배경으로 설정하는 리얼리즘 정신을 가진 창작 방향이 큰 주목을 받지 못했다는 것이 이해할 만하다. 그러나 그렇다고 해서 우리가 이처럼 계속해서 묵묵히 존재하는 역량을 무시할 수는 없다. 전체 사회의 객관적인 조건이 변화하기 시작할 때, 이들은 과거의 죽어서 굳어버린 위선적인 문학풍조를 대신하여 천천히 주류문학이 될 것이고, 우리로 하여금 더 경쾌한 보조로 보다 건강하고 정확한 길로 갈 수 있도록 인도해 줄 것이다. 1970년

---

2) [역자주] 한국어 역으로 문희정 역, 『침몰하는 섬』, 지만지, 2013, 총 2권 이 있다.

이후의 타이완 사회는 바로 이러한 현실을 반영하는 문학풍조를 위해 필요한 성숙한 조건을 마련해 두었다.

　1970년부터 1972년까지의 시간에 타이완 사회에서 일어났던 변화들은 위에서 언급한 것과 같다. 그리고 그것이 문학상에 반영된 것은, 우선 과거 20여 년 동안의 문학풍조에 대한 엄격한 비판이었다.

　　현실의 공장, 염전, 농촌에는 모두 많은 문제가 존재하고 있고, 우리의 신·구사회가 교체되던 시기의 교육제도 또한 탐구해볼 가치가 있다. 하지만 우리의 작가들은 이러한 곤경을 대면하지 않고 오히려 외국의 문제와 여기에서 아직 발생하지 않은 문제들을 모조리 받아들여 남의 병을 자기의 병으로 여기고, 남이 감기에 걸렸는데 우리가 재채기를 하고 있다. 따라서 현재 타이완의 현대문학은 타이완의 실제 생활과 동떨어져 있다. 자신의 병을 대면할 용기가 없을 뿐만 아니라 많은 소설과 신시들은 의식적이든 무의식적이든 생활과의 거리가 멀다. 이런 상황에서 우리에게 얼마나 건강한 리얼리즘의 예술과 문학이 필요한지 모른다. 하지만 매우 유감스럽게도 이와 반대로 우리가 보게 되는 것은 몇몇 지식인들이 스스로 자위하는 작품들뿐이다. 혼자서 자위하는 것은 상관없지만, 그들은 그 사실을 인정하지 않으려고 할 뿐만 아니라 오히려 현대주의 예술지상의 이론으로 '스스로의 추악한 모습을 미화했다'(웨이톈충, 『한 사람이 걷는 것으로는 길을 낼 수 없다』, 53쪽 참조).

　우리는 현대문학의 가장 큰 임무는 다른 게 아니라 예술을 통해 인간을 과거의 상처와 투쟁으로부터 끌어내어 이성적인 새로운 사회로 인도하는 것이라고 생각한다. 이 목적을 달성하기 위해서 예술가는 피할 수 없이 응당 그가 살고 있는 환경에 대해서 잘 알아야 할 것이다. … (중략) … 생활 속에 뿌리내리고 더 없이 큰 사랑으로 세상의 괴로움과 기쁨을 포옹해야만이, 우리의 예술은 중화민족의 운명과 함께 기나긴 슬픔과 갈등을 겪은 중생을 위로할 수 있는 소리가 될 수 있을 것이다 (같은 책, 149쪽).

지나친 서구화, 과도하고 맹목적인 서구문학의 타락, 퇴폐, 현실도피 등의 모방은 문학상에서 엄격히 비판되었고, 문학은 마땅히 현실생활에 뿌리박고 민중과 동등한 지위에 자리 잡고 사회의 아픔과 즐거움에 관심을 갖고 그것들을 포옹할 것이 요구되었다. 동시에 70년대 타이완 사회가 겪은 국제적인 대사건들의 충격이 인도한 사상상의 깨달음―반제국주의적 민족의식의 고도 각성, 과도한 상업화 경제체제에 대한 반대와 대중의 현실생활에 관심을 가지는 사회의식의 보편적인 제고는 모두 보조를 함께하는 것이었다. 그리고 이는 마침내 20여 년간 계속해서 묵묵히 땅을 일구면서 향토를 배경으로 삼아 충실하게 개인의 희비와 민족의 역경을 그려내 온 작가들과 그들의 작품에서 드러나는 건강하고 활력이 넘치는 리얼리즘 정신과 결합하게 되었다.

3. '리얼리즘'문학이지 '향토문학'이 아니다

앞에서 우리는 1970년부터 1972년까지의 타이완 사회와 1949년 이후의 타이완 문학을 간단하게 되돌아보았다. 나는 그것들이 바로 지금 소위 '향토문학'이 활발히 발전할 수 있고 점점 문학창작의 주류가 되어갈 수 있는 시대적 배경과 객관적 환경이라고 본다. 지금 나는 한 걸음 더 나아가 '향토문학'에 관한 몇 가지 문제에 대해서 토론해 보고자 한다.

많은 사람들이 '향토문학'에 대해서 얘기할 때 이른바 '향토문학'이 주로 향촌을 배경으로 삼아 향촌 인물의 생활을 대상으로 그려내면서 방언을 많이 쓰는 작품이라고 말한다는 인상을 받았다. 이러한 작품들이 현하 문예를 애호하는 지식인 청년들과 대중사회에 수용되고 사랑을 받는 것은 이해가 간다. 앞에서 분석했듯이 1970년대 이후의 타이완 사회는 일련의 국제적 대사건들의 자극을 받아 국내 정치·경제·사회 환경에 큰 변화가 일어났고, 반제국주의적 민족의식과 소득 분배의 불균형으로 인해 사회의식이 보편적으로 각성되고 제고되었기 때문이다. 제국주의를 반대하기 위해서는 자연스레 자신의 문화를 다시 새롭게 인식, 평가, 긍정할 것을 요구하게 되고 그것이 새로운 자주적 문화를 건설하는 기초가 되는 것이다. 그리고 사회 재산을 독점하는 소수의 과두 자본가들을 반대하기 위하여 자연히 현재 진행되는 경제체제의 여러 가지 불합리한 현상에 대해서 비판하고 공격하게 되고 사회에서 수입이 비교적 낮은 사람에게 보다 많은 동정과 지지를 보내게 된다. 또한 제국주의자는 일종의 위선적인 경제합작의 자세로 타이완에 와서 추악한 경제침략을 진행하기 때문에, 사회의 반제국주의자와 반과두자본가의 사람들은 항상 서로 연결되어 있고 심지어 하나로 결합하기도 한다. 이런 상황에서 향촌을 배경으로 삼고 주로 향촌 인물을 그려내는 문학 작품들이 대중사회의 두 종류의 감정적 필요를 동시에 만족시켜 준 것이다. 외국 자본과 외래문화의 충격을 받았기에 타이완 사회의 도시는 유럽과 미국의 대도시와 별반 차이가 없을 정도로 서구화되었다. 이는 그저 표면적이고 눈으로 보이는 건설 쪽에서만 드러나는 것이 아니라 사람의 사상, 가치관과 생활태도의 측면에서도 드러나고 있다. 산업경제가 침투한 향촌에서도 많은 변화가 일어났지만 도시와 비교하면 더 많은 전통문화의 특색과 순수한 생활 모습이 남아있다. 동시에 빠르게 변하는 사회에서 적극적으로 산업경제 발전을 제창하는 정책들로 인해 향촌의 인물들은 언제나 희생당하고 무시당하는 부류이다. 그들은 수입이 낮고 생활수준이 떨어지며 힘겹게 일한다. 따라서 사람들은 매우 쉽게 향촌사회와 향촌인물을 소재로 삼는 소설에서 그들의 민족주의와 사회의식의 만족을 얻을 수 있다.

하지만 이러한 작품들을 '향토문학'이라고 말해야 할 것인가? 아니면 '향토문학' 이외에 더 적합한 이름이 없는가? 나는 이것이 토론할 가치가 있는 문제라고 생각한다.

나의 이해에 따르면 많은 사람들은 소위 '향토문학'을 '향촌문학'으로 이해하고 있다. 다만 향촌사회와 향촌인물을 소재로 삼고 대량의 민남방언을 이용하여 쓰는 문학이라고 보고 있는 것이다. 하지만 앞에서 분석했던 것처럼, 이러한 문학이 보편적으로 수용되고 널리 중요시되며 사랑받는 현실은 외래문화와 사회 불평등에 반항하려는 심리와 감정이 만들어낸 것이다. 따라서 소위 '향토문학'은 사실 맹목적으로 서양 문학을 모방하고 표절하며 타이완의 사회 현실에서 유리된, 고고(孤高)한 문학을 위한 문학인 '서양문학'에 상대하여 쓰는 말이다. 이런 맥락에서 '향토문학'을 '향촌문학'으로 이해하는 것은 일리가 없다고 할 수는 없지만(그 이유는 앞에서 이미 간략하게 설명하였다)

매우 쉽게 관념적 혼란과 감정적 오해, 더 나아가 오도를 불러오게 된다. 무엇보다도 첫째, 이는 사람들에게 도시와 향촌의 대립을 떠올리게 하고 더 나아가 향촌과 향촌인물을 소재로 삼는 문학작품만이 '향토문학'이라고 오해하게 하여, 도시와 도시인을 소재로 삼는 문학작품을 배척하게 했다. 만약 '향토문학'이 정말로 이러한 뜻을 지닌 것이라면 그러한 '향토문학'은 너무 협애하고 구애되며 폐쇄적이다. 이는 '서양 문학'에 대항하는 임무를 감당할 수 없을 뿐더러 우리의 민족문학을 건설하는 막중한 책임을 질 수도 없을 것이다. 그리고 둘째, 등장하는 향촌인물들이 민남방언 위주의 언어를 사용하기에, 지금 '향토문학'으로 생각되는 대표작들이 중시를 받은 이유 중 하나는 이들 작가들이 타이완 방언을 능숙하게 진짜처럼 사용할 수 있기 때문이다. 물론 이는 국어의 어휘를 더욱 생동감 있고 풍부하게 만드는 데 큰 공헌이 있지만 과도하게 강조하면 쉽게 협애하고 분열적인 지방주의의 관념과 감정에 빠지게 된다. 셋째, 기계문명의 영향과 산업경제의 침투로 향촌 사회의 몇몇 특색은 어쩔 수 없이 소멸된다. 예컨대, 소달구지를 자동차 혹은 기차가 대신하고, 소가 끄는 쟁기 대신에 경운기를 사용하고, 등잔불 대신 전등을 켜는 것, 미신적인 푸닥거리를 진보적인 의약이 대체하는 것 등등. 물질문명의 변화에 의해 사상과 감정이 변화되는 것은 모두 역사와 사회 발전의 객관적 법칙이다. 이는 사람의 주관적 바람으로 바꿀 수 없는 것이다. 만약 도를 지나쳐 감성적으로 향촌사회와 인물들을 포용한 나머지 역사와 사회 발전의 객관적 사실을 소홀히 하게 되면, 사람들을 회고적 감상적 정서 속으로 빠져들게 하는 '향수문학'이 되어버린다.

그리고 일반인들의 입에 자주 오르내리는 대표적인 '향토문학'의

작가들, 예컨대 초기의 우줘류, 양쿠이, 중리허, 중자오정 등과 후기
작가인 왕전허(王禎和), 황춘밍 등의 일부 대표작들이 향촌을 배경으
로 설정하고 주로 향촌인물의 생활을 그리고 있으며 능숙한 기법으
로 방언을 사용하고 있지만, 이들이 드러내고자 한 것은 지방의 풍속
과 인정에만 그치지 않는다. 이들의 작품이 소중한 이유는 이상의 표
면적인 특징 때문이 아니라 작품 속에 반영된 현실 생활 속 인물들의
감정과 반응, 그리고 등장인물들의 기쁨과 슬픔, 분투, 갈등과 마음속
의 바람 때문이다. 이들 작품을 통해 우리는 우리의 사회와 사람들에
대해서 깊이 이해하게 되고 더 많은 관심을 갖게 되는 것이다. 이런
작품들을 만약 일반적인 소위 '향토문학', 즉 '향촌문학'으로 포괄하
는 것은 매우 부적절하다고 생각한다.

　타이완 광복이후 1세대 '향토문학'의 대표작가 중 한 명으로 인정
받는 중자오정 선생은 다음과 같이 말한 적이 있다.

　나는 엄격하게 '향토문학'을 정의하려고 하는 것은 불가능한 일이라
고 생각한다. 소위 '향토문학'이라고 하는 것은 없다. 좀 더 넓은 관점
으로 보면 모든 문학 작품이 향토적이다. 향토를 벗어나는 문학 작품
은 하나도 없다. 내가 읽었던 수많은 중국과 외국의 문학 작품의 99%
는 독특한 향토의 맛을 지녔다. 어떠한 작가라도 작품을 쓸 때에는 입
각점이 있어야 하고 그 입각점이 바로 그의 향토이기 때문이다. 혹은
일종의 풍토라고 말하는 것이 낫겠다. …사람들은 모두 '향토'의 '향'
을 주목하고 있다. 나는 '그것은 시골의 것이고, 촌스럽다'라고 판단하
는 것에는 동의할 수 없다. 그렇다면 '풍토'는? 당신이 도시에 있다고
하더라도 일종의 풍토를 지닌다고 할 수 있다. 당신의 작품이 어떤 세

계관을 따르고 있다고 말하더라도 그것은 풍토로부터 벗어날 수는 없다(『출판가잡지(出版家雜誌)』 52호, 64쪽에서 인용).

만약 우리가 잘못 이해하지 않았다면 여기서 중선생이 말하는 '향토'는 타이완의 넓은 사회 환경과 이 환경 아래의 사람들의 생활 현실을 지칭하는 것이 맞을 것이다. 이는 향촌을 포함하면서도 도시를 배제하지 않는다. 이러한 의미를 가지는 '향토'에서 태어난 '향토문학'은 바로 타이완이라는 현실 사회의 땅에 뿌리를 내려 사회 현실과 사람들의 생활과 마음속의 바람을 반영하는 문학이다. 이는 그저 향촌을 배경으로 삼고 향촌인물을 그려내는 향촌문학만이 아니라 또한 도시를 배경으로 삼아 도시인을 그려내는 도시문학이기도 하다. 이러한 문학은 농민과 노동자뿐만 아니라 민족기업가, 소상인, 프리랜서, 공무원, 교직원과 모든 산업사회에서 생활하기 위해 발버둥치는 각양각색의 사람들 또한 반영하고 그려냈다. 즉, 이 사회가 산출한 모든 종류의 사람들, 모든 종류의 사물과 모든 종류의 현상을 이러한 문학에서 반영하고 그려내야 하는 것이고, 그들이야말로 작가가 이해해야 하고 관심을 가져야 하는 대상이다. 나는 이러한 문학이 '향토문학'이 아닌 '리얼리즘' 문학이라고 명명되어야 한다고 생각한다. 그리고 관념적 혼돈, 감정적인 오해와 오도를 피하기 위해서 현재의 이른바 '향토문학'을 '리얼리즘' 문학이라고 고쳐 불러야할 필요성이 있다고 생각한다.

예컨대 황춘밍은 「사요나라, 짜이젠」에서 전대(纏帶)에 만금(萬金)을 두른 일본 상인이 타이완에 와서 타이완의 기녀를 유린하는 것을 그려냈고, 양칭추(楊青矗)가 창작한 노동자 소설 시리즈는 대중적인 호응과 극히 높은 평가를 받았다. 이러한 문학작품들이 오늘날 일반 독자들의 광범위한 공감과 사랑을 얻을 수 있다는 사실은 상술한 분석과정에서 논증했다. 타이완 사회는 1970년 이후 객관적인 환경의 자극과 교훈으로, 보편적인 민족의식의 각성과 사회의식의 제고를 이루었다. 그리하여 우리 사회가 요구하고 기대하는 것은 바로 이러한 문학이다.

'리얼리즘' 문학은 우리들이 태어나고 자라난 땅에 뿌리를 내렸다. 그것은 사람들이 현실생활에서 겪게 되는 여러 가지 분투와 발버둥을 그려냈고, 우리 이 사회 속에 살아가는 사람들의 생활 속 괴로움, 슬픔과 그들의 바람을 반영하고 있다. 또한 진보하는 역사의 시각으로 모든 사람과 사건들을 바라보고, 우리 온 민족의 더 행복하고 아름다운 미래를 위해서 가장 큰 열과 성을 바치고 있는 것이다.

왕퉈, '리얼리즘' 문학이지 '향토문학'이 아니다 – '향토문학'의 역사적 분석(1977)

초출: 민국 66년(1977) 4월 1일 잡지 『선인장』 제2호
原載: 民國六十六年年四月一日《仙人掌雜誌》第二期

타이완 향토문학사 서론

예스타오(葉石濤)

타이완의 특수성과 중국적 보편성

아름다운 섬

타이완은 아열대의 태풍권 안에 위치하고 있으며 사방의 해양에 거센 난류가 흐르고 있다. 그러므로 강우량이 풍부하고 사계절이 여름 날씨와 같으며, 초목이 무성하고 그 푸르름이 방울져 떨어질 듯하다. 일본으로 항해하던 포르투갈 선원이 타이완 해협을 지나갈 때 "Ilha! Formosa[1]!"라고 큰소리로 외치며 칭찬을 아끼지 않은 것도 이상한 일이 아니다. 그로부터 타이완은 유럽과 미국인들에 의해서 '아

---

1) [역자주] Ilha Formosa는 영어로 번역할 경우 Beautiful Island가 된다. 곧 아름다운 섬이라고 풀이할 수 있다.

름다운 섬'이라는 이름으로 불리게 되었다. 이렇듯 놀랄만큼 아름다운 대자연과 아열대의 기후는 확실히 이 땅에서 살아 온 역대 종족에게 강렬한 영향을 주었다. 이는 그들의 독특한 성품들—근면·솔직함·정직함·투지·강건함·인내심과 강인한 성격을 만들어냈다. 향토문학사를 연구할 때 이 섬의 대자연과 종족성은 의심할 여지없이 중요하고 결정적인 요소 중의 일부분이라고 할 수 있다.

타이완은 이렇게 그림처럼 아름다운 자연환경과 풍요로운 물산이 있기 때문에 옛날부터 주위의 종족들이 탐내고 노리는 땅이었다. 구석기 시대부터 네그리토족 혹은 장강(長江) 유역으로부터 쫓겨난 시암계 종족과 중국 북방의 화샤[華夏]족 등 종족들은 이미 이 땅에서 정주했을 가능성이 있다. 신석기 시대에 들어서자 폴리네시아·멜라네시아 등에서 온 태평양 종족들, 그리고 남쪽에서 표류해 온 말레이계 종족, 중국대륙의 원주민 종족 등이 잇달아 건너왔다. 언어·문화·종교 등 여러 방면에서 서로 완전히 다른 많은 종족들이 잡거했던 모양이다. 그 중 몇몇 도태되지 않은 종족들이 지금의 산지에 사는 동포들의 조선(祖先)이 된 것이다. 그들 종족들은 고도의 문명을 가졌던 듯 듯하다. 타이완 각 곳에서 출토되는 채색 토기, 검은 토기 등의 문화유물, 그리고 타이완 동부의 태양 거석문명의 유적을 보면 어렵지 않게 알 수 있을 것이다.

중국의 영향

그러나 시종일관 타이완에게 큰 영향을 미친 것은 한줄기 물을 맞대고 있는 중국 대륙의 중화민족이었다. 타이완의 원주민 종족이 신석기 시대를 벗어나 곧바로 철기 시대에 들어설 수 있었던 것은 틀림없이 중국 대륙의 영향을 받은 것이다.(심지어 흡연의 습관도 중국 대륙에서 전해온 것일 수 있다!) 선사시대의 사적은 중국 역대의 사서(史書)에서 드문드문 보이는 것 이외에는 거의 밝혀낼 수 있는 방도가 없지만, 역사시대가 시작되던 때부터 타이완은 끊임없이 이족(異族)의 유린과 통치를 받았다. 억압받고 박해받은 역사의 사적들은 매우 자세하게 실증되어 있다.

타이완은 바다에 홀로 떨어져 있기 때문에, 중국 대륙과의 문화 교류가 끊어진 경우가 종종 있었다. 그리하여 한(漢)민족 위주의 문화 속에서도 다른 종족의 역대 선조들이 남긴 문화 흔적들이 섞여들게 되었다. 만약 우리가 타이완의 사회·경제·문화·교육·건축·회화·음악·전설을 자세하게 탐구해 본다면 곳곳에서 한민족의 정통 문화와 다른 이국정취가 풍부하다는 점을 어렵지 않게 발견할 수 있다. 이러한 고립된 상황 속에서 각종 문화가 한(漢)문화에 융합되는 과정 중 타이완은 스스로 중국 대륙의 문화와 다른 짙은 향토풍을 만들어낼 수 있었다. 하지만 타이완의 독특한 향토풍은 한민족 문화와 구별되는 독자적 지위를 차지할 만한 것은 아니고, 여전히 한민족 문화에 속하는 하나의 지류이다. 설령 체제와 예술에 있어서 짙고 강렬한 향토풍을 드러내고 있다 해도, 여전히 한민족 문화와 떼어낼 수 없다. 타이완은 언제나 한민족 문화권 내의 불가결한 일원이었다. 왜냐하면 타이완은 고유의 언어와 문자를 만들어낸 적이 한 번도 없었기 때문이다. 그러므로 타이완 향토문학사를 되돌아볼 때, 우리는 그것의 뿌리와 특수한 종족·풍토·역사 등 다원적인 요소들을 고려하지 않을 수 없다. 조금도 의심할 바 없이, 이러한 다원적인 요소들은 타이완 향토문학에 대륙과 다른 농후한 색채, 소박한 성격, 풍부한 소재를 가져다주었고, 먼 국토에서 유래하였지만 마치 쿠로시오 난류와 같이 거세게 흘러나오는 해도(海島)만의 독특하고 참신한 이국적 사조(思潮)에도 영향을 미쳤을 것이다.

'타이완 의식' ― 제국주의하의 재(在)타이완 중국인 정신생활의 초점

'타이완 향토문학'의 의미

그렇다면 도대체 무엇이 '타이완 향토문학'인가. 이러한 문학은 어느 종족에 의해 씌어진 것인가? 작품의 주제는 어떤 내용을 포함해야 하는가? 이는 그저 좁은 타이완 지역의 문학을 창작함으로써 국제성을 배척하는 것인가?―아니면 보편적인 인성을 탐구하는 것인지 혹은 타이완 한 곳에만 한정하여 이곳의 특수한 사물들만 묘사하는 것인가? 나는 남아프리카 공화국의 작가 나딘 고디머(Nadine Gordimer)가 그녀의 저서 『현대 아프리카 문학』 첫머리에 '무엇이 아프리카 문학인가?'에 대해 내린 명확한 정의를 마침 타이완 향토문학에도 적용할 수 있다고 생각한다. 그녀는 "소위 아프리카의 작품은 바로 아프리카인, 그리고 아프리카 땅에서 정신적 측면과 심리적인 측면에서 아프리카인과 똑같은 경험을 겪었던 자가 쓴 작품을 지칭한다. 이러한 상황에서 절대로 언어와 피부색의 제약을 받지 않는다."라고 말했다.

소위 타이완 향토문학은 타이완인(타이완에 거주하는 한민족과 원주민 종족)이 쓴 문학이어야 한다는 것은 명백한 일이다. 그러나 타이완은 특수하게 역사적으로 불행한 일들—이족, 예컨대 네덜란드인·스페인인[2]·일본인에 의해서 점거당한 백여 년의 비참한 역사를 겪은 적이 있기 때문에, 이 땅의 향토문학사에도 외국 언어로 씌어진 타이완에 관한 작품이 남겨졌다. 심지어 타이완인 스스로도 통치자의 언어로 문학을 창작했다. 일제시대 많은 타이완 작가들의 작품을 떠올려 본다면 그 상황을 어렵지 않게 이해할 수 있을 것이다.

'타이완 의식'

우리의 타이완 향토문학이 피부색과 언어의 제약을 받지 않는다고는 해도, 타이완의 향토문학에는 하나의 전제조건이 있어야 한다. 그것은 곧 타이완 향토문학은 '타이완을 중심으로' 해서 창작되는 작품이어야 한다는 것이다. 다시 말해서, 이는 타이완의 입장에 서서 전세계를 투시할 수 있는 작품이어야 하는 것이다. 비록 타이완 작가들이 작품의 소재를 고르는 것에 자유롭고 아무런 제약이 없어, 작가가 마음 내키는 대로 자신이 재미를 느끼거나 좋아하는 것들은 그 어떤

---

2) [원주] 팡하오(方豪), 『60세, 그는 탈고했다』(하권)의 「타이완의 문헌」 참조. "만력 47년 (1619년)에 스페인 선교사가 항해 하던 중 태풍을 만나 타이완에 상륙하게 되었다. 하지만 조사를 조금 해보고는 금방 떠났다. 천계 6년(1626년) 스페인인이 필리핀에서부터 함대를 출발하여 타이완 북부에 상륙하기 시작했다. 이들은 지룽[基隆], 단수이바리차[淡水八里岔], 진바오리[金包里], 관두[關渡], 산댜오쟈오[三貂角], 수아오[蘇澳], 등지를 오가며 활동했고 통상보다는 전도를 중요시했다. 스페인인들은 숭정 15년(1642년) 네덜란드인에 의해서 축출되었다. 그들은 총 16년 간 부당한 방법으로 타이완을 점거했다."

것이라도 쓸 수는 있지만, 그들에게는 반드시 '타이완 의식'이 뿌리 깊이 자리 잡고 있어야 한다. 그렇지 않다면 타이완 향토문학은 모종의 '망명문학'에 불과하지 않겠는가? 만일 일부 미국 유학 경험이 있는 작가들의 작품에 강한 '타이완 의식'이 결여되어 있다면, 그들이 써낸 미국에서의 모험담·고생담·유랑·소외감 등의 경험과 기록이 아무리 감동적이었다고 해도 타이완의 향토문학이라고 할 수는 없다. 왜냐하면 그들의 작품은 이 땅에서 거주하고 있는 현대 중국인들의 공통적 경험과는 전혀 연관성이 없고, 그저 중국의 언어로 쓴 모종의 외국문학 뿐이기 때문이다. '타이완 의식'은 반드시 광대한 타이완 인민의 생활과 밀접하게 연결되어 있는 사물을 반영하는 의식이어야만 한다. 전체 타이완의 사회전환의 역사가 타이완 인민이 억압당하고 박해받았던 역사라고 한다면, 소위 '타이완 의식'은 타이완에 거주하고 있는 중국인의 공통적 경험—피(被)식민과 억압이라는 공통적 경험을 말한다. 다시 말하면 타이완 향토문학에 반영되는 것은 반드시 '반제·반봉건'의 공통적 경험과 누더기 옷을 입고 허술한 수레를 끌며 힘겹게 산림을 개척하는 대자연과 격투하는 공통적 기록이어야 하지, 절대로 어떤 통치자 의식을 갖고 광대한 인민의 뜻을 배신하며 써내는 그러한 작품일 수는 없다.

제국주의와 봉건주의 하의 타이완

그렇다면 왜 타이완 향토문학은 시종일관 '반제·반봉건'의 문학인 것인가? 그 이유는 자명하다. 왜냐하면 과거의 역사 속에서 타이완

인민은 줄곧 침략자의 말발굽 아래 유린당하며 고통스러운 나날을 보내야만 했었기 때문이다. 짧았던 3대에 이은 정씨 왕국과 200여 년 만청(滿淸)의 통치 이외에는 식민자 네덜란드인과 일본인에 의해 직접 통치를 당한 비참한 경험뿐이다. 정씨 왕국 3대와 청나라 시대에도 우리는 식민자들의 호시탐탐 노리는 시선을 피할 수 없었고 구차히 목숨을 겨우 이어 살아가야만 했다.

네덜란드 식민시대

네덜란드인은 먼저 평후[澎湖]에 침입해 들어왔다. 처음의 침략은 명나라 만력(萬曆) 22년(1604년)이었고, 두 번째는 천계(天啓) 2년(1622년)이었다. 그 이후로 영력(永曆) 15년(1662년) 명나라 정씨 왕국에 의해서 쫓겨날 때까지, 약 60년간을 점거했었다. 이 기나긴 시간 동안에 네덜란드인은 타이완에 관한 정치·경험·전교(傳敎) 등에 대한 방대한 문헌을 남겼다. 우리는 마지막 타이완의 태수 코예트와 그의 동료(Coyett et Socii)들이 남긴 『무시당한 포르모사('t verwaerloosde Formosa)』[3]라는 책에서 식민지 타이완의 실제 상황을 볼 수 있다. 이 야말로 통치자의 관점에서 씌어진 첫 번째 보도문학이라고 볼 수 있지 않겠는가? 널리 알려진 것처럼 타이완은 줄곧 '농본국'이었다. 누

---

3) [역자주] 네덜란드어 't verwaerloosde Formosa는 영어로는 neglected Formosa로 번역된다. 코예트는 네덜란드 동인도회사가 타이완의 중요성을 인지하지 못하고, 자신에게 충분한 지원을 해주지 않아 타이완을 잃게 되었다는 함의를 담아 제목을 위와 같이 정했다. 이러한 함의 및 네덜란드어의 한국어 표기와 관련하여 적절한 조언을 해주신 성균관대학교 동아시아학술원 석좌교수 보데인 왈라번(Boudewijn Walraven) 선생님께 감사를 표한다.

가 땅과 농민을 통제할 수 있다면 틀림없이 그 사람이 이 땅의 왕이되는 것이다. 그러나 타이완을 직접적으로 통치했던 코예트를 대표로 하는 네덜란드 관원들은 사실 그저 네덜란드 동인도회사의 직원들일 뿐이었다. 그리고 네덜란드 동인도회사는 금자탑의 최고봉에위치하지 않다. 그 위에는 네덜란드 연방의회가 존재하여 동인도회사는 네덜란드 연방의회의 주권적 지배를 받아야 했었다. 따라서 동인도회사가 소유하는 모든 땅은 의회에 속한 것이다. 타이완 토지의소유권도 의회의 특허를 통해서 회사에게 위임되고 또 회사에 의해서 농민들에게 임대되는 것이다. 우리는 어렵지 않게 식민자의 층차정연(層次井然)한 금자탑과 같은 수탈조직을 볼 수 있다. 이는 타이완인민의 머리 위에 군림하고 있었다.

　네덜란드인들은 10묘(畝)의 땅을 1갑(甲)이라고 지칭하며 우리의선민들에게 농사짓고 세금 낼 것을 명하였다. 그리고 그들은 세금을상·중·하급으로 나눠서 징수했다. 저수지와 밭도랑의 건설비용, 농우, 농기구, 씨앗은 모두 네덜란드인이 제공했다. 이것이 소위 '왕전(王田)'이다.[4] 이러한 봉건적인 토지생산제도 아래 네덜란드인이 최대의 논밭 주인이 되고 농민은 그저 세금을 내는 소작인일 따름인 것이다. 아마 소작인만도 못한 농노였을 것이다! 왜냐하면 네덜란드인은 토지와 생산 도구만을 통제했던 것뿐만 아니라 모든 경제적 권력을 전단하여 타이완 인민을 억압했기 때문이다. 노역을 더 이상 감당할 수 없었던 선조들은 연달아 반기를 들어 폭정에 반대하기 시작했

---

4) [원주] 정시푸(鄭喜夫), 『타이완 역사 관규 초집(台灣史管窺初輯)』의 「정씨왕국 말기 타이완의 조세」 참조.

다. 그 중에서 가장 유명한 사건은 곽회일(郭懷一)이 이층행계(二層行溪)에서 패배하여 성공하지 못한 혁명일 것이다!

정씨 왕국 번진(藩鎭) 시대

정씨에 의해서 타이완이 광복된 후, 그들은 네덜란드의 토지제도를 그대로 답습하여 견고한 봉건사회를 형성할 수 있었다. 정씨는 네덜란드인의 '왕전'을 접수해서 '관전(官田)'으로 만들었고, 정씨의 종친들과 문무관원들에게도 따로 소작인을 구해서 경작하도록 했다. 이는 바로 '문무관' 사전(私田)이었고 이외에 또한 진병(鎭兵)이 주둔하여 개간하는 둔전(屯田)이 존재했다. 따라서 거의 모든 토지는 관부의 수중에서 통제되었고 농민들은 기껏해야 토지세와 인두세를 내는 도구였을 뿐이다. 정씨의 세금징수는 가혹하지 않았지만, 이 금자탑과 같은 전제 봉건사회에서 일반 인민들의 생활이 부유하다고 할 수는 없지 않겠는가. 그리고 정씨 사회경제의 일부분은 대외무역에 의존해야 했다. 타이완과 무역 거래를 했던 나라는 일본·류큐[琉球]·조선·필리핀·마카오·시암·말라카·자바 등이 있었고, 대체로는 설탕과 흰색 녹피(鹿皮)를 가져다 팔고 화포·망원경·납·동 등의 전쟁무기를 구매했다. 이를 통해 정씨 경제의 일부분은 외국에 의해서 통제를 받고 있었다는 것을 알 수 있다.

청나라

만청(滿淸)은 광서(光緖) 21년 일본의 키타시라카와노미야 요시

히사(北白川宮 能久)가 통솔하는 일본군이 타이완에 침입할 때까지 212년 동안 타이완을 통치했다. 기나긴 만청의 통치 기간 중 약 40여 차례의 민족 혁명 운동이 일어났었다. 이는 "3년에 한 번의 소반항(小反抗), 5년에 한 번의 대반항(大反抗)"이라고 말할 수 있을 정도였다. 만청이 타이완을 점령한 후에도 정씨 왕국의 구제도를 답습했다. 토지소유제도는 점차 "대조(大租)·소조(小租)"제도로 변화되었다. 당시에는 개인이 출자하는 개간사업이 꽤나 성행했다. 부자가 출자해서 사람을 모아 이주시켜 황무지를 개간하도록 했다. 그 부자를 간수(墾首)라고 부르고 피고용인들을 소작인이라고 불렀다. 소작인은 간수에게 영구적으로 일정한 조곡(租穀)을 납부해야 하는데 그것을 '대조'라고 한다. 이후 소작인 중에도 또한 그가 개간해 놓은 땅을 남에게 농사짓도록 해서 일정한 조곡을 받는 사람이 있는데, 이를 '소조'라고 한다. 다시 말해서 한 덩어리의 토지에 '불로소득'의 권리자 두 명이 동시에 존재했던 것이다. 이렇게 비합리적인 이중 착취의 토지제도는 청나라 말기에 이르러서야 류명전(劉銘傳)의 "토지를 정밀하게 측량해서 세금을 징수"하는 정책을 통해 소조의 업주권(業主權)을 인정하게 되었다. 하지만 이는 대조의 권리를 완전히 취소시키지는 않았다. 비록 이렇게 되긴 했지만 소조 업자의 논밭에서 노동하고 있는 소작농은 여전히 '토지가 없는' 빈털터리일 뿐이었다. 일본이 타이완을 점령한 후, 1904년에 대조권(大租權) 정리 율령을 공표하고 대조권을 일괄매입하고 나서야 대조가 완전히 소멸되었다.[5] 하지

---

5) [원주] 예룽중(葉榮鐘), 『타이완 민족 운동사』 참조.

만 일본의 제당회사와 미쓰이, 미쓰비시 등의 재벌이 침입해 들어와 타이완 농민 손에서 또다시 타이완 전체 논밭의 약 15%의 비옥한 토지를 강탈하였다. 따라서 일제시대 '토지가 없는' 소작인은 전체 농민의 약 60-70%를 차지했다. 청대의 대조와 소조의 토지 소유제도는 전제적 봉건 사회를 건설하는 데 유효했다. 청나라 관료와 대조·소조 등의 지주가 서로 결탁하여 통치계급이 되었고, 일반 농민들은 그들에 의해서 마음대로 강탈하고 괴롭힘 받는 하루살이였을 따름이었다.

청나라 말기부터 일본의 타이완 점령 시대

청나라 말기에 이르러 제국주의 열강이 침입하기 시작하던 때, 타이완은 영국의 금융제국주의자들에게는 황금알을 낳는 거위가 되었다. 1858년의 통상 개방 이후 타이완의 금융경제는 전부 열강의 손에 장악되었다. 타이완의 쌀, 설탕, 차 등 중요생산물들은 모두 머천트관(媽振館, 즉 영어의 merchant)에 의해서 독점 매입되었고 생산자는 중간단계 겹겹의 착취를 견뎌야 했다. 영국·미국·프랑스·독일 등 열강들은 연달아 영사를 파견하고 조계(租界)지역을 만들었다. 그들은 상사를 설립하고 숙박시설을 지어 그들의 기선(機船)이 드나들었다. 이제 타이완은 조국 대륙과 똑같이 진정한 차식민지(次殖民地)가 된 것이다.[6]

6) [원주] 린수광(林曙光), 『타이완 지방 인물 잡담』의 「노리카즈 카케의 창상사(滄桑史)」 참조.

일본인은 한 푼의 에누리도 없는 식민자 그 자체였다. 그들은 열강들의 경제 권익을 고스란히 접수하여 타이완 인민의 유일한 통치자가 되었다. 이후로 타이완 인민들은 일본 제국주의의 압박과 착취와 도내(島內) 봉건지주들로부터 이중의 수탈을 당하며 세 끼를 제대로 챙겨먹지 못하는 가난뱅이 신세가 되었다.

타이완 향토문학 속의 리얼리즘 노선

제국주의 하 타이완 생활의 현실 의식

앞에서 언급했듯이 타이완은 끊임없이 외국 식민자의 침략과 도내 봉건제도의 압박 아래 고통스럽게 신음해야 했었다. 그것이 역사의 현실이라면, 각계각층 민중의 희로애락을 반영하는 것을 사명으로 삼은 타이완 작가는 반드시 굳센 '타이완 의식'을 가져야 사회현실을 이해할 수 있고 민중의 진정한 대변인이 될 수 있다. '타이완 의식'을 지니고 있어야만 작가의 창작 활동이 사회의 현실 환경 속에 뿌리를 내릴 수 있고, 정확하게 사회 내부의 갈등을 재현할 수 있으며, 민중의 내면세계의 희비극을 꿰뚫어 볼 수 있다. 한 작가가 그가 생존하는 시대를 그릴 때, 물론 현실의 객관적 존재가 작가의 의식을 결정할 수 있지만, 반대로 작가의 의식 또한 존재를 결정할 수 있다. 그리고 이 때 작가의식을 구성하는 중요한 요소들 중에서는 지금까지 축적된 민족적 반제·반봉건의 역사경험이 한 쪽의 광범위한 영역을 차지할 것이다. 민족의 항쟁경험은 유전자와 같이 작가 한명 한명의 뇌

세포에 새겨져 그들의 창작활동을 좌우하게 된다. 타이완 작가들의 이러한 굳센 현실의식, 저항운동에 참여하는 정신은 타이완 향토문학의 전통을 세웠다. 그리고 그들의 문학은 틀림없이 민족적 풍격을 갖춘 리얼리즘 문학이었다.

'타이완 향토문학' 중의 리얼리즘

타이완 향토문학에서 사용되는 리얼리즘 기법은, 현대 유럽과 미국의 작가들이 전혀 거리낌 없이 작품에서 육체와 정신 두 측면의 무궁무진한 비정상성(非正常性)을 절박하게 추구하는 것과는 결코 같지 않다. 유럽과 미국의 작가의 의식은 이미 미쳐버린 세상—즉 자본주의 사회의 배금사상에 의해서 침식되어버렸기 때문이다. 이러한 궁지에 몰린 기형적인 세계는 우리 향토문학의 역사경험과 완전히 정반대이다. 우리의 리얼리즘 문학은 차라리 수면 위로 보이는 빙산의 일각을 쓰기만 해도 괜찮을 것이다. 수면 밑의 숨겨져 있는 보이지 않는 부분들은 그저 '이해하고만' 있어도 충분하다. 우리는 깊이 감추어진 심리의 존재를 부인하지 않지만, 그 부분이 주요 묘사 대상이 되지는 않는다. 프루스트, D. H. 로렌스, 제임스 조이스가 우리에게 준 것은 그저 '파괴된 형상'일 뿐으로, 이러한 문학은 우리를 죽음과 파멸의 심연으로 끌어들일 수 있다. 따라서 우리의 리얼리즘 문학은 반드시 '비판적 사실'이어야만 할 것이다. 우리는 마땅히 19세기의 위대한 작가들인 발자크, 스탕달, 디킨스, 톨스토이, 푸시킨, 고골의 본보기를 수용하여 냉정하고 투철하게 리얼리즘 기법으로 피식민, 그리고 봉건제도의 족쇄에 속박당하는 인민들과 한 마음이 되어

민족의 고난을 묘사해야만 한다. 리얼리즘이 그 진정한 가치를 나타낼 수 있는 것은 반체제의 반항에서 생기는 긴장관계가 존재하는 조건 아래에만 가능하다는 것을 알아야 한다. 리얼리즘 기법에는 항상 밝음과 어두움 두 측면이 존재한다. '밝음'은 간결하고 뚜렷하며 시적 감성이 풍부한 반면, '어두움'은 풍자적이고 곡해하며 환상적이고 음산하다. 밝음과 어두움 두 측면을 다 갖춘 리얼리즘 문학이어야만이 완미한 민족문학이라고 할 수 있다.

정리가 필요한 문헌들

네덜란드 식민 시대부터 일제시대까지 타이완의 정치·사회·경제·종족·풍토·역사·문화에 대한 문헌들은 한우충동(汗牛充棟)이라고 밖에 말할 수 없다. 네덜란드의 외교문서·보고서·서신·항해 일지 등만 해도 부지기수이다. 그 중에 저명한 것들은 위에서 언급했던 『무시당한 포르모사』 이외에도 『젤란디아(Zeelandia)성 일기[熱蘭遮城日記]』 그리고 『바타비아성 일기』 등이 있다. 그리고 일본·영국·프랑스·포르투갈 등 나라에는 타이완에 관한 문헌들이 가지각색, 온갖 종류가 존재하고 있다. 중국인 스스로가 적은 기록들은 정사(正史) 외에도 여러 관헌들의 시문(詩文)이 남아 있다. 야탕(雅堂)[7] 선생은 『타이완 통사』 24권 「예문지」의 권두언에서 "타이완의 300년 역사중, 문학으로 바다 건너까지 이름을 떨친 인물은 내가 본 것만으로도 이

---

7) [역자주] 롄야탕(連雅堂)은 타이완의 근대 역사학자 롄헝(連橫)의 자(字)이다.

루 다 헤아릴 수 없다"라고 말하고, 벼슬자리를 찾아 사방을 돌아다 녔던 이들이 쓴 총 80종, 160권을 예로 들었다. 아직도 정리와 평가 가 되고 있지 못한 엄청난 수량의 책들에 대하여 우리의 심정은 그저 침통함을 금하지 못할 뿐이다.

욱영화(郁永和)의 문학

그렇다면 현대인의 관점에서 보았을 때, 네덜란드 식민시대부터 타이완이 할양될 때까지의 약 300년의 시간 동안, 벼슬자리를 찾아 사방을 돌아다니던 자들이 읊은 시문과 기행문은 정말로 다 패관문 학과 야사에 불과하고, 시련을 견뎌내는, 민족 색채가 풍부한 리얼 리즘 문학은 하나도 없었던 것일까? 결코 그렇지 않다! 나는 런허[仁 和][8] 출신 욱영화가 쓴 『비해기유(裨海記遊)』가 타이완 향토문학사 불 후의 위대한 리얼리즘 문학 작품 중의 하나라고 본다. 이는 앙드레 지드의 『콩고여행』에 비길 만하다. 욱영화의 글은 『콩고여행』과 마찬 가지로 심장을 고동치게 하는 인도주의 정신이 작품 전체를 관통하 고 있다. 그는 탁월한 관찰력과 분석력으로 네덜란드, 3대에 이은 정 씨 왕국의 시기와 그리 멀지 않은, 청나라가 타이완을 점령한 초기 한족과 원주민들이 함께 뒤섞여 사는 사회 상황을 생동감 넘치게 기 록했다. 그는 정확하고 간결하며 힘센 필법으로 타이완의 웅장하고 아름다운 풍토, 미개척의 무성한 황무지, 안개와 장기(瘴氣)가 자욱한

---

8) [역자주] 런허현(仁和縣)은 북송 태평흥국(太平興國) 4년(979) 설치되었다가 민국 원년 (1912) 항현(杭縣)에 통합되어 사라진 저장성[浙江省]에 속했던 지명이다.

강산을 완연히 사실대로 남김없이 그려냈다. 그의 작품에서 드러나는 것은 대자연과 항쟁하는 인류의 투지와 굴복하지 않는 정신이다.

욱영화는 저장[浙江] 항저우[杭州] 사람으로 평소에 여러 곳을 돌아다니는 것과 탐험을 즐겼다. 강희(康熙) 35년 겨울, 그가 때마침 저장을 떠나 푸젠[福建]에 도달했을 때 마침 푸저우[福州]의 화약국이 폭발한 재난이 있었다. 그곳의 관리자는 배상을 하기 위해 타이완에 사람을 보내 유황을 캐도록 하려고 했다. 당시의 타이완은 속칭 '원귀들이 묻힌 곳[埋冤]'이라고 불리며 누구도 감히 갈 엄두를 내지 못했다. 욱영화는 비록 파리하고 병약한 서생이었지만 태연히 유황을 캐는 직무를 맡았다. 강희 36년 봄, 그는 샤먼[夏門]에서 출발해서 타이완에 도착하여 또 타이난부[臺南府]에서 베이터우[北投]로 출발했다. 그는 여로의 간난신고와 길가에서 본 풍경들을 기록했는데, 그의 글에서는 리얼리즘 문학의 정화가 유감없이 발휘되고 있다. 나는 그가 베이터우에서 유황을 캐는 상황을 묘사하는 부분을 읽었을 때 마음속 깊은 데에서 오는 흥분을 금치 못했다. 유황연기가 피어오르는 산골짜기를 묘사한 장면은 틀림없는 인간지옥이었다. 우리는 그의 문필을 통해서 그 죽음의 골짜기가 심어주는 무시무시한 이미지를 체험할 수 있다.

조금도 의심할 바 없이, 욱영화의 예리한 안목은 한족과 원주민 사이의 갈등을 간과하지 않았다. 그는 원주민이 능욕을 당하는 비참한 상황을 너무 잘 알고 있었다. 욱영화는 그러한 '종족차별'과 착취를 몹시 미워했다. 그는 원주민의 유황 한 바구니를 7척의 꽃무늬 비단과 교환해 주었다. 이는 그가 충분히 자애롭고 넓은 마음을 가지고 있다는 것을 증명할 수 있는 사례이다. 또한 이것이야말로 포크너가 흑인에게 관심을 가져, 세상을 슬퍼하고 인간을 아끼던 마음이 아니겠는가.

타이완 문학의 반제·반봉건의 역사와 전통

무장 항일의 시대

광서(光緒) 21년(1895) 청나라 조정이 일본에게 타이완을 할양했다. 타이완 인민들은 목숨을 걸고 반대했다. 같은 해 5월, 할양에 반대하며 다시 조국으로 돌아가고자 하는 '타이완 민주국'이 탄생했다. 하지만 공화국은 겨우 10일 동안을 유지하고 단명했다. "공화국의 국기는 노랑 호랑이로 그는 긴 꼬리를 말고 있었다. 호랑이는 먹을 것을 얻지 못하여 땅에 쓰러져 죽고 말았다."[9] 타이완 민주국은 비록 궤멸되었지만 타이완인의 항일 무장 투쟁과 민족 혁명은 멈추지 않았다. 광서 21년(1895)부터 민국 4년(1915)까지의 약 20여 년 동안, 민족 항일운동은 왕성한 기세로 전개되었고 위칭팡(余淸芳)의 타파니[噍吧哖] 사건[10] 이후에야 점차 잔잔해졌다. 일본의 폭력에 맞선 타

---

9) [원주] James W. Davidson, 『The Island of Formosa』 참조.

10) [역자주] 타파니 사건, 혹은 서래암(西來庵)사건으로도 불린다. 1915년에 타이난에서 일어난 대규모 항일 무장 봉기이다. 체포·검거된 사람의 수만 1,957명에 이르고 주모자 3인 외에도 총 866명에게 사형이 언도되었다. 일제시기 가장 큰 규모이자 희생자가 가장 많은 항쟁이었다. 또한 타이완인이 처음으로 종교의 힘을 빌려 항쟁한 중요한 사건이다.

이완인들의 무장투쟁은 일본 식민자들의 광적인 진압과 살육에 좌절되었다. 타파니 사건의 예를 들자면, 비참하게 살해를 당한 타이완인 약 3만 명에는 어린 아이와 노인들도 포함되어 있다. 이 사건이 한 타이완 작가의 뇌리에 잊을 수 없는 인상을 남기고, 그로 하여금 진리를 탐구하는 인생을 결정하도록 한 것도 당연한 귀결이었다. 양쿠이(楊逵)는 일찍이 한 인터뷰에서 아직도 마음 속에 남아 있는 두려움과 가슴속 가득 찬 비분 속에서 다음과 같이 말했다. "내가 9살 때 타파니 사건이 일어났다. 그 날 일본의 포차가 온종일 쿵쿵거리는 굉음을 내면서 우리 집을 지나갔다. 그때 받은 인상은 이후로도 나에게 끊임없이 영향을 주었다. 어린 나는 바로 그때에 너무나도 큰 충격을 받았다!"[11] 어찌 이것이 일본 식민자의 쿵쾅거리며 굴러가는 포차의 바퀴 소리에만 그치겠는가? 우리는 또 다른 선배 작가 우줘류(吳濁流)의 소설 『무화과』 속에서 그의 집이 항일혁명의 전쟁 때 불타 없어진 자초지종을 읽게 되었다.

능욕당하는 농민

네덜란드 식민 시대부터 일제시대까지 우리는 끊임없이 식민자의 무쇠발굽 아래 짓밟히며, 영웅적으로 저항하는 동시에 우리 몸에 얽힌 봉건적 족쇄를 벗어나기 위해 노력해 왔다. 타이완 경제는 줄곧 아시아식 도작 생산 양식을 기초로 삼았기 때문에, 언제나 가장 심하

---

11) [원주] 양쑤쥐안(楊素絹) 편집, 『눌러도 납작해지지 않는 장미꽃』 참조.

게 피해받는 것은 대다수를 차지하는 농민들일 수밖에 없었다. 일제시대 대부분의 향토문학이 농민을 위주로 묘사했던 이유가 이것 때문이다. 하지만 농민들은 대개는 아무런 외부의 도움을 받을 수 없는 상황에서 반항했기 때문에 흔히 실패하고 굴욕을 당하게 된다. 특히 일본 식민자처럼 완강한 적에게 농민들의 적수공권의 무력투쟁은 거의 무효한 것이었고 그저 야만적인 보복이 돌아왔을 뿐이다.

비무장 항일의 시대

일제시대 초기의 20년 동안, 무장투쟁기는 어두운 절망의 시기였다. 당시의 문학은 거의 존재하지 못했었다는 것은 말할 필요도 없다. 타이완의 향토문학은 비무장 항일의 정치·사회적 계몽운동의 왕성한 전개를 배경으로 하며 시작되었던 것이다. 이는 곧 국내의 5·4운동의 자극으로 인해 30년대에 이르러 문학의 꽃이 피어 열매를 맺었던 것과 같다. 모든 종류의 문학운동은 자신만의 시대와 사회적 배경이 있다. 작가는 비유하자면 그 시대의 풍우에 민감한 청우계(晴雨計)와 같다고 할 수 있을 것이다.

우리가 일제시대 문학을 다시 되돌아볼 때, 20여 년의 역사를 3단계로 나누어 볼 수 있다. 첫 단계는 1920년대의 '요람기'이고, 그 다음은 1930년대의 '개화기(開花期)', 마지막은 1940년대의 '전쟁기'이다. 세 단계는 연속적이며 서로 떼어놓을 수 없지만, 각 시기마다 뚜렷한 특징이 존재한다. 우리는 각 시기의 주요작품 속에서 반제·반봉건적 사상의 전개·심화·반동·쇠퇴 등의 여러 특색을 확인할 수 있다.

타이완 문학의 '요람기'

1920년대의 '요람기' 문학은 자본계급과 지식인들이 지도하는 민족운동의 일익(一翼)이었다.[12] 그것은 타이완 문화협회의 정치운동의 목적이 민지(民智)를 계발하고, 민족사상을 주입하며, 미신 타파, 새로운 도덕관 수립과 사회개혁을 제창하는 데에 있었던 것을 보면 쉽게 알 수 있다.[13] 따라서 문학에 반영되었던 것은 혁신적이고 진보적인 반제·반봉건 사상이다. 신·구 문학논쟁에서 백화문을 제창했던 것은 정치적 계몽운동의 문학주장과 부합하기 때문에, 시대의 흐름에 일치했던 것이라고 할 수 있다. 1923년 황청충(黃呈聰)이 쓴 「백화문 보급의 신(新)사명론」과 황자오친(黃朝琴)이 쓴 「한문 개혁론」, 두 편의 논문이 백화문 운동의 효시가 되었다. 뒤를 이어 베이핑에서 유학했던 장워쥔(張我軍)이 신문학을 주장하는 진영에 투신하여, 베이핑 관화(官話)를 기본으로 삼은 백화문운동을 적극적으로 고취했다. 그는 참신한 필치로 '백화문학 건설, 타이완어의 개조' 라는 주제로 「엉망진창 타이완 문학계」, 「타이완 문학계를 위하여 곡하노라」, 「조롱박을 쪼개다」 등의 평론을 연달아 발표했다. 그의 글은 신·구문학의 열렬한 시비 논쟁을 불러일으켰다. 오늘날의 관점으로 봤을 때, 구어체로 글을 쓰는 것은 너무나 당연한 원칙이다. 무엇 하러 귀찮게 모두로 하여금 심력을 소비하게 하는 논쟁을 멈추지 못하는 것인가? 참으로 사람으로 하여금 울지도 웃지도 못하게 하는 일이다. 하지만

---

12) [원주] 예룽중, 『타이완 민족 운동사』의 「범례 3」참조.

13) [원주] 린짜이줴(林載爵), 『일제시대 타이완 문학의 회고』참조.

당시 기존의 관례를 고수하는 구세대 문인들에게 있어서는, 위와 같은 주장은 끔찍한 일이며 '홍수나 맹수'와 다를 바 없는 것이었다. 따라서 구문학의 옹호자는 일본 한시회(漢詩會)와 한시 동호인들의 원호(援護)를 받으며 주로 일본어 신문의 「한문란」과 야탕 선생의 『시회(詩薈)』를 주무대로 삼아 온 힘을 다해 반격했다. 그렇지만 논쟁은 혁신파가 문단의 주권을 장악하는 것으로 끝을 맺었다. 논쟁을 통해서 우리는 문학의 신·구간의 논쟁이 사실은 관념적인 논쟁이라는 것을 볼 수 있다. 구문학 쪽은 전통적인 봉건사상을 대표하고, 신문학이 대표하는 것은 반(反)전통의 혁신사상이었다. 이는 국내의 5·4운동과 같은 맥락에 있는 것이다. 구문학파를 대표하는 구세대 문인들에게 민족 사상이 없다는 것은 아니지만, 일제시대의 문학은 처음부터 끝까지 타이완의 현실 환경과 밀접하게 연결되어 있으며 이는 중국의 항일 민족혁명운동 중 떼어 놓을 수 없는 부분이다. 하지만 그들이 구문학이 옹호하는 봉건적 구체제가 바로 식민자들의 최고의 통제도구라는 것을 꿰뚫어보지 못했던 것은 확실하다. 만약 식민자를 타도하기 위해서는 봉건적 체제를 송두리째 뽑아버려야 한다. 그렇지 않으면 통치자와 봉건 지주계급은 틀림없이 서로 결탁하여 하나의 돌파하기 어려운 철옹성이 되고 말 것이다.

이 시기(1925년 전후) 이미 선구적 작품이 출현했다. 예컨대 장워쥔의 첫번째 시집인 「난도지련(亂都之戀)」과 소설 「복권을 사다」, 라이허(賴和)의 「흥 겨루기[鬪鬧熱][14]」, 그리고 양윈핑(楊雲萍)의 「광림(光

---

14) [역자주] 이 소설의 한국어 번역본은 김혜준·이고은 번역, 「흥 겨루기」, 『뱀 선생』, 지만지, 2012를 참조.

臨)」 등이다. 이들 작품은 대부분 『타이완 민보』에 발표되었다. 『타이완 민보』는 계몽시기 인민의 대변인이었다. 이 잡지는 타이완 향토문학의 기초를 놓는 데 있어서 매우 중요한 역할을 수행했다. 일반적으로 봤을 때, 1920년대의 약 10년간 향토문학은 실험적 작품들이 많았고 성숙함과는 약간의 거리가 있었지만, 이는 더 높은 단계로의 발전을 준비하는 단계였다. 본래 당시의 문학은 제1차 세계대전 이후의 민주사상, 특히 윌슨이 제창한 민족자결주의의 현저한 영향을 받았고 국내의 5·4운동과 서로 호응하면서 반제·반봉건의 색채를 풍부히 지니고 있었다.[15] 그리고 이는 신·구문학 논쟁, 타이완 백화문운동 그리고 로마자화(化) 운동 등 일련의 주장과 행동으로 표현되었다. 그러나 만약 이 시기 문학의 사명과 가치를 모색하기 위한 치열한 논쟁들, 그리고 작품 내 표현기법을 연마했던 일들이 없었다면, 1930년대 약 8년간의 '개화기'가 발전할 수 있었던 기반은 없을 것이다.

타이완 문학의 '성숙기'

제1차 세계대전 이후 세계적 경제공황은 식민지 타이완을 더욱 더 열악한 상황으로 몰아넣었다. 특히 일본 식민자에게 착취당하는 소작인들은 말 그대로 입에 풀칠할 방법조차 없었다. 농촌의 쇠퇴는 농민들의 각성을 가속하여 발전시켰다. 이러한 경제상황 아래 반제·반봉건은 더 이상 관념적인 유희가 아니라 빈곤한 대중과 매우 밀접하

---

15) [원주] 천사오팅(陳少廷), 『대학』 23호, 「5·4운동과 타이완 신문학 운동」 참조.

게 관련되어 있는 생활현실의 문제가 되었다. 따라서 자산계급의 민족혁명운동─즉 타이완 문화협회 등의 계몽운동들은 예전의 지도적 역량을 잃게 되었다. 그를 대신하여 등장한 사회주의 혁명이론은 시대조류를 장악하게 되었고, 타이완 각 계층의 인민 사이에 침투되며 점차 민족혁명 운동의 주요한 사상의식이 되었다.

『타이완 문학』

1930년 타이완 작가 왕스랑(王詩琅), 장웨이셴(張維賢), 저우허위안 (周合源) 그리고 일본 작가 히라야마 이사오(平山勳)와 후지와라 센자부로(藤原泉三郎) 등을 중심으로 타이완 문예작가 협회가 결성되었다. 이는 '신문예의 확립!'과 '문예 대중화!'를 주장하고 일본의 KOPF[16]와 연계해서 중국어와 일본어를 함께 사용하는 잡지 『타이완 문학』을 간행했다. 타이완과 일본인 작가가 처음으로 합작한 이 문학잡지는 식민자에 반항하는 사상을 공통의 기초로 해서 발전한 것으로, 농후한 통일 전선의 색채가 드러난다.

『포르모사』

이듬해인 1932년 도쿄 유학생 장원환, 왕바이위안(王白淵), 우융푸 (巫永福) 등이 중심이 되어 타이완 예술 연구회가 결성되었고 동시에 3회에 걸쳐 문예 간행물 『포르모사(Formosa)』를 발행했다. 그들이

---

16) [역자주] KOPF는 일본프롤레타리아 문화연맹(日本プロレタリア文化連盟)의 약자이다. 에스 페란토어 Federacio de Proletaj Kultur Organizoj Japanaj의 머리글자를 따서 KOPF 로 칭하며 일본어로는 コップ를 쓴다.

표방한 것은 "타이완 문학의 선구자가 되어, 타이완만의 독특한 문학을 건설하고, 향토문예를 적극적으로 정리·연구하며, 진정한 타이완의 순문학을 창작하는 것을 원한다"였다. 그들의 표어를 통해 『포르모사』의 정치성은 희박하며 문학의 창작 발전과 향토적 성격을 더 중요시한다는 점을 볼 수 있다. 그 후에 장원환은 『타이완 문학』의 편집을 주관하였고 「동백꽃」, 「밤 원숭이」, 「게이샤의 집」, 「논어와 닭」[17] 등 소설을 발표했다. 작년(1976년) 그는 일본에서 일본어의 장편소설 「땅을 구르는 남자」를 출판했다. 이를 통해 그의 창작 능력이 전혀 쇠퇴하지 않았다는 것을 증명했고 동시에 그의 풍부한 향토 색채의 리얼리즘적 성격은 사람들로부터 여전히 호감을 자아낸다.

『타이완 문예』

타이완과 일본 작가의 합작과정 중, 사람들을 곤혹스럽게 만든 각종 갈등과 문제들이 늘 존재했다는 것은 의심할 여지가 없다. 그리하여 타이완과 일본 작가의 합작으로 진행되었던 통합활동들은 쉽게 와해되곤 했다. 그 뒤를 이어 나타난 것은 타이완 작가들이 스스로 조직한 타이완 문예 연맹이다. 여기에는 주로 라이허, 장선체(張深切), 황더스(黃得時), 궈쉐이탄(郭水潭) 등의 작가가 포함되었다. 그들이 타이중[臺中]에서 타이완 문예대회를 열었을 때, 회의의 처음부터 끝까지 무장경관들이 현장을 감시하고 있었다. 그럼에도 그들은 규정을 순조롭게 통과시키고 선언을 발표했다. 그들은 대회에서 '부패한 문

---

17) [역자주] 「논어와 닭[論語と鷄]」의 한국어 역은 「논어와 닭」, 송승석 역, 『식민주의, 저항에서 협력으로』, 도서출판 역락, 2006을 참조.

학을 전복하고 문예 대중화를 실현한다', '언론자유와 문예대회를 옹호한다', '우상을 파괴하고 새로운 삶을 창조한다'라고 소리 높여 외쳤다. 그들의 선명한 기치는 강렬한 저항정신을 뚜렷하게 드러냈다. 타이완 문예연맹은 전후(前後)로 중국어와 일본어를 병용한 잡지『타이완 문예』를 총 15호까지 발행했다. 장선체는 제2호의 권두언에서 타이완 문예연맹의 기본 정신을 다음과 같이 밝힌 적이 있다. "우리의 잡지는 절대로 '예술을 위한 예술'의 예술지상파가 아니다. '인생을 위한 예술'의 예술창작파인 것이다." 이와 같은 발언을 통해 보면 그들의 주장은 매우 감동적이지만, 어딘가 첨예한 이데올로기가 결여되어 있는 듯하다. 그리고 그들의 조직은 매우 산만하여, 사람들로 하여금 이 조직이 작가단체인지, 아니면 작가와 독자들이 함께 조직한 단체인지 여부를 헷갈리게 만든다.

『타이완 신문학』

훗날 위의 두 종류의 문예단체를 두고 양쿠이는『문학평론』에「타이완 문단의 현황」이라는 글을 실었다. 그는 타이완 문예작가협회와 타이완 문학연맹을 비판하고 동시에 타이완의 진보적 문학이 맞닥뜨린 사회의 문제와 문학대중화 문제를 지적했다. 그는 문학이 생활을 표현하는 수단이라고 한다면, 타이완의 신문학 운동은 '음풍농월'과 '무병신음(無病呻吟)'의 문학 유희를 깨끗이 제거하고, 온 힘을 다해 문학의 '고발'정신을 추구하며, 자연주의 문학과 같은 사회 암흑면의 세밀한 묘사를 배격하고, 대신 광명을 추구하여 사람들 마음속 깊은 '희망'(vision)을 환기시켜야 한다고 여겼다.

위에서 언급한 신념에 근거하여 양쿠이는『타이완 신문학』의 편집을 주관했다. 『타이완 신문학』은 총 14호 간행되었지만, 1937년 타이완 총독이 한문란의 금지를 명령하여 한문 간행물들을 통제했기 때문에 부득불 간행을 중지할 수밖에 없었다. 『타이완 신문학』은 「고리키 특집호」를 간행한 적이 있었는데 이로써 이 잡지에서 절박하게 추구하고 있는 사상과 의미를 알아챌 수 있을 것이다. 『타이완 신문학』의 주요 작가는 라이허, 양쿠이, 예룽중, 우신룽(吳新榮), 궈쉐이탄 등의 인물이 있었다.

일본어 작품

1930년대 말기에 이르러 여러 편의 일본어로 씌어진 뛰어난 작품들이 연이어 발표되었다. 양쿠이의 「신문 배달부」[18]를 위시하여 뤼허뤄(呂赫若)의 「소달구지」[19] 그리고 룽잉중(龍瑛宗)의 「파파야 마을」[20] 등 작품은 일본의 유명한 문학잡지에 실렸다. 이는 타이완 작가들의 일본어를 활용하고 제어하는 능력과 소설의 기법이 이미 일본 문단의 일류작가들과 어깨를 나란히 한다는 것을 증명했다. 물론 이것이 타이완 작가들의 영광인지 콤플렉스인지는 또 다른 숙고와 토론의 가치가 있는 문제이다. 여하튼 '개화기'에는 중국어로 작품을 쓰는 작

---

18) [역자주] 이 작품의 한국어 역은 총 3가지가 있다: 유중하 역, 「신문배달부」, 『중국현대문학전집 17: 야행화차 외』, 중앙일보사, 1989, 237-268면; 송승석 역, 「신문배달부」, 『식민주의, 저항에서 협력으로』, 도서출판 역락, 2006, 9-61면; 김양수 역, 「신문배달 소년」, 『양쿠이 소설선』, 지만지, 2013, 11-91면.

19) [역자주] 이 작품의 한국어 역으로 송승석 역, 「소달구지」, 『식민주의, 저항에서 협력으로』, 도서출판 역락, 2006, 63-106면이 있다.

20) [역자주] 이 작품의 한국어 역으로 송승석 역, 「파파야 마을」, 『식민주의, 저항에서 협력으로』, 도서출판 역락, 2006, 107-182면이 있다.

가이든 일본어로 작품을 쓴 작가이든 모두 리얼리즘 문학적 경향을 가졌던 것으로 보인다. 그들은 사회 내부의 갈등·대립·분쟁 등의 어려운 장면들을 자못 능숙하게 장악하였고, 온 몸과 마음을 다해 민족 해방을 위하여 노력하였다.

이 시기 특히 라이허의 창작력이 분수처럼 분출하였다. 양쿠이의 말을 빌려서 말하자면, 라이허에게는 '위대한 사상과 기개'가 있었다. 이 때 그의 소설 「낭만외기(浪漫外記)」, 「풍작」, 「말썽」, 「봄 연회에 다녀오다」, 「저울 한 개」[21], 「착한 변호인의 이야기」 등은 주로 식민자의 흉악한 맨 얼굴과 타이완 평민(농민)의 고난과 괴로움, 그리고 신·구 신사(紳士)들의 일본에 대한 반항 혹은 영합을 그려냈다. 그렇지만 라이허가 진심으로 관심을 가진 대상은 피해를 제일 많이 입은 농민이었다. 그는 통치수단의 어리석음과 약점을 묘사하면서, 동시에 잔악 무도한 통치는 영원히 존재할 수 없다는 긍정적인 태도를 보였다.[22]

저항 운동의 약진

일반적으로, '요람기'의 타이완 향토문학은 '6·3법 철폐운동', '타이완 의회 설치 운동', '타이완 문화협회' 등 자산계급 민족운동과 함께 발전하였던 것이다. 운동의 지도자는 부유한 지주계급과 지식인

---

21) [역자주] 이 작품의 한국어 번역으로 김상호 옮김, 「저울 한 개」, 『목어소리』, 도서출판 한 걸음 더, 2009, 45-64면; 김혜준·이고은 역, 「저울」, 『뱀 선생』, 지만지, 2012, 15-34면 두 가지가 있다.

22) [원주] 량징펑(梁景峯), 『하조』 6호, 「라이허는 누구인가?」 참조.

위주였고 량 임공(梁任公)[23)]의 영향을 많이 받았다. 그들은 타이완 민족운동은 아일랜드인이 영국에게 저항하는 방식을 본받아야 하고, 일본 중앙의 고관들과 긴밀히 교제하는 것으로 총독부의 타이완인에 대한 학정을 견제할 수 있다고 생각했다.[24)] 하지만 온유하고 우회적인 방법을 채택했기 때문에 그 후 이 민족운동은 일패도지(一敗塗地)하게 되었다. 완강한 적에게 이런 방식은 과도하게 '관대'한다는 것을 깨달아야 한다. 절대로 식민자가 민주와 자유를 아무런 대가 없이 피식민자에게 주는 일은 없다. 타이완 식민지 사회 내부의 갈등이 격화됨에 따라 구문화협회 등의 운동은 점차 쇠퇴하며 그의 역사적 사명을 완수했다. 이에 따라서 대두한 신세대 지도자들은 이미 역사적 교훈을 통해, 피를 흘리지 않으면 자유를 얻지 못한다는 도리를 잘 알고 있었다. 그들은 참신한 사조를 받아들이고 민족운동을 전개하는 새로운 방식을 학습하며 타협과 영합이란 단어를 버렸다. '개화기(開花期)'의 향토문학은 새롭고 풍부한 저항경험들을 충분히 반영했다. 따라서 이 시기의 문학은 강한 신념으로 식민자를 고발했으며 실제로 운동에 참여하는 뜨거운 열정도 지니고 있었다. 그러나 시대의 전환은 '개화기'문학에게 뼈아픈 일격으로 다가왔다.

'전쟁기'의 타이완 문학

1937년 '7·7사변'이 일어났다. 1939년에는 제2차 세계대전이 발

---

23) [역자주] 임공(任公)은 량치차오(梁啓超)의 호(號)이다.
24) [원주] 예룽중, 『타이완 민족 운동사』 참조.

발했다. 일본 식민자들은 한편으로는 대륙과 동남아시아에 대한 침략을 강화하고, 다른 한편으로는 식민지 타이완에서의 언론 및 타이완 인민의 사상통제를 서둘렀다. 민국 26년(1937) 한문 사용과 한문 간행물을 금지시키는 것을 위시하여 식민자들은 반제·반봉건적 사상에 대한 탄압을 강화했고 국민복 등을 장려했다. 뿐만 아니라 국어(일본어) 상용(常用), 창씨개명 등 일련의 황민화(노예화)운동을 추진하는 가운데 운동의 지휘중추인 '황민봉공회(皇民奉公會)'를 설립했다. 일본작가들은 국책에 호응해 연이어 '황민봉공회 문화부'와 '문학보국회 타이완 지부(文學報國會臺灣支部)'를 설치하는 것으로 한 걸음 더 나아가 타이완 작가들을 아예 족쇄로 묶으려고 했다. 당국의 지원 아래 성립된 '타이완 문예가협회'는 작가들의 자주적인 친목 단체를 표방했지만 솔직히 말하자면 그저 타이완 작가들에게 노예화의 새 옷을 입히고 식민자를 위해서 목숨을 내걸게 했던 것이다.

굴복

이와 같은 날이 갈수록 열악해지는 환경 속에서도 미래의 이상적인 사회를 투시할 수 있는 굳센 신념을 가지고 있다면 모르겠거니와, 동요와 항복은 피하기 어려운 것이었다. 이때에 일부 몇몇 타이완 작가들은 시니시즘적 도피를 하거나, 누군가는 비굴하게 일본에 알랑거렸지만 모든 타이완 작가들이 굴복했던 것은 아니다. '대동아 문학자대회'에 참석했던 타이완 작가들 중 누군가는 "황군에 감사합니다"와 같은 어리석은 발언을 하기도 했지만, 양원핑같은 경우에는 결코 그런 범범한 말을 하지 않았다. 그는 일본 작가 카타오카 텟페이(片岡鐵秉)의 알지도 못하고 마음대로 지껄이는 발언에 대해, 타이완 문학을 아는 일본 작가가 아주 적다는 사실을 지적하며 단칼에 피를 보는 예리함으로 정곡을 찔렀다. 그리고 진일보하여 당당하게 일본 정부에게 아시아 문학의 연구의 경비지원을 요구했다.

대립

전투의 북소리가 둥둥 울리는 가운데 작가의 심신에 채운 족쇄가 그토록 무겁다고는 해도 여전히 활동하고 있는 두 문학단체가 존재했다. 하나는 일본 작가 니시카와 미츠루(西川滿), 하마다 하야오(濱田隼雄), 이케다 토시오(池田敏雄), 그리고 타이완 작가 츄융한(邱永漢), 황더스, 룽잉중을 중심으로 하는 '문예 타이완' 집단이고, 또 다른 하나는 타이완 작가 장원환, 뤼허뤄, 우톈상(吳天賞), 왕비쟈오(王碧焦), 장둥팡(張冬芳) 그리고 일본 작가 나카야마 스스무(中山侑), 나와 에이이치(名和榮一), 사카구치 레이코(坂口襗子)를 위주로 한 '타이완 문학' 집단이었다. 그리고 이 두 문학집단은 '사상적으로 대립하는 양대 진영'을 형성하였다. 황더스는 『최근의 타이완 문학운동사』에서 아래와 같이 쓴 적이 있다: "위에서 언급된 두 잡지는 똑같이 타이완을 대표하는 문학잡지이다. 하지만 이 둘은 서로 완전히 다른 특색을 가지고 있다. 『문예 타이완』 구성원의 70프로는 일본인이고 구성원들이 서로 함께 위로 발전하는 게 유일한 목표인 반면, 『타이완 문학』의 구성원은 대부분 타이완인이었다. 그리고 그들은 타이완 문화의 전반적인 발전과 신인을 위해서 지면을 아낌없이 할애하였고, 진정한 문학을 갈고 닦을 수 있는 무대가 되기 위해 노력했다. 따라서 전자의 편집은 과도하게 미를 추구함에 따라 취미 성질로 변질 되었다. 언뜻 보기에는 굉장히 아름답지만 작고 정교한 것이 현실 생활과 동떨어져 있어서 일부의 높은 평가를 얻지 못했다. 『타이완 문학』은 이와 반대로 리얼리즘을 철저하게 실현했고 야성이 풍부하며 지면에는 '큰 포부'와 '강인'의 정신이 넘쳐흘렀다."

하지만 두 문학단체를 지배하고 있었던 사상의식 자체는 그리 첨예화되지 않았기에, 두 종류의 잡지가 '거기서 거기'라고 생각했던 사람들도 있었다.

억압 받는 자와 유랑자

강권통치의 억압 아래 양심 있는 작가는 겨울 매미처럼 입을 다물고 있거나, 아니면 어둠속에서 해방의 그날이 오기를 기대하면서 묵묵히 글을 쓸 수 밖에 없었다. 하지만 양쿠이는 「신문 배달부」에서 억압 받는 계급의 가슴 속 가득한 분노와 쓰라림을 드러냈다. 그리고 일본 작가 토쿠나가 스나오(德永直)는 이에 대해 진심으로 경탄하며 다음과 같이 말했다. "소설 속에 미국 자본주의가 인디언을 정복할 때의 피비린내가 가득 차 있다." 양쿠이는 결코 식민자에게 굴복하지 않았다. 그는 2막의 희곡 「덩기열(학질) 박멸」에서 덩기열의 박멸운동을 제창하는 척하면서 농민을 착취하는 고리대금업자 리톈거우(李天狗)의 몰골을 신랄한 풍자로 그려냈다. 비슷한 시기 또 다른 작가 우쭤류는 생명의 위험을 무릅쓰고 몰래 유명한 장편소설 『아시아의 고아』를 쓰고 있었다. 이 소설은 돌아갈 곳이 없는 타이완 지식인이 도처를 유랑하고 정처없이 헤메는 가운데 안정된 생활을 누릴 수 있는 곳을 찾아다니는 것을 묘사하였다. 하지만 타이완인은 정말로 돌아갈 곳이 없었던 것인가? 지식인의 이러한 방황과 소외감은 당시 모든 타이완 인민의 속마음이었던 것일까? 우쭤류의 이 소설은 틀림없이 정확하게 타이완 지식인의 정신적 경험의 노정을 그려냈고, 일본 식민자 통치 아래 타이완 인민의 고뇌와 괴로움 또한 언급했다. 하지만 가장 극심한 손해를 입었던 농민들도 같은 고뇌를 느꼈던 것일까? 사실 이들 노동자들은 이 소설에서 아무런 위치를 차지하지 못했다. 그들은 이러한 추방당하는 망명생활에 참여할 수 없어서 아마 이처럼 '사치스러운' 고뇌를 가져볼 겨를이 없지 않았겠는가?

타이완과 일본 작가의 통일과 대항

위의 두 문학단체 모두에서는 타이완과 일본 작가 간의 협력과 합작이 진행되고 있었다. 하지만 제2차 세계대전 중의 타이완-일본인 간의 합작관계에는 여러 가지 복잡한 근본적인 모순과 다원적 요소들로 인해, 식민자와 피식민자 사이의 메우기 어려운 간극이 끝까지 상존하고 있었다. 또한 민족성의 대립은 쌍방의 진정한 소통을 향한 의욕을 저해하였기 때문에, 합작은 더 높은 차원의 통합을 가져다주지 못했고 오히려 항상 불쾌하게 헤어지는 결과를 초래했다. 타이완 작가의 일본 경험은 대부분 고통스러웠고 불쾌했다. 그렇다고 일본 작가를 무조건 비난하는 것도 불공정한 것이다. 아주 적은 수이긴 하지만 일부 일본작가들은 확실히 안목과 배려심이 있었기 때문이다. 장량쩌의 글 「중리허(鍾理和) 작품 중의 일본 경험과 조국 경험」의 맺음말을 빌려 말하는 것이 아마 타당할 것이다. 그는 "근대 중국 민족의 액운은 중국 민족 스스로가 책임져야 할 것이다. 우리는 모든 잘못을 외래민족의 탓으로 돌릴 수는 없다"라고 적었다.

신세대 타이완 작가의 앞날

　신·구문학 논쟁으로 시작된 일제시대 타이완 향토문학은 제2차 세계대전의 포탄 세례를 받으면서 점차 와해되고 궤멸되었지만, 근본정신은 의연히 신세대 타이완 작가들에 의해서 계승되고 있다. 광복부터 지금까지의 30여 년 동안 이 땅의 문학은 줄기차게 발전해 온 것은, 그 정신이 영원불멸임을 마치 불사조처럼 잿더미 속에서 다시 날아 오른 것으로써 증명하였다. 하지만 30여 년 이래의 타이완 향토문학이 지향해 온 노선이 혹여 밝은 빛과 이상의 탄탄대로로 향하는 것일까, 아니면 좁은 문으로 향하는 것일까? 이는 확실히 깊이 생각해볼 만한 가치가 있다. 타이완 작가 중에서도 나이가 많은 축이 되어버린 나는, 응당 내 마음 깊은 곳이 고통스럽고 침통하다는 점을 말해야 할 것 같다. 한밤중 악몽에 깨어 고개를 숙여 회상할 때에, 참으로 밤이 길면 꿈이 많다는 생각을 금할 수 없다!

예스타오, 타이완 향토문학사 서론(1977)

초출: 민국 66년(1977) 5월 1일 『하조』 제14호
原載: 民國六十六年五月一日《夏潮》第十四期

'향토문학'의 맹점

　　최근, 예스타오(葉石濤) 선생의 역작 『타이완 향토문학사 서론』을
삼가 열람하였다. 이 글은 최근 2년 동안 혹은 1950년대 이래 나온
글에서는 쉽게 찾아볼 수 없는, 새로운 역사과학을 활용하여 문학을
논한 좋은 글이라고 생각했다.

　　이 글에서 예 선생은 타이완의 지리적·역사적 조건이 강제한 정신
생활에서, 타이완이 특수성과 동시에 중국적 일반성을 지녔음을 지
적하였다. 예 선생은 1945년 이전 타이완의 사회·경제사에서 제국
주의와 봉건주의가 타이완의 중국인민의 현실생활에서 가장 크고 끊
임없는 압박이었음을 말하였다. 따라서 반(反)제국주의, 반(反)봉건주
의의 주제는 과거 타이완 작가들이 항상 가장 많은 관심을 기울인 초

---

1)　[역자주] 천잉전(陳映真)의 필명.

206　·　2부 논전

점이었다. 예 선생 또한 그것으로부터 역사상 '타이완 문학'의 리얼리즘 전통은―타락했고, 사실(寫實)을 위한 사실이었던 자연주의와 다른―뚜렷한 개혁의식을 갖춘 리얼리즘이었고, 발자크의 작품처럼 강력하고 자발적이며 경향성이 있는 리얼리즘을 지녀야 한다고 지적했다.

하지만 이 글에는 작자 자신이 명확한 정의를 내리지 않은 '타이완 향토문학'이라는 중요한 논제가 남아있다. 『타이완 향토문학사 서론』이라는 제목은 사람들에게 타이완에 향토문학 이외에도 '민속문학', '도시문학' 등등의 다른 분류가 있는듯한 인상을 준다. 그리하여 작자가 그 중 특정한 범위에 속하는 '향토문학'의 역사를 서술할 것처럼 생각된다. 하지만 서론의 내용으로 봤을 때 작가는 욱영화(郁永和)[2]로부터 우줘류(吳濁流)에 이르는 기간, 즉 1940년대 이전 타이완의 중요한 문학작가와 작품을 모두 포괄했다. 사실상 이는 근대적인 재(在)타이완의 중국 문학사의 역사인 것이다. 그렇다면 소위 '타이완 향토문학사'는 실상 '타이완에서의 중국문학사'이다. 적어도 예 선생이 봤을 때 1945년 이전의 타이완 문학은 '향토문학'인 것이겠다.

타이완 신문학이 발생하던 사회환경은 식민지이자 자본주의 사회가 형성되고 발전단계를 밟고 있는 사회였다. 이 사회 한 편에서는 구식 봉건적 토지관계가 종말을 향해가고, 다른 한 편에는 반(半)봉건적 소농적(小農的) 토지관계와 일본 현대화의 독점자본이 동시에 병존하고 있었다. 일본 자본이 타이완을 농단한 주요 산업은 제당업이

---

2) [역자주] 욱영화(郁永和, 1645 - ?), 혹은 욱영하(郁永河)라고 쓴다. 타이완을 여행한 기록을 『비해기유(裨海記遊)』로 남겼다.

었다. 제당업은 농업과 깊은 관련이 있다. 당시 타이완 농민의 3분의 1이 일본 제당회사가 제공한 잉여노동, 즉 사탕수수 농사를 짓는 농민이었다. 다른 공업 분야에서 500명 이상의 노동자를 집결할 수 있는 공장은 거의 없었고 대부분 농업제조 부문과 긴밀한 관계가 있었다. 따라서 농촌과 농민은 당시 일본 제국주의 치하 타이완 사회의 물질적―그리고 인적―갈등의 초점이 되었다. 예 선생이 언급한 것처럼, 일제시기 타이완 작가들이 많은 관심을 갖고 집중했던 초점이 농촌과 농민이었던 것은 구체적 현실을 반영한 것이다.

그렇다면 일제시대 타이완 문학가들이 대부분 농촌과 농민을 창작의 소재로 삼았던 것이, 결코 작가 개인의 주관적 취향이 아니라 그 당시의 특정한 역사적 시기의 특정하고 구체적인 조건하의 문학의 임무였다고 가정해보자. 그리하여 만일 예 선생이 일본 식민지시기의 타이완 문학에 농촌과 농민이 등장하는 특징이 있기 때문에 타이완 문학을 '향토문학'이라고 부른 것이라면, 아마 '향토' 이상의 보다 실질적인 것을 표현할 수는 없을 것이다.

'향토문학'이라는 단어는 이미 수년간 계속해서 사용해왔다. 렌야탕(連雅堂)[3]으로부터 계산하면 이미 50여년이 되었다. 근래 문학·사상계에서 때마침 '향토문학'의 의미를 정리하는 작업이 전개되었다. 작년 중자오정(鍾肇政)은 "…소위 '향토문학'이라고 하는 것은 없다"라고 말했다. 그는 "모든 문학 작품이 향토적이다… 어떠한 작가라도 작품을 쓸 때에는 입각점이 있어야 하고 그 입각점이 바로 그의 향토

---

3) [역자주] 렌헝(連橫, 1878-1936)을 일컫는다. 그는 타이완 타이난[臺南] 출신의 역사학자, 시인, 타이완어학자로 저작에 『타이완 통사(臺灣通史)』(1920)가 있다.

이기 때문이다." 만일 누군가 향토문학을 '시골스럽고' '촌스럽다'는 시선으로 본다면 중선생은 이에 '동의할 수 없을' 것이다. 스쟈쥐(石家駒)는 '향토문학'이 농촌을 소재로 삼아 "아직 완전히 외래문화에 의해서 침식되지 않는, 혹은 광대한 농촌 지역에 거대한 발톱을 뻗은 외래문화에 대항하여 고통스럽게 … 저항하는 농촌인의 곤경 을… 반영했다"고 여겼다. 그럼에도 그는 "'낙후된'지역의 사람들을 가까이에서 관찰하고 반성하고 고찰하는 것, 강력한 외세의 범람과 지배사회 및 경제적 충격 아래 놓인 상황" 이라는 주제에서는 '향토문학'과 "기타 60년대의 수많은 젊고 걸출한 타이완 문학가들의 주제와 공통점이 있다"고 보았다. 그렇다면, '공통점'으로 인해 '향토문학'의 독특성은 상실된다.

왕퉈(王拓)는 '향토문학'을 지난 20여 년래 타이완의 '서구화 문학'과 대조시켰다. '서구화 문학'은 민족 풍격이 없고 타이완의 구체적인 사회생활과 유리되어 있으며 문학언어와 형식은 서구를 추종한다. 향토문학은 중국의 민족 감정과 타이완의 구체적인 사회생활을 드러내고 민중들이 널리 사용하는 언어를 통해 언어의 풍부한 보고(寶庫)를 추구했다. 왕퉈는 또한 진일보하여 향토문학과 이를 산생한 시대, 즉 1960년대 말부터 1970년대 초까지의 국내외 정치·경제적 조건을 통합해서 이해하고자 했다. 그리하여 확장된 시각으로 향토문학을 중국의 리얼리즘 문학을 구성하는 일부로 규정지었다.

참으로 그렇다. 시야를 넓혀보면 19세기 자본제국주의가 침략한 각각의 약소민족의 토지에서, 모든 저항문학은 모두 개별 민족의 특징을 갖고 있었다. 그리고 농업적 식민지의 사회현실 조건을 반영했기 때문에, 모두들 농촌 내부의 경제적·인적 문제를 관심과 저항의 초점으로 삼았다. '타이완' '향토문학'의 독특성은 아시아, 중남미, 아프리카 전체의 식민지문학의 성격과 함께 본다면 소실되고 만다. 그리고 전(全)중국 근대사의 반제(反帝)·반(反)봉건의 독특성 속에서 타이완 향토문학은 중국 근대문학 속에 통일되게 되며, 그것의 찬란하고 결코 제외시킬 수 없는 구성원으로 자리매김하게 된다. 타이완의 신문학은 중국의 5·4계몽운동과 밀접한 관련이 있는 백화문학운동의 영향을 받았다. 뿐만 아니라 전반적인 발전과정에서 중국의 반제·반봉건 문학운동과 밀접한 관련을 맺어왔다. 이는 또한 중국을 민족이 돌아갈 곳으로 지향하는 정치·문화·사회운동의 일환이었다. 저항시대의 타이완 문학 속에 있는 중국적 특징은 응당 예 선생도 관심을 갖는 것일 것이다. 하지만 그의 뛰어난 글에서는 크게 신경 쓰지 않았다는 느낌을 받았다.

저항시기 타이완 문학의 중국적 특징을 강조하지 않는다면, 그의 글에서 제기된 '타이완 입장'이라는 문제는 매우 애매해지고 이해하기 어렵게 된다.

'타이완 입장'의 가장 첫 번째 의미는 그저 지리학적 의미에만 한정하는 것이 낫다. 근대적·통일적인 중국 민족운동이 발생하기 이전, '타이완 입장'이라는 것은 중국의 자급자족, 농업과 수공업을 기초로 하는 사회경제적 조건이 보편적으로 중국 각지에 존재했던 것과 상응하는 것이었다.

그러나 일본이 타이완을 점령한 후 타이완 사회를 완전한 식민지 사회로 만들고 나서 '타이완 입장'은 정치적 의미를 가지게 되었다. 타이완의 사회갈등은 식민지 조건 아래에서의 민족갈등과 상통하는 것이었다. 사회·경제적으로 착취당하던 당시의 타이완 농민, 노동자와 시민계급은 민족적으로 봤을 때 절대다수가 한(漢)민족이었다. 반면 사회경제적으로 착취하며 지배적 위치에 자리 잡고 있었던 자본가들은 민족적으로 봤을 때 압도적으로 일본인들이었다. 압박을 당하는 쪽은 '타이완(인) 입장'에서 '일본(인) 입장'과 대립하기 시작했다.

다음과 같은 입론이 나온 적이 있다. 타이완이 일본 식민지로 전락한 다음 일본은 타이완에서 사회·경제의 자본주의로의 개조를 진행했다. 일본 이전의 반(半)봉건 사회에서 일제시대의 자본주의 사회로 진입하게 되었다. 타이완의 자본주의 사회가 형성되는 과정에서 근대적 신도시가 발전하기 시작했고 새로운 근대도시에 집결했던 것은 과거 봉건적 타이완과 아무런 관계가 없는 한 무리의 시민계급이었다. 이들은 감정적·사상적으로 농촌적이고 봉건적이었던 타이완의 전통과는 관계가 없었으니, 농촌적이고 봉건적인 타이완의 근원―중국과의 관계에서 벗어나게 되었다. 일본제국이 타이완에 행한 자본주의 개조과정에 상응하여 새롭게 발전하기 시작한 시민계급과 동시에 일종의 근대적·도시적인 시민계급의 문화가 나타났다. 그러므로 새로운 의식―바로 소위 '타이완인 의식'이―생겨나기 시작했다는 것이다. 입론자는 이를 이른바 '타이완의 문화 민족주의'로 추론하여, 타이완인은 비록 민족학적으로 한민족이지만 위에서 언급했던 이유로 중국과는 다른 타이완 자신의 '문화적 민족주의'를 발전시켰다고 주장했다.

이는 꽤나 신경 써서 만든 분리주의의 의론이다.

먼저 일제시대 타이완 자본주의 개조의 실체를 보도록 하자. 일본은 타이완을 점령한 후 지적(地籍)정리, 삼림·늪지의 국가 관리, 부세

법률의 개혁, 토목 공사의 진행, 농산품—호우라이마이[4], 사탕수수, 고구마—의 상품작물화와 품종개량, 지주계급의 봉건적 특권의 중앙집권 정부로의 회수—즉 지방에서 지주의 정치·법률·경제의 독립적 권력의 회수, 제당공업에서 일본 자본의 독점, 농민의 임금노동자화… 등을 진행하여 타이완 사회를 확실히 동시대의 대륙 중국과 '다른' 사회 단계에 진입시켰다.

하지만 우리는 위의 모든 변화에 내재된 식민지적 성격을 보아야 한다. 기본적으로 일제시대 타이완의 자본주의화에는 상한선이 있었다. 그것이 바로 일본 제국주의 경제권에서 줄곧 '공업 일본, 농업 타이완'의 속박 아래 있었다는 것이다. 일제시대 타이완의 공업은 전반적으로는 발전되지 못했고, 대개는 농업 제조 부문과 분리될 수 없었다. 예컨대 당시 가장 큰 공업, 즉 일본 자금의 제당공업은 공장의 규모도 크지 않았고, 타이완의 제당산업은 사탕수수를 생산하는 광대한 농업 부문을 제외하고는 상상할 수 없는 것이었다.

또 당시 타이완적(籍)의 자본가에 대해 말하자면, 야나이하라(矢內原)의 연구는 그들 대부분이 과거의 봉건적 토지자본으로부터 변신한 것임을 보여 주었다. 토지자본과 무관한 자본가는 친일파였거나 주식투기자였을 뿐이다. 더욱 중요한 것은, 타이완적의 자본가들은 그저 이윤을 분배받는 권리만 있었고, 직접적인 경영과 관리에 있어서는 소외당했다는 것이다.

이렇게 봤을 때 일제시대의 타이완은 타이완이었을 뿐이고, 농

---

4) [역자주] 호우라이마이[ほうらいまい; 蓬萊米]는 일본인 이소 에이키치(磯永吉) 등이 개량하여 타이완 총독부에서 보급한 쌀 품종이다.

촌―도시가 아닌―경제가 전체 경제에서 중요한 역할을 하고 있었다. 그리고 농촌은 바로 '중국의식'이 가장 완강했던 근거지이다. 또한 도시에서도 타이완적 자본가들이 일본 식민자에 의해서 경제적·정치적으로 압박을 받고 있었기 때문에 반일 사상과 행동이 존재했다. 일반적으로 도시의 중소자본가 계급이 참여하고 주도했던 항일운동에서 중국인 의식을 민족 해방의 기초로 삼지 않은 적이 없었다. 이상의 사실은 일제시대 타이완의 민족운동과 문학운동에 익숙한 사람이라면 잘 알고 있는 사실이다. 따라서 이 단계의 '타이완 의식'은 예 선생이 번거로움을 마다하지 않고 확고부동하게 지적한 '반제·반봉건'의 내용뿐만 아니라, 중국을 지향하는 민족주의 성질을 지녔던 타이완의 반제·반봉건의 민족·사회·정치 및 문학운동과 불가분의 관계였던 것을 간과해서는 안 된다. 만약 예 선생의 '타이완 의식'론이 타이완 이 땅에서, 식민지사회라는 역사단계에서 타이완의 중국인민이 제국주의와 봉건주의를 반대하고, 국가의 통일과 민족자유를 추구했던 각종 정신의 밟아온 길을 내용으로 삼는 것이라면, 그것은 중국 근대사에서 중국의 독립과 중화민족의 철저한 자유를 추구했던 운동의 일부라고 할 수 있다. 국부적(局部的)인 관점에서 보자면, 곧 일본 침략자에 대항한다는 측면에서 문제를 본다면, 일본과 그들과 결탁한 타이완 내의 봉건세력에 대항하는 것이 '타이완 의식'이 된다. 하지만 전체 중국의 판도에서 이 '타이완 의식'의 기초는 바로 야무지고 굳센 '중국 의식'이 될 것이다.

어쩌면 예 선생은 타이완 문학의 중국적 성격을 일종의 '자명한' 것으로 인식하여, 신경 써서 자세하게 논술하지 않았을 지도 모른다. 필자는 국내외 타이완의 문학에 대한 관심이 날로 늘어가는 것을 보며, 예 선생의 글을 읽고 느낀 바가 있어 조잡한 감상을 문장으로 만들어 보았다. 타이완 문학에 애정과 관심을 가진 각계에서 더욱 진일보한 토론이 이루어지기를 소망한다.

타이완의 중국 신문학은 반세기를 넘는 시간 동안 가시밭길을 걸으면서도 완강하게 성장하며 꽃을 피워냈다. 근 25년 이래 신세대 타이완의 중국 문학 작가들은 잠시 덤핑으로 수입되어 들어온 미국과 일본의 문학에 지배당했었지만, 최근 식민지시대 타이완 선배 작가들의 재평가와 재인식을 시작했다. 선배작가들의 역사에 대한 책임감, 야만적이고 어두웠던 현실과 의연히 대결했던 기백, 그리고 문학 소재의 사회성, 민족성과 리얼리즘의 전통이 신세대 작가들의 능숙한 중국어와 방언 등과 융합하는 것을 보면 우리는 십분 낙관적인 태도로 타이완 문학을 긍정할 수 있을 것이다. 그들은 반드시 더 좋은 성과를 배출할 것이고, 중국 문학 전체를 위하여 우리가 응당 공헌해야 할 부분에 공헌할 수 있을 것이다. 특히 이 지점에서 우리는 예 선생이 어째서 '신세대 타이완 향토문학' 작가의 장래에 대해서 말만 꺼내고 상세하게 말하지 않으며, 보기만 해도 몸서리쳐지는 듯 비관적이었던 태도를 유지했는지 도무지 이해할 수가 없다.

쉬난춘, '향토문학'의 맹점(1977)

초출: 민국66년(1977) 6월 『타이완 문예』 혁신 제2호
原載: 民國六十六年六月 《臺灣文藝》革新第二期

민족주의와 식민지 경제를 말한다

– 후츄위안(胡秋原) 선생 방문기

하조월간(夏潮月刊)

경제문제

문: 최근 타이완의 문화계에서의 문학과 기타 문화견해에 대한 논쟁은 주로 타이완의 경제구조를 어떻게 볼 것인가 하는 관점의 차이에서 기인하였습니다. 특히, '타이완은 식민경제다'라는 견해가 더욱 더 격렬한 반응을 일으켰습니다. 이에 대해 후(胡) 선생님께서 '식민경제'가 무엇인지 설명해주실 수 있을까요?

답: 식민경제는 당연히 식민지경제를 가리키는 것입니다. 제국주의자들과 식민지의 관계를 들어 말하는 것으로 제국주의자의 통제를받는 경제입니다. '제국주의'라는 것은 한 나라가 외국의 땅과 사람들을 통제하는 정책을 말합니다. 산업혁명 이후 세계의 주요한 현상이 되었습니다. 이것은 공업국가의 농업국가에 대한 침략이라고 말할 수 있습니다. 원료와 시장을 획득하는 것을 주목적으로 하여 비

경제적인 정치·군사·외교·문화 등의 수단을 동원하여 다른 나라의 경제를 통제하는 것으로, 자국의 원료 공급지를 확보하고 다른 국가가 자신의 화물을 판매하는 시장으로 삼는다. 이것은 카를 카우츠키(Karl Kautsky)의 제국주의에 대한 정의입니다. 홉슨(John Atkinson Hobson)·루돌프 힐퍼딩(Rudolf Hilferding)·로자 룩셈부르크(Rosa Luxembrug)는 특히 제국주의가 낙후된 국가에게 행하는 자본수출의 작용에 관심을 두었습니다.

예를 들어 과거 외국인들이 중국의 철로를 건설하는 데 투자하였습니다. 철로 또한 자본으로, 철로와 부근의 광산의 권리가 자연히 그들의 소유가 되었습니다. 또 옛날의 브리티시 아메리카 토바코는 "중국의 담뱃잎으로, 중국인의 손으로, 중국에서 만듭니다"라고 광고를 내보내며 중국에서 대규모의 덤핑 판매를 진행했습니다. 이것은 제국주의 자본수출의 가장 표준적인 사례입니다.

제국주의자와 식민지의 관계는 국가단위의 자본가-노동자 관계입니다. 제국주의 국가의 사람들은 자본가이고, 식민지의 사람들은 노동력을 제공합니다. 불평등조약은 도구이고, 군사력은 최후의 무기입니다. 둘 사이의 중개인 역할을 하는 것이 매판계급입니다.

제2차 세계대전 이후 영국·프랑스 양국은 아시아, 아프리카의 많은 식민지들을 독일에게 빼앗겼습니다. 인도, 싱가포르, 홍콩 등의 아시아 식민지는 일본에게 점령당했습니다. 마지막에 미국, 러시아가 최후의 반격을 행해서 일본의 식민지는 하나하나 와해되어 대부분 독립을 얻었습니다. 그러므로 우리는 제국주의의 식민주의는 제2차 세계대전 후에 이미 종언을 고했다고 말할 수 있습니다.

과거의 식민지들은 오늘날의 제3세계를 구성합니다. 그러나 제2차 세계대전 이후 또 다시 신제국주의와 신식민주의의 용어가 생겨났습니다. 과거 제국주의의 식민지와 현재 제3세계를 비교해본다면 어떠한 차이가 있을까요? 빈부격차가 이전보다 훨씬 커져 부국은 더욱 부유하게 되고, 예전에 식민지였던 나라는 더욱 가난하게 되었습니다. 제3세계는 비록 정치상으로는 독립하였지만 경제상으로는 아직 독립하지 못했습니다. 소위 신제국주의, 신식민주의는 곧 자본주의의 미국, 서유럽, 일본과 사회주의의 러시아를 가리킵니다. 그들은 군사력과 경제원조, 정치개입이나 기술합작의 구호를 통해, 제3세계와 경쟁하고 제3세계를 수탈합니다.

오늘날 세계에는 3종류의 국가가 있습니다. 선진국, 개발도상국(타이완도 여기에 속합니다), 그리고 미개발국입니다. 선진국은 더욱더 부유해지고, 개발도상국과 미개발국은 보통 제3세계로 불립니다. 당연히 오늘날 제3세계에도 부유한 국가가 있습니다. 사우디아라비아라든가 쿠웨이트 등은 석유가 있기 때문에 부유해졌고 그들의 1인당 평균소득은 미국보다 높다고도 합니다(그렇지만 소수의 상류계급과 추장들만 부자일 뿐입니다). 다른 지역의 사람들, 이를테면 인도, 파키스탄, 에티오피아 등에는 아직도 종종 굶어죽는 사람이 있어 혹자는 제4세계라고 칭하기도 합니다. 그렇다면 왜 많은 식민지들이 정치적 독립을 이룩했는데도 이처럼 가난할까요?

첫째, 과거의 압제 하에서 정치·경제의 경험이 부족했기 때문에 비록 지금 제국주의가 떠나갔다 하더라도 경제적으로는 습관적으로 과거 식민모국에 의지하고 있기 때문입니다.

둘째, 국제무역 때문입니다. 사람들은 국제무역이 낙후된 국가의 경제성장을 촉진한다고 말합니다. 그러나 사실은 그러한 단계에 접어들 수는 없습니다. 선진국과 낙후된 국가 간의 무역은 여전히 개발 중인 국가에게 불리하게 되어 있습니다.

가장 먼저 이 문제에 대한 과학적 연구를 진행한 것은 라틴 아메리카의 경제학자 라울 프레비시(Raúl Prebisch)입니다. 그는 UN에서 발표한 보고서에서 간단히 한마디로 상황을 정리했습니다. 선진국과 개발 중인 국가의 무역조건은 불평등한 것이다. 왜냐하면 개발 중인 국가의 초급산품 수출에 대한 수요는 날이 갈수록 감소하며, 그들이 선진국으로부터 공산품을 수입해야하는 필요성은 날이 갈수록 증가하기 때문이다. 그리하여 국제무역이 확대될수록 다만 부유한 나라와 가난한 나라간의 빈부격차가 커질 뿐이다. 스위스의 군나르 뮈르달(Karl Gunnar Myrdal)과 인도의 한스 싱어(Hans Singer) 또한 이 견해에 관해서 많은 보충을 했습니다. 최근의 남북회의에서는 선진국과 낙후된 국가 간의 무역불평등 문제가 논의되었습니다. 선진국은 설비·경영 등 모든 사정이 좋은데다가 자본도 충분합니다. 게다가 기술도 앞서 있어 원료대체품을 만들어 낼 수 있고, 동시에 식료품의 소비 또한 수입(收入)의 증가에 영향받지 않습니다. 결과적으로 개발 중인 국가들은 이러한 외부의 병목현상을 넘어설 방법이 없습니다. 예를 들어 아랍 국가들의 석유가격이 한번 오르면 경제위기가 일어나고, 선진국으로부터 비난과 위협을 받습니다. 그러나 그들은 말합니다. 만일 우리들(낙후국)의 원료가격을 올리면 안 된다면, 당신들(선진국)의 공업산품 가격은 왜 오르는 것이오? 이 또한 일리가 없지 않은 말입니다.

우리 타이완에도 일부 유난히 부국들 편을 드는 말을 하는 사람들이 있습니다. 그들은 어떻게 해야 무역조건의 평등, 기술의 진보를 이끌어낼 수 있는지는 알지 못한 채, 그저 "우리는 수출할 수 있고, 우리는 돈을 벌 수 있다!"는 말만 반복합니다. 우리가 배 10척 가득 신발을 만들어 수출하더라도, 선진국은 보잉 항공기 한 대로 다 회수해간다는 사실을 모릅니다. 선진국이 한 대의 컴퓨터를 팔 때에, 우리는 배 10척 가득 면직품을 채우기 위해 10만의 공인을 투입해야 합니다. 우리는 매달 그저 2, 3천 위안(元)을 벌기 위해 한해 내내 고생하고 피땀 흘리지만, 선진국들은 손쉽게 회수해갑니다. 오늘날 개발 중 국가들의 수출품은 대부분 원료이거나 가공품입니다. 그들의 기계와 기술은 모두 선진국에 의존합니다. 솔직하게 말해서 공업국가가 농업국가를 침략하는 것은 고급 공업국가가 저급 공업국가를 침략하는 것과 똑같습니다. 현재 '기술 제국주의'라고 하는 명사는, 과거에 그들이 군사력과 불평등조약을 이용하여 그들의 재산을 보장하였다면 오늘날에는 그럴 필요 없이 그들의 우월한 기술력을 가지고 노하우를 가르쳐주지 않음으로써 여전히 우리의 경제를 통제하고 노동력을 수탈하는 것을 말합니다. 그러므로 오늘날의 식민지 경제는 기술 제국주의로써 고급 공업국가가 저급 공업국가를 침략하는 것을 일컫습니다.

문: 그러한 관점에서 본다면, 선생께서는 타이완의 경제구조가 식민지 경제 형태에 속한다고 보고 계신 것은 아닌지요?

답: 제3세계 전체를 통틀어 볼 때에, 독립적인 과학기술을 확보하는 날이 오지 않는다면, 식민지 경제 형태에서 결코 벗어날 수 없을 것입니다. 생각해 보십시오. '중일(中日) 기술합작'이란 무슨 소리입니까. 독립된 기술을 가지지 못했는데 무슨 기술을 말할 수 있겠습니까.

'기술합작'이라는 것은 그냥 가공(加工)일 뿐이지요! 대개 노동력을 많이 투입하는 것은 우리가 하고, 고급 기술을 필요로 하는 것은 그들이 합니다! 이것은 오늘날의 표준적인 제국주의와 식민경제의 공식입니다. 위룽[裕隆] 자동차[1]가 그들과 합작을 한다고 합니다. 듣기로 우리의 부품자급률이 60%라고 하는데, 그렇지만 만들 수 있는 것은 차체, 차륜뿐이고 인플레이터와 엔진은 남의 것을 얻어다 씁니다. 하루 종일 망치를 두드려봤자 노동력만 헌납하는 꼴입니다. 노동력밖에 낼 수 있는 것이 없기에 노동력이 높은 비중을 차지하고, 남의 기술을 빌려다 쓰기 때문에 스스로 번 돈의 대부분을 다른 사람에게 갖다 바치게 됩니다. 다른 사람을 위해서 노동력과 서비스를 바치는 것이야말로 식민지경제입니다. 식민지경제는 다른 사람에게 의존하는 경제로 독립할 수 없는 경제입니다. 이는 달리 말하면 큰 이익은 다른 사람에게 바치고, 자기는 노동력만 파는 식민지 경제입니다.

과거의 제국주의의 식민지시기에도 외국인들이 중국인들을 고용해서 자신의 제품을 만들었습니다. 중국인들은 노동력이라도 팔아야 했지만, 죽 쒀서 개 준 꼴입니다. 오늘날 우리는 이미 불평등조약을 철회시켰고 독립국가를 이루었습니다. 그렇지만 우리는 이러한 조건을 이용해서 기술과 민족자본을 발전시키지 않는 이상, 외국의 기술을 벗어날 수 없어 경제독립을 이를 수 없습니다. 결과적으로, 무역수지는 적자입니다. 과거 쑨중산(孫中山)[2] 선생께서는 중국이 매년 은

---

1) [역자주] 위룽 자동차[裕隆汽車]는 일본 닛산자동차의 타이완 파트너이다.
2) [역자주] 이 글 원문에는 국부 쑨원(孫文) 및 장제스(蔣介石)가 나오는 경우, 과거 한문학의 전통에서 군주의 이름이 나올 경우 기휘(忌諱)한 것처럼, 이름 앞의 글자 두 칸 정도 공간

전 15억의 무역수지 적자를 보는 것을 이미 큰일이라고 생각하시고, 중국은 돌이킬 수 없는 망국의 길로 가고 있다고 하셨습니다. 지금 우리 타이완 한 성(省)의 매년 무역수지 적자는 최대 15억 달러에 달하니 어찌합니까? 그런데도 우리는 아직도 '중일기술합작'의 간판을 걸어놓고 영광으로 알며 고작 가공 수출하는 것을 묘책으로 알아 타국의 자본수출과 수입을 도와주면서 제국주의의 이익에 협조하고 있습니다.

이러한 식민지 경제의 기초 위에서 현재 일본인들은 계획적으로 우리를 압박에서 벗어나지 못하게 하고, 자립하지 못하게 하고 있습니다. 과거에 일본인이 돈을 버는 것을 도운 이들이 있어 매판경제를 구축하였습니다. 오늘의 타이완 경제에도 또한 매판경제가 남아 있습니다. 마쓰시타, 혼다 자동차 등 회사의 대리점들이 곧 매판자본입니다. 당연히 우리에게도 약간의 민족자본이 있습니다만, 의심할 바 없이 매판자본이 이미 대다수를 차지하고 있습니다. 정리하자면, 타이완은 식민지경제의 구성요소를 가지고 있습니다.

문: 그러한 식민지경제가 타이완의 사회·문화에 어떠한 영향을 끼쳤을까요?

답: 제가 생각하기에는 두 가지 가장 큰 해악이 있습니다. 첫 번째로는 경제에 매판적 요소가 갈수록 증가하여 우리 민족경제의 독립과 그것의 완전한 발전에 영향을 끼치는 것입니다. 지금 우리가 왜 과학

이 공백처리 되어 있다.

을 공부하고, 교육을 해야 할까요? 무엇보다도 바로 우리 국가를 더 잘 추슬러 무엇보다도 완전한 독립을 이루기 위해서입니다. 현재 외제를 쓰는 것에 옴짝달싹 할 수 없이 눌려 있어, 우리는 우리의 과학을 쓰지 않고 으레 외국의 것을 쓰려하고, 온 나라의 건설 자체가 제약을 받게 됩니다. 중국 공산당은 초기 러시아에 의존했었지만 러시아 사람들이 그들을 잡아먹으려고 하자 중공은 반발하였고, 러시아인들은 그들의 기술자들을 곧바로 철수시켜 일시적으로 많은 공장을 쉴 수밖에 없었습니다. 내가 봤을 때, 하루라도 타인에게 기댄다면, 영원히 스스로 일어설 수 없습니다. 그 다음으로는 경제적으로 타국에 의존하여 독립할 수 없기에, 결과적으로 경제적 해외의존이 서양의 것을 숭배하고 외국에 아첨하는 풍조를 불러온 것입니다. 외국인을 졸졸 따라다니며 그들과 함께 돈을 벌 궁리만 합니다. 그래서 정치적으로도 외국파를 발생시키게 됩니다. 외국인의 재산은 중국인으로부터 나온 것이 아닙니까? 거기에 외국인들은 중국에서 번 돈으로 중국인을 사서 부릴 수 있습니다. 더 나아가 서양의 것을 숭배하고 외국에 아첨하는 분위기 속에서 문화는 날이 갈수록 부패해갑니다. 예를 들어, 신문이란 무엇입니까? 신문은 국민의 목소리요, 민족의 양심이니 외국인이 건드릴 수 있겠습니까? 그런데 그들은 기어코 광고를 가지고 조종합니다. 이 내용은 싣지 않는 것이 좋겠소. 이 문장은 싣지 마시오. 만일 올린다면 광고를 내지 않겠소! 생각해보십시오. 한 나라의 신문이 독립할 수 없는 채로 온 여론이 서양의 것을 숭배하고 외국에 아첨하고, 자신의 정부와 국민을 위해 발언할 수 없다면 그런 신문여론의 값어치는 몇 푼이나 되겠습니까? 그리고 요즘 오직 살인사건이나, 색정적인 선전이나, 일확천금의 방법만 싣고 신문사 사장의 돈벌이만 걱정하는 신문도 있습니다. 그런 신문은 간접적으로 사회의 사치하는 풍조와 정치적 부패에 물들어 날이 갈수록 더 나빠집니다. 그러나 한 나라에 그렇게나 많이 횡령될 만큼의 재부는 없습니다. 한 나라의 공업이 홀로설 수 없고, 경제상황도 좋지 못한데 외국 것만 좇고, 사치와 배임·횡령이 횡행한다면 생각해보십시오, 나라가 얼마나 심각한 위기에 빠진 것입니까? 이처럼 일정한 시기를 지나면 타이완은 경제적 식민지로부터 정치적 식민지로 전락할 것입니다. 일체의 제국주의의 목적은, 돈을 벌기 위한 것입니다. 오늘날 세계의 제국주의는 이제는 전쟁을 이용해서 다른 나라를 점령하지 않습니다. 대신 '평화' 혹은 경제'합작', '교류'의 수법을 쓰는 것으로 바뀌었습니다. 전쟁이 왜 필요합니까? 만일 전쟁을 한다면 적 1만 명을 죽이더라도 자신이 3천 명의 손해를 보게 되니, 경제적 '합작'을 내세워 상대방으로 하여금 흔쾌히 망국의 고통을 알지 못하게 하는 것입니다! 마지막으로 주의를 기울여야 할 것은, 일본은 그들의 안전보장과 정치적 야심을 위하여 반드시 타이완 해협을 통제하려 들 것이고, 그렇게 하기 위해서는 반드시 타이완을 조종해야 합니다.

문: 식민지 경제가 타이완에 끼치는 위해가 그렇게 크다면, 후 선생께서는 타이완은 앞으로 어떻게 해야 이와 같은 경제 형태에서 벗어날 수 있다고 생각하십니까?

답: 지금의 급선무는 삼민주의를 실행하는 것입니다. 민족주의는 전체 중국 인민을 단결시키는 것으로, 자립자강하여 결코 외국에 의존하지 않으며 외국으로부터 모욕을 받지 않는 것입니다. 전 민족이 독립하게 되면 국민들 스스로 주인이 될 것입니다! 민권주의는 곧 전

중국인 사이의 평등입니다. 그로 인해 전 민족의 단결이 공고해질 것입니다. 민생주의는 국가의 공업, 민족공업의 발전을 요구하는 동시에 식민지경제로부터의 탈출입니다. 쑨중산 선생께서 말씀하셨습니다. 삼민주의는 전 중국 민족을 단결시켜 하나의 독립자주의 국가를 만드는 것이라고. 중국의 존망문제는 우리가 공업을 발전시키는 것에 있습니다. 여기에 반드시 기술상으로도 외국을 따라잡는 것이야말로 중국 건국 및 입국(立國)의 기본원칙입니다. 그러나 쑨 선생께서는 삼민주의를 실행하고 제국주의에 반대해야 한다고 하셨는데, 오늘날 그럴 수 없다고 하는 사람들이 있습니다. 최근의 몇 년간 몇몇 가짜 학자들이 민족주의는 시대에 뒤떨어진 것이라고 합니다. 그들은 지금이야말로 민족주의의 세기임을 깨닫지 못하고 있습니다. 얼마 전 펑거(彭歌) 씨는 제국주의를 반대하는 것이 곧 반공(反共)을 하지 않는 것이라고 말하였습니다. 그는 애초에 왜 반공을 해야 하는지도 모릅니다. 낙후된 국가는, 무엇보다도 우선 민족주의를 확고히 하여 자주적인 독립의 길을 걸어가야 합니다. 소련의 마르크스-레닌주의의 길을 걷는 것도 안 될 일이요, 서방 제국주의와 미국인, 또는 일본인의 길을 걷는 것도 불가입니다. 그것들은 모두 신식민주의의 길입니다. 두 가지의 길 모두 불통의 길로, 우리는 우리 민족의 길을 걸어가야 합니다. 대륙의 공산당은 아직까지 마르크스-레닌주의의 길을 걷고 있지만, 우리는 반드시 대륙의 동포들과 연계하여 마르크스-레닌주의로부터 해방시켜야 반공구국(反共救國)을 이룩할 수 있을 것입니다. 만일 지금 일본, 미국인에게 기대어 식민지의 길을 생각한다면 무슨 자격으로 반공을 이야기하겠습니까?

다음의 급선무는 절대로 통화팽창을 해서는 안 된다는 것입니다.

한번 통화팽창을 하면 민생이 파탄나고 맙니다! 스스로 혼란과 분열을 초래하는 것입니다. 낙후된 국가의 경제는 아무나 와서 함부로 다뤄서는 안 됩니다. 최근 고액권 발행을 주장하는 인사들이 있습니다. 고액권 발행의 이유가 인쇄비용도 작고, 대(大)상인들의 교역을 돕기 위해서라고 합디다! 멍청이가 아니라면, 남을 해칠 뜻을 품고 있는 것입니다.

세 번째로는 아주 견실한 계획을 가지고 과학기술을 발전시켜야 한다는 것입니다. 우선은 자신의 기술을 가지고 일본인의 기술을 대체하는 것만으로 매년 15억 달러를 벌 수 있습니다. 두 번째로는 자주국방의 실현입니다. 최근 칭화대학에서 전기자동차를 선전하고 있는데, '신(新)발명'이라고 합디다! 이런 것은 외국에서 이미 몇 년 전에 있던 것입니다. '전기 자동차'는 그리 새로운 물건도 아니고 그냥 자동차 안에 많은 전지를 채워 넣은 것인데 어떻게 감히 '발명'이라고 합니까? 뭔가 새로운 전지를 만든다든지 하는 것이 있어야 발명이라고 말할 수 있는 것입니다. 우리가 과학상 자립한다는 것은 그리 쉽지 않은 일입니다. 그렇지만 이러한 목표가 없다면 영원히 외국의 통제를 받게 됩니다. 예전에 우리는 원자력을 연구하여 거의 성공이 목전에 다다랐을 무렵, 미국인에 의해서 설비를 철거당하고 더 이상의 발전을 허락받지 못했습니다. 그러므로 저는 말합니다. 한 나라의 과학기술이 홀로 서지 못하면, 그 국가에는 생존의 보장도 없는 것입니다!

네 번째 임무는 낙후된 국가의 경제발전은 일정한 계획이 있어야 한다는 것입니다. 전문연구기관을 만들고, 경제전문가를 길러내고 자료를 수집하여 정보를 막힘없이 통하게 하여 국가와 중국인을 위해 일심협력하여 돈을 벌게 합니다. 경제발전은 머리를 써야 하는 것으로, 꼼수로 되는 것이 아닙니다. 남들은 부자나라인데, 우리나라는 가난합니다. 그렇지만 외국의 부자나라 안에도 부자와 가난한 사람이 있습니다. 고전주의 경제학은 외국 부자의 경제학이고, 사회주의는 가난한 사람의 경제학입니다. 물론 그들의 가난한 사람과 가난한 나라인 우리는 같지 않습니다. 우리는 한 때는 마르크스에 미혹되어 대륙을 잃었습니다. 오늘날에는 많은 이들이 케인스(John Maynard Keynes)에 홀려 있습니다. 소비와 낭비가 생산을 자극할 수 있다는 이론입니다. 그것은 뚱뚱한 사람의 경제학입니다. 우리같이 빼빼마른 가난한 나라가 낭비한다면 어떻게 돈을 모으겠습니까? 마지막으로 이야기해야 하는 것은 오늘날 타이완은 어딜 가도 자연환경을 파괴하고 있다는 것입니다. 날마다 그럴 필요가 없는데도 땅을 파고, 숲을 불태우고 제방을 짓고 거기에 더 나아가 무슨 페이추이[翡翠] 계곡 저수지를 짓는다고 합니다. 그야말로 환경파괴입니다. 4시간 동안 비가 오고 나면 온 세상이 물난리가 납니다. 예전의 루저우·싼충[瀘州·三重]지역은 홍수가 나도 별일이 없던 지역이었습니다만, 스먼[石門] 저수지를 짓고 나서는 매번 홍수 때마다 해를 입어 종내에는 소금땅이 되고 말았습니다. 그런데도 또 무슨 하이푸[海埔] 간척지를 만든다고 합니다. 솔직한 이야기를 하자면 타이완은 넓은 땅이 아닙니다. 우리는 응당 이 곳의 자연환경을 지키고 생태계를 보존해야 합니다. 자연은 우리 생존의 기반입니다. 기반이 없어지면 무슨 건설을 말할 수 있겠습니까?

문화문제

문: 최근 적지 않은 사람들이 문학에 민족성이 있는지 없는지에 대해 의문을 제기하는데요, 후 선생님의 의견을 들려주십시오.

답: 무엇을 가리켜 민족이라고 합니까? 우리는 자연스럽게 혈연관계를 들어 이야기합니다. 다만 언어·문자가 있어야 진정한 민족의 중요조건을 충족한다고 할 수 있습니다. 언어·문자가 있어 문학이 있을 수 있고, 그 다음에 민족이 있습니다. French가 프랑스어이면서 프랑스인을 가리키는 것처럼, English는 영어이며 영국인이고, Chinese는 중국어이고 또한 중국인입니다. 그런 다음에야 French Literature, English Literature, Chinese Literature가 생겨날 수 있습니다. 그래서 저는 민족, 언어, 문자, 문학이 다 구비되어야만 민족이 될 수 있다고 생각합니다. 만일 우리가 영국문학, 독일문학, 러시아 문학, 중국문학을 비교해 본다면 문학과 민족의 관계를 알 수 있습니다. 마치 닭이 달걀을 낳고, 달걀이 닭이 되는 것처럼 각 국 민족의 문학을 제외하고 어떻게 민족을 이야기할 수 있겠습니까? 그러므로 일국의 문학은 곧 일국의 국민문학입니다. 일국의 문학은 그 나라의 언어·문자를 통해 민족 생활의 특징과 감수성, 원망(願望) 등을 문학에 새겨넣습니다. 민족 생활의 풍격을 갖추고 있기 때문에 민족에 의해 감상되는 것이고, 공감받는 것입니다. 그렇기 때문에 문학을 경유하여 민족의 사상과 감정을 교도(敎導), 계발, 감동시킬 수 있는 것입니다. 일국의 문학은 그 민족과 교호작용을 합니다. 한편으로는 문학이 민족생활의 특성을 반영하고, 다른 한 편으로는 문학이 국민의 정신과 생활을 재삼 만들어내고 또 지속적으로 교도하게 됩니다.

문: 선생님이 보시기에, 문학작품과 사회·경제는 관계가 있습니까?

답: 당연히 양자는 밀접한 관계가 있습니다. 문학은 곧 민족의 사회생활의 묘사입니다. 사람은 '진공' 속에서 사는 것이 아닙니다. 그는 자신의 사회 및 경제적 상황과 뗄레야 뗄 수 없습니다. 수렵시대에는 구두문학이 있었습니다. 농경시대에 진입하자 문자가 발명되어 귀족과 평민을 묘사하는 여러 가지 문학이 생겨났습니다. 이어서 도시가 발달하고 인쇄술이 발명되고 문학은 훨씬 다양한 형태를 가지게 되었습니다. 공업시대에 이르러서는 문학은 또 다시 커다란 변화를 겪었고, 영화와 텔레비전 등이 생겨났습니다. 인류의 사회와 경제는 당연히 문학에 영향을 줍니다. 모두가 아시다시피 사회의 경제, 과학기술, 문학예술, 철학은 모두 문화적 성취입니다. 문학은 문화의 일부분으로 전체 사회문화의 변화가 문학에 영향을 끼칩니다. 그리고 인류 생활의 대부분은 경제의 영향을 받게 되고, 당연히 문학 또한 영향을 받습니다. 그렇지만 문학은 일시적 정신상태의 영향도 받기 때문에, 또 후자의 것이 보다 더 직접적이기 때문에 문학은 정신적인 것입니다.

문: 여기서 후 선생님께 묻고자 합니다. 선생께서는 오늘날 중국작가가 짊어진 사명이 무엇이라고 보십니까?

답: 먼저 말씀하신 '중국 작가'란 어떤 의미인지 여쭙고 싶군요. 대륙과 타이완 양쪽 모두를 말씀하시는 것이라고 생각합니다만. 얼마 전에 한 작가분이 『중국 60년래 대표작 선집』을 편찬하려고 저에게 한 편 대표작을 보내달라고 했었어요. 저는 참가하고 싶지 않았습니다. 만일 대륙작가의 작품이 하나도 실리지 않는다면, 이쪽의 작가들만 싣는 것이 어떤 의의가 있을까 해서였습니다. 그렇지만 대륙에는 두

종류의 문학이 있습니다. 하나는 공식적인 문학으로 마오쩌둥의 작품, 쟝칭(江青)의 양판희(樣板戲)[3] 같은 것들입니다. 다른 하나는 마오쩌둥, 쟝칭을 반대하는 문학입니다. 그들을 반대하는 문학이야말로 진정한 문학입니다. 안타까운 것은, 그러한 문학이 나오지 않고, 대륙에는 발표할 만한 지면도 없다는 것입니다. 공산당 기관지『인민일보』가 누군가를 반동, 반혁명분자이라고 욕하면 그제야 그가 무슨 말을 했었고, 무슨 문장을 썼었는지를 통해 대륙문학의 편린을 엿볼 수 있을 뿐입니다. 이래서는 완정한 선집을 만들 수 없습니다. 작가의 사명에 대해 말하자면, 우선적으로는 문학다운 작품이 있어야 한다고 생각합니다.

예전 건륭황제는 자기소유의 명화(名畫)마다 자신의 훌륭하지도 않은 시를 적고 도장을 찍어놨습니다. 그렇지만 어떠한 종류의 청나라 시선도 그의 시를 뽑지는 않았습니다. 오히려 고대의 망국황제인 이후주(李後主)[4]의 시는 선집에 뽑히는데, 그 이유는 그의 문장이 좋기 때문입니다. 다시 문학의 사명에 대해 논하자면, 중국작가 또한 중국의 인민입니다. 결코 중국 인민보다 특별한 사명을 가진 것이 아닙니다. 모든 중국인들은 무엇보다도 우리의 국가와 인민의 생활이 더 나아지기를 요구합니다. 위에서 이야기했던 문학이 지닌 기능은 곧 민족의 생활을 묘사하는 것을 말합니다. 읽는 사람에게 감동을 주고, 국민을 계발시키며 공동생활을 개진(改進)해야 합니다. 만일 작가가 자신만 좋아하는 시를 써서, 돈푼깨나 만지게 되고, 으스댈 수 있게 되

---

3) [역자주] 문화 대혁명 기간 중 모범극으로 지정된 8대 현대극을 가리킨다.
4) [역자주] 5대 10국 시대 남당의 마지막 황제 이욱(李煜)을 가리킴.

는 것은 별 의미가 없는 일입니다. 진정한 대(大)작가는 반드시 대다수 중국인을 대표하여 말해야 합니다. 오늘날 중국의 문제는 아직도 해결되지 못했습니다. 쑨중산 선생께서는 "내가 국민혁명에 온 힘을 다 바친 지 40여 년이다. 나의 목적은 중국의 자유·평등을 구하는 것이다."라고 말씀하셨습니다.

자유·평등이라는 것에는 두 가지 의미가 있습니다. 대내적인 자유·평등과 대외적인 자유·평등입니다. 대외적으로 우리는 어떻습니까? 대륙의 중국인들도 자유가 없고, 소련은 언제든지 우리를 침략할 수 있습니다. 대내적으로는 미국인들이 언제든지 우리를 팔아넘길 수 있고, 심지어는 이미 우리와의 단교를 준비하고 있습니다. 이것은 심각한 불평등입니다. 소련과 중국공산당도 또한 불평등합니다. 마오쩌둥은 자신들의 관계를 '부-자·고양이-쥐 관계[父子·貓鼠關係]'라고 하고 심지어 '러시아 큰 형님'이라고까지 합니다. '큰 형님'이라니 귀신이 곡할 노릇입니다. 러시아는 기껏해야 1천 년 정도의 역사를 가지고 있는데 우리는 5천 년의 역사를 가지고 있습니다. 무슨 '큰 형님'이라고 부릅니까? 소련이 우리를 '할아버지'라고 불러야 하는 것 아닙니까? '할아버지'께서 '큰 형님'이라고 부르는 것에 무슨 평등을 논할 수 있겠습니까? 우리 타이완 또한 서양인들의 모욕을 받고, 일본인들은 일본에서 할 수 없는 일들을 타이완에 와서 제멋대로 합니다. 대내적 자유평등은 또 어떻습니까? 대륙의 인민들은 공포 속에서 살고 있습니다. 작가들은 걸핏하면 잡혀 갑니다. 우리가 사는 곳이 대륙보다 더 자유롭다고는 하지만, 대륙이 자유롭지 못하기 때문에 여기의 자유도 한계가 있을 수밖에 없습니다. 평등은 어떻습니까? 너무도 많은 것들이 불평등합니다. 중국의 자유·평등은, 곧 중국인의 서양인에 대한 자유·평등을 뜻합니다. 그렇지만 이에 앞서 모든 중국인 대내(對內)의 자유·평등이 이루어져야 합니다. 이러한 큰 목적에 대해, 쑨중산 선생께서 40년을 노력하셨지만 끝내 성공하지 못하셨습니다. 우리가 40년을 더 열심히 노력한다고 해도 완전히 성공하리라는 보장이 없습니다.

솔직히 말해서, 우리 중국은 아편전쟁 이래로 계속 이 목표를 추구해왔습니다. 쑨중산 선생과 장 총통 모두 이 목표를 추구하였습니다. 어떻게 해야 이 목표를 달성할 수 있을까요? 문인의 입장에서 말씀드리자면 민국 초기의 신문화운동이 과학과 민주를 주장한 것은 이 목표를 달성하기 위한 것이었습니다. 안타까운 것은 그때의 신문화운동이 잘못된 길을 걷게 되어, 서구를 숭배하고 외국에 아첨하는 것으로 변질되어 서구화 그리고 더 나아가 러시아화가 되어버리니, 중간에 잠시 성공한 적이 없지는 않았지만, 오늘날에 이르러 목표와는 훨씬 더 멀어져버렸습니다. 그러므로 우리는 진정한 신문화운동을 해야 합니다. 이것은 중국의 새로운 학술을 창조하는 것입니다. 중국의 새로운 학술을 창조해야만 새로운 중국을 건설할 수 있습니다. 반드시 우리의 학술이 타인의 자유·평등과 함께 할 수 있어야만 대외적 자유·평등을 확보할 수 있기 때문입니다. 우리가 오늘날 타국과 자유·평등 할 수 없는 이유는 우리의 학술, 과학, 문학이 남들만 못하기 때문입니다. 그 밖에도 우리는 대외적으로 자유·평등을 추구하면서 결코 대내적으로 자국인을 압박해서는 안 됩니다. 대내적으로 자국인을 압박하면 대외적으로 자유·평등을 주장할 수 있는 이유도 역량도 없는 것입니다. 그렇지 않습니까? 저는 지금 우리에게 신문화운동이 필요하다고 생각합니다. 대내적으로도 대외적으로도 자유·평등을 추구해야 합니다. 문학가 및 기타 학술 전문가들은 마땅히 각 개인의 전문영역 안에서 이 목표를 실현하기에 힘써야 합니다. 그래야만이 진정한 문학, 진정한 문화입니다. 이것이 또한 중국 문학가의 사명입니다.

문: 문학이 자유와 평등을 추구한다고 한다면, 문학작품이 사회의 불공평을 묘사할 때에 사회를 부정적으로 그리게 되는 것이 아닐까요?

답: 우리 인류는 진, 선, 미, 세 가지의 가장 고귀한 것을 추구한다고 합니다. 과학은 진실을 추구하는 것이고, 도덕(광의의 도덕으로 정치, 경제, 법률 등을 포함)은 선을 추구하며 문학과 예술은 미를 추구합니다. 우리는 적극적으로는 이 세 가지를 추구하며, 소극적으로는 이것에 상반되는 것들—오류, 죄악, 추악함—을 피합니다. 과학은 바로 오류, 소홀함, 착오를 피하게 합니다. 일체의 도덕은 일상생활과 법률 정치상 행위에 있어서 죄악을 피할 수 있게 합니다. 문학예술은 미를 추구하기 때문에 온갖 종류의 추악함들—영혼상이든, 생활상이든—을 없애려 합니다. 문학은 원래 미를 추구하는 것입니다. 그렇지만 문학작품 또한 진, 선의 목표를 포괄할 수 있고, 사람들에게 함께 진, 선을 추구하는 것을 가르칠 수도 있습니다. 만약 사회에 추악함이 있는데, 말하지 않고 써내지 않는다면, 그것은 진과 선을 추구하는 것이 아닙니다.

문학은 인류생활의 미만(美滿)을 추구하기 때문에, 그것을 추구하는 데 있어서 우리는 추악한 부분을 알고 있어야 합니다. 문학은 거울입니다. 사회상의 불공정, 불의, 선하지 못함, 추악함을 모두 비춰줍니다. 그리하여 사람들로 하여금 수치심을 갖게 하고, 그것들을 없애 아름다운 세계를 추구하게 합니다. 이것이 『악기(樂記)』에서 말하는 '이풍역속(移風易俗)'입니다. 이풍역속은 나쁜 것을 좋게 고치는 것으로, 사람이 병에 걸린 것을 치료하여 건강해지는 것과 같습니다. 만일 문학이 사회상의 불공평한 사정을 기록하지 않는다면, 병을 숨기고 의사를 피해 다닌다면, 사회는 온갖 병에 걸린 환자가 죽어가는 것처럼 될 것이니, 이것이 다른 사람을 해치는 일이 아니고 무엇이겠습니까? 이러한 원리는 매우 간단합니다. 당연히 문학은 오로지 추악함만을 보여주어서는 안 되며 아름다운 것과의 대조하는 것으로 사람들에게 이상을 보여주는 것이어야 합니다. 또한 사회의 불합리, 선하지 못함, 아름답지 못한 것들을 폭로하여 사람들로 하여금 깨닫게 하고 선과 미를 추구하도록 해야 합니다.

예를 들어 미국 문학계에 『톰 아저씨의 오두막』이 발표되어 미국 흑인 노예제도의 불공평함을 폭로하였고, 마침내 미국인의 양심을 불러 일으켜 링컨의 노예해방으로 이어졌을 뿐더러, 미국의 남북통일을 촉진하였습니다. 또, 러시아 작가 투르게네프가 『사냥꾼의 수기』를 통해 러시아의 농노 개선 운동을 촉발시켰던 것도 러시아에서 일대 사건이었습니다. 또 폴란드의 헨리크 시엔키에비치, 헝가리의 산도르 페퇴피 모두 민족독립을 고취하였고, 오늘날에도 반공운동에 매진하고 있습니다. 문학은 우리 중국에서 자고이래 국민을 위하여 발언해왔습니다. 그들의 질고, 생활의 어려움을 말하기에 문학가들은 태생적으로 민중의 대변인이었습니다. 사회상의 불공평하고 불의한 일들로부터 작가가 정의감이나 영감을 얻지 못한다면, 그가 하는 것은 문학이 아닙니다! 다만 문자 위를 걸어다니는 벌레에 불과합니다! 공산당은 그들이 정권을 잡기 이전에는 사회의 암흑면을 공격했습니다만, 정권을 잡고 난 뒤에는 작가들에게 송덕(頌德)의 노래를 강요합니다! 러시아 공산당의 스탈린시기에는 '사회주의적 리얼리즘'이라는 요구조건이 있었습니다. 평거 씨는 잘 알지 못한 채, '사회적 리얼리즘'을 '사회주의적 리얼리즘'으로 오해해했습니다. 러시아의 문학에서는 어떻게 '사회주의적 리얼리즘'의 조건을 충족할까요?

여기서 농담을 들어봅시다. 애꾸눈의 독재자가 있었습니다. 아마 스탈린이겠지요. 그는 화가를 불러 자신을 그리게 했습니다. 첫 번째 화가는 아첨꾼이었던지라, 그는 독안룡(獨眼龍)을 두 눈을 다 가진 미남자로 그려냈습니다. 스탈린은 마음에 들지 않아, 그의 그림이 '리얼리즘'이 아니라고 말했습니다. 두 번째 화가가 왔습니다. 그는 앞의 작가가 두 눈을 그린 것이 문제였다고 생각하고, 있는 그대로 애꾸눈을 그렸습니다. 결과적으로 스탈린은 '리얼리즘'인 것은 인정했지만, '사회주의'가 아니라고 말했습니다. 세 번째 화가에 이르러야 '사회주의적 리얼리즘'의 원칙에 맞는 그림을 그려냈는데, 어떤 그림이었을지 상상이 됩니까? 그는 독안룡의 옆얼굴을 그렸습니다. 멀쩡한 한쪽 눈이 나오도록 그려서, 애꾸인 반대쪽 눈은 그림에 나타나지 않습니다. 사회의 추태를 그리는 것이 사회를 부정적으로 묘사하는 것이라고 주장하는 사람들은, 대체로는 독안룡을 두 눈을 가진 사람으로 그리거나 아니면 옆얼굴만을 그려내는 사람일 것입니다.

문: 문학이 미를 추구해야 한다고 한다면, 또 사람들에게 진, 선을 추구하도록 가르쳐야 한다면 오늘날의 '향토문학'은 말씀하신 원칙에 부합하는 것일까요?
답: 오늘날 타이완의 '향토문학'은 확실히 애향심을 표현하고 있습

니다. 사람들은 모두 애향심이 있습니다. 사람이라면 자신이 사는 고장을 사랑하지 않을 도리가 없습니다. 우리가 일반적으로 말하는 애국은 원래 애향심의 뜻입니다. 외국어에서 Patriot은 애부(愛父) 또는 아버지의 땅을 뜻하는 그리스어에서 유래하였습니다. 춘추전국시대를 생각해보십시오. 얼마나 많은 '국'들이 있었습니까. '국'이라는 글자는 테두리를 그어놓은 것입니다. 그렇기 때문에 고향은 고국과 동의어입니다. 향토문학이 표현하고자 하는 애향심은, 확대해보자면 곧 애국심을 말합니다.

최근 몇 년 타이완에서 유행하기 시작한 향토문학은 존재의 이유와 가치가 있는 것입니다. 제가 본 소수의 향토작가의 작품들 중 몇몇 타이완 출신의 작가들은 과거 대륙의 작가들과 비교해도 더 나으면 나았지, 못하지 않습니다. 여기에는 이유가 있습니다. 타이완은 과거 일본의 통치 하에 놓인 채 문학은 황무지 시대를 겪었습니다. 그 시기 비록 일본에 반항하는 타이완 문학이 있었지만, 정통적인 한족 문학에 비해서는 언어·문자 상 '가가' '구구구' 하는 일본식 어조를 지니고 있었습니다. 그렇지만 현재 많은 청년들은 순수한 중국의 언어·문자로 써서 성공을 거두고 있습니다. 타이완이라는 문학의 처녀지가 막 그럴듯한 것을 생산하기 시작했고, 앞으로 발전할 수 있다는 것입니다. 그러므로 저는 현재 향토문학은 그리 나쁘지 않다고 생각합니다만, 이것은 초보적인 성공일 뿐입니다. 앞으로 더 계속하고 발전시킬 필요가 있습니다.

문학작품은 좋은 것도 있고 나쁜 것도 있습니다만 우리는 종종 '위대한 작품'을 원합니다. 무엇을 '위대한 가치를 지닌 문학'이라고 할까요? 가장 위대한 문학은 결코 문학 작품 그 자체가 아닙니다. 그것은 반드시 위대한 사건을 다루어야 하고, 위대한 사건을 잘 묘사하였기 때문에 그것이 위대해지는 것입니다. 그것은 또한 위대한 관점을 가지고 있습니다. 마치 톨스토이의 『전쟁과 평화』처럼, 단순히 나폴레옹이 러시아를 침략한 대사건을 그리는 것뿐만 아니라, 전쟁의 묘사도 생동감이 있었을 뿐더러, 이 전쟁이 러시아의 소수 장군들의 승리가 아니라, 전체 러시아 인민의 승리라는 위대한 이치를 말했습니다. 위대한 작품은 반드시 위대한 사건, 위대한 묘사와 위대한 관념 등등이 잘 조화되어 이루어진 것입니다.

누군가 최근 타이완 문학을 이야기하면서 바이셴융(白先勇)을 이야기하더군요. 저는 그의 글을 몇 편 보았습니다. 문장이 나쁘지 않고 꽤나 세련되고 멋졌습니다. 다만 그가 쓴 것은 모두 그가 익숙한 생활환경으로, 대륙의 소수 권세 있는 관료들이거나, 명사부인들이 타이완에 온 것을 그리거나, 과거의 일을 회상하는 것들이었습니다. 또 몇몇 소위 향토작가들은 타이완의 보통 소인물·농민·노동자 등을 묘사했습니다. 저는 이것이 오늘날 타이완 생활의 일면이라고 생각합니다. 저는 우리가 위대한 작품의 소재를 가지고 있다고 생각합니다. 그것은 바로 중화민국 정부와 2, 3백만 명의 인민들이 타이완으로 철퇴해 온 대사건입니다. 역사상 이와 같은 대규모의 이민은 없었을 뿐더러, 2, 3백만의 사람들은 형형색색으로, 좋은 사람, 나쁜 사람, 비겁한 사람, 고귀한 사람 가릴 것 없이 이 섬으로 오게 되었으니 어찌 대사건이 아니겠습니까! 20여 년 전 한국전쟁에서 잡힌 중공군 포로 1만 여명이 타이완에 왔던 일, 공산군 중위가 처자식을 버리고 미그기를 끌고 귀순했던 일, 이 모든 것들이 중국 근대사의 대사건입니다! 저는 다른 의도를 가지고 이런 말씀을 드리는 것이 아닙니다. 창작의 기초는 스스로 체험한 생활경험에 있습니다. 오늘날 타이완의 향토문학은, 타이완의 비천하고 미미한 무명인물들을 그립니다. 당연한 것입니다. 그렇지만 우리는 타이완에 앉아서 대륙을, 세계를 볼 수도 있고 많은 것들을 써낼 수 있습니다. 우리의 향토문학은 이미 아주 좋은 출발을 했습니다. 그것을 더 발전시키기 위해서는 시야를 넓히고, 더 큰 힘을 만들어 내야 합니다. 제 뜻은, 이 길은 올바른 방향이니 더 앞으로 나아가서 위대한 성취를 달성하자는 것입니다.

지금 일부 향토문학을 반대하는 주장들이 있습니다. 펑거 씨의 주장 같은 경우에 '인성'을 이유로 들어 반대합니다만 이것은 아무 이유가 없는 것과 같습니다. 지금 또 다시 '30년대 문학'의 개방문제로 반대하는 것입니다. 그는 그 당시의 국민정부가 라오서(老舍), 마오둔(矛盾) 등에 의해 무너졌기 때문에, 이제 그러한 문학을 허용해서는 안된다고 합니다. 저는 30년대 문학의 개방문제로 글을 써본 적이 없습니다. 30년대 문학을 개방해야 하느냐 말아야 하느냐에 대해 말해 보자면, 우선 그에게 다음과 같이 묻고 싶습니다. "당신은 30년대 문학을 본 적이 있습니까? 만약에 보았는데 당신이 좌파나 공산당이 되지 않았다면, 어떻게 다른 사람들이 그것을 본다고 좌파 혹은 공산당이 될 것이라고 알 수 있습니까? 당신은 볼 수 있고, 다른 사람은 보아서는 안 된다는 것은 다른 사람들의 지식수준이 펑 선생 당신보다 낮아서이기 때문입니까?" 또 라오서에 대해 한마디 덧붙이자면, 그는 줄곧 반공주의자였습니다. 그가 30년대에 쓴 「묘성기(猫城記)」는 아주 훌륭한 작품일뿐더러, 그는 항일전쟁시기 문예항적협회(文藝抗敵協會)의 이사장이었으며 항일작품도 썼습니다. 그는 중공정권 성립 이후에야 미국으로부터 대륙으로 돌아갔으며, 문화대혁명 중에 자살

했습니다. 그는 중공정권의 성립과는 아무 관계가 없습니다. 그가 중공정권과 관계있다는 것은 허튼소리를 하는 것입니다! 평거는 우리가 '경계'해야 한다고 권하는 것 같습니다. 그것은 마치 판결이 나기도 전에 그 범죄를 처벌하는 것과 비슷합니다. 아! '경계'합시다. 참으로 마땅히 '경계'해야 합니다. 그러나 도둑이 들 것을 걱정하는 사람은 먼저 집에 빈틈이 없는지를 경계해야지, 하루 종일 집안에 들어앉아 사방을 둘러보면서 이 사람이 혹은 저 사람이 도둑이 아닐지 의심하면서 '도둑이야!'라고 소리 질러서는 안 된다고 생각합니다. 이러한 '경계'는 대체 어떠한 심리에 기반하고 있는 것입니까? 제 생각에 아마도 이것이 첫째로는 배궁사영(杯弓蛇影)[5]이고, 둘째로는 피해망상이고, 가장 나쁜 셋째로는 도둑을 도와, 다른 사람을 가리켜 '도둑이야!'라고 외쳐주는 사람이라고 생각합니다.

하조월간, 민족주의와 식민지 경제를 말한다 – 후츄위안(胡秋原) 선생 방문기(1977)

초출: 「후츄위안 선생을 방문하여 민족주의를 이야기하다」, 민국66년(1977) 11월
　　　『하조』제20호
原載:〈訪胡秋原先生談民族主義〉, 民國六十六年十一月《夏潮》第廿期

---

5) 배궁사영: 잔에 비친 뱀 모양의 활 그림자. 옛날에 진(晉)나라의 악광(樂廣)이란 사람이 손님들을 식사에 초대하였는데, 손님 중 한 사람이 벽에 걸린 활이 술잔에 비친 것을 술잔속에 뱀이 있다고 오인하고, 뱀을 삼켰으니 독에 중독되었다고 생각하여 병에 걸렸다는 고사에서 유래함.

우리의 민족, 우리의 문화

웨이톈충(尉天驄)

1.

지난 20년간 교육을 주관하는 기관들이 줄곧 민족정신을 고양하는 교육을 고수해왔음에도 불구하고 문화계와 학술계는 오히려 때때로 공공연히 혹은 암암리에 민족역사와 민족문화에 대한 회의와 부정을 표현해왔다. 50년대와 60년대 어간, 5·4운동 시기 신문화운동의 지도자였던 한 분은 "한 문화가 그토록 오랫동안 전족, 아편 등의 악습을 용인했던 이유"로 중국 구문화를 지적하고 그것에 대한 부정론을 다시 꺼내들었다. 동시에 공개적으로 "대개 민족주의를 강조하는 것은, 소극적 방면에서는 과거역사에 도취되는 측면이 있다. 과거의 모든 것이 가장 좋은 것이라고 생각하게 되어 자연스럽게 새로운 문화와 새로운 사상을 받아들이기 어렵게 된다. 적극적인 방면에서는 옛 선조들을 떠받들어 자기 자신의 민족문화가 가장 위대한 것이라고 생각하게 되어 진보적이지 못하고 완고하게 된다. 그러므로 민족주의를 강조하는 정당은 반드시 보수적이고, 배타적이고, 반동적이게 된다."라고 주장하였다. 이어서, 그가 이끄는 개인주의적 성향의 잡지는 공개적으로 다음과 같이 말하였다. "지금-여기에서, '역사문화'라는 단어는 과연 어떻게 해석되어야 하는 것일까, 참으로 사람들에게 많은 고민과 고심을 안겨준다." 이러한 "모든 일에 있어 타인보다 뒤떨어진다는 점을 인정해야 한다"는 식의 태도는, 60년대에 이르러 일종의 서구화의 조류를 형성하게 된다. 한 부류의 문학예술 종사자들은 문학예술계의 창조는 다만 '횡적(橫的) 이식'이지 '종적(縱的) 계승'이 아니라고 외쳤다. 그들은 "우리는 최초의(혁명기적) 전통의 지양(기실은 파괴라고 말해야 할)과 실험적 단계에서 피하기 어려운 교각살우(矯角殺牛)를 극복하는 것에 힘써야 한다. 그리고 작품의 표현상 고심과 실험을 더하여 우리의 성숙함을 만들어내자"고 하였다. 이것이 소위 "현대화는 곧 철저한 서구화"라는 것이다. 또 다른 문화 종사자들은 30년대 초 천쉬징(陳序經)의 '전반(全般) 서구화론'의 재판(再版)을 가져와, 한편으로는 반전통의 기치를 들고 중국의 역사문화에 대한 전반 부정을 행하고, 다른 한 편으로는 전반 부정과 동시에 더 나아가 전반 서구화 운동을 추구하였다. 전반 서구화는 사실상 곧 전반 미국화 운동이었다. 이러한 유행은 대략 70년대 후반기가 되어서야 겨우 일단락 지어진다.

이러한 역사를 뒤돌아보매, 우리는 그것의 현실적 기초를 찾아낼 수 있다. 50년대, 곧 한국전쟁이 막 끝난 그 때 미국경제는 공전의 호황을 누렸고, 당시 타이완과 미국은 상호방위조약을 체결하였다. 미국의 경제적 영향력 하에서 자본주의는 이 땅에서 힘차게 발전해나갔다. 『민생주의 육·락 양편 보술(民生主義育樂兩篇補述)』에 씌어 있듯이 당시는 농업사회로부터 공·상업사회를 향해 매진하는 전형기였다. 이 단계에 일체의 정치·경제·사회·문학예술에 잔존하고 있는 봉건의식과 작위(作爲)들은 반드시 앞으로 나아가는 데에 있어 장애물이 된다. 이와 같은 입장에 입각하여 원래 지니고 있던 민족역사와 문화에 대한 비판을 가하는 것이, 확실하게 진보적 의의를 가진 것일 것이다. 또한 그렇기 때문에 60, 70년대에 각 대학과 대학원 및 문화기구에서의 서구화 운동과 반(反)전통풍조가 많은 옹호자를 획득할 수 있었던 것이다.

2.

그럼에도 불구하고, 어째서 서구화운동과 반전통의 분위기는 60년대 후반부에서 70년대 초에 몰락의 길을 걷게 되었는가? 주요한 원인으로는 이들 서구화운동과 반전통의 분위기가 단순히 수단이 아니라 그 자체가 목적인 것처럼 비춰졌기 때문일 것이다. 이게 무슨 말이란 말인가? 40년대의 대동란(大動亂)과 긴밀하게 연계되었기에, 50년대야말로 타이완 지역에 있던 중국인들에게는 미래의 방향을 선택하는 시기였다. 그리고 미군과의 상호방위조약 체결이 가져다 준 일시의 안정은 일부 사람들에게 힘들었던 과거를 잊고 싶어하는 마음의 태도를 조장했다. 소위 '세계주의'의 목표 아래, 금후의 안정적이고 편안한 삶을 가져갈 수 있었기에, 그들은 '반공무망론(反攻無望論)' 등의 가정(假定) 아래 중화민족의 역사와 문화와의 관계를 단칼에 끊어버리고자 했다. 그리고 이후로 이 땅에 중국대륙과는 어떠한 종류의 관계도 맺지 않는 또 하나의 중국을 세우는 것이다. 이러한 관념은 비록 당시에도 많은 사람들의 비판을 받았지만, 그럼에도 불구하고 시세(時勢)가 여론을 이끌었으며, 60년대 말 70년대 초 미국과 일본의 경제적 역량이 타이완에 가져다 준 일시의 번영으로 인해, 또 미국·일본과의 친밀한 문화·학술적 교류, 베트남전쟁 기간 미국·일본과의 연쇄 관계, 더 나아가 장기적인 중국 대륙과의 격리 상태로 인해 마침내 일부 인사들에게 있어 서방과의 관계는 날이 갈수록 밀접해져만 갔고 중국 본토와의 관계는 날이 갈수록 희박해져만 갔다. 이때 '칫솔주의[牙刷主義][1]'는 단순히 일반 중상층 사회에만 범람하였던 것이 아니라, 심지어 매우 많은 수의 학술문화계, 특히 전국 최고(最高)의 역사·문화교육을 장악하고 있는 원사(院士), 교수 등에게도 나타나 '칫솔주의'로 자호(自豪)하는 경우도 있었다. 이러한 분위기가 널리 퍼지게 됨에 따라, 앞서 출현했던 '세계주의'와 유사한 관념들은 사람들 사이에서, 특히 중상층 사회에서 유행하기 시작하였다.

그러나 매우 안타까운 것은 그들은 다만 '세계주의'의 이상을 바라보았을 뿐, 자신의 정치·경제·외교·문화 등 방면에서의 외국에 대한 종속적 위치는 보지 못했다는 것이다. 그러나 70년대에 이르면, 타이완의 UN 탈퇴와 세계경제의 요동을 겪게 되고 베트남전 종전이

---

1) [역자주] 칫솔주의[牙刷主義]: 타이완의 지배층 인사들이 대부분 미국영주권이나 서구의 국적, 더 나아가 그곳에 생활기반을 가지고 있어, 타이완에 급변이 생기면 곧바로 칫솔만 챙겨 외국으로 떠날 준비가 되어있음을 풍자하는 표현.

이어지면서, 사람들은 구미에도 적지 않은 단점이 있음을 깨닫고 서방문화에 비판적인 태도를 취하게 되었다. 게다가 타이완 자신이 처한 곤경은 사람들로 하여금 자기 자신을 구(救)하는 것이 다른 사람을 구하는 길임을 깨닫게 하였고, 더 나아가 세계주의라는 것은 반드시 민족주의를 기초로 해야 한다는 사실을 체득하게 되었다. 민족공업 ─ 10대 건설이 절박한 과제로 추구되었고, 각종 문화 차원에서 점차 민족본위의 방향의 진전으로 돌아가려는 움직임이 포착되었다. 향토문학의 제창, 신민요의 개척, 민족 형식에 대한 토론은 곧 중국의 쿵푸와 침술처럼 일시를 풍미하여 문화계에서 논의되는 주제가 되었다. 그러나 이러한 회귀와 50년대 이전의 복고적 봉건주의는 다른 것이었다. 그것은 서구화운동의 모색을 한 번 거친 후, 자기 자신이 처한 사회상에서 새로운 방향을 찾아보고자 한 것이었다. 여기서 우리는 한 번 간략하게 정리해볼 필요가 있다: 60년대의 서구화운동은 50년대에도 남아 있던 봉건주의에 대한 부정과 수정이었다. 그리고 70년대의 민족본위로의 회귀는 60년대의 서구화운동에 대한 부정과 수정이었다. 이러한 발전과정 속에서 객관적인 사실이 우리에게 말해준 것은 국제관계는 알력, 냉전, 사기 등으로 가득 찬 생존경쟁의 틈바구니이고, 사람은 다만 다른 사람의 즐거움을 나누고자 할 뿐, 자기 자신이 희생하는 것을 원하지 않는다는 것이다. 다만 자신이 하고 싶은 것을 좇아서 자기가 바라는 낙토를 선택하는 것이고, 피땀을 흘려가며 자신의 현실을 개조하고 싶어하지는 않는다. 이러한 편의만 구하는 좋은 일들은 결코 세계에 존재하지 않는다. 그리하여, 협소하고, 배타적인 봉건가족 식의 민족주의는 여전히 사회발전의 장애물이다. 그러나 한 개의 낚싯대 때문에 배 전체가 휘둘리게 두어서는 안 되는 것이기에, 자기 민족의 역사·문화에 대한 총체적 부정도 불가하다. 지금 우리 앞에 매우 명확한 사실이 드러나 있다. 만일 문화가 일종의 생활태도와 경험이라고 한다면, 사람들의 생활이 사회성을 구비한 것이라면, 우리가 일반적으로 말하는 역사는 곧 필연적으로 전 민족의 사실(事實)을 가리키는 것이다. 오늘날 비록 과학이 이처럼 발달하였지만, 한 사람이 적수공권으로 세계를 바꿔보고자 한다면 어떠한 종류라도 옛 사람들의 지혜와 경험에 도움을 청하지 않고는 불가능한 일이다. 그러므로 소위 민족정신이라는 것은 결코 추상적인 인식이 아니라, 일종의 실체가 있는 역량의 결합인 것이다. 또한 한 사람에게는 그의 동포들과 함께하는 생활이 있고, 그들의 희로애락과 밀접하게 관련되어 있는 혈육의 관계에 있기에 그가 진실로 민족의 역사와 문화적 역량을 몸소 느끼게 되는 것이다. 쉽고 편안한 생활만 추구하는 태도로는 결코 이해할 수 없는 것이다. 그렇기에 역사교육은 응당 지식의 주입만이 아니라, 현실생활과 밀접한 관계를 맺는 생활교육이 되어야 한다.

3.

문화에 대해 논하자면, 나는 문화라는 것은 인간의 자연환경에 대한 대응이자 환경과 기타 어려움에 대한 대응방법이라고 생각한다. 바꿔 말하면, 일종의 생활방식인 것이다. 매 시대에는 매 시대의 곤란이 존재한다. 이러한 곤란을 해결하기 위해서는 단순히 '추위와 더위를 막아줄 깃털도 비늘도 없고, 먹이를 다툴 발톱과 이빨도 없는' 개인으로서는 부족하고, 반드시 전인(前人)들로부터 경험을 구하고 다수의 사람들과 단결하여만 거대한 힘을 낼 수 있는 것이다. 이러한 단체 공동작업 중에 사람들은 보다 나은 생활을 추구하는 것뿐만 아니라 합리적인 생활을 요구하게 되고, 더 나아가서는 이상적 생활을 쫓게 된다. 이것은 무엇을 말하는 것인가? 세상에는 편안한 삶을 살고자 하는 사람들이 있다. 그러나 그들의 편안한 생활은 외려 다른 사람들, 심지어 대다수 인민의 고통 위에 건설되기도 한다. 이를테면 고대의 전제군주와 귀족들과 같이. 이는 불합리한 것이다. 그것과는 상반되게, 공평해야만 합리적인 것이다. 그 외에도 사람들은 다음 세대를 고려하지 않고 자기 자신만을 위해서 살수는 없다. 그렇기에 생활 중 반드시 그들 공동의 이상을 세워야 하고, 심지어는 이상을 위해 의연히 막대한 희생을 지불하기도 한다. 달리 말하면, 사람들의 한 세대 한 세대의 생활경험 중에서 우리는 두 가지의 상황을 볼 수 있지 않은가? 첫 번째는 공평하고, 인내하며, 다른 사람을 사랑하는 삶이고, 다른 하나는 자기 자신만을 위하여 사사로운 이해타산을 따져 다른 사람의 생활을 해치는 것이다. 인류의 역사를 돌아보면 이 두 가지가 서로 교전을 그치지 않으며 발전해 온 것이다. 사람들이 말하는 도덕, 법률, 정치, 문학과 예술 또한 이러한 상황하의 산물인 것이다. 그러므로 우리는 역사를 돌아볼 때에, 인간 전통에 대해서도 이러한 두 가지 다른 관점이 있다는 것을 깨달아야 한다. 하나는 다수의 편에 서는 관점, 다른 하나는 소수의 편에 서는 관점이다. 우리는 전통 중에서 선택할 수 있다. 결코, 전통 전체를 들어 내버려서는 안 된다. 내가 생각하기에 오늘날 우리가 중화문화의 부흥이 가능하다고 믿는 이유는 위의 관점에 입각한 것이다. 내가 먼저 이 지점을 설명해야 했던 것은, 5·4운동 이후, 한 떼의 매판 문인들이 수천 년래 우리의 선조들이 자기 민족의 생존을 위해 치른 대가와 노력들을 깨닫지 못하고 다만 좋지 않은 것들만 보았기 때문이다. 그리하여 좋지 않은 것들을 들어 전체 중화문화의 대표로 삼아, 중국문화를 전면적으로 부정하고 적반하장으로 전반 서구화를 주장하기 시작하였다. 심지어 그들은 중국의 모든 좋은 것들조차도 외국으로부터 얻은 것이라고 생각하고 줄곧 중국문화에는 민주와 과학이 없었다고 비판하며 자비(自卑)하였다. 그러나 우리는 그들에게 다음과 같이 질문할 수 있다: 외국인들은 천지가 개벽한 순간부터 민주와 과학을 가졌는가? 그렇지 않다. 그들의 민주는 그들의 전제군주제로부터 발전해 나온 것이고, 그들의 과학 또한 그들의 미신으로부터 확대되고, 발전해 나온 것이다. 이와 같은데 어째서 중국문화 중에는 이러한 구성요소가 없었다고 말하는 것인가?

그러므로 우리는 비록 외래요소들이 우리문화에 충격을 줄 수 있음을 인정하더라도, 문화의 변화와 발전의 가장 주요한 역량은 내재적 원인임을 승인해야 한다. 만일 외국인의 영향이 없다 해도 우리의 전제군주제 또한 반드시 발전하여 민주제가 되었을 것이고, 외국인의 영향이 없었다 하더라도 우리의 생산방식 또한 반드시 농업사회로부터 대공업사회로 변화하였을 것이다. 이는 예전의 씨족사회로부터 봉건제사회로 진입하고, 유목사회로부터 농업사회로 발전했던 것과 똑같은 것이다. 우리는 전통문화를 대하여 반드시 '지양'의 수단을 취하여야 한다. '양(揚)'이라 함은 좋은 것들은 크게 만들고 발전시키는 것이고, '지(止)'라 말함은 좋지 못한 것들을 버린다는 것이다. 그리하여 한 단계 한 단계 '지양'이 누적되어 하나의 문명사가 형성되는 것이다. 이것이 나의 중국 문화사를 보는 하나의 간략하고 얕은 관점이다.

중국은 오천 년의 역사를 가지고 있다. 이 장구한 세월 속에서 각종 제도·사상·전적은 가히 구름과 바다 같이 광활하다 할 것이다. 그러나 일언이폐지(一言以蔽之)하여 우리는 중화문화의 공통된 정신을 귀납해낼 수 있다.

1. 장구한 세월 동안 곤란에 대응해온 경험을 통해, 인간의 가치와 힘을 이해하였고, 그것을 통하여 '그 불가함을 알면서도 하는' 강인한 인내력을 생산해 내었다. 다들 알고 있는 우공이산이 곧 이것이다. 이렇기 때문에, 중화민족은 극단적인 고난에 처해서도 적에게 쓰러지지 않았고, 특히 최근 백년간 제국주의를 마주하면서도 오히려 이러한 인내를 통해 승리를 얻었다.

2. 장구한 공동생활 속에서 인간의 단결과 협력이 어려움을 극복하는 가장 좋은 방법이라는 것을 깨달았다. 이는 중화문화가 특히 윤리정신을 중시하게 된 원인이다. 이에 기반하여 중국인들은 공정함을 영예로 삼았고, 사리사욕을 부끄러움으로 여겼다. 공자의 "자신이 원하지 않는 바를 타인에게 베풀지 마라", "자기가 서고 싶은 곳에 다른 사람을 서게 한다", "자기가 통달하고자 하는 바에 다른 사람을 통달하게 한다"는 말들이 곧 이것이다. '인(仁)'의 뜻은 두 사람 이상(以上)의 활동을 지칭하는 것이다. 두 사람 이상의 활동은 사회성을 갖춘 것으로, 사회에서 다른 사람을 생각하고 다른 사람을 고려하는 가운데에서만이 민주·평등의 정신을 배태할 수 있는 것이다. 이에 대해서는 묵자 등의 논자들도 많은 해석들을 했으

니 중언부언하지 않는다.

3. 중화민족의 장구한 생활경험을 통하여 생활은 단순히 현실적 측면만이 있는 것이 아니라, 이상적인 측면도 있다는 것을 알았다. 노자가 말한 바의 "낳았다고 자기 것이라 하지 않고, 기르지만 의지하지 않으며, 자라게 하지만 다스리려고 하지 않는다", 맹자가 말한 "목숨을 버리고 의를 취한다" 등의 관념은 이상주의가 아닌 것이 없으며 다음 세대를 위해 희생하는 것이었다. 문천상(文天祥)이 "공자가 인을 이룬다고 말한 것, 맹자가 의를 취한다고 말한 것, 다만 그 의가 다한 곳에는 인이 다다른다" 같은 말은 이러한 희생정신을 가리킨 것이다. 우리는 역사상 인인지사(仁人志士)들을 볼 수 있었고, 최근의 역사에서도 열사들을 볼 수 있다. 그들이 죽는 것을 마치 돌아가는 것처럼 본 것은, 오늘날의 매판가들이 미국 달러를 향해 고개를 조아리고, 미국 영주권을 가지고 동포들 앞에서 으스대는 것과는 결코 같지 않다. 그것은 민족정신이 길러낸 역량인 것이다.

그런데 오천여 년의 세월을 지나면서도 어찌하여 우리는 아직까지도 "내 부모를 위하는 것처럼 남의 부모를 위하고, 내 아이를 대하는 것처럼 다른 아이를 대하는" 대동사회를 구축하지 못하였을까? 그 원인은 한편으로는 우리가 아직까지도 극복하지 못한 단점들이 많다는 것이요, 다른 한편으로는 아직까지도 우리를 방해하는 외부 세력들이 많다는 것이다. 이러한 좋지 못한 요소들을 제거하여 새로운 미래를 열어가는 것이야말로, 우리 중화문화부흥에 종사하는 이들의 가장 큰 업무일 것이다.

4.

그리하여 현실생활과의 관계에 대해 논하자면, 타이완 지역의 중국인들이 체험하는 역사는 피눈물로 가득 찬 것으로 사람들에게 격려와 함께 방향을 제시하는 것이다. 왜냐하면 바로 전 세대까지의 타이완 역사로 말하자면 타이완은 이민족에게 할양되어 한편으로는 봉건왕조의 부패와 동시에 국제 제국주의의 흉악함을 폭로하였고, 다른 한 편으로 그 다음 세대의 타이완 역사는 근대 중국이 마주했던 운명을 설명해주는 것뿐 아니라 그것이 세계정세의 변화와 불가분의 관계임을 드러내주고 있기 때문이다. 만일 우리의 역사교육이 이러한 방면에 대해 철저한 분석을 할 수 있다고 한다면, 이곳에 살고 있는 중국인들이 반드시 자신의 오늘날 운명이 이렇게 된 이유에 대해 보다 심화된 이해를 거쳐 미래의 발전에 대한 인식을 가지게 되어, 오늘날 무엇을 해야 할 것인가를 확실히 알게 될 것이라고 믿는다. 유감스럽게도 우리의 지난 몇 년간의 역사교육은 다만 '역사를 위한 역사'에 불과했다. 삼민주의가 우리에게 가르친 것은 민생사관(民生史觀)이다. 그러나 역사교육에서의 민생은 오히려 왕왕 황제와 귀족의 민생을 가리키니, 대부분 인민의 민생이 아닌 것이다. 제왕과 귀족은 다만 극소수의 한 줌일 뿐이다. 그리하여 사람들은 종종 역사교육을 다만 과거의 기담과 재미있는 이야기로 받아들이고, 오늘날의 자신과 혈육관계가 있는 과거의 경험으로 생각하지 않는다. 이와 같다면 사람들이 역사연표의 모든 행을 외우고 있다 하더라도, 도대체 그에게 무슨 소용이 있단 말인가? 더 나아가 오랜 세월 동안의 입시주의로 인해 역사는 더 이상 살아있는 경험이 아니라, 시험시간 OMR카드의 까만 점이 되어버린 것이다. '역사를 위한 역사'조차 제대로 되고 있지 않은데, 무슨 영향이나 역량을 따질 수 있겠는가?

그렇다. 사람들은 점차 자신의 민족과 역사로부터 멀어지고 있다. 그들은 과거 고난에 처했을 때에 선인(先人)들이 어떻게 어려움을 이겨내고 생활고를 뚫어 왔는지 알지 못하게 되었다. 당연히 오늘날 자신이 흔히 먹고 입는 것들이 대가를 치러야 한다는 것조차 잊어버리게 되었다. 그들은 그저 오늘날의 높고 화려한 건물들을 선모(羨慕)하게 되고, 높고 화려한 건물들이 과거의 초가집들이 층층이 누적되어 이루어진 것임을 이해하지 못한다. 이는 곧 그들의 허무한 뿌리 잃은 상태를 만들어낸다. 이러한 허무하고 뿌리 잃은 상태는 그들로 하여금 중국인의 전족, 아편만을 보게 하고 외국인의 정조대, 아편무역과 제국주의를 보지 못하게 한다. 근 20년간, 우리는 타이완에서 지식계와 학술계에 범람하는 다음과 같은 현상을 보았다. 많은 가정들이 경제적 능력이 부족하더라도 어떻게든 자녀들을 외국으로 내보낼 방법을 도모하는 것이었다. 처음 그들의 변명거리는 무슨 '현대지식을 추구한다'는 그럴듯한 것이었다. 그러나 70년대에 이르러, 특히 미국과 중공의 왕래가 활발해지고 더욱 긴밀해지면서, 미·중 관계 정상화가 거의 기정사실화될 무렵에 이르러서야 그제야 우리는 유학을 빌미로 삼아 위기의 타이완으로부터 도망가려 했던 진상을 깨닫게 되었다. 이처럼 과거 20년간 안절부절 못하면서 틈만 나면 슬그머니 도망가려 했던 그들이 타이완 땅에 잘 붙어 있는 것은, 솜털이 뿌리를 내려 열매를 맺을 수 없는 것처럼 당연히 불가능한 것이었다.

지식계가 역사에 대해 가지는 태도는 위와 같으니, 결과적으로 학계는 소소한 고거학(考據學), 쇄말적인 일들, 사소한 청담(淸淡)들로

빠져들 수밖에 없다. 다행히도 역사는 위와 같은 소수인에게 속한 것
이 아니다. 타이완에 있는 우리들은 다수 대중이 해가 내리쬐고 비가
쏟아지는 가운데에도 생산과 건설에 종사하는 것을 볼 수 있다. 또
수천 수만의 전사들이 창을 베고 잠을 자는 희생과 분투를 볼 수 있
다. 이러한 이들을 마주칠 때마다 우리는 진정한 민족의 역량을 깨닫
는다. 오늘날의 사실은 이와 같다. 과거의 역사도 또한 이와 같을 것
이다. 우리는 저들로부터 시작하여, 진정한 민족의 역사와 역량을 발
굴하도록 하자!

1977년 7월

웨이톈충, 우리의 민족·우리의 문화(1981)

초출: 1977년 7월 『중국논단』 제8호
原載: 1977年7月《中國論壇》第八期

도처에 종소리 울린다

– '향토문학' 업(業)은 이미 사망선고 받았다

난팅(南亭)

하나의 특정한 사회에는 특정한 어휘 및 그 어휘의 내포가 있어 모두 특정한 사회적 의미를 담고 있다.

그렇지만 만일 하나의 특정한 어휘가 교조적으로 끊이지 않고 사용되다 보면, 명실이 불부(不符)하는 상황이 발생한다. 언어철학에서는 이것을 '언어의 팽창'이라고 부른다. 우리가 팽창된 어휘를 바로잡지 못한다면, 사람들은 '언어의 노예'가 되고 말 것이다.

만일 우리들이 '향토문학'이라는 명사에 대하여 역사적 연원을 소구하여 본다면, 그것은 이미 과도하게 팽창되어버린 명사임을 발견할 수 있을 것이다. 사실상, '향토문학'은 이미 죽었다.

그렇지만 소위 '향토문학' 업(業)이 사망선고를 받았다고는 해도, 그것이 곧 '향토문학'의 문학사상(文學史上)의 의의가 장차 소멸해버릴 것이라는 것을 가리키지는 않는다. 오히려 반대로 이 죽음은 또 다른, 더욱 거대하고 종합성을 지닌 문학의 조류 속에 위치한 것이다.

문학의 발전은 주관적인 바람을 객관적 조건하에서 실현시키고 자 하는 문화의 한 줄기이다. 문학조류는 주·객관적인 정세의 변화 아래에서, 쉬지않고 갈라지고 다시 합쳐지는 과정 속에서 자기자신의 발 디딜 근거지를 찾는 것이다. 세계문학사상(文學史上) 문화의 대립으로부터 생산된 강렬한 본토의식을 가진 '향토문학' 혹은 '향토문학'의 특질을 갖춘 '민수주의(民粹主義) 문학' 등은 대부분 일시적이고 과도기적인 문학이었다. 여기서 나타나는 것은, '향토문학'은 대체로 는 우위의 외부문화로 뒤덮이는 상황에서 본토문화의 일종의 자아각성과정이라는 것, 그리고 일종의 진테제(Synthese) 이전의 기다림인 것이다.

위와 같은 과정은 아일랜드 문학의 예처럼 민족을 제1순위로 둘 수 있을 것이다. 혹은 계급을 제1순위로 두는 것일 수도 있어 제정 러시아 시기 '민수주의 문학'이나 일본 메이지 시기의 '국수주의 문학' 같은 것이다. 동시에 그것은 지역주의적일 수도 있다. 근대 미국의 '남방문학'이 그 예일 것이다. 당연하게도 이와 같은 대략적인 구분은 위의 과정들에 대한 전체적이고 종합적인 관점을 제공해주기에는 부족하다. 하지만 반드시 지적되어야 할 것은 하나의 다원화된 사회 속에서 이러한 과정은 역사발전 중에 반드시 출현하게 된다는 것으로, 그것의 발전이 반드시 소위 '분리주의'에 이르게 된다고 할 수는 없다. 미국의 '남방문학'이 남북의 분리를 만들어내지 않은 것과 같다.

이상의 관점으로 타이완의 최근 50년간 신문학의 발전과정을 관찰해 본다면, 50년간 타이완의 신문학은 줄곧 60년 중국 신문학의 일부분이었다는 것을 발견할 수 있다. 그것의 발전의 주류는 멈추지 않는 자각 속에서 중국 공통의 민족경험으로부터 벗어난 적이 없었고, 그것은 중국 민족을 동일시하는 것이었다.

일본 자본 제국주의 통치하의 타이완에서, 중국 신문화운동을 주류로 삼은 타이완 신문학운동은 민국 13년(1924) 장워쥔(張我軍)의 힐책 하에 점차 세력을 넓히며 발달해왔다.

일제시기 타이완 문학 전체는 중국을 본위로 삼았다고 말할 수 있는 것으로, 정치적 압박과 경제적 약탈에 반대하는 문학이었다. 타이완 동포들에 대한 일본 자본 제국주의가 가혹한 이민족 통치와 자본주의화의 경제적 약탈을 전개하던 시기에, 위와 같은 반응들은 단순히 문학상에 반영되는 것뿐만 아니라, 당시 타이완 문화의 매 층위마다 반영되어 있어, 모두 이러한 특질들을 연속적으로 발전 변화하며 나타내었고, 다양한 종류의 같지 않은 방식으로 민중과 상호 연계하여 시대를 풍미하였다.

그러나 문학은, 타이완은 일제시기 중국 모국과 강제로 분리되어 할양되었기에, 더 나아가 일본 흠정(欽定)의 '국어문'─일문이 점차 강요되었기에 타이완 작가들은 타이완 신문학의 발전상 언문불일치의 곤란을 마주하게 되었다. 그로 인해서 자각하여 탄생한 것이 '향토문학'과 '타이완 화문(話文)[1]'의 유명한 논전들이다.

---

1) [역자주] '타이완 화문'의 골자는 당시 타이완의 현행 구어(口語)인 민남어(閩南語)를 기반으로 하여 한자를 이용한 문학창작을 주장하는 것이었다. 위의 황스훼이의 주장에는 일본어 창작에 대한 대항적 성격, 문언문에 반대하는 5·4신문학운동과의 동반자 의식과 더불어 관화(官話) 기반인 대륙의 백화문과는 구별되는 독특한 지역색이 동시에 나타나고 있다. 또한 문예대중화의 의제와도 관련하여 어떻게 대중과 연계할 것인가의 문제와, 대륙의 대중과의 교류를 염두에 둔 관화 기반 백화문을 주장하는 논자들도 있었기에 매우 복잡한 양상이었다.

민국 19년(1930)의 '향토문학'및 '타이완 화문'과 관련된 논쟁의 기본적인 논지 중, '향토문학'을 힘써 주장한 황스훼이(黃石輝)는 "당신은 광범위한 군중을 감동시키고 격발시키는 문예를 써내고 싶은가? 당신은 광범위한 군중의 마음속에 당신의 마음속에 있는 느낌과 같은 것을 발생시키고 싶은가? 만일 그렇다면, 당신은 힘들게 사는 군중을 대상으로 삼아 문예를 해야 할 것이다. 응당 향토문학을 제창하기 시작하여야 할 것이고, 향토문학을 건설하기 시작하여야 할 것이다."라고 말했다.

또, '타이완 화문'의 제창에 가장 노력한 궈츄성(郭秋生)의 논지는 다음과 같다: "무엇을 '타이완 화문'이라고 부르는가? 그것은 곧 타이완어의 문학화일 것이다." 그의 이러한 주장이 겨누고 있는 것은 "문맹층의 하얀 땅(처녀지)"으로, 그의 목적은 "타이완 문학의 기초발전을 건설"하는 것이었다. 이를 통해 이해할 수 있는 것은 당시 식민지 타이완은 강력한 이민족 자본주의 통치의 압박 하에 착취당하고 수탈당하는 가운데 있었기에, 타이완 문학가들의 이러한 식의 반항은 다소간은 아무것도 할 수 없는 상황에서 나온 산물이라는 것이다. 당시 소위 '향토문학'과 '타이완 화문'이 표현하고자 했던 것은 온통 압박받는 자들의 마음속의 목소리였고, 문학종사자와 기층대중이 서로 긴밀하게 연계될 수 있도록, 언문분리의 사회정세 하에서, 그들은 마침내 부득불 '향토문학'과 '타이완 화문'의 주장을 내세우게 된 것이다. 이 주장은 일본 침략자들에 대항하면서, 굳건히 중국 백화문을 주장하는 것이었다.

일제시기 전반(全般), '향토문학'과 '타이완 화문'은 많은 수의 모범 작품들을 남겼다. 그러나 그것들은 한문을 기반으로 하여 파생된 '타이완 화문'으로 씌어졌기 때문에, 항상 뜻을 표현하는 데에 어려움을 겪었다.

타이완의 일제시기 문학사의 발전노선에서 가장 먼저 제창된 '향토문학'과 '타이완 화문'의 이념을 고찰해본다면, 이러한 이념은 식민지 인민의 복잡한 문화적응과 대항과정의 일환일 뿐이었다고 말할 수 있다. 그렇지만 양위일체(兩位一體)의 '향토문학'과 '타이완 화문'의 이념은 타이완 신문학 발전상 오히려 훗날의 반(反)제국주의 반(反)자본주의 문학의 주류와 합류하게 된다. 그들의 군중과 결합한 리얼리즘에 대한 주장은 곧 그 시대의 요구였던 것이다. 일제시기 중국을 근본으로 삼은 타이완 문학은 '향토문학'과 '타이완 화문'의 세례를 거쳐, 사용한 언어가 중국 백화문이든, '타이완 화문'이든, 일문이었든지를 막론하고 모두 내용상 굳게 반(反)압박, 반(反)착취의 사실주의적 문학노선을 향해 걸어간 것이었다.

광복 후의 타이완 신문학사에서 비록 타이완의 사회·경제 및 문화체제가 이미 일제시기와는 전연 다른 새로운 면모를 지니고 있었지만, 소위 '향토문학'은 여전히, 항상 나타나던 현상이었다.

광복 초기 타이완 동포들은 조국의 역사·문화와의 격절로 인하여, 처음 대륙의 문화를 마주하게 되었을 때 일종의 자극을 느끼게 되었다. 문학상 아류인 상징주의와 전투문예가 혼합된 신문학의 흐름은, 일제시기의 작가들로 하여금 타이완 광복 후 문자표현상의 제약과 관념 소통방식의 흠결로 인해 본토의식의 좁디좁은 영역으로 물러서게 만들었다. '타이완 화문'의 문제 또한 '타이완 방언문학'이라는 변형으로 다시금 출현하였다. 그러나 이러한 이념들에 대해서는, 심지어 마음속에 「고구마의 비애[白薯的悲哀]」가 충만한 중리허(鐘理和)까지도 찬성을 표현하지 않았다. 그는 중자오정(鐘肇政)에게 보낸 '타이완 방언문학'의 주장에서 '타이완 방언문학'을 추진하는 두 가지 최소 요건으로 모든 사람들이 민남어(閩南語)를 이해할 것, 모든 사람들이 민남어 발음으로 민남어를 읽을 것을 들었다. 그러나 이 두 가지 요건은 현실상황에서는 실행될 수 없는 것이었다. 중리허는 '문학 중의 방언'과 '방언문학'은 완전히 다른 것이라고 생각하였고, 전자가 정당한 것이라고 여겼다. 근 20년간의 타이완 문학작품으로 보자면, 중리허의 견해는 마침내 역사가 정확하다고 입증해 주었다.

광복 후의 본지(本地) 신문학계는, '타이완 방언문학'의 한줄기 파문 외에는, 대부분의 시기는 '타이완 작가문학'을 '향토문학' 혹은 '고유문학'으로 보았다. 예를 들어 우줘류와 예스타오(葉石濤) 등의 다수 평론들이 모두 그랬다. 위와 같은 획분은 새로운 세대의 청년작가들이 끊임없이 출현함에 따라 점차 무의미하게 되어버렸다. 중자오정과 황춘밍(黃春明)이 소위 '향토문학'을 인정하지 않는 것, 왕퉈(王拓)가 '리얼리즘 문학이지, 향토문학이 아니다'라고 하는 것들을 통해 입증할 수 있듯이, 50년대 중반까지의 '향토문학'은 70년대로 접어드는 시점에 이미 그것의 과도기적 사명을 다하였다. 오늘날에 이르러 '향토문학'은 이미 역사화된 명사가 되었다.

광복 초기로부터 50년대 중기까지의 타이완은 농업사회였다. 당시 문단의 주류 작가들로 말하자면, 대체로는 낯설고 기이한 사회였다. 그들은 위와 같은 창작의 소재를 찾을 수 없었을 뿐더러, 문학의 풍조는 특수하게 발전하여 건강하게 사실만을 그리는 전투문학과, 상징주의를 근간으로 삼은 현대주의(現代主義)가 주류가 되고, 농촌을 배경으로 하는 작품들은 사람들의 주목을 끌기 어려웠다. 이러한 구조 속에서 전쟁 때문에 세계문학 활동과의 탯줄이 잘린 본지 작가 대부분은 다만 농촌사회의 일들을 묘사하는 것만 할 수 있을 뿐이었다. 그들의 문학적 포부를 펼치는 일, 그들의 소박한 사실주의 풍격은 당시 문학의 주류에 대해서는 일종의 소리가 미약한 길항이었을 뿐이다. 광복 후의 문학발전에서 가장 이른 시기 '향토문학'이라고 불린 것들은 바로 위와 같이 타이완 향촌의 일들을 대상으로 삼아, 소박한 사실주의로써 창작한 문학을 가리키는 것이다. 극소수의 작품을 제외하고 소위 정통 '향토문학'은 이미 사회의 변화로 인해 반제국주의, 반자본주의적이었던 일제시기의 주류와는 유리되어버렸다. 동시에, 전(全)사회 또한 세사(世事)를 비판할 능력을 결핍하였기에, 사회에 대해 정확하게 묘사하고 비판하는 능력 또한 상실하게 되었다.

50년대 중기 이후 서방문학계는 진작부터 현대주의 문학풍조가 범람하고 있었고, 타이완 문학계는 서구화의 조류 하에서 이러한 문학풍조의 횡적 이식을 실시하였다. 현대주의가 일세를 풍미하던 문학세계에서, 출신지가 각기 다른 작가들도 모두 일률적으로 유행을 쫓았다. 그리하여, 비록 예스타오 등이 그때의 본지 작가들을 여전히 '향토작가'로 여기고 그들의 작품을 '향토문학'으로 불렀지만, 극히 명확했던 것은 이러한 식의 향토주의 개념의 범람은 그 경계가 상당히 모호한 것이었다는 것이다. 왜냐하면 수많은 소위 '향토작가들'의 문학이념이 이제는 향토에 고착되지 않아 그들이 묘사하는 세계는 좀 더 보편적 인성을 추구하게 되었고, 그들의 창작적 기교 또한 점차 타이완의 전통적인 소박한 사실주의로부터 멀어져갔기 때문이다. 본지(本地)의식이 농후했던 원시 향토문학의 특징은 점차 사라지고 멀어져갔다. 그들의 작품 중 혹여 약간의 '향토'적 분위기가 있을 수 있었지만, 이러한 분위기는 이미 극히 희박해져버렸다. 우리들이 지적할 수 있는 것은, '향토문학'이 젊은 작가들로부터 일어난 이후 얼마 가지 않아 분명한 질적 변화를 겪었고, 그 변화과정은 복잡한 것이었다는 것이다. 그렇지만 이는 오히려 원시 '향토문학'이 전변을 겪기 이전의 대기기간이었고 보다 거대한 종합을 지향하는 숙성단계였다. 70년대부터, 이러한 종합적인 단계는 주·객관적 정세의 변화로 인하여 점차 형성되어갔다.

70년대 이후의 타이완 사회·경제 및 정치환경에는 중대한 변화가 일어났다. 국제적 불리함과 경제문제들로 인해 문학계 또한 다른 사회의 분야들과 마찬가지로 장기적 낙관의 어수룩함에 기인한 중산계급식의 조탁(雕琢)과 보수(保守)에서 깨어나게 되었다. 이러한 자각은 필연적으로 사회 정치·경제·문화 제 방면의 전반적인 재검토로 이끌었다. 그리하여 사회적 평등, 정치적 혁신, 경제적 수탈반대에 대한 요구와 더불어 문화적으로는 향토로 회귀하자는 요구가 나타났다. 계속 이어서 발생한 이들 요구는 모두 민족, 민권, 민생의 3대주의를 둘러싸고 있는 것으로 점차 발전하였다. 기본적으로 그것은 애국주의적이며, 반(反)지역주의적인 새로운 흐름이었다.

전체 문화계를 보자면, 70년대 이래 작가의 출신지를 막론하고, 점차 증가하고 있던 문학이론과 문학작품은 모두 민족의 존엄성을 발양(發揚)하고 제국주의에 반항하는 것, 민생주의 원칙에 입각하여 자본주의에 대항하는 것, 삼민주의의 민주원칙으로 자산계급의 민주에 대항하는 것이었다. 형식의 측면에서 보자면 어수룩한 낙관주의와 그것이 생산한 정신적 귀족식의 현대주의의 조탁풍조를 배척하고,

군중과 접촉하여 더 많은 사실주의 창작에 힘썼다. 이러한 풍조는 중화민족을 본위로 한 이상주의적이며 비판정신으로 가득 찬 신사실주의 문학이라고 말할 수 있을 것이다. 그것은 원시 '향토문학'의 구체적인 사회를 문학적 주체로 선별해내었다. 위와 같은 보다 더 종합성을 갖춘 문학은 '향토문학'의 사후(死後) 다시 태어난 것으로, 잿더미 속에서 날아오르는 새로운 불사조였던 것이다.

50년래 타이완의 신문학 발전사 속에서 '향토문학'과 관련된 심층적인 검토를 거쳐 우리는 다음과 같이 말할 수 있다: 각기 다른 시대의 '향토문학'은 각기 다른 내포를 지니고 있다. 그리고 소위 '향토문학'은 이후에 발전할수록 오히려 '향토'로부터 벗어났다. 심지어 허다한 소위 '향토'작가들이 '향토문학'은 없다고 공개적으로 표명하다. 이러한 현상을 자세히 관찰해 보면 위의 견해를 입증해 준다. ― '향토문학'은 이미 하나의 텅 빈 개념이 되어, 그것은 이미 훨씬 더 큰 종합성의 조류에 의해서 그 뱃속으로 흡입되었다. 그리고 이러한 조류는 오늘날 최대 다수인에게 유익한 것이고, 전민족의 발전에 가장 유리한 것이다.

그리하여 지금, '향토문학'을 지지하든 반대하든 간에 그것은 돈키호테 식의 기이한 행동이 아닐까. 현재 모두가 응당 해야 하는 것은 뒤돌아볼 것도 없이 이러한 훨씬 더 큰 종합성의 신조류에 몸을 던지는 것이다! 우리는 종소리를 거절할 수는 있다. 그러나 종소리를 따라 올 찬란한 새로운 새벽을 거절할 수는 없다. 그리고 지금은 종소리가 도처에 울려 퍼지고 있는 때이다. 이것은 '향토문학'이 역사발전 과정 중 이미 그것의 최후 귀착지에 도달했음을 보여주는 것이다. 동시에 청신하고, 빛나게 아름다운 밝은 미래가 곧 도래할 것을 예고하는 것이다.

난팅, 도처에 종소리 울린다 – 향토문학 '업(業)'은 이미 사망선고 받았다(1977)

초출: 민국66년(1977) 8월 18일 『중국시보』
原載: 民國六十六年八月十八日《中國時報》

3부

성찰

反思

향토의 상상·족군(族群)의 상상
– 일제시대 타이완 향토 관념의 문제

스수(施淑)

1930년대 타이완 화문(話文) 및 향토 정체성의 문제가 불러 일으켰던 문학논쟁에 대해, 사람들은 일반적으로 그로부터 타이완 문학본토론과 타이완 주체성 의식의 맹아가 싹트기 시작했다고 여긴다. 논자들은 대부분 그 맹아가 단속(斷續)적으로 일제시대와 제2차 세계대전 이후까지 일부 타이완 작가들의 의식 속에 잠복해 있다가, 그후 1977년부터 수년 동안 지속되었던 향토문학논쟁에서 집중적·전면적으로 드러났다고 생각한다.[1]

70년대의 논쟁 중, '향토문학'의 관념과 내포에 대해서 정부당국의 견해를 대표하는 쪽은 거칠게 '향토문학'을 "자의식 과잉의 편협한 지역관념"으로 규정한 적이 있다. 심지어는 "공농병(工農兵) 문학", "통

---

1) [원주] 관련된 논술은 유성관(游聖冠), 『타이완 문학 본토론의 시작과 발전』, 타이베이: 전위(前衛)출판사, 1996 참조.

전(統戰)²⁾" 등과 같은 백색 테러의 딱지를 붙였다.³⁾ 이러한 경우를 빼
면 일반적으로 제2차 세계대전 이전이든 이후이든 그것의 관념적 핵
심인 '향토'는 매번의 논쟁마다 선험적(先驗的)이었고 분명하게 분석
되지 않았으며 의미가 모호한 가운데 변론의 전개에 따라서 끊임없
이 의미가 증식하는 현상을 나타냈다. 70년대 말의 논쟁 중 왕퉈(王
拓)의 긴 글—「'리얼리즘' 문학이지 '향토문학'이 아니다」는 리얼리
즘의 사상적 방법과 예술적 성질을 도입하여 '향토'라는 단어를 둘러
싼 의미분쟁을 해결하려고 시도했지만, 논쟁의 과정 중에 이 키워드
가 거듭하여 다른 이데올로기 투쟁에 의해서 가려지고, 문학이 변동
되는 권력구조의 부표(浮標) 역할을 맡게 되는 현실을 해결할 수는 없
었다. 이러한 상황은 80년대 향토문학 내부의 남북분열과 본토론의
대두를 따라 더욱 뚜렷하게 나타났다.

　문학사의 관점에서 볼 때, 타이완 향토문학 관념의 발생은 식민지
배로 인해 파열된 현실세계로부터 온 것이었다. 이 파열된 의식은 가
장 먼저 20년대 문화협회의 계몽사상가들의 신·구사회와 신·구문
화에 관한 논술에 나타났고, 그 이후에는 일본의 동화정책에 대한 반
항으로 폭발되었다. 관련된 논술 속에서 확인할 수 있듯이, 계몽사상
가들은 과학·이성·민주·진화 등의 관념 때문에 주저 없이 신문화·

---

2)　[역자주] 통전(統戰)은 통일전선(United Front)의 약자로, 부르주아 계급에 대항하는 노동계
　　급의 연합을 주장한다. 코민테른에 의해 주창되었고, 마오쩌둥도 중국 공산당의 핵심개
　　념으로 내세운 바 있다.

3)　[원주] 인정슝, 「무덤 속 어디서 들려오는 종소리인가?(墳地裡哪來的鐘聲)」; 위광중, 「늑대가
　　왔다(狼來了)」; 펑거, 「통전의 주와 종(統戰的主與從)」 등 참조. 모두 웨이톈충 편집, 『향토문
　　학 토론집』, 타이베이, 1978 에 수록됨.

신사회의 편에 섰다. 그러나 똑같은 계몽사상의 이유로 그들은 선진적인 자태로 나타난 식민주의의 동화정책을 받아들일 수 없었다. 왜냐하면 계몽가들은 그들 특유의 인류와 세계발전에 대한 유토피아적 신앙을 사상의 전제로 삼는데, 일본의 동화정책은 근본적으로 민족의 독립·자유·평등에 대한 요구에 위배되기 때문이다. 위와 같은 사상적 맥락은 타이완의 '고유문화'·'특종문화'를 주창하는 황청충(黃呈聰)의 글 안에서 대표적인 논증을 찾을 수 있다.

1923년 발표한 「백화문을 보급하는 신사명을 논한다[論普及白話文的新使命]」[4]에서 황청충은 다음과 같은 견해를 제의했다. 그는 우선 타이완 문화와 중국의 연원, 그리고 타이완은 정치적 구분으로 보았을 때 일본에 속한다는 등의 객관적인 사실을 지적하고 "타이완의 문화는 중국과 일본 내지의 영향을 받을 수밖에 없다"고 여겼다. 그 다음에 그는 당시의 사회적 상황을 비판하며 전통적 봉건문화가 타이완인의 인권추구와 개성발달이라는 '천부(天賦)의 사명'을 목졸라 죽였다고 지적했다. 그리고 일본 공학교(公學校) 교육 또한 타이완인에게 일반적인 수준의 일본어를 가르치는 것뿐으로, '과학과 일반적인 지식'을 가르치는 일이 거의 없어 타이완 사회의 저개발 상태를 만들었다는 것이다. 그 원인을 추적해 본다면 결국 총독부가 일본의 고유문화로 타이완인을 동화하려고 한 정책 때문이었다. 이러한 상황에서 황청충은 한문(漢文)을 읽을 수 있는 잇점을 이용해서 타이완인들에게 중국 백화문을 배우고 보급하여 대중을 계몽해야 한다고 호소

---

4) [원주] 리난형(李南衡) 편집, 『일제시대 하의 타이완 신문학 문헌자료 선집』, 타이베이: 명담(明潭)출판사, 1979, 6-19쪽.

했다. 대중들로 하여금 중국의 '현대적' 간행물과 신문을 읽는 것으로 새로운 지식을 얻게 하고 구습을 버리도록 해야 한다. 그리하여 타이완을 '세계의 타이완'으로 만들고 '세계국가'의 반열에 올라 몸담을 수 있도록 하는 것이다. 그의 전체적인 신념은 다음과 같다.

> 지금까지의 편협한 국가 관념은 점차 세계국가의 관념으로 확대되어 간다. 세계의 지도는 축소되었고, 인류는 하나의 대가족이 되었다. 이후의 인류는 한편으로는 자신의 국가에서 살아가며 다른 한편으로는 세계국가에서 살아가야 할 것이다. 이것이 현대 문화인의 가장 강렬한 신감각이다. 그러므로 만약 우리가 세계지도에서 타이완의 섬을 볼 때, 손바닥만한 크기의 땅에 마치 새장 속의 새를 지키는 것처럼 수주대토하고 앉아 있을 수 있겠는가? 우리의 문화는 동양과 세계 전체의 지배를 받아야 하고, 세계의 사람들과 공동의 생활을 해야만 세계적인 타이완이 될 수 있을 것이다!

황청충이 그려낸 세계를 바라보며, 국가지위의 국한을 초월하여 타이완을 동방과 세계체제 내로 포함시키고자 했던 유토피아적 구상은 오래지 않아 환멸을 고했다. 2년 후인 1925년, 그는 「타이완만의 특종 문화를 창조해야 한다」를 발표했다.[5] 여기서 그는 이전의 생각과는 완전히 다르게 타이완의 특수성의 존재와 필요성을 제의했다. 이 글에서 그는 우선 타이완 문화에 대한 역사적 고찰을 진행했다.

---

5) [원주] 앞의 책, 72-76쪽.

그는 청대(淸代)까지 타이완인과 타이완 문화는 모두 중국에서 온 것이며 "그 후에는 지리적·환경적 관계로 거의 특유의 문화가 되었다고 생각한다. 그리고 오늘까지 200여 년이 지나는 동안 여러 가지 개선을 거쳐 타이완인의 생활에 적합하게 되었다. 그 중에는 타이완인 스스로가 창조한 것도 있지만 대부분 중국의 문화에 근거하여 타이완에 맞도록 개조되면서, 일종의 고유문화로 발전된 것이었다." 그의 견해에 따르면, 이것이 바로 타이완 '사회의 유산'이다. 일본이 타이완을 점령한 후, 일본의 물질과 정신문화를 타이완으로 이식해서 "타이완의 고유문화에 혼합시켜 일종의 복잡한 문화를 만들어냈다." 이는 동화정책이라는 강제적 수단으로 만들어진 것이지 순리대로 자연스럽게 발전된 것이 아니기 때문에, 그는 조롱기 섞인 어조로 당시의 현상을 다음과 같이 지적했다. 총독부는 "늘 타이완인으로 하여금 모든 일을 내지(일본)인의 양식대로 하도록 했다." "일본 당국은 일본 식의 생활방법을 배우는 것을 보면 이미 동화되었다고, 내지인과 같다고 칭찬한다. 기실은 겉으로만 일본 식으로 하는 척했지, 속은 여전히 타이완 식의 생활이었다." 황청충은 이러한 표리부동의 상황에 대해서 그의 선별적이고, 조화론(調和論)적인 해결 방법을 제의했다.

우리 타이완은 고유문화를 가졌고, 또한 외래문화 중에 좋은 것을 택하여 조화하는 것으로 타이완의 특종 문화로 만들어냈다. 이러한 특종 문화는 타이완의 자연적 환경, 예컨대 지형·기후·풍토·인구·산업·사회제도·풍속·습관 등에 적합한 것이다. 맹목적으로 수준이 높은 문화를 모방하지 말아야, 특종 문화를 창조하고 건설할 수 있으며, 그로부터 타이완의 특성을 발휘할 수 있고 사회 문화의 향상을 촉진할 수 있을 것이다.

위와 같은 황청충의 논술은 비록 직접적으로 '향토'를 언급하지는
않았지만, 그의 동화정책에 대한 부정, 타이완 식·일본 식 생활에 대
한 의식적인 구분, 고유문화·특종 문화에 대한 견지와 추구는 모두
일반적인 향토의식에 대한 관념과 관련되지 않는 것이 없다. 현실세
계의 분열로 인해 존재하게 된 향토의식은 객관적 의의상, 만일 의식
(儀式)적으로 민속적 세계의 의미를 지니는 '고유'로 발전하지 못하
게 된다면, 식민지 타이완의 명실상부한 식민주의 식(式)의 문화 보류
지(保留地)가 되어 역사발전 중 자생·자멸(自生自滅)하는 데에 그치고
말 것이다. 만약 그렇지 않다면 타이완의 특수성을 기본적 요구로 삼
는 타이완 특종 문화와 그것을 기초로 하여 구성되는 향토의식은, 프
레드릭 제임슨이 말한 것처럼 문화 제국주의와 사투를 벌이는 제3세
계의 문화일 것이다.

제임슨은 그의 글 「다국적 자본주의 시대의 제3세계 문학」에서 모
든 제3세계의 문화는 인류학에서 말하는 독립적 혹은 자주적 문화
로 볼 수 없다고 지적했다. 오히려 이러한 문화들은 모두 다 제1세
계의 문화제국주의와 사투를 벌이고 있는 상황에 처해있고, 이 문
화적 쟁투 그 자체야말로 제3세계에 대한 자본주의의 다른 단계 혹
은 일반적으로 말하는 '현대화'의 침투를 반영하는 것이다. 이 외에
도 또한 그는 제3세계의 문학작품들은 모두 우화성(寓話性)과 특수성
을 지니고 있다고 지적했다. 이들은 모두 '민족적 알레고리(National
allegories)'이며, 그들은 언제나 민족적 알레고리의 형식을 빌어 정치
적 의미, 즉 제3세계의 문화와 사회가 충격을 받은 문제를 투사하고

있다.[6] 위와 같은 관점으로 본다면, 전술한 황청충의 주장은 그저 로 컬의 의미를 지니는 지방특색 혹은 지방문화의 건설에 그치는 것이 아니라, 일본 동화정책의 압박 아래 족군(族群) 혹은 민족적 동질감을 근본적 사유로 삼는 반식민주의적 정치항쟁이라고 할 수 있다. 따라서 이로부터 시작된 타이완 향토문학 의식 또한 그저 지방색채와 풍토민정(風土民情)의 정취가 가득한 일반적인 의미의 향토문학이 아니라, 제3세계 속의 타이완 문학이 되는 것이다. 그러나 만일 상술한 내용 전부를 세계적 지정학(geopolitical)상의 아시아에 놓였다는 속성을 통해 고려하고, 그것과 동일하게 아시아 속성의 일본, 곧 세계 현대사에서 낙후성의 낙인이 찍힌 마지막 제국의 식민지였던 사실을 더해 생각해본다면, 제임슨이 말한 제3세계 문학의 특질이 일제시대의 타이완에서 어떠한 구체적인 결과로 발전하였는지 또한 한 걸음 더 나아가 탐구해볼 만한 문제이다.

문학적 상상 속에서 타이완이라는 땅과 그의 이름은 처음부터 환상을 기탁하는 곳이었지, 향수(鄕愁)의 장소는 아니었던 것으로 보인다. 초기 중국의 사적(史籍)과 시문(詩文)들이 타이완에게 지어준 '봉래(蓬萊)', '대여(岱輿)', '원교(員嶠)' 등 신화적 색채를 띤 명칭들은 '영원히 실현되지 못할 신선의 고향', '중국 권력지도의 구주(九州)·대해(瀛海)의 밖에 떠다니고 있는 것', '신주(神州) 밖의 신주' 혹은 '중국의 고난 밖에 있는 유토피아'를 가리키는 것이었다. 훗날 자주 사용된 외래어 포르모사(Formosa)는 번역하자면, 아름다운 허락이라는 말이다.

---

6) [원주] Fredric Jameson, 「Third World Literature in the Era of Multinational Capitalism」, Social Text, no. 15, 1986.

이 땅에서 살아가는 사람들에게는 알지 못했던 행복을 허락했고, 제국주의 식민자들의 끝없는 욕망의 실현도 허락되었던 아름다운 섬. 환상으로 표상되던 역사를 지나고 나서 타이완이 세계 현대사에서 식민지 신분을 얻게 되었을 때, 타이완은 고난의 상징이 되었다. 문학적 상상 속에서도 여전히 향수가 아닌 환상이 필요한 대상이 되었다. 이 모든 것들은 작가들의 타이완 향토전통에 대한 모순적이고 소원한 관계에서 잘 드러난다.

1920년대 타이완 신문학이 태어날 때부터 작가와 향토의 관계는 늘 그리 조화롭지 못했다. 20년대에는 대부분의 작가들이 문화협회의 회원이었고, 중첩된 신분 때문에 그들의 작품에는 사회 현황의 폭로와 비판이라는 이중적 성질이 나타나게 되었다. 일본 식민자의 압박과 문화 독점에 저항하는 도구로써의 향토의식은 그들 작품 속에서 개혁의 에너지이면서 개혁의 대상이었다. 이러한 상황은 문협의 지식인 작가와 황청충의 글에서 언급되는 타이완 고유문화 및 타이완 사회유산과의 소원한 관계의 시작이었다. 왜냐하면 한편으로는 다케우치 요시미(竹內好)가 「현대 중국론」에서 "동방의 근대는 서구가 강요한 결과였다"라고 지적했던 것처럼, 19세기 침략을 당하고 식민지가 된 '아시아의 비극 시대'는 '탈아입구(脫亞入歐)'의 일본을 만들어냈고, 또한 중국의 아편전쟁 이후의 유신(維新)사상과 그 후에 '국민성 개조'를 출발점으로 삼은 5·4신문학을 생겨나게 했다. 계몽이성을 지도적 사상으로 삼았던 문협의 지식인작가들은 민족적 알레고리의 의미를 지니는 작품을 창작하는 것으로 타이완의 동화되는 운명에 저항하려 했다. 그들이 타이완 향토의 발전방향을 세우기 위해 근거했던 타이완 특수문화의 창설표준에 대한 여러 이념들은, 자연스럽게 서풍이 동풍을 압도하는 아시아식의 문화적 저항과 실패의 운명을 피할 수 없었다. 이러한 상황은 당시의 대표적 작가들 라이허(賴和), 천쉬구(陳虛谷), 양윈핑(楊雲萍), 양서우위(楊守愚) 등의 작품에서 구체적인 설명을 찾을 수 있다. 이들은 보편적으로 이성진화의 관념과 인도주의의 관점으로 타이완의 봉건적 문화와 타이완 전통 신사 계급의 사상적 성격을 살펴보며, 그들 자신의 동정과 희망을 사회적 이단아로 간주되던 신지식인들의 행방에 두었다.

1930년 문화협회의 좌우익이 분열되고 타이완 사회 사상운동이 자본주의의 온건 개량파에서 사회주의의 '대중화' 노선으로 변경될 때, 황스훼이(黃石輝)는 「어떻게 향토문학을 제창하지 않을 수가 있겠는가?」[7]라는 글로 타이완 화문(話文)과 향토문학논쟁을 불러일으켰다. 모국어와 향토를 정면적이고 근본적인 요구로 삼았던 논쟁은 20년대 식민 동화정책을 반대하는 정신적 기조의 연속이었을 뿐 아니라, 사회주의 계급분석의 새로운 사고 방향을 반영하고, 동시에 향토적 동질감과 족군(族群)이 처한 환경에 대한 근심을 드러냈다. 황스훼이의 글은 작가들에게 '광대한 군중', '노동대중'을 창작의 대상으로 삼고, '타이완어'로써 서술의 도구를 삼으며, '타이완 사물의 묘사'를 작품의 내용으로 할 것을 호소했다. 그리고 진일보하여 다음과 같이 말했다.

---

7) [원주] 원문은 『오인보(伍人報)』, 9~11호, 1930년 8월에 게재되었다. 여기서는 랴오위원(廖毓文), 「타이완 문자개혁 운동사략」, 『타이베이 문물(文物)』, 4권 1호, 1955년 5월에서 재인용했다.

당신은 타이완 사람이고 당신의 머리 위에는 타이완의 하늘이며 당신이 밟고 있는 땅은 타이완의 땅이다. 당신의 눈이 보고 있는 것은 타이완의 상황이며 귀에서 들리는 소리는 타이완의 소식이다. 당신의 시간이 겪고 있는 것은 역시 타이완의 경험이고 당신의 입에서 나오는 말은 타이완의 언어이기 때문에 당신의 그 '대가의 붓'과 같은 건필, 꽃을 그려낼 수 있는 화필은 또한 타이완 문학을 써야 마땅하다.

위의 글에서 황스훼이는 '타이완 문학'을 '향토문학'과 동등하게 놓았다. 그리고 그는 창작과 사고의 범위는 반드시 '타이완'이라는 한정적인 단어에 천지·언어·사물·경험 등등을 더해야 한다고 거듭 강조했다. 이러한 논술은 그 개인의 사회주의적 문예사상의 지향을 밝힐 뿐만이 아니라, 강력한 식민문화의 침투 아래 향토 전통과 타이완 특수성의 상실에 대한 타이완 지식계의 보편적인 위기의식 또한 포함되어 있다. 이는 곧 앞에서 제임슨이 말했던 '현대화' 충격에 맞닥뜨린 제3세계 문화의 몸부림과 반응이다. 이와 관련해서 1928년부터 1932년까지 『타이완민보(台灣民報)』와 『타이완 신민보(台灣新民報)』가 연속해서 타이완 본토 '유식(有識)계급'을 대표하여 가자희(歌仔戲)[8]와 관련한 토론들을 게재했던 적이 있다. 언어부터 노래 곡조, 내용, 그리고 공연 형식에 이르기까지 모두 타이완인이 타이완 고유문화 영역에서 창조적 전환(creative transformation)을 이루어 완성된 이 새로운 연극에 대한 약 30편의 보도와 비판적인 글에서, 공격과 비판의 이유는

---

8) [역자주] 타이완의 전통극이다. '타이완 오페라'라고도 불린다.

예외 없이 가자희가 '풍속을 문란케 하다'고 지적하는 것이었다.[9] 이러한 현상은 아마도 2, 30년대 타이완 지식인이 타이완 향토를 확인하며 생겨난 문화적 초조감에 대한 방증으로 볼 수도 있을 것이다.

상술한 문화의식상의 소원함 이외에, 다른 한편으로는 할양된 현실 아래에서 정치적 구분으로는 일본, 문화·전통적으로는 중국이라는 이중적 정체성에 직면하여 향토의 정신적 고향으로서의 의미를 의식하게 된 지식인 작가들이, 비록 근근히 혈연·종성(種性)에 근거한 한(漢)민족의식으로까지 후퇴한다 하더라도, 국가를 잃은 민족 정체성이라는 전제 하에서 구성되는 타이완 향토의 내용을 구성하는 유형무형의 문화적 기호들은, 심지어 황청충과 그 이후의 향토론자들이 타이완의 특성이라고 여겨 그것에 의존하여 육화(incarnation)시킨 자연적 조건과 지리환경들 조차도, 식민지정책에 의해 강제당하는 인문·물질의 건설과정은 타이완 향토를 식민 제국주의의 가치체계가 규획하여 완성되는 '제2자연(the second nature)'으로 환골탈태시켰다.[10] 20세기로의 전환, 그리니치 표준시의 시행 등의 산업구조가 가져온 타이완 도시의 평균적이고 분산적인 발전은 점차 타이완

---

9) [원주] 츄쿤량(邱坤良), 「일제 시기 타이완 희극의 연구」, 타이베이: 자립만보사문화출판부 (自立晩報社文化出版部), 1992, 188-201쪽.

10) [원주] Neil Smith는 『Uneven Development(불평등한 발전)』이라는 책에서 다음과 같이 지적했다. "자본주의는 상업지리학에 의해 변형된 자연과 공간의 모습에 근거하여, 자연환경의 불균형한 발전을 초래했다. 예컨대 빈곤과 부유, 공업단지의 도시화와 상대적인 농업지역의 위축이 그것이다. 이러한 발전이 최종단계에 이르게 되는 것이 제국주의이다." Smith는 자본주의와 같은 과학화된 자연세계를 "제2의 자연"이라고 불렀다. 자세한 내용은 Edward W. Said, 「Yeats and Decolonization」, 『in Nationalism, Colonialism, and Literature』, University of Minnesota Press, Minneapolis, 1990, 78-79쪽 참조.

인의 생활규율을 전통 농업사회와 다른 시·공간적 의식 속으로 안내했다.[11] 1910년 타이완 종관(縱貫)철도의 완공과 더불어 타이완 철도부에서는 『타이완 철도 명소 안내』라는 여행 안내서를 출간했다. 책은 철도 연선(沿線)의 주요 풍경과 식민지 정부의 주요 시설들을 상세하게 소개했다. 1915년 식민 통치의 성과를 과시하기 위해 거행된 '시정 20년 권업박람회(始政20年勸業博覽會)'의 항목 중 하나가 바로 철도부의 전도(全島) 여행 노선이었다. 그곳의 기획에 따르면, 북쪽에서 남쪽까지 7개의 여행노선에서 타이완 원주민과 한인(漢人)의 세계는 각각 '번지(蕃地)'와 '고적(古蹟)'의 신분으로, 신사(神社)공원·수원지·유전(油田)·제당 공장·혈청작업소(血淸作業所) 등 일본정신과 물질문화의 기호와 함께 새로운 권력 공간의 네트워크 속에 병렬적으로 배치되었다.[12]

에드워드 사이드는 식민지 문제를 분석하며, 가장 깊은 근원을 탐색해보면 제국주의는 일종의 지리에 폭력을 가하는 행위로, 이 활동을 통하여 세계의 모든 토지는 착취와 규획을 당하며 통제 아래에 놓이게 된다고 했다. 그 결과로 온 세계의 토지와 인민들로 하여금 자본주의의 지역적 노동분업에 기반한 개별의 국가공간을 형성하게 하고, 그것에 자연스럽고 영구적인 차별의 껍데기를 덧씌워버렸다.[13] 상술한 타이완 총독부 철도부에서 기획한 여행지도야말로 틀림없이 일

---

11) [원주] 자세한 내용은 졸저, 「일제시대 타이완 소설 속 퇴폐의식의 기원」, 『양안(兩岸) 문학 논집』, 타이베이: 신지(新地)문학출판사, 1997 참조.

12) [원주] 뤼사오리(呂紹理), 「기적(汽笛)이 울려퍼지다: 일제 시기 타이완 사회의 생활 일과」, 정치대학 역사연구소 박사논문, 1995년 2월, 108-109쪽.

13) [원주] Edward W. Said, 위의 책.

본 식민제국의 의식적이고 정신적인 물증이다. 이것은 말 그대로 '제국을 그려내기(describing empire)'에 해당하는 식민주의 식의 타이완의 이미지였다. 1923년 영국의 왕립지리학회 회장 오웬 루터(Owen Rutter)가 관찰한 타이완에 대한 인상은 다음과 같다. "아름다운 경치와 경이로움으로 충만한 여행이었다. 이 아름다운 섬에는 우여곡절의 역사, 풍부한 자원, 그리고 침울한(unhappy) 처지에 있는 원주민들이 있다."[14] 그러나 식민지적 세계관 속에 배치된 타이완의 제2자연, 자본주의에 의거한 지리적 상상이 그려낸 불평등한 공간·풍경 혹은 지역분류는, 그럼에도 불구하고 일제시기 우여곡절의 역사의 흐름 속에 살았던 타이완 인민들이 '천연'적으로 생존하던 공간이었다. 1935년 『타이완 신민보』는 『타이완 인사감(台灣人士鑑)』을 출판했는데, 그 중 한 항목은 당시 사회 지도계층의 여가활동 조사였다. 통계에 의하면 이전부터 문협 반대운동과 작가로서 이름이 알려진 '타이중주 인사(台中州人士)'들의 주요한 여가활동은 독서가 아니면 '등산'과 '여행' 두 가지로 수렴되었다.[15] 대략 비슷한 시기, 일본에서 유학했던 예성지(葉盛吉)는 그의 수기에서 끊임없이 어린 시절 '불가사의'하게 그의 마음속에 병존했던 두 고향인 일본과 타이완을 회상했다. 그의 느낌에 따르면 "앞의 고향은 생활의 고향이고, 뒤의 고향은 혈통과 전통에 뿌리를 두고 있다.[16]" 이러한 현상들은 틀림없이 '고유한' 향토 정서를 포함하고 있지만, 그때 등산을 하고 여행을 다니던

---

14) [원주] 뤄사오리, 위의 논문, 112쪽. 뤄사오리는 'unhappy'를 '우울함(鬱悶)'으로 번역했다.
15) [원주] 뤄사오리, 위의 논문, 114-116쪽.
16) [원주] 양웨이리(楊威理) 저, 천잉전 역, 『쌍향기(雙鄕記)』, 타이베이: 인간출판사, 1995, 17쪽.

타이완 사회인사들과 어린 예성지의 의식 속에 잠재하고 있던 것 중에는, 아마도 천연화된 식민지 타이완의 '명소'와 '고적'의 관념의 성분이 아마 없지는 않을 것이다!

상술한 바, 천연화되었고 이미 동화되어버린 타이완의 인문·자연지리의 형성과 동반하여, 1930년대 초·중반을 전후하여 발간된『남음(南音)』,『선발부대(先發部隊)』,『포르모사(福爾摩沙)』등의 잡지들은 '팔방으로 난관에 부닥치는' 감각 속에서 제각기의 타이완 문학의 출로에 관한 토론들을 제의했다.『남음』의 입장을 대표하는 예룽중(葉榮鐘)은 가장 먼저 타이완의 풍토·인정·역사·시대를 배경으로 하는 "타이완 자신(自身)의 대중문예"를 제출했다. 그는 또 이어서 계급의 속박을 초월하고 타이완 '전체 집단의 특성'을 드러내는 '제3문학'을 제의했다. 그의 해석에 따르면 제3문학은 산천·기후·인정·풍속등의 '특수한 경우'로 인하여 형성되는 것으로, "타이완인이 계급분자가 되기 이전에 먼저 구비해야 하는 타이완인의 특성"을 표현하는 문학이다.[17]『포르모사』에서도 이와 비슷한 주장을 "진정한 타이완인의 문예"라고 제의했다. 이 잡지의 동인 중 한 명인 우쿤황(吳坤煌)은「타이완 향토문학론」에서 레닌과 스탈린의 이론적 지시를 인용하여 "무산계급의 내용과 민족적 형식"을 원칙으로 하는 미래적 사회주의 국제문화의 요구에 부합하는 향토문학을 제의했다.[18] 이상의 일본 식민통치의 중기, 어느 정도 식민지 건설이 안정기에 접어든 시점에 출현

---

17) [원주] 예중롱,「'대중문예' 대망(待望)」·「제3문학의 제창」·「'제3문학'의 재론」,『남음』, 2·8·9-10호 참조.

18) [원주] 예중롱,「타이완 향토문학론」,『포르모사』, 1권 2호.

한 문학 관념들은, 사상·계급·족군(族群)의 분화를 반영하는 것 외에도, 향토를 잃어버릴지도 모른다는 우려를 노출하고 있었다. 그 이유는 발견을 기다려 뒤늦게 출현할 타이완의 집단적 특성이나, 미래의 형태로 존재하는 국제주의 정신의 향토문학을 막론하고, 양자 모두 보편적으로 존재하는 제3세계문학 중의 반식민·반제국주의의 문화적 상상을 굴절시켜 드러내고 있기 때문이다. 이는 또한 이미 현실상에서 찬탈당하고, 깡그리 약탈당했던 향토와 족군에 대한 소환이기도 했다.[19] 그러나 일본의 식민 침략의 확장과 타이완의 지정학적 위상의 전환으로 인하여, 일제시대 타이완 문학에만 존재하는 타이완의식과 향토 상상은 일본의 남진정책의 진군 속에서 왜곡되고 심지어 그 자취를 감추게 되었다.

1937년 7·7사변 이후, 침략전쟁의 수요에 부응하기 위하여 일본의 고노에((近衛) 내각은 국민정신 총동원 계획을 발표했다. 타이완 총독부는 이 계획의 실시요령에 의거하여 타이완인에게 '물심양면의 총동원'을 요구했다. 계획은 군사적 남진정책과 연계하여 타이완을 일본제국의 '대동아 신질서 건립'의 남진 근거지로 배치시켰다. 그리하여 타이완은 근본적으로 전략상의 근거지로 변하게 되었다. 1940년 고노에 내각은 '고도 국방국가 체제의 건설'을 위해서 파시즘 단체 '대정익찬회(大政翼贊會)'를 조직하고 적극적으로 신체제운동을 실시했다. 타이완에서도 이를 본받아 황민봉공회(皇民奉公會)가 설립되었다. 이는 소위 '황민연성(練成)'을 통해 '익찬대정(翼贊大政)'의

---

19) [원주] Edward W. Said, 위의 책.

신도(臣道)를 실천'하는 것이었다. 이러한 일련의 조치들은 당시의 문화계에 무한한 상상력을 가져다 주었다. 예컨대, 1941년 8월 『타이완 일일신보(日日新報)』는 재타이완 일본인 작가 사카이 켄조(堺謙三)의 평론을 게재했다. 그는 글에서 "이전의 타이완은 식민지일 뿐 책임을 갖고 있지 않았는데" 지금은 "남진의 근거지가 되어 심장이 되었다"라고 말했다.[20] 1942년 『타이완 경제연보(台灣經濟年報)』에는 심지어 다음과 같은 발언이 게재되었다.

> 본도(本島; 타이완)인을 마땅히 화교(華僑) 대책의 첨병으로 삼아 그들로 하여금 남방에 진입시키는 것뿐만 아니라, 더 나아가 농업·상업 이민을 내보내야 한다. …본도인을 진정한 일본 민족의 한 구성부분으로 만들 필요가 있으며, 그들을 단련시켜 남진하는 야마토(大和) 민족의 좋은 동반자로 삼아야 할 것이다.[21]

상술된 전략적 임무에 상응하여 '국가와 국민의 전체 역량을 최대한 발휘할 수 있도록' 식민지 인민을 전쟁협력자로 만들기 위해, 대정익찬회에서는 '지방문화 진흥', '내·외지 차별철폐' 등의 정책을 반포했다. 타이완 총독 하세가와 기요시(長谷川淸)도 황민화운동 정책의 일부를 다음과 같이 조정했다. "타이완 전통의 종교·제사·관습·향

---

20) [원주] 류수친(柳書琴), 「전쟁과 문단 - 일제 말기 타이완의 문학 활동(1937.7-1945.8)」, 타이완대학 역사연구소 석사논문, 1994년 6월, 65쪽을 재인용했다.

21) [원주] 후지이 쇼조(藤井省三), 「'대동아전쟁' 시기 타이완 독서 시장의 성숙과 문단의 성립 - 황민화운동부터 타이완 국가주의의 길」, 「라이허와 그 동시대의 작가: 일제 시기 타이완 문학 국제 학술회의」논문, 청화대학(淸華大學), 1994년 11월, 15쪽으로부터 재인용.

토예능·생활방식 등은 통치의 주지(主旨)를 위반하지 않는다는 원칙 아래에 허용된다." 익찬회의 문화부장은 또한 "타이완이 타이완의 특수성에 설 수 있도록 하고, 조선이 조선의 특수성에 설 수 있도록 한다" 등의 보증을 발표했다.[22] 이와 같은 새로운 정세 하에 1940년 이후의 타이완 문학계의 상황은 매우 좋았다. 재(在)타이완 일본인 학자와 작가들은 유럽의 식민지 문학이론에 의거하여 잇달아 타이완의 특수성과 이국적 정조의 '외지문학'을 창작할 것을 제창하였고, 타이완 문학이 '재타이완의 일본 남방 문학'이 되도록 힘썼다. 본토 작가들은 같은 방식으로 지방문화와 타이완 특수성의 이름을 빌려, 일본의 '중앙문단'의 밖에 존재하는 독립적인 '타이완 문단'을 건립할 것을 고취했다.[23] 이 짧은 시간 동안, 타이완 문학계는 마치 룽잉쭝(龍瑛宗)이 말한 전쟁 초기의 '문학의 긴 밤'에서 벗어난 듯했고, 타이완 작가들이 꿈속에서도 바라마지 않던 '전체 집단의 특수성'을 표현하는 타이완 향토문학 또한 이 '신도(臣道)를 실천하는' 신체제의 운동 속에서 마침내 해방을 맞은 듯했다. 하지만 바로 이러한 지점이야말로 한편으로는 나치독일의 파시스트 사상과 멀리서 서로 호응하는 것이면서, 다른 한편으로는 이미 탈아입구를 실현했다는 자부심의 체현이기도 했다. 사실상 아직까지도 대량의 동양의 봉건적 자질을 보존하고 있는 일본 식민제국의 '신체제'의 유령 아래에서[24], 타이완의 풍토는 자신의 특색으로 인해 식민지 문학의 표본이 되었고, 그것에 딸

---

22) [원주] 후지이 쇼조, 위의 책, 61-64쪽.
23) [원주] 자세한 내용은 류수친, 위의 글, 80-83, 98-100쪽 참조. 그리고 후지이 쇼조, 위의 글, 16-20쪽 참조.

린 타이완의 기억, 타이완인의 생명경험을 담고 있는 민간 전설과 역사·고사들은 '국책(國策) 문학'의 모범사례가 되고 말았다. 1940년, 타이완의 여성 작가 황펑쯔(黃鳳姿)의 소설 『칠야·팔야(七爺·八爺)[25]』와 『칠랑마생(七娘媽生)[26]』이 타이완 총독부 정보부의 추천도서로 선발되었다. 그 이유 중의 하나가 '황민연성'에 도움이 되기 때문이었다.[27] 같은 해에 니시카와 미츠루(西川滿)는 그의 명작 『츠칸기[赤崁記]』에서 정성공(鄭成功)의 손자인 정극장(鄭克臧)이 감국(監國)의 직무를 맡은 후에 다음과 같이 뜻을 세웠다고 묘사했다.

> 타이완에서 신체제를 실행하고 풍기(風紀)를 바로잡으려고 기획했다. …고도(高度)의 국방국가 건설을 급선무로 삼고 있는 현 단계에는 개인의 자유와 평안을 고려할 수가 없다. 나는 어떻게 해서든지 감국의 직무에 충성을 다하는 것으로 조부의 유업을 이어받을 것이다.

소설은 이어서 그의 마음속에서 끓어오르는 신념을 묘사하였다.

> 명나라를 다시 부흥시킬 것이다. 남방에서 대명제국(大明帝國)을 세울

---

24) [원주] 야나이하라 다다오(矢內原忠雄)는 다음과 같이 말한 적이 있었다. "타이완 총독의 정치는 제도적으로는 절대적인 전제정치이다. 오늘날 전제정치가 무엇인지 보고 싶다 해도 다른 나라, 혹은 다른 나라의 식민지의 어느 곳에 가든지 그 목적을 이룰 수 없을 것이다. 오직 조선 혹은 타이완에서만 볼 수 있다." 그가 작성한 차이페이훠(蔡培火), 『일본국민에게 보내는 글』의 머리말, 학술출판사, 1974년 중일 대조본 참조.

25) [역자주] 중국 전통 문화 중 한 쌍의 신의 이름이다. 흑백무상(黑白無常)이라고도 불린다.

26) [역자주] 음력 7월 7일을 뜻한다. 이 날이 아이들의 수호신 칠랑마(七娘媽)의 생일이다.

27) [원주] 류수친, 위의 책, 64쪽.

것이다. ⋯조부의 모친은 일본 사람이었고, 이것이 조부 세대의 유일
한 자랑이었다. 그렇고 보니 나의 이 5척의 몸 안에도 틀림없이 일본
의 피가 계속 흐르고 있을 것이다. 나는 이 핏줄을 아껴야 할 것이며
이 혈연의 지시에 복종해야 할 것이고 남방으로 전진해야 할 것이다.[28]

위와 같이 황민화로부터 한 치도 벗어나지 않는 칠야·팔야·칠랑
마·정극장이 타이완인의 문화정체성에 어떠한 형태의 재난을 초래
할 것인지 상상하기조차 어렵다. 이러한 시·공(時空)착란과 파시즘적
인종숭배로 충만한 전설과 역사인물들과 함께 하면서, 타이완인의
정신적인 계보가 어떤 세계를 향해 발전하게 될 것인지는 더더욱 알
수 없는 일이다. 하지만 바로 이 미지의 세계의 출현직전, 향토 타이
완―족군의 명맥을 이어주던 강역(疆域)의 소재지는 마침내 근본적
으로 그의 이름을 잃게 되었다. 그의 이름은 본토와 재타이완의 일본
인 작가의 글 속에서 한없이 추상적인 위치 개념―남방으로 환원(還
原)되어버렸다.

스수, 향토의 상상·족군(族群)의 상상 – 일제시대 타이완 향토 관념의 문제(1998)

초출: 1997년『연합문학』14기 2권
原載: 1997年《聯合文學》十四期二卷

---

28) [원주] 여기의 두 번역문은 후지이 쇼조(藤井省三) 저, 장지린(張季琳) 역, 「타이완 이국정
　　조(異國情調) 문학 속 패전의 예감 – 니시카와 미츠루의 『츠칸기』를 중심으로」, 7-8쪽을
　　인용했다. 이 글은 1997년 9월 후지이가 중앙연구원 문학·철학 연구소(文哲研究所)에서
　　낭독했던 논문이다.

본토 이전의 향토

– 일종의 사상적 가능성의 중도 좌절을 말한다

린짜이쮀(林載爵)

1.

1973년 1월, 타이중[臺中] 다두산[大肚山] 위에 고립된 동해대학의 학생 동아리 둥펑서[東風社]에서 『둥펑[東風]』 제 40호를 출판했다. 이번 호에는 미국의 흑인문학가 제임스 볼드윈(James Baldwin)의 소특집을 만들어 미국의 흑인문학과 볼드윈의 소개, 볼드윈의 단편소설 『소니의 블루스(Sonny's Blues)』를 번역한 것과 볼드윈과 인류학자 마거릿 미드(Margaret Mead) 간의 대화록이 포함되어 있었다.[1] 같은 호에는 컬럼비아 대학의 음악과 학과장인 저우원중(周文中)의 글―「서양 음악에 미친 아시아의 영향」도 번역되어 실려 있었다. 반년 뒤

---

1) [원주] 동해대학교 둥펑서, 『둥펑』 40호 1973년 1월, 80-108쪽.

『둥펑』 41호는 '대학생 심리개혁의 필요성'을 사론(社論)으로 하여 「대학생의 귀족 심리」와 한바오더(漢寶德) 선생을 방문하여 지식과 사회에 관하여 인터뷰한 내용을 게재했다. 그리고 천사오팅(陳少廷)의 「일제시대 타이완의 문화 계몽운동」을 함께 실었다.[2]

1973년의 상반기 홀로 한 모퉁이에 떨어져 있는 대학 캠퍼스 안에서, 일종의 새로운 사상적 가능성이 싹트고 있었다. 볼드윈은 공허하고 방황하며 무기력한 채, 그리고 자주 영어 문법을 틀리는 젊은 흑인 소니가 그럴 기회조차 혹은 그럴 능력조차 거의 없는 가운데에도 백인의 문화와 사회에 저항하는 것을 묘사했다. 그에게 가능했던 것은 그저 마약에 몸을 맡기는 것, 혹은 블루스 음악을 통해 일종의 오래되고 깊은 우울함을 발산하는 것밖에는 없었다. 볼드윈은 인터뷰 중 끊임없이 "나에게는 몸을 쉴 곳이 없다", "태어나는 것은 어려운 일이고, 걸음걸이를 배우는 것도 어려운 일이다. 늙어가는 것, 죽는 것 또한 어려운 일에 속한다. 누구에게나, 어디에 살거나 살아가는 것은 자체로 어려운 것이다. 영원히 영원히. 하지만 그 외에 더 많은 부담, 혹은 누구도 치를 수 없는 대가를 더 부과할 수 있는 사람은 없다." 등을 말했다. 그는 "나의 조상, 그들은 노새처럼 팔려갔고 말처럼 사육되었다… 나는 반드시 마음속에 깊이 새겨야 한다. 나는 반드시 속죄를 해야 한다. 나는 그것들을 흐르는 물에 던져버릴 수는 없다. 내가 살아있는 유일한 이유는 내가 본 것을 증언하는 괴로움을 견디기 위해서이다."라고 고발했다. 우리가 이러한 무거운 언어들을 읽게

---

2) [원주] 동해대학교 둥펑서, 『둥펑』 41호, 1973년 6월, 13-21, 34쪽.

되었을 때, 새로운 문학관과 세계관이 점차 열리기 시작했다. 황춘밍(黃春明), 왕전허(王禎和), 천잉전(陳映眞)의 소설들뿐만 아니라, 우리는 이미 세계 각지 작가들의 유사한 체험을 느낄 수 있다. 음악학자 저우원중은 그의 글에서 한 세기 이래 서양문화가 통제하던 그림자로부터 벗어나, 아시아의 음악 전통이 어떻게 현대음악을 풍부하게 만들 수 있는지를 확신에 찬 어조로 설명했다. 그리고 서양의 작곡가들이 동방문화의 가치를 충분히 이해하고 몰두하여 연구하기를 기대했다. 그 과정에서 그것의 가치가 새롭게 발굴되고 해석되는 계기가 열리는 것과 동시에, 전통과 서구화된 예전의 논술방식들은 사망선고를 받았다. 둥펑서의 청년들은 톨스토이의 『이반 일리이치의 죽음』을 빌려 대학생들에게 톨스토이가 그려낸 귀족처럼 이상이 없고 사상도 없으며 좁은 세상과 기계적인 생활을 살다가 죽기 전에서야 자신이 일생을 헛되이 보냈다는 것을 깨닫는 삶을 살지 말 것을 경고했다. 대학생의 역할, 곧 지식과 사회의 관계문제가 또 다시 제기되고 검토되었다. 천사오팅은 강연 중 일제시대 타이완 지식인들의 사회운동에 대해 이야기했다. 이것이 바로 1973년 상반기 아름다운 다두산 위의 새롭고 기이했던 한 줄기의 사상적 분위기였다. 잃어버린 한 시기의 역사를 되찾고, 식민지 이후 세계문학의 공통적 성찰과 연계하여 사유하며, 쇠락해버린 문화가 어떻게 재생되었는지를 관찰하는 것, 그리고 개인과 사회의 관계를 재배치하며, 동시에 진일보하여 타이완의 사회구조를 이해하는 것까지.

이후, 1973년 8월 『문계(文季)』의 출판, 1976년 2월 『하조(夏潮)』의 창간에 이어 4월에는 『선인장(仙人掌)』이 합류했다. 그리고 1978년 장쉰(蔣勳)이 『슝스미술[雄獅美術]』의 편집장을 맡으면서 그 사상적 분위기의 내포는 더 많은 토론을 거치며 점차 확대되었다. 하지만 1977년 4월부터 시작된 향토문학논쟁에 이어 1977년 11월의 중리 [中壢]사건[3], 1979년 12월의 메이리다오 사건[美麗島事件] 등의 당외 (黨外)운동이 격화되는 가운데, 1980년대 이후에 접어들면서 이 사상 적 분위기는 뜻밖에도 중도 좌절되었다. 완전히 다른 사상노선이 와 서 그것을 대신하게 되었다. 사상사적 관점으로 봤을 때, 이는 대전환 이다. 당시의 용어로 말하자면 향토에서 본토로 전환된 것이다.

2.

프랑스의 역사학자 페브르(Lucien Febvre)는 16세기의 '불신 (unbelif)'의 문제를 연구할 때에, 당시에 사용되었던 단어들(words) 을 분석의 근거지로 삼았다. 그는 우리가 만약 일반적으로 통용되지 않는 단어를 철학화하려면 반드시 장애에 부딪치게 되고, 심지어 의 미가 부족해지거나 텅 빈 상태가 될 것이라고 생각했다. 16세기에는 절대(absolute)와 상대(relative)는 존재하지 않았고, 추상(abstract)과 구체(concrete)도 존재하지 않았다. 혼돈(confused)과 복잡(complex) 이 존재하지 않았으며, Spinoza[4]가 즐겨 썼던 적합(adequate)도 존

---

3) [역자주] 1977년 중화민국 타오위안[桃園]현 중리[中壢]시에서 선거부정이 벌어져 중리지 역 주민들이 경찰관서로 몰려가는 바람에 경찰이 최루탄을 발포하고 청년을 사살한 사건 이었다. 특히 이 사건은 2·28 사건 이후 타이완에서 벌어진 최초의 집단 시위 사건이기 도 하다.

4) [역자주] 원저자는 외국의 인명을 때로는 중국어로 표기하고, 때로는 알파벳으로 표기하

재하지 않았으며, 가상현실(virtual) 또한 존재하지 않았다. 심지어 insoluble, intentional, intrinsic, inherent, occult, primitive, sensitive 등도 존재하지 않았다.(이들은 모두 18세기의 단어들이다). 그리하여 페브르는 다음과 같이 말했다. "언어와 사상의 문제는 마치 마름질과 몸에 맞지 않는 옷과 같다. 즉, 반드시 끊임없이 변화하는 손님의 몸매에 따라서 손에 있는 재료를 수정해야 한다는 것이다. 어떨 때는 옷이 너무 헐렁하고 어떨 때는 손님이 옷에 묶여 옴짝달싹 못하게 되기도 한다. 그들은 반드시 서로 조절해 나가야 한다. 그것은 가능한 일이긴 하지만, 천천히 진행되어야 한다. 언어는 대체로 댐은 아니더라도 수문이라고 할 수는 있다. 사상사적으로 어떤 용어가 출현할 때, 그것의 철학적 물의 흐름은 막혀 있게 된다. 그러던 어느 날 그것이 갑자기 댐을 돌파해서 앞으로 세차게 흐르게 된다.[5]" 이는 곧 용어가 없다면 그것이 대표하는 사상도 없다는 것을 말한다. 하지만 특정한 용어가 출현하게 될 때는 또 반드시 사상적 내포를 충분히 갖추게 된다.

향토와 본토, 두 용어가 1970년대와 1980년대에 연이어 출현한 것이야말로 바로 위의 내용에 대한 설명이 될 수 있다. 향토와 본토는 각기 다른 두 종류의 사상적 유형을 대표하고, 각자 자신만의 내포를 담고 있다. 그 중에 중국과 타이완의 국가 정체성 인식의 차이가 가장 현저하고, 가장 사람들의 눈길을 끄는 지점이다. 하지만 만약

였다. 원저자의 알파벳 표기는 그대로 유지하기로 한다.

5) [원주] Lucien Febvre, The Problem of Unbeliefing the Sixteenth Century Historians at Work (edited by Peter Gay), Harper & Row, 1975, pp.111-116.

향토와 본토의 토론을 이 방향에서부터 시작하게 된다면, 혹은 완전히 그것에 근거하여 입론한다면, 둘 사이의 사상적 차이는 매우 손쉽게 가려지게 되며, 또한 양자의 사상내용을 모호하게 만들게 된다.

향토는 1970년대 타이완에서 공통적으로 사용되었던 용어였다. 이 용어는 『하조』, 『선인장』, 『슝스미술』, 『종합월간(綜合月刊)』, 『중국논단(中國論壇)』 등 여러 신문 잡지에서 발견된다. 사람들이 그것에 대해 토론할 때에는 어느 정도의 공통적 이해가 있었다. 예컨대 당시의 반(反)향토적 언론은 결코 향토의 중국성(中國性) 때문에 향토를 공격했던 것이 아니라, 오히려 그것의 지역성과 계급성을 우려하며 비판을 전개했던 것이다.[6] 하지만 1980년대에 들어서 '본토'라는 용어가 향토를 대신하게 되었을 때, 향토의 중국성은 도리어 가장 주요한 공격 목표가 되었다. 따라서 사상사적 관점으로 봤을 때 중국결(中國結)과 타이완 결(結)은 결코 향토와 본토의 유일하고 가장 중요한 차이점이 아니었다. 그들 사이에는 훨씬 거대한 사상적 의미와 내포의 차이가 존재한다.

---

6) [원주] 예컨대 인정슝(銀正雄)은 그의 글 「무덤 속 어디서 들려오는 종소리인가?」에서 다음과 같이 말했다. "'향토문학'은 오늘날에 와서 이런 모습이 되었으니 한심스럽다. 그리고 오늘 또다시 누군가가 문학은 '향토로 회귀'해야 한다고 큰소리로 외치고 있다. 문제는, 어떤 '향토'로 회귀하라는 것인가? 넓은 의미의 '향토' 민족관으로 회귀해야 하는 것인지, 좁은 의미의 '향토' 지역관으로 회귀해야 하는 것인가? 만약 후자를 선택한다면 우리는 그게 30년대 실패할 수밖에 없었던 프로문학과 무엇이 다른지 질문해야 할 것이다." 『선인장』 제1권 2호, 1977년 4월, 140쪽.

피식민 역사의 세밀한 관찰

향토, 일종의 사상적 유형으로서 그것의 첫 번째 함의는 피식민 역사에 대한 세밀한 관찰이다. 향토진영은 오랫동안 방치되었던 일제시대 타이완 반항사(反抗史)의 발굴을 적극적으로 추진하였다. 왕스랑(王詩琅), 황스챠오(黃師樵) 등 이전 세대의 회고와 증언을 통해서, 금기시되어 왔던 타이완의 근대사는 다시 세상의 빛을 보기 시작했다. 특히 황스챠오가 『하조』에 연재한 「타이완 농민운동사」, 「일제시대 타이완 노동운동사」, 「일제시대의 타이완 민중당」, 「타이완 노동자 총연맹의 노동조합 활동」 등의 시리즈는 매우 소중한 것이었다. 하지만 향토진영의 역사의식은 그저 사료의 발굴과 정리에만 머문 것이 아니라, 일종의 사상유형을 구축했다. 그들이 강조하려고 했던 것은 이러한 반항운동은 '이론투쟁뿐만 아니라 또한 민족사상·계급의식·정치운동 등의 다양한 색채를 품고 있었다는 것이다.[7]' 그리하여 민족해방운동에 참여한 쟝웨이수이(張渭水)의 역사적 위치, 농민운동에 참여한 양쿠이(楊逵)의 역사적 의미가 특별히 돋보이게 된다. 그리고 똑같은 역사관에 입각해서 삼민주의와 중국 현대사 속의 반제국주의와 반자본주의적 성분을 다시 새롭게 제기하고, 중국 국민당의 이론 속에서는 대중운동을 기초로 삼음으로써 제국주의와 자본주의의 침략과 압박을 해결하려고 하는 것을 지적했다.

따라서 이처럼 역사의 재현은 더는 그저 사실에 대한 진술이 아니

---

7) [원주] 황스챠오, 「타이완의 농민 운동사」, 『하조』 제1권 9호, 1976년 12월, 12쪽.

라 '어떻게 말하고, 어떻게 볼 것인가'의 문제가 되었다.[8] 탄잉쿤(譚英坤)의 글 「1945년 이전 타이완의 사회와 경제」는 바로 이러한 관점을 대표한다. 그는 네덜란드 시기부터 일제시대까지의 타이완 경제발전의 특질에 대해서 총정리 한 뒤, 다음과 같은 질문을 던졌다. "우리는 역사로부터 무엇을 배워야할 것인가?" 그의 견해는 다음과 같다.

1. 타이완 사회의 가장 두드러지는 특징은 식민지사회라는 성격이다. 타이완은 근대사회로 진입하기 이전에도 네덜란드·영국·미국·프랑스 등의 나라와 밀접한 관계를 맺어왔다. 타이완의 장뇌(樟腦), 찻잎, 설탕은 전(前)자본주의적 단계에서도 국제상업자본이 추구하는 상품이었다.

2. 제국주의의 상업자본과 산업자본은 언제나 타이완의 경제구조와 긴밀한 관계를 유지하고 있었다. 타이완의 노동력은 줄곧 외국자본이 이윤을 얻어가는 비옥한 원천이었다.

3. 타이완은 어떤 강성한 왕조가 경영한 것이 아니라 셀 수 없는 부지런한 중국 인민들이 오랜 기간 피와 땀, 그리고 눈물로 개척한 것이었다.

4. 타이완의 운명은 바로 19세기 이래 자본 제국주의 아래의 모든 낙후된 아시아, 아프리카, 중남미 인민의 운명과 같다.[9]

---

8) [원주] 쉬칭리(許慶黎)의 인터뷰, 「우리의 땅 위에 서서 말한다」 (1978년 9월 29일), 송궈청·황중원, 『신세대의 절규』, 타이베이: 자비출판, 1978년 12월, 147쪽.

9) [원주] 탄잉쿤, 「1945년 이전의 타이완 사회경제」, 『하조』 제2권 4호, 1977년 4월, 14-15쪽.

만약 타이완과 중국이 둘 다 똑같은 반제국주의와 반자본주의의 색채를 띠었다면, '타이완의 역사적 위치는 중국의 그것과 동등하고, 더 나아가 세계사 속에 포함되어 있다. "약소민족들이 연대하여 함께 분투하는" 노선을 세계사적 범위에 놓고 본다면, 중국과 타이완은 동등하게 세계의 압박받는 국제적 국민혁명 운동 중의 중요한 일파가 된 것이다.[10]' 이야말로 향토적 관점의 역사관이다. '타이완을 "세계의 기타 약소민족"과 국제적 위치에서 연계하여 함께 "반제국주의" 진영의 일환으로 만드는 것이다. 비록 쑨중산(孫中山)의 언어를 빌려 사용했지만, 타이완의 역사적 위치는 "중국과 불가분한" 일환 중에 있다고 해도, 이미 세계사의 각도로 이탈해 버렸다.' 심지어는 '타이완을 중국과 동격의 지리적·정치적 위치로 높여, 함께 압박과 식민을 당한 지역으로 설정하여, 타이완이 중국의 변경(邊境)역사였다는 공식적인 내러티브로부터 벗어나는 것이다. 타이완 항일운동과 중국 국민혁명의 공통적인 목표─반제국주의는 서로의 동등성을 담보하는 중요한 역사적 표지가 되었다.'[11]

일제시대 타이완 문학의 해석 또한 위와 같은 역사적 관점에 의거하여 진행되었다. 1973년 7월부터 옌위안수(顔元叔) 편집의 『중외문학(中外文學)』에는 일제시대 타이완 문학에 관한 논문들이 발표되기 시작했다. 일제시대 타이완 문학을 발굴하는 일은 뒤이어 『하조』 등에서 라이허(賴和), 뤼허뤄(呂赫若) 등을 소개하는 것으로 계승되었고,

---

10) [원주] 린원겅(林間耕), 「타이완 민중운동과 국민혁명」, 『중국시보』, 1977년 5월 11일.

11) [원주] 궈지저우(郭紀舟), 「1970년대 타이완 좌익 계몽운동─『하조』 잡지연구」, 타이중: 동해대학교 역사연구소 석사논문, 1955년 6월, 95쪽.

더 발전하여 그 시기의 문학작품의 간행을 포함한 정리와 연구가 진행되었다.[12] 당시에 논의되었던 라이허, 양쿠이, 장선체(張深切), 양화(楊華) 등 작가들은 대개는 위의 맥락에서 그들 작품의 의미와 정신을 현창(顯彰)한 것이었다.

제3세계 관점의 제기

타이완을 세계사의 구조 속에서 이해할 수 있는 이유는, 타이완과 제3세계의 식민지를 경험한 국가들과의 역사적 경험의 유사성 때문이다. 탕쥐안(唐猾)은 「'제3세계'란 도대체 무엇인가?」라는 글에서 "소위 '제3세계'를 사람들이 좋아하든 싫어하든, 관심이 있든지 없든 지간에 실제로 우리는 이미 예전부터 '제3세계' 속에서 살고 있다. 우리는 동의하지 않는가? 우리는 그것에 대해 따져 물어야 하는가? 그럴 필요가 있을까? 사실 그것은 역사가 남긴 유산이다[13]"라고 하였다. 향토 진영이 해야 할 일은 '제3세계적 신(新)계몽'이다. 한편으로는 냉전시기의 국제 역학을 다시금 새롭게 이해해야 하고, 다른 한편으로는 타이완의 가공수출 구조가 세계경제 속에서 종속적인 초급가공경제라는 점을 인지해야 한다. 그리하여 반드시 우리와 같이 선진 자본주의 국가에 의해서 착취당하고 있는 지역, 그리고 그 국가와 인민들이 어떻게 반응하고 대항하는지를 이해해야 한다.

---

12) [원주] 천정티(陳正醍) 저, 루런(路人) 역, 「타이완의 향토문학논쟁」, 『난류』 제2권 2호, 1982년 8월, 31쪽.

13) [원주] 탕쥐안, 「'제3세계'는 도대체 무엇인가?」, 『하조』 제4권 4호, 1978년 4월, 40쪽.

누군가 필리핀의 신세대에 대하여 언급하기를, 그들의 행동과 사상은 이미 완전히 미국화되고 전통문화와는 이미 단절되었다고 한다. 그는 수세기 이래의 식민지 위치를 재앙이 아니라 하늘이 내려주신 은총으로 보고 있었다.[14] 또 어떤 사람은 세계적인 식량과 인구문제, 나일 강 댐의 재앙, 인도 빈곤문제의 본질, 다국적 기업의 오염 수출, 중동의 석유, 파키스탄의 과거와 미래 등등을 언급하면서 다음과 같이 지적했다. 제3세계 국가는 경제발전에서 몇 가지 유사한 특징을 갖고 있다: ① 강력한 억제력으로 사회의 안정을 유지하고, 자유단체를 배척한다. ② 정치·경제 체제는 강제적인 조정을 통해 국제 자본주의 패권에 노동력을 제공하고, 동시에 외국 자본을 획득함으로써 현 상태를 유지한다. ③ 개인자본은 자유경쟁하며, 동시에 정부는 개인 자본의 운용에 대한 제약을 최소한도까지 축소시킨다.[15]

타이완을 이상의 공통적 특징을 갖춘 제3세계에 포함시키는 것은 바로 타이완의 '당·국(黨國)-자본'이 유착한 정치·경제 체계를 명확히 적발하는 것이었다. 여기서 한 걸음 더 나아가 질문을 던져야 한다. 제3세계 국가들에 있어 독재정권을 존속케 하는 조건은 도대체 무엇인가? 왜 고압적인 정치가 제3세계에 보편적으로 존재하는 것일까? 어째서 과거의 식민주의와 현대경제의 신식민주의는 모두 인권침해자인가? 왜 외국의 원조와 투자가 제3세계의 나라에게 그토

---

14) [원주] 리솽쩌(李雙澤), 「민족정신을 상실한 필리핀 교육」, 『하조』 제2권 5호, 1977년 5월, 65쪽.

15) [원주] 후칭위(胡晴雨), 「제3세계 인권의 경제·정치적 기초 – 한국을 중심으로」, 『하조』 제5권 3호, 1978년 9월, 52쪽.

록 중요한 것일까? 답은 혹시 패권적인 중심과 주변의 관계를 유지하고 확보하기 위해서가 아닌가. 한편으로는 주변국의 소수 통치자들의 정치독재와 경제 독점에 유리하고, 다른 한 편으로는 다국적기업에게 더 많은 주변국의 이윤을 흡수할 수 있는 기회를 제공할 수 있기 때문이다. 국제 자본주의 시스템을 총체적으로 보았을 때에 위와 같기 때문에, 그들은 끊임없이 자본을 모을 수 있는 것이고 재생산과정을 진행할 수 있는 것이다.[16]

제3세계적 관점의 제기는 현대화이론의 비판을 수반했다. 루원쥔(陸文俊)은 다음과 같이 지적했다. "1950년 이래 '발전'의 의미는 모두 좁은 의미로 과학기술과 경제적 활동으로 고정되었고 정치·사회·과학 기술과 경제의 연관성을 소홀히 하게 되었다. …국민총생산의 빠른 증가는 전체사회의 '발전'과 절대적인 상관관계가 없다. … 제3세계는 반드시 자신의 사회와 문화를 배경으로 하여, 자기의 농업과 공업의 기초에서 자신만의 발전이론을 생산해내야만 한다. 그렇지 않으면, 어떠한 발전도 그저 '서구화' 혹은 '현대화'의 확장일 수밖에 없으며, 그저 굽실거리며 앞사람의 뒤를 따라가게 될 것이다."[17] 탕원뱌오(唐文標)는 사람의 행복만이 유의미한 지표가 될 수 있다고 말했다. "GNP는 사람들이 시장에서 재화에 돈을 쓰고 소비한 것을 계산한 것뿐이다. 이 재화들은 꼭 필요한 것일까? 그들을 더 건강하게, 혹은 기쁘게 만들었는가?" "목적 없는 경제성장과 이윤 지상주의

---

16) [원주] 위의 글, 50쪽.
17) [원주] 루원쥔, 「제3세계 경제발전 이론의 재검토」, 『하조』 제2권 4호, 1977년 4월, 77-80쪽.

의 결과, 세계는 이미 사람들이 거주할 수 없을 만큼 오염되고 말았다!"[18]

사회계급의 분석

'식민사회'의 세계성과 전(全) 지구적 성격이 타이완 역사를 이해하는 기초가 되던 때에, 타이완 사회에 대한 계급적 분석 또한 향토사상 유형의 기본적인 내포가 되었다. '계급'의 관념은 금기의 속박을 풀어버리고, 조심스럽게 전전긍긍하며 제기되었다.[19] 『하조』는 정치·사회 소식의 전달보다는 노동계급에 관한 보도를 더 광범위하게 진행했다. 그 내용은 철도노동자의 비가(悲歌), 국내 노동자의 현상분석, 쌴허[三合] 광산노동자들의 고함 소리, 소년공 문제에 대한 직시, 가난한 사람들에게 밥을 해 주는 봉사자, 농민의 속마음을 듣는 것(차오툰진[草屯鎭]의 한 농민이 리산[梨山]에서 3천 여 근의 양배추를 차오툰 시장까지 운송해서 판매했는데 그가 번 돈은 490여 원에 불과했다. 1근이 약 1각 5푼 7리였던 것이다. 보통 영화 한 편을 보려면 약 400근의 양배추가 필요하다) 등을 포함했다.

노동자들의 임금으로 인한 분규가 점차 증가하던 그때, 1978년부터 『하조』는 기존의 하층계급의 생활을 보도하던 인도주의적 시각과

---

18) [원주] 탕원뱌오, 「사람의 행복만이 지표이다」, 『하조』 제2권 6호, 1977년 6월, 45쪽.

19) [원주] 가장 아이러니한 견해는 노국민(老國民)이 말한 "최근에 모두 '계급'이라는 두 글자를 언급하기만 하면 몹시 놀란다. 노국민 또한 여러 번 경고를 받았다. 따라서 이 두 글자에 감히 절대로 손을 대지 못한다." 였다. 『향토문학논문집』, 『하조』 제4권 6호, 1978년 6월, 48쪽.

사회소식의 전달에만 머물렀던 것으로부터, 보다 심도 있는 노동자 및 농민계급의 사회적 갈등에 대한 토론으로 전환했다. 그리고 어민회, 농민회, 노동조합의 패권문제에까지 깊이 들어갔다.[20] 물론 계급 분석의 대상은 70년대 날이 갈수로 빈번해진 수출입 무역 중 형성된 상업무역계층을 포함한다. 이 계층, 그리고 국내의 대공상업(大工商業)과 외자(外資)상공업이 기본상으로는 우리 사회의 경제생활을 지배하고 있었다.[21]

향토 진영이 주장했던 현실주의 문학은 바로 '농민과 노동자… 민족기업가, 소상인, 프리랜서, 공무원, 교원 그리고 모든 산업사회 속에서 생활하기 위해서 발버둥치는 가지각색의 사람들을 규획(規劃)하는 것이었다.[22]' 그리고 진일보하여 '정확하게 사회 내부의 갈등을 반영하는 것이었다.[23]' 따라서 황춘밍(黃春明)이 관심을 가졌던 것은 미국과 일본의 자본수출 하에 놓인 타이완의 경제생활 형태를 다국적기업의 자본침략이라는 관점에서, 그러한 경제구조 속의 충돌들을 자세히 살펴보고, 동시에 소설 속 인물관계에서 일종의 거친 계급 갈등 관계가 형성되는 것을 관찰하는 것이었다.[24] 양칭추(楊青矗)의 『공장인』은 한 노동자의 노동력의 가격과, 그가 살아내야 하는 물질

---

20) [원주] 궈지저우, 앞의 책, 158-162쪽.

21) [원주] 스헝(石恆), 「사상과 사회 현실」, 『하조』 제4권 4호, 1978년 4월, 16쪽.

22) [원주] 왕퉈, 「'리얼리즘' 문학이지 '향토문학'이 아니다」, 『선인장』 제1권 2호, 1977년 4월, 73쪽.

23) [원주] 리줘(李拙), 「20세기 타이완 문학 발전의 방향」, 『향토문학 토론집』, 타이베이 원경, 1978년 4월, 128쪽.

24) [원주] 궈지저우, 앞의 책, 106쪽.

생활의 군색함을 반영했다.[25] 오늘까지도 사람들로 하여금 자꾸 생각
나게 하는 숭쩌라이(宋澤萊)의 「다뉴난 촌[打牛湳村]」(『하조』 제5권 2회,
1978년 8월에 게재되었다)은 우리로 하여금 다뉴난의 가장 깊은 내부로
안내하고, 다뉴난 존재의 본질을 관찰하게 하였다. 아주 오랜 기간의
도시-공업제도의 농촌에 대한 침식은 결국 옛날부터 있던 농촌을 변
화와 개정의 과정에 편입되게 하였다. 그 중에 파괴력이 가장 강했던
것은 자유방임 경제주의가 농민에게 가한 충격이다. 생산과 분배는
상호조화를 이룰 수 없었을 뿐만 아니라, 도리어 상인에 의해서 조
종당하게 된다. 조금의 거리낌도 없이 제멋대로 다뉴난의 참외소매
상을 침입한 것이 바로 이러한 자유방임 경제주의의 가장 '아름다운'
성과이다. 다뉴난, 그리고 참외를 키우던 농민은 다만 무력하게 저들
의 임의대로 조종당하고 사기를 당할 수밖에 없게 된다.[26] 바로 이러
한 계급적 분석이 반대 인사에 의해서 "우리는 그들의 얼굴에 혁혁한
복수심과 분노의 주름살이 있다는 것을 볼 수 있다"라며 비판 받았
다.[27]

하지만 사회구조 중 족군(族群) 관계는 천잉전에 의해서 일종의 극
히 관대하고 너그러운 태도로 다루어졌다. "천잉전은 대륙 출신과 본
성인(本省人)간 사람과 사람 사이의 관계를 다룰 때, 그들을 애초에
대륙출신과 본성인을 나누지 않는 사회규율 아래에 두고, 출신의 구

---

25) [원주] 천잉전, 「양칭추 문학의 도덕적 기초」, 『고아의 역사·역사의 고아』, 타이베이 원
　　경, 1984년 4월, 136쪽.
26) [원주] 린볜(林邊), 「숭쩌라이의 『다뉴난 촌』에 대한 감상」, 『민중일보(民衆日報)』 1979년
　　2월 22일.
27) [원주] 인정슝, 앞의 글, 106쪽.

분을 두지 않고 동등한 사회인의 의의만을 부여한 채 복잡한 삶의 연극을 전개했다. …무대의 커튼 안의 좁은 타이완 소도시에 살아가는 약간의 소자산계급과, 무대의 커튼 밖의 광범위한 생산자들의 관계 사이에서, 자산계급의 권태와 쇠약을 생산자들의 불가사의한 생활력과 대조시켰다. 이 모든 것은 천잉전이 사회의 근원을 그려내고, 출신의 차별을 지워냈기에 가능한 일이었다."[28] 이는 바로 천정티가 말한 것과 같다. "그가 '향토문학'을 주목하게 된 것은 바로 땅과 인민의 관계를 보편 차원으로 제고시킨 결과이다. …많든 적든 간에 사회정의와 사회 개혁의식을 포함하고 있는 것이다."[29]

대중문화의 반성

향토사상의 범주 내에서, 대중문화는 긍정되고 수용되는 대상이다. 우리는 숙명적으로 냇물처럼 끊임없이 흐르는 대중문화 속에서 살아가야 한다. 당신이 좋든 싫든, 혹은 옹호하든 비판하든 간에 우리는 그 속에서 살아가고 있는 이상, 우리가 기대하고 있는 것은 그저 또 다른 대중문화의 유행일 뿐이다.[30] 또 다른 대중문화는 1970년대 초기에 이미 점차 드러내기 시작했으니, 그것이 바로 향토로의 회귀이다. 1972년 Echo[31]가 훙퉁(洪通)[32]을 발견했고, 뒤이어 『슝스미술』

---

28) [원주] 쉬난춘(許南村), 「천잉전 시론」, 『향토문학 토론집』, 173-174쪽.

29) [원주] 천정티, 앞의 글, 71쪽.

30) [원주] 탕원뱌오(唐文標), 「기쁨이 곧 문화다 – 타이완 대중문명 초론(草論)」, 『하조』, 제1권 5호, 1976년 8월, 29쪽.

31) [역자주] 1971년 창간된 『한성잡지(漢聲雜誌)』이다. 주로 서구에 중화문화를 소개하는 것

이 홍통을 위해 특집(1973년 4월)을 만들었다. 민가(民歌)의 창작과 공연은 이미 전개되고 있었고, 1975년 주밍(朱銘)의 사실주의적 조각이 상당히 광범한 논쟁을 불러 일으켰으며 민족예술 활동 또한 유례가 없는 중시를 받기 시작했다.

그러나 이 추세는 대중미디어에 의해 이용당했다. 그리하여 장쉰은 세속에 영합하는 것인지 진정한 향토문화 운동인지 그 경계를 정확하게 판단해야 한다고 생각했다. "미디어 영합적인 향토회귀는 '복고'·'뒤처짐'을 '민족'의 원칙이라고 이해하고, '지방성'·'특이성'을 '평민적'이라고 여기며, 스스로 자각하지 못한 채 '관광객'이자 '문화인'의 심리로 '전통'과 '민속'을 칭송하였다. 향토문화 운동은 그들에 의해 양두구육의 물건으로 왜곡당했다." 이것이 바로 상업적 조종 하에 위장을 덮어쓴 '가짜 향토'이다.[33] 또 다른 문제는 이 추세가 쉽게 향수와 회고로 흐르는 것이었다. 그들도 다음과 같은 자각이 있었다: "문화적 '향토운동'은 기본적으로 일종의 본위(本位)문화에 대한 재체인(再體認)과 재긍정의 과정이다. 이는 맹목적으로 서양을 숭배하던 '서구화' 습성의 범람과 용속화(庸俗化)한 대중문화에 맞서는 적극적이고 긍정적인 의미를 지닌다. 하지만 이는 또한 좁고 폐쇄적이며 향수에 젖어서 감상에 빠진 '민속 발굴' 활동 등과 헷갈리게 될 가능성

이 목적이었으므로 영어로 출판되었고 영어 이름이 『ECHO』였다.

32) [역자주] 타이베이 출신의 화가. 전문적인 훈련을 받은 적이 없으며 50세가 넘어 그림을 그리기 시작하였다. 다양한 요소들을 그림에 포함하고, 신비한 문자화(文字畵) 및 색채가 풍부한 독특한 스타일로 주목받았다.

33) [원주] 장쉰, 「루강(鹿港) 민속 기예의 경기 특집 보도」, 『슝스미술』 89호, 19쪽.

이 있다.[34]"

향토 진영은 '문화 조형(造型)운동'을 통해 위의 두 가지 현상에 맞서 싸웠다. 1976년 7월 『슝스미술』에 실린 왕춘이(王淳義)의 글 「문화 조형운동에 대해서 말한다」로 일련의 논쟁이 시작되었다. 그들은 어떤 형상을 만드려고 한 것일까? 『슝스미술』은 화가들을 동원하여 프라하 크루즈로 인한 북해의 오염을 보도하도록 했고, 홍뤠이린(洪瑞麟)의 특집을 꾸몄다. 『하조』는 목판으로 곁표지를 만들기도 했고, 1977년 1월에 클라우드 게이트(雲門舞集) 단원과 문화대학교 학생이 함께 옌핑베이루[延平北路] 2단의 츠성궁[慈聖宮]에서 주최한 자제극(子弟劇)의 연출에 참여하기도 했다. 민가(民歌)운동 또한 단장대학교[淡江大學]에서 유례가 없었던 2, 3천여 명이 참석한 공연을 성황리에 마치고 사람들을 공장과 농촌으로 이끌었다.

3.

향토사상 유형에도 물론 각양각색의 제한이 있다. 예컨대, 대중문화의 반성과정에서 '발을 땅에 디디지 않는 지식인'은 민간과의 사이의 커다란 간극을 뛰어넘을 수는 없는 것이다.[35] 사회계급의 분석

---

34) [원주] 류무쩌(劉慕澤), 「'이러한 대중문화'는 어떻게 할 것인가?」, 『선인장』 제1권 4호, 1977년 6월, 115쪽.

35) [원주] 황칭리(黃慶黎)는 다음과 같이 말했다. "나는 곧 올해의 추석이 생각났다. 나는 산 위에 광츠박애원(廣慈博愛院)에서 집으로 오는 여자 아이를 보러갔다. 그녀가 아직 광츠에 있을 때, 양주쥔이 그녀와 그녀의 동무들에게 많은 리쌍쩌의 노래를 가르쳐 준 적이

에서는 보도를 중시한 반면 분석을 간과하였고, 도덕적 평가를 중시한 반면 실증적인 이해를 가볍게 여겼다. 하지만 그것에는 여전히 많은 사상적 가능성이 존재한다. 피식민 역사의 세밀한 관찰은 제3세계 관점의 제기와 결합하여 타이완의 시야를 넓힐 수 있고 식민이론의 토론을 풍부하게 할 수 있으며, 또한 식민경험에 대해서 심층적인 이해를 가능케 했을 것이다. 심지어 에드워드 사이드(Edward Said)가 1978년에 출판한 『오리엔탈리즘(Orientalism)』과 훨씬 더 이른 시기 교류를 진행하고, 이후에 전개된 탈식민주의의 논술과 동시적 대화를 통하여 '본토 역사' 맥락 속의 특정성과 전 세계적 자본구조의 세계사와의 결합을 진행하는 것으로, 단순한 반(反)식민 관점을 극복할 수 있었을지도 모른다.[36] 혹은 대중문화에 대한 관심이 있었기에, 이른 시기의 문화연구와 연계했었다면 역사학의 영역에 새롭게 등장한 신문화사(新文化史)에 대해 낯설음을 느끼지 않았을 지도 모를 일이다. 제3세계의 문학작품에 대해 높은 수준의 관심을 가졌다면, 프란츠 파농(Frantz Fanon) 이후 살만 루시디(Salman Rushdie)에 이르기까지의 작품들에 대해 보다 많은 이해와 감상을 통해 1947년 1월 『신신월간(新新月刊)』에 게재된 룽잉쭝(龍瑛宗)의 산문 「타이베이의 표정」 중 한 단락의 묘사에 대해 더욱 깊이 느낄 수 있었을지도 모른다.

있다. 예를 들어 '아름다운 섬' 등등. 내가 그녀와 달구경할 때 그녀한테 '아름다운 섬'은 어떻게 부르는지 아직 기억하냐고 물어보니까 기억한댔다. 한 번 불러보겠냐고 물어보니까 그녀는 고개를 저었다. 내가 같이 노래를 부르자고 제의하니까 그녀는 '아름다운 섬'을 안 부르고 내가 조금 전에 언급했던 산지(山地) 유행가를 부르기 시작했다.", 「노래는 어디서 온 것인가?」, 『하조』, 제5권 5호, 1978년 11월, 64쪽.

36) [원주] 천광싱(陳光興), 「탈식민의 문화연구」, 『타이완 사회 연구』, 21호, 1996년 1월, 76쪽.

그는 다음과 같이 묘사하였다. "…일본의 표정은 이미 차차 타이베이에서 그의 자태를 잃어갔다. 조국의 표정이 농후하게 그 표정들을 대신했지만, 일본의 표정은 아직 완전히 사라지지는 않았다. 나는 일본의 표정이 아직 일본식 주택에 남아있다고 느껴진다. 그것은 모두 잠시라도 타이베이에서 뜯어낼 수 없는 것들이다. 그러나 지금 타이베이는 어떤 표정을 짓고 있는 것일까. 도대체 우울한 표정인가? 환호하는 표정인가?…" 훨씬 더 깊은 신체적 이해를 통하여, 타이완 문학 작품 속의 의미는 더 깊고 넓게 해석되어 훨씬 풍부한 내용을 드러낼 수 있는 가능성이 있었다.

그러나 1980년대 본토론이 발전하기 시작한 후, 이러한 가능성들은 모두 중도 좌절을 당했다. 물론 1980년대에도 향토와 관련된 논술은 『하조논단(夏潮論壇)』(1983년 2월 복간), 『문계』(1983년 4월 복간), 『인간(人間)』(1985년 11월), 『남방(南方)』(1986년 10월), 『전방(前方)』(1987년 2월), 『원망(遠望)』(1987년 2월) 등에 여전히 존재하고 있었고, 앞사람이 쓰러지면 뒷사람이 이어 나갔지만 이미 미약한 지류가 되어버렸다.

중도 좌절을 겪게 된 주요한 이유는 향토와 본토는 완전히 다른 두 종류의 사상 유형이기 때문이다. 그리고 본토는 향토를 대체했다. 펑뤠이진(彭瑞金)은 다음과 같이 말한 적이 있다. "문학 발전의 과정에서 살펴보면, 타이완 문학의 본토화는 향토문학 운동의 추세로부터 발전해 온 것이다. 향토문학논쟁 때에도 이미 향토문학은 지역의 풍경이 가득하고, 편협하며, 배타성을 지니는 지방의식 문학이라고 지적한 논자가 있었다. 하지만 70년대 타이완 문학운동사에 대해서 익숙한 사람이라면 반드시 알고 있을 것이다: 진정으로 '본토의식'을 지

닌 '향토'작가가 있었겠는가? 절대 없다. 심지어 그들은 향토문학논
쟁에 발을 들이는 것조차 피하려고 했었다. 그 중 가장 중요한 이유
는 '향토'운동은 완전히 타이완 문학 그 자체의 내재적 변천이었기
때문이다. 남이 말참견하는 것을 필요로 하지 않았을 뿐더러, 국외인
(局外人)과 긴 말을 허비할 필요는 더더욱 없었던 것이다."[37] 본토가
향토에게 있어 국외인이라는 것은 확실한 사실이다. 또, 양자를 일종
의 연속 혹은 내재적인 변화관계라고 말하는 것은 좀 더 심사숙고해
야 할 부분이다. 왜냐하면 둘은 서로에게 '국외'적인 서로 다른 논술
이기 때문이다.

차이위안황(蔡源煌)은 향토문학논쟁이 남긴 네 가지 후유증 중 두
가지를 다음과 같이 지적했다. 그것은 외국문학 소개의 격감과 문학
감상 기준의 '역전'이다.[38] 우리는 또한 본토론의 영향 아래 '향토론'
이 그다지 원치 않았던 회고와 향수에 젖어드는 현상이 1980년대 말
기부터 점차 고조되었던 상황을 볼 수 있었다. 문예 축제 속에서, 옛
사진을 찾는 중에서, 옛거리를 안내하면서, 역사는 모형으로, 무대
배경으로, 영상으로, 여행으로, 레저로 변화하게 되었다. 그 속에 아
무런 역사의식이 없는 것들이야말로 바로 프레드릭 제임슨(Fredric
Jameson)이 말하는 '비역사'이다.[39] 본토론의 영향 아래, 일본의 식민
통치에 대한 평가는 어느덧 일전하여 그것의 공과에 집중되게 되었

---

37) [원주] 펑뤠이진, 「타이완 문학 본토화의 몇몇 의구심들을 분명하게 밝힌다」, 『문학 수
    필』, 가오슝 시립 중정문화중심(中正文化中心), 1996년, 52쪽.

38) [원주] 차이위안황, 「향토문학논쟁의 평의(評議)」, 『중국시보』, 1991년 1월 4일.

39) [원주] Fredric Jameson저, 탕샤오빙(唐小兵) 역, 『포스트모더니즘과 문화이론』, 허즈(合
    志), 1989년, 239쪽.

다. 이것이 바로 천광싱의 문제(혹은 논단)이다—어째서 문화상의 탈식민화는 전면적으로 전개되지 못했는가?[40] 위의 문장으로 이 글의 결론을 삼고자 한다.

린짜이줴, 본토 이전의 향토 – 일종의 사상적 가능성의 중도 좌절을 말한다(1998)

초출: 1997년 타이완 사회과학연구회 주최 '회고와 다시 돌아봄 – 향토문학논쟁 20주년 토론회'
原載: 1997年台灣社會科學硏究會擧辦「回顧與再思 – 鄕土文學論戰20年討論會」

---

40) [원주] 천광싱, 앞의 글, 75쪽.

향토문학과 타이완 현대문학

뤼정훼이(呂正惠)

'향토문학'은 전체 중국의 현대문학사, 타이완의 현대문학사의 발전과정 모두에서 매우 중요한 지위를 점거하고 있다. 타이완 역사의 특수성(중국이 일본에 패배하여 타이완을 할양하였고, 일본의 패배 이후 광복하였지만 국민당과 공산당이 타이완과 대륙을 나누어 통치하게 되었다)으로 인하여, 타이완 '향토문학'의 역사 전개는 더욱 복잡해졌다. 그것은 각기 다른 시기마다 각기 다른 의의를 지닌다고 할 수 있다. 만일 각 시기별로 다른 '향토문학'의 차이점을 이해하지 못한다면, 진정으로 타이완의 현대문학사를 이해할 수 없다고 말할 수 있다.

향토문학의 시작지점 ─ 독일

그러나 '향토문학'이라는 개념은 중국인이 만들어낸 것이 아니라

서방에 뿌리를 두고 있는 것으로, 서방의 독일에서 기원하였다.

　독일과 서구의 양대 강국—영국, 프랑스—의 가장 큰 차이점은 독일은 뒤늦게 1870년대에 이르러야 겨우 통일을 이루었고, 영국과 프랑스는 이미 13, 14세기에 점차 통일된 민족국가를 만들기 시작했다는 것이다. 1870년 이전, 수백 년에 달하는 시간동안 독일은 허다한 제후국들이 난립하는 상황에 놓여 있었다. 그리하여 독일은 영국이나 프랑스 양국처럼 런던이나 파리를 중심으로 전국적인 문화적 중심을 형성할 도리가 없었다. 18세기에서 19세기로 바뀌던 무렵, 괴테와 실러가 '전국'성(性)의 작가가 되었지만, 그들 개인의 걸출한 재능과 초인적인 성취로 이루어낸 것이라고 할 수 있다.

　19세기 중엽, 독일에는 전국성(全國性)의 뛰어난 작가들이 극소수에 불과했다. 대부분의 작가들은 모두 자기가 태어나 자라거나, 익숙한 지역을 취재의 중심으로 삼았다. 그들의 작품은 뚜렷한 '지역'적 국한성(특히 독일 남부의 슈바벤 지역)을 보여준다. 그리하여 문학사가들은 그들을 '향토작가'라고 칭하고 그들의 작품을 '향토문학'이라고 불렀다. '지역성'이야말로 이들 문학의 첫 번째 특징이다.

　이 시기에 영국과 프랑스 양국은 이미 상당한 공업화를 이루어 런던과 파리는 현대자본주의 문명의 중심이 되었다. 영·프 양국의 문학 또한 '현대문명'을 주요한 관심대상으로 삼았다. 그와 반대로 독일은 공업화 방면에서는 상대적으로 많이 낙후되어 있었고, 독일의 대부분 지역은 여전히 전통적 농업 생산 방식에 머물러 있었다. 일반적으로 이 시기 독일의 '지역성'을 중시한 향토작가들은 공업화와 현대도시문명에 대해서 대개는 호감을 보이지 않았다. 그들은 오히려 농촌과 농촌의 풍토, 그리고 사람들의 정을 묘사하는 것을 선호하였다.

그리하여 이러한 '향토문학'의 두 번째 특징은 현대문명(공업화, 상업화, 도시화)을 경시하고 농촌과 농업문명을 편애하는 것이었다.

19세기의 독일은 영·프 양국에 대한 상대적인 '낙후성'으로 말미암아 '향토문학'을 생산해냈다고 할 수 있을 것이다.

낙후국가의 향토문학 ─ 중국 대륙을 예로 들어

독일 통일 이후 공업화가 가속화되었다. 오래지 않아 영국, 프랑스와 어깨를 나란히 하는 강국이 되었다. 그리고 그들과 함께 해외를 향하여 경쟁적으로 침략과 확장을 시작하였다.

영국, 프랑스, 독일(후에 미국과 일본이 추가된다)이 공업화의 우세에 근거하여 외부로 침략을 하던 시기, 그들의 주요한 침략 대상은 아시아와 아프리카의 수많은 국가와 지역이었다.

당시 아시아·아프리카 지역은 공업화란 어떠한 것인지에 대해 전혀 무지하였다. 그들 중 일부는 식민지가 되었고(인도), 일부는 망국의 위기에서 힘겨운 투쟁과 저항을 이어갔다(중국). 이러한 상황 하에 그들은 모두 부득불 서방의 공업화와 현대화를 배우도록 내몰렸다. 그들의 신문학(현대문학) 또한 '현대화' 과정의 산물이었다.

낙후된 국가 혹은 지역의 현대문학은 그들의 경제력의 '낙후성'으로 인하여, 강력한 '향토문학'의 조류를 만들어낼 수 있는 여지가 있었다. 그러나 그들의 완전한 '낙후성', 그리고 그들 국가 전체가 침략받거나 식민을 당하고 있었기 때문에, 그들의 '향토문학'의 면모와 특성은 19세기 독일의 '향토문학'과는 커다란 차이를 지니게 되었다.

이제 막 현대화를 시작한 후진국이라면, 극소수의 한 두 도시(예로 중국의 상하이)를 제외하면 국가 전체는 대부분 전통 농업 및 수공업 생산의 상태에 놓여 있다. 그리하여 나라 전체가 서구 현대문명에 대비해 본다면 '향토'적인 것이다. 그래서 후진국 현대문학의 '향토' 관념은 굉장히 광범위하여, 보통은 '전통'과 구별할 수 없다. 현대문명은 '서방'의 것이며, 외래의 것이다. 반면 자국은 '향토적', '전통적'이된다. '전통적' 향토와 외래의 '서방문명'은 한 쌍의 반의어를 구성한다. 당연히 '향토성'을 강조하기 위해서 작가들은 완전히 서방의 영향을 받지 않은 농촌이나 작은 읍면을 묘사 대상으로 삼을 가능성이 있다. 그리하여 '지역성'과 '농촌생활'이 '향토문학'의 기본 특질을 이룬다. 그렇지만 궁극적으로는 이것은 자기 민족의 '전통성'을 내세우는 것에 불과하다. '향토'와 '민족전통'이 긴밀하여 나눌 수 없는 것이, 오늘날 후진국 혹은 낙후된 지역의 '향토문학'의 가장 큰 특징이라고 할 수 있다.

이상의 의의를 지닌 '향토문학'은 작가마다 서방 현대문명과 자기 민족전통에 대한 태도가 다르기 때문에 대체로 두 가지 종류로 나뉜다. '비판적' 혹은 '동정적'이 그것이다. 우리는 2, 30년대 대륙의 현대문학을 예로 들어 설명할 수 있다.

개혁이나, '구국'에 몰두하는 작가라고 한다면, 그는 서방문명의 진보를 강조하고 그와 반대로 민족문화 전통의 낙후를 '비판'할 것이다. 그리하여 그가 쓴 '향토문학'은 매우 강한 비판성을 지니게 된다. 루쉰이야말로 이러한 유형의 전형적인 작가이다. 그는 자신의 고향 사오싱[紹興](저장성(浙江省)에 있다)과 관련된 소설을 많이 썼고, 그 목적은 전통중국의 수많은 관념과 습관들이 이미 생명력을 목 조르는 '악

(惡)'이 되었음을 보여주어 반드시 고치고 없애기 위함이었다.

하지만 이러한 개혁파(심지어 혁명파로 불러도 될 만한 경우도 있다)의 작가들도 '동정형'의 향토문학을 쓸 때가 있다. 이런 경우에, 그들이 그려낸 농민의 선량함과 고통은 그들이 직접적으로는 지주의 착취를 당하고, 또 간접적으로는 외국 제국주의의 박해를 받는 것을 강조하였다. 루쉰의 적지 않은 학생들과 그를 사숙(私淑)한 제자들 모두 그러한 소설을 썼다.

개혁, 혹은 혁명의 진영에 속하지 않은 작가들은 또 다른 종류의 '동정형' 향토문학을 써냈다. 이때 '향토'를 대표하는 것은 전통농촌의 생활로 질박하고 단순하며 전원의 분위기를 갖추었다. 그 속에 사는 인물들은 낙천적이고, 분수를 알며, 인내심을 지녔다. 상대적으로 그들은 현대문명을 좋아하지 않고, 또 현대적 대도시 생활에도 익숙지 않다. 중국 현대작가 중에는 선충원(沈從文)이 대표적이다. 그는 자신의 고향 샹시[湘西]를 '이상화'하여, 한 편의 시적인 '전원세계'를 완성하여 자신의 정신의 안식처로 삼았다.

일제시기의 타이완 향토문학

이상의 설명이 있은 후에 우리는 타이완의 향토문학에 대한 논의를 시작할 수 있다.

타이완의 신문학(현대문학)은 20세기의 20년대에 시작되었다. 그것의 발전 형태는 대륙 신문학운동의 영향을 많이 받았다. 그래서 대륙 향토문학의 유형을 가져와 비교적 용이하게 설명하고자 한다.

라이허(賴和)는 타이완 현대문학 초기의 가장 중요한 작가로 많은 사람들로부터 '타이완의 루쉰'이라 칭해졌다. 그의 향토작품은 사유의 형식상 상당히 루쉰과 근접해있다. 그의 '비판형' 향토문학 또한 타이완 전통사회의 결점을 폭로하고 있다. 「흥 겨루기[鬥鬧熱]」[1]에서는 타이완 사회가 '흥 겨루기'(명절행사)를 치를 때, 서로 누가 돈이 많은지 재산을 겨루고 다투며 심지어 주먹다짐에까지 이르는 악습을 묘사하였다. 그러나 라이허는 '동정형'의 향토문학을 쓰는 것을 더 즐겨한 작가였다. 일본 경찰의 기만과, 심지어는 어떻게 타이완 농민을 박해하는지를 쓰고, 타이완 농민이 어떻게 일본 식민자의 경제적 착취를 당하는지를 그렸다. 「저울」[2], 「말썽」, 「풍작」 등이 모두 그 예시이다. 라이허는 용감하게 제국주의를 필봉으로 공격한 향토문학 작가의 전형이라 할 수 있다.

20년대 타이완 향토작가들은 기본적으로는 라이허와 비슷했다. 만일 대륙의 향토문학과 대비해본다면 그들이 썼던 '비판'적 향토전통의 작품은 비교적 적었고, 농민을 동정하고 일본 식민자를 비판한 작품은 비교적 많았다. 이것은 당연히 타이완이 이미 식민지였기 때문이고 일본의 불공정한 식민지통치가 가장 중요한 사회적 모순이었기 때문이다.

3, 40년대 타이완의 가장 중요한 향토작가를 꼽자면 뤼허뤄(呂

---

1) [역자주] 한국어 역으로 김혜준·이고은 역, 「흥 겨루기」, 『뱀 선생』, 지만지, 2012, 1-13면이 있다.

2) [역자주] 한국어 역으로 다음의 두 가지가 있다. 김상호 옮김, 「저울 한 개」, 『목어소리』, 도서출판 한걸음 더, 2009, 45-64면; 김혜준·이고은 역, 「저울」, 『뱀 선생』, 지만지, 2012, 15-34면.

赫若)와 장원환(張文環)이다. 뤼허뤄는 타이완 농민의 고난(「소 달구지」[3]), 전통사회 속 여성의 비참한 운명(「묘정(廟庭)」), 전통 대가족의 패퇴와 몰락(「합가평안(合家平安)」과 「재자수(財子壽)」) 등을 그려내는 데 탁월했다. 뒤의 두 편으로 봤을 때 뤼허뤄는 일제시기 타이완 전통사회를 비판하는 데 있어 가장 영향력 있는 향토 소설가였다고 할 수 있다.

장원환 또한 공교롭게도 뤼허뤄와 마찬가지로 비판형의 향토소설(「불까기[閹鷄]」)를 썼다. 다만 그는 타이완 향촌의 아름다운 풍경과 타이완 농민의 질박·순후(淳厚)를 그려내는 것(「밤 원숭이[夜猿]」)을 더 좋아하여, 마치 선충원 식의 '동정형' 향토작가처럼 보인다. 그러나 그가 그렇게 쓴 것에는 또 다른 이유가 있었다.

뤼허뤄와 장원환의 창작 전성기는 중국의 대일항전기이자 일본이 태평양전쟁을 발발한 시기였다. 일본은 타이완 인들의 중국적 민족 감정을 억압하고, 또 타이완인의 전쟁참가를 '격려'하기 위하여 '황민화'정책을 시행하였다. 일본 식민자들은 타이완의 모든 것들이 '낙오' 되어 있으므로, 타이완의 문명과 진보를 위하여 타이완이 일본과 '동화'되어야 한다고 선전하였다. 일본 식민자의 선전 방식은 비록 일부의 타이완 작가를 미혹시켰지만, 대다수의 작가들을 속일 수는 없었다. 장원환은 특별한 뜻을 품고 '타이완 향토'의 아름다움을 묘사한 것으로, 사실상 또 다른 종류의 분명히 말하지 않는 방식으로 일본의 타이완에 대한 '오멸(汚蔑)'에 항의한 것이다.

---

3) [역자주] 한국어 역으로 송승석 역, 「소달구지」, 『식민주의, 저항에서 협력으로』, 도서출판 역락, 2006, 63-106면 이 있다.

결론적으로 일제시기 타이완 향토작가들은 자기 자신의 '향토전통'을 비판하는 것에는 비교적 보류적이었지만, 그들은 일본 식민자들의 타이완 향토에 대한 압제와 수탈에 대해서는 더욱 열심히 묘사하였고, 틈만 나면 일부러 힘써 '향토'를 예찬하였다. 이 모든 것은 가장 근본적인 현실에 기인하는 것이다.─타이완은 불행히도 일본의 식민지였다.

30년대 타이완 향토문학논쟁

사실, 라이허나 뤼허뤄, 장원환을 막론하고 모두 아주 적은 수의 작가만이 자기가 쓴 작품을 '향토문학'이라고 지칭하였다(혹은 결코 하지 않았다). 그러나 '향토문학'의 기본 특징(지역성, 농촌생활, 민족전통)을 통해 가늠해보자면, 그들을 '타이완 향토작가'라고 하는 것이 적합하다.

타이완의 현대문학계를 '향토문학'으로 경계 짓고, 이론상 토론을 제기한 것이 황스훼이(黃石輝)이다. 1930년 8월, 황스훼이는 「어떻게 향토문학을 제창하지 않을 수가 있겠는가?」라는 장문을 발표한다. 글에서 그가 말한 중요한 시각은 주로 아래의 세 문단에 표현되어 있다.

당신은 대군중(大群衆)을 감동시키고 격발시킬 수 있는 문예를 쓰고 싶은가? 당신은 광범위한 민중의 마음속에 당신과 같은 느낌을 발생시키고 싶은가? 그렇지 않다면, 더 이상 논할 필요가 없다. 만일 그러고 싶다면, 그렇다면, 당신이 지배계급의 대변자이든, 노동대중의 영도자이든 상관없이 반드시 노동대중을 대상으로 삼아 문예를 해야 하고, 응당 향토문학을 제창하여, 당연히 향토문학을 건설해 나가야 한다.

당신은 타이완 사람이고 당신의 머리 위에는 타이완의 하늘이며 당신이 밟고 있는 땅은 타이완의 땅이다. 당신의 눈이 보고 있는 것은 타이완의 상황이며 귀에서 들리는 소리는 타이완의 소식이다. 당신의 시간이 겪고 있는 것은 역시 타이완의 경험이고 당신의 입에서 나오는 말은 타이완의 언어이기 때문에 당신의 그 '대가의 붓'과 같은 건필, 꽃을 그려낼 수 있는 화필은 또한 타이완 문학을 써야 마땅하다.

타이완의 입말을 글말로 삼아 쓰고, 타이완의 말로 시를 쓰며, 타이완의 말로 소설을 쓰고, 타이완의 말로 가요를 지어라. 타이완의 사물을 묘사해라.

황스훼이가 주장한 타이완 향토문학은 위의 세 문단을 살펴보면 세 가지의 주요한 층위로 나뉜다. 타이완의 노동대중(농민과 공인을 일컫는다)을 그려야 하고, 타이완의 경험과 사물을 그려야 하고, 타이완의 말을 이용하여 써야 한다. 두 번째 층위는 사실상 반대하는 사람이 없을 것이다. 첫 번째 층위는 당시 대부분의 타이완 작가들 또한 찬성한 것이다. 만일 앞의 두 항을 가지고 판단해 본다면, 당시 창작되었던 타이완 현대문학의 절대 다수는 '향토문학'이라고 말할 수 있다.

당시 격렬한 논쟁을 불러일으킨 것은 세 번째 층위이다. 곧, '타이완의 말'(민남어를 지칭한다)을 이용해 써야 한다는 것이다. 황스훼이의 문장이 일으킨 장기적인 논쟁은 '향토문학' 논쟁이라고 부르기보다는 '타이완 화문(話文)'[4] 논쟁이라고 지칭하는 것이 나을 것이다. 왜냐하면 논쟁의 초점은 거의 '타이완의 말을 쓰자'라는 곳에 집중되었기 때문이다.

이때의 논쟁 중, '타이완의 말을 쓰자'라는 주장을 하거나 혹은 이러한 관점에 동의하는 사람들이 확실히 그 반대파보다는 많았다. 그리하여 오늘날의 '타이완 독립파'는 그것에 근거하여 30년대 타이완 작가들이 '중국 백화문'을 버리고 '타이완 화문'을 사용할 것을 생각했다고 주장한다. 곧 중국 문학과의 관계를 끊고, 타이완 문학의 '자주성'을 추구해야 한다고 하는 것이다. 달리 말하면, 당시의 많은 타이완 작가들은 '타이완은 독립해야 한다'는 관념을 갖기 시작했다는 것이다.

사실상 이는 일종의 지극히 주관적인 것이고, 고의적으로 곡해하는 '추론'이다. 당시 논쟁의 글들을 자세히 읽어보기만 하더라도, 그러한 식의 관점은 발 디딜 곳이 없다. 사실은 이렇다: 황스훼이의 '타이완 말을 쓰자'는 주장은 당시 타이완 작가들의 가장 큰 '숨은 고통'을 건드렸다. 그들은 한문의 문언문보다도 오히려 한문의 백화문에 익숙치 못했다. 또한 더더욱 상황을 엉망으로 만든 것은 나이가 어린 세대의 경우는 한문의 문언문이나 백화문 모두 쓰기 어려웠고, 다만 일문으로 쓸 수 있었을 따름이었다는 것이다.

---

4) [역자주] '타이완 화문'의 골자는 당시 타이완의 현행 구어(口語)인 민남어(閩南語)를 기반으로 하여 한자를 이용한 문학창작을 주장하는 것이었다. 위의 황스훼이의 주장에는 일본어 창작에 대한 대항적 성격, 문언문에 반대하는 5·4신문학운동과의 동반자 의식과 더불어 관화(官話) 기반인 대륙의 백화문과는 구별되는 독특한 지역색이 동시에 나타나고 있다. 또한 문예대중화의 의제와도 관련하여 어떻게 대중과 연계할 것인가의 문제와, 대륙의 대중과의 교류를 염두에 둔 관화 기반 백화문을 주장하는 논자들도 있었기에 매우 복잡한 양상이었다.

이러한 '곤경'은 기본적으로는 타이완의 '식민지' 신분이 만들어낸 것이다. 대륙의 신문학가들이 백화문으로 문언문을 대체하자는 주장을 하던 때, 그들은 매우 빠른 속도로 보편적인 공감을 얻을 수 있었다. 당시의 북양정부는 오래지 않아 전국 각급 학교에서 문언문과 백화문을 둘 다 가르치도록 명령을 내렸다. 사실상, 소위 백화문은 북경 말을 기초로 삼은 '국어'를 근거로 하여 나온 것으로, 당시 중국의 많은 지역에서는 일상생활에서 '국어'를 사용하지 않았고, 각 지방의 말(방언), 이를테면 상해어, 광동어, 복건어, 민남어, 객가어 등등을 사용하고 있었다. 그래서 백화문학의 광범위한 보급은 반드시 '국어'의 보급과 함께 이루어져야 했다. 이에 대해 대륙 각 지역은 만장일치로 찬성하였고, '국어'가 보급될수록 중국의 민족의식과 단결심이 더욱 강해질 수 있었기 때문이다. 더군다나 '국어보급'과 '지방어를 쓰는 것'이 서로 어긋나지 않고 함께 갈 수 있었다. 고향에서는 지방어로 말하고 다른 지역의 사람들과 교류할 때에는 '국어'를 사용할 수 있었기에 여기에는 이득만이 있고 해악은 보이지 않는다.

그렇지만 타이완은 상황이 꼭 같지만은 않았다. 일본 식민자들은 당연히 타이완인들이 '민족의식'을 품게 되는 것을 결코 원하지 않았다. 따라서 그들은 강압적으로 타이완의 각급 학교에서 일어, 일문을 가르친 것뿐만이 아니라 모든 방법을 동원하여 전통적인 '한문서당'을 압박하여 타이완인들로부터 한문을 배울 기회를 박탈하였다. 일본 식민자는 타이완 작가들이 '중국 백화문학'을 주장하는 속뜻을 이해하였다.—그들은 이러한 주장을 통하여 대륙 모국과 '연결'하려 하였고, 당연히 식민자들은 타이완들로 하여금 '중국 국어(학교 교육에서 소위 '국어'라고 하면 당연히 일본어를 가리켰다)'를 배울 기회를 주지 않왔다. 이런 상황이 이어지면서 전통적인 '한문(문언문)'은 매우 빠르게 '단절'되었고, 현대적 '국어' 또한 배울 기회가 없었기에, '한문'은 타이완에서는 '흔적이 끊기게' 되었으니, 또 어떻게 '백화문학'을 제창할 수 있었겠는가?

황스훼이의 '타이완의 말을 쓰자'는 주장은 타이완인들의 '민족의 숨은 아픔'을 건드렸고 또 타이완 작가들에게 '영감'을 주었다. '잠시' 동안 '중국 국어'를 배울 수 있는 방법이 없었기에, 유려한 중국 백화문으로 작품을 써낼 수 없었고, 그렇다면 '한자'를 이용하여 '타이완 말(민남어)'을 써보자! '타이완 말'은 최소한 중국 방언의 한 종류이고, 한자로 쓸 수 있었다. 최소한 중국의 한자이므로 어쨌든 '일문'으로 쓰는 것보다는 중국과의 관련성이 크다. 그래서 오늘날 타이완 독립파의 '해설'과는 정확히 반대로, 30년대 타이완에서 '타이완 화문'의 주장은 곧 그들의 강렬한 '중국 감정'을 표출하고 있는 것이었다.

두 가지 근거로 충분히 이를 증명할 수 있다. 첫째, 당시 '로마자 병음'으로 타이완 말을 쓰자고 주장한 사람(차이페이훠(蔡培火))이 있었다. 실용적인 측면에서 보자면 이는 비교적 편리하지만, 매우 적은 수의 사람만이 찬성하였다. 왜냐하면 '한자'를 포기하고 싶지 않았기 때문이다. 그 속에 '숨겨져 있는' '민족 감정'이 매우 선명하지 않은가? 두 번째로는, '타이완 화문'을 반대한 사람들의 주요한 걱정은 '타이완 말을 쓰자'라는 것이 중국과의 관계를 단절하지나 않을까 하는 것이었고, 찬성한 이들은 결코 의심하지 않으며 '걱정마라, 그럴 리 없다!'고 하였다. 그 중 가장 단호하게 '타이완 화문'을 주장한 궈츄성(郭秋生)은 더 나아가 다음과 같은 이야기를 하였다.

나는 중국의 백화문을 지극히 사랑한다. 기실 내가 어떻게 하루라도 중국의 백화문으로부터 떠날 수 있겠는가? 그러나 나는 중국의 백화문에 만족할 수 없다. 또 시대가 만족할 만한 중국 백화문을 내가 쓰는 것을 허락하지 않고 있기도 하다!

'만족할 수 없는' 것은 그가 중국 백화문을 높은 수준으로 쓸 수 없음을 말한다. '시대가 허락하지 않는' 것은 일본 식민자들이 그에게 제대로 배울 기회를 허락지 않은 것이다. 앞뒤의 글을 통독해보면 그의 뜻을 이해할 수 있다. 그렇다면 그가 '타이완 화문'을 제창한 어쩔 수 없는 마음이 너무도 명확하게 드러나 있지 아니한가?

사실, 이 논쟁이 이후 어떻게 발전되었는지를 막론하고, 모든 입장은 일본의 식민체제에 대적할 수는 없었다. '7·7사변[5]' 발발 3개월 전, 1937년(민국 26년) 4월 1일 타이완 총독부는 타이완의 정기간행물상의 '한문란'을 폐지하는 명령을 내린다. 이처럼 타이완 작가들은 부득불 일문을 사용하여 작품을 발표할 수밖에 없게 되었다(전술한 뤼허뤄, 장원환 및 일제시기 후기의 타이완 작가들은 모두 일문으로 글을 썼다). 일본의 중국에 대한 전면적인 침략의 전야에 취한 이 '행동'은 간접적으로 그들의 타이완 작가의 '민족 감정'에 대한 의구심과 우려를 증명하고 있지 아니한가?

그렇지만 황스훼이가 불러일으킨 한차례 '논쟁'은 일제시기 타이완 문학의 '특수성'을 설명해주는 것이기도 하다. 원래 중국의 한 성

---

5) [역자주] 7·7사변: 루거우챠오[盧溝橋]사건을 일컫는다. 1937년 7월 7일 북경 인근에서 일본군이 발포하며 중일전쟁이 발발하였다.

(省)인 타이완은 일본의 식민지가 되었기에, '역사적 특수성'이 발생하였다. 일본의 '동화' 정책에 대항하기 위하여 그는 '민족전통'을 그다지 비판하고 싶지 않았다. '민족전통'을 옹호하기 위하여 그는 부득불 에둘러 '타이완 말을 쓰자'는 주장을 하게 되었다. 이상의 '역사적 특수성'은 타이완을 중국의 가장 특수한 한 '지역'으로 만들었다. 이러한 명확한 '지역'의 특질로 인해 우리는 일제시기 타이완 현대문학의 전체를 '향토문학'이라고 일컬을 수 있는 것이다.

5, 60년대: 반공문예와 현대문학

전후(제2차 세계대전 종전 이후) 타이완 문학이 발전하며 밟아온 각 단계는 그리 복잡하지 않다. 그렇지만 현재 타이완의 각 정치 입장과 자기 인식(타이완/중국 국가 정체성)들이 매우 복잡하게 난립하고 있기 때문에, 각기 다른 관점의 학자들의 '타이완 향토문학'에 대한 해석 또한 큰 차이를 보이고 심지어는 서로 모순되어 일반 독자들로 하여금 오리무중에 빠지게 한다.

이처럼 각기 다른 태도 간의 논쟁은 1970년대에 접어든 이후 시작된 것이다. 그렇기에 이글은 먼저 70년대 이전의 타이완 문학의 발전상황에 대한 간단한 서술을 한 다음에 70년대 이후에 대해서는 한편으로는 논쟁을, 다른 한편으로는 문학발전의 복잡한 상황을 서술하고자 한다.

1945년 일본의 항복 이후, 그들은 청일전쟁 중 절취한 타이완을 중국에 돌려주게 되었다. 당시 중국 전체를 통치하고 있었던 것은 국민당 정권이었다. 그러나 오래지 않아 중국 대륙에서 국민당과 공산당은 전국적인 내전을 전개하였다. 1949년, 국민당은 전면적으로 패배하여 타이완으로 후퇴하기에 이른다. 이듬해 미국의 제7함대가 중국 내전에 개입하여 타이완 해협을 방어하여, 중국 공산당이 타이완을 '해방'시켜 중국 통일을 완수하지 못하게 막았다.

그리하여 45년에서 49년에 이르는 기간은 전후 타이완 역사의 특수한 단계였다고 할 수 있을 것이다. 당시 타이완과 대륙 간의 왕래는 자유로웠고 문화·문학의 교류도 매우 편리하였다. 당시의 정치·문학의 발전상은 오랫동안 묻혀 있었고, 오늘날의 회고연구 또한 각종 정치 입장의 한계로 인해 아직까지도 완전히 명확한 상을 얻지 못했다.

50년 이후 국민당은 타이완에서의 통치를 완전히 확립하고 대륙의 공산당에 대항하기 위하여(소위 '반공 항러[抗俄]') 대대적으로 '반공문예' 정책을 추진한다. 50년대 전반(全般)은 '반공문예'가 타이완 문학을 주도한 시기였다.

그러나 50년대 중반, 자유주의와 (반공적)정치 입장에 거리를 두는 '순문예'를 제창하는 세력이 등장하였다. 초기 주요하게는 레이전(雷震)의 『자유중국』 문예판과 샤지안(夏濟安)의 『문학잡지』의 지면이었다. 후에는 타이완 대학의 외국문학전공의 학생 바이셴융(白先勇) 등이 『현대문학』을 창간하여, 대대적으로 서방의 현대주의 작품을 소개하였다. 이와 동시에 현대시사(現代詩社), 남성(藍星), 창세기의 3대 시사가 앞다투어 탄생하였고, 그들 또한 계속 이어 서방 현대시를 고취하였다. 마침내 60년대 전체는 현대문학 혹은 현대주의 문학이 타이완 문학의 주류가 되었다.

60년대는 타이완 경제가 대대적으로 비약한 시기로 정치 경제 문화 학술 각 영역을 막론하고 모든 사람이 '현대화'를 지향했었다. 기실은 '서구화'(특히 '미국화')였다. 60년대 일시를 성행한 현대문학 조류는 사회 전반적인 추세의 일부였다고 말할 수 있다.

타이완 내부 문제의 부상(浮上)

타이완 사회, 특히 경제 부문은 10년간 경제발전의 탄탄대로를 걸은 이후 내부의 각종 문제들이 점차 드러나기 시작했다. 이는 대체적으로는 다음의 내용들로 귀납될 수 있다.

1. 민주화와 성적(省籍)[6] 갈등: 50년대 이래 국민당의 '일당독재'는 거의 20년에 다다랐다. 비록 정기적으로 지방선거가 열리기는 했지만 전체 정치의 대권은 의심할 바 없이 국민당의 수중에 존재했다. 경제의 발전을 따라 타이완의 중소기업과 중산계급의 역량이 점차 축적되었고 그들의 '민주화'를 요구하는 목소리는 날이 갈수록 커졌다. 그리고 이러한 '불민주'의 정치구조는 특히 '본성적(本省籍)'의 인사들이 오랜 기간 정치의 핵심에서 배제되어 온 것으로부터 나타난다. 본성

---

6) [역자주] 성적(省籍)은 본래 단순히 출신 성(省)에 따른 구분을 말한다. 국민당의 타이완 철수를 기준으로 이전에 거주하던 사람들은 내성인(內省人), 국민당을 따라 온 이들은 외성인(外省人)이 된다. 이 것이 문제가 되는 것은 국민당 정권이 내성인을 오랜기간 배제하며 정치권력을 외성인 중심으로 유지하였기 때문이다. 이 글의 본성(本省)은 곧 타이완 성적(省籍), 내성인을 가리킨다.

(本省) 문화인들 또한 외성인(外省人)들이 장기간 문화 미디어, 문화기구를 장악해왔기 때문에 줄곧 울분을 쌓고 불만을 키워왔다.

2. 계층문제: 60년대의 경제발전은 비록 모든 사람들의 생활의 보편적인 개선을 가져왔지만, 일반적으로 말하자면 농어민, 공인 등 하층이 얻은 이득이 가장 적은 것이었다. 광대한 농촌지역에는 쇠퇴현상이 뚜렷했다. 동시에 원주민 집단과 국민당을 따라 들어온 수많은 노병들을 생각해보면, 상황은 더욱더 난맥상으로 빠져들 여지가 있었다. 경제번영의 껍데기 아래 숨겨져 있던 빈곤현상은 사회를 걱정하는 지식분자들에게 불안함을 느끼게 하였다.

3. 경제발전의 곤란: 70년대 초 중동전쟁이 일으킨 석유위기는 세계적인 경제위기를 초래하였고 여파는 타이완에까지 미쳤다. 이는 전후 타이완 경제가 처음으로 겪은 총체적 대위기였다. 이 위기는 비록 무사히 넘어갔지만, 일반인들은 마침내 깨닫게 되었다: 경제가 항상 전진·발전할 수는 없다. '발전신화'의 동요는 사람들의 마음속에 어두운 그림자를 던졌다.

4. 타이완의 정치지위 문제: 49년 이후 국민당 정권은 줄곧 '중화민국'의 신분으로 UN에서 중국의 지위를 대표하였고, 대륙의 '중화인민공화국'은 '불법'으로 취급되었다. 그러나 20년간 대륙정권은 우뚝 서서 흔들리지 않았기에, '중화민국'이 중국을 대표하는 것은 완전히 국제현실과는 어긋나게 되었다. 이러한 상황은 70년대로 접어들면서 더 명확해졌다. 70년대 후반, 대륙은 마침내 UN의 중국대표권을 취득하게 되었고, 세계의 주요국들은 분분히 이를 승인하고 외교관계를 맺기 시작했다. 지금은 도리어 '중화민국'의 신분이 '불법'이 되고 만 것이다. 이는 타이완의 민중에게 실로 막대한 충격을 주었다. 신분의

불안정과 정체성의 위기는 근 20년간 타이완의 정치 사회 문학에서 가장 핵심적인 문제가 되었다.

70년대 향토문학 사조

이상에 서술된 여러 문제들은 70년대 초기 재미 타이완 유학생들의 '댜오위타이[釣魚臺] 보위' 운동[7]으로 촉발되어 나타나게 된다. 미국은 제멋대로 타이완의 이란외해[宜蘭外海][8]의 댜오위타이 열도를 일본에게 '주려고'하였고, 국민당 정권은(그때만 하더라도 의연히 UN의 중국 대표였다) 중국의 영토주권을 얕보는 행위에 대해 연약하고 무력함을 드러냈다. 이는 타이완 유학생들의 강렬한 민족주의 의식을 격동시켰고, 많은 사람들이 이로 인해 대륙정권을 지지하는 쪽으로 돌아섰다. 또한 그 결과로 사회주의 사상에 대한 강한 흥취(興趣)가 표출되었다.

미국에서의 댜오위타이 보위운동은 매우 빠른 속도로 타이완에 전파되었고 타이완 대학 학생들이 호응하여, 더 나아가 20년간 계엄체제 하에서 제약받으며 언제나 감히 정치문제를 말할 수 없었던 학원

---

7) [역자주] 1970년 9월 10일, 미국이 제2차 세계대전 이후 점령하였던 오키나와를 일본에 반환하는 과정에서 댜오위타이의 많은 부분이 일본의 영토로 편입되게 되었다. 당시 미국의 주일대사가 '댜오위타이는 오키나와의 일부분이다'라고 표명함으로써 일본은 댜오위타이를 직접 관할에 두게 되었다. 그리하여 전 세계적인 화교들의 반대운동을 불러일으켰다.

8) [역자주] 이란외해[宜蘭外海]는 타이완 섬의 동부 이란현[宜蘭縣]에 연해있는 바다를 가리킨다. 한국에서는 동중국해라는 명칭으로 가리키는 지역과 근접하다.

(學園) 내의 분위기를 대반전시켰다. 이를 이어받아 장기간 국민당을 반대해 온 '당외(黨外)' 정치인사들의 결합이 날이 갈수록 선명해져 점차 정치상의 '당외운동'을 형성하였다. 정치적 압제가 점차 느슨해짐에 따라 문화·문학 영역에서 국민당에 반대하는 의식형태의 사조들이 마침내 만들어졌다. 이것이 일반적으로 말하는 '향토문학 운동'이다.

향토문학 운동의 첫 번째 구호는 '향토로의 회귀'였다. 그 의미는 고개를 돌려 자기 본토의 현실 문제를 직시하고, 60년대처럼 오로지 서방과 미국만을 바라보지 말며, 그들의 문학조류에 맹목적으로 보조를 맞추면서 따라다니지 말라는 것이었다. 이는 또한 60년대 문학의 '서구화' 경향을 전환시켜 처음부터 다시 자기 향토의 현실 문제를 보기 시작하는 것으로, 달리 말하면 문학이 '현실에 관심을 갖고 현실에 반응하는 것'으로 돌아갈 것을 요구하는 것이었다.—이것은 리얼리즘 문학을 제창하는 것이자 60년대의 현대주의 문학을 반대하는 것이라고 할 수 있을 것이다.

그 다음으로, 현실에 관심을 기울이라는 주문에서 가장 중요한 것은 타이완의 하층민중이 받고 있는 불공정한 대우를 직시할 것을 요구하는 것이었다. 당시 많은 작품들이 타이완의 농민·어민·공인들의 생활의 각종 문제들을 묘사하고 있다. 또한 많은 보도문학이 줄곧 사회로부터 외면받아 온 현상들, 이를테면 원주민의 비참한 처지 문제 등을 발굴해내었다. 이상으로 볼 때 70년대 향토문학은 좌익문학의 계급 색채를 갖추고 있었고, 최소한 그들은 인도주의에 기반하고 있어 하층 인민의 생활에 매우 동정하였다.

결론적으로 70년대 향토문학은 세 가지 경향을 지니고 있었다: 민족적(향토로의 회귀), 사실적, 하층계급에 대한 동정. 위에서 서술한 바와 같이 이는 30년대 대륙과 타이완 향토문학의 주요한 경향이다. 다만 반공 계엄체제의 제약을 받아 이러한 전통이 70년대에 이르러서는 사람들에게 희미해졌던 것뿐이다.

따라서 향토문학의 또 다른 중요한 임무는 다시 새롭게 이러한 전통을 발굴하고 회복해야 하는 것이다. 그러나 대륙의 30년대 향토문학 전통은 공산당과의 관계가 너무 밀접한 탓에, 당시의 정치환경에서는 자유롭게 토론할 수 없었다. 그래서 향토문학 진영의 주요한 임무는 일제시기의 타이완 문학을 부활시키는 것, 특히 라이허, 양쿠이(楊逵), 우줘류, 중리허(鐘理和) 등 여러 작가들의 작품 소개와 그들이 선명한 반일 민족주의 색채를 지녔다는 것, 그리고 농민을 동정하는 사실주의 색채를 지녔다는 것에 집중되어야 했다.

80년대 '타이완 문학론'

70년대 말의 향토문학 운동은 50년대 이래 국민당이 계속 유지하고자 해 온 반공문예 사상(정부는 70년대에도 이 사상을 선전하고 있었지만 영향력은 갈수록 약화되고 있었다), 그리고 60년대 일시를 풍미했던 서방 현대문학 조류를 거의 전복시키기에 이른다. 77, 78년간 국민당은 선전매체를 동원하여 향토문학에 대한 포위공격을 시도했지만 실패로 끝을 맺게 된다. 그것이 바로 '향토문학논쟁'이었고, 80년대로 진입하던 때에는 이미 국민당이 문학의식에 대한 주도권을 상실하게 되었다고 말할 수 있는 것이다.

그와 동시에 정치상의 '당외운동' 또한 활발히 발전해나갔다. 1979년 '가오슝 메이리다오' 사건[9]을 빌미로 국민당은 당외 정치 지도자들에 대한 대대적인 체포를 감행했다. 그러나 뒤이은 선거에서 당외세력이 의연히 커다란 승리를 가져가면서 국민당의 진압이 이미 정치상의 반대세력을 압살할 수 없음을 증명했다.

80년대 당외세력은 문학사조의 변천에도 거대한 영향력을 발휘하였다. 70년대 '당외'는 '민주'를 추구하는 각 세력들의 대연합이었다. 하지만 의심할 수 없는 것은, 그들의 주도적인 역량이 본성적(本省籍)의 중산계급과 중소기업으로부터 나왔다는 것이다. 그들은 당시에 이미 확연히 지역의식으로부터 출발하여 그것을 '타이완 독립' 사상에까지 발전시켰다. 그들이 1987년 '민주 진보당'을 조직하게 되자, 그들의 '타이완 독립 경향'을 받아들일 수 없던 기타의 당외 인사들이 점차 퇴출된다. 이때에 타이완의 가장 큰 반대당의 정치입장은 갈수록 선명해져갔다.

정치세력의 변화는 향토문학의 조류에 영향을 끼쳤다. 70년대 향토문학운동은 반(反)국민당의 문화·문학계의 대연합이라고 할 수 있다. 그 주요 사상 경향은 비록 위에서 서술한 것과 같지만, 다만 그 실제의 내포는 자못 방대하고 복잡했다. 그들 중 많은 본성적(本省籍)의 문화인사들은 오래전부터 성적(省籍)모순을 의식하고 있었다. 당외세력이 거의 민진당에 의해 장악된 이후 향토문학 진영의 대부분을

---

9) [역자주] 1979년 세계인권선언일인 12월 10일, 타이완 가오슝[高雄] 시에서 잡지 『메이리다오[美麗島]』에서 신청한 야간 집회가 당국으로부터 불허되었다. 그럼에도 주최측에 의해 집회가 진행되자 경찰이 물리력을 동원하여 해산에 나서 충돌이 발생하였다. 이로 인해 집회 주최 측의 다수가 군법재판에 회부되었다.

차지한 본성적(本省籍) 지지자들은 분분히 성적모순, 지역의식, 타이완 독립 경향으로 주제를 좁히면서, 연속하여 문장을 발표하며 완전히 새롭게 '향토문학'을 해석하고 마침내 타이완 독립 경향의 '타이완 문학론'을 형성하게 된다. '타이완 문학론'의 발전과정과 주요한 사유 방법들은 다음과 같이 개괄할 수 있다.

1. '향토'로부터 '본토'와 '타이완'으로의 전환: 70년대 '향토'가 포괄하는 것은 상당히 넓은 범위였다. 그것은 '중국'을 가리킬 수 있었다. 그렇지만 '중국'을 어떻게 한정할 것인가에 대해서는 사람마다의 관점이 같지 않았다. 80년대 이후 타이완 독립에 기울어진 사람들은 '향토'는 '본토', 곧 '타이완'을 가리킨다고 보았다. 그들은 '중국'과 연계할 없을 뿐만 아니라 중국과의 관계를 단절해야 했다.

2. '사회문학'으로부터 '로컬문학'으로의 전향: 70년대 향토문학은 하층민의 생활을 중시하였고, 타이완 경제발전의 분배 불균형을 강조하는 등 계급의식을 갖추고 있었다. 80년대의 타이완 독립 문학론은 태세를 전환하여, 타이완 문학의 독특한 지역성과 역사성을 논술하였다. '타이완 문학'을 하나의 정체(整體)로 삼아 사유하여 계급성이 약화되거나 심지어 논하지 않게 되었다.

3. '반(反)서구화'에서 '탈(脫)중국'으로: 70년대 향토문학의 흥기는 주로 60년대의 '외국추수'를 반대하며 향토로의 '회귀'를 요구한 것이었다. 여기에는 반서방, 반미의 민주주의 경향이 확연했다. 80년대의 많은 사람들은 더 이상 그 지점을 강조하지 않았고, 오히려 타이완 문학과 중국문학이 하등의 관계없음을 말하려고 하였다. 일부는 심지어 중국을 적대시 하는 경향까지 노출하여 타이완 독립의식이 매우 선명

하였다.

4. 이상의 지점들에 근거하여 다시 새롭게 타이완 문학사를 쓰는, '새로운' 타이완 문학사관(觀)의 형성: 80년대 말 예스타오의 『타이완 문학사강(文學史綱)』이 출판된 이후 타이완 독립파는 그 관점에 의거하여 '타이완 문학'을 서술하였다. 이제는 더 이상 '향토문학'을 사용하는 논법을 쓰지 않았다. 만일 70년대의 주류의식이 '향토문학'의 이름을 빌려 계급문학과 민족문학을 말하는 것이었다면, 80년대의 타이완 독립론자들은 '향토문학'을 '독립자주'의 타이완 문학으로 고쳐냈다.

전후 타이완 문학 총평

이상의 서술을 종합하여 우리는 전후 타이완 문학의 세 종류의 주요한 경향을 다음과 같이 간략하게 귀납할 수 있다.

1. 60년대의 현대문학: 서구를 배우고 현대성과 세계성을 강조하였다(80년대 이후의 포스트모던은 이 경향의 계승자이다).
2. 70년대의 향토문학: 민족성과 계급성을 중시하였다.
3. 80년대의 '타이완 문학론': 타이완 문학의 역사적 특수성을 강조하고, 타이완 문학은 예전부터 '독립자주'였다고 보고 있다.

이상 세 종류의 관점을 대비하여 보면 다음과 같은 지점을 찾아낼 수 있다: 전후 타이완 문학 발전과정 중 앞의 20년간(5, 60년대)은 국민당 중심의 정치와 타이완 사회의 빠른 현대화로 인해 문학이 '서구를 향해' '세계를 향해' 가는 것을 목표로 삼아 민족 및 본토를 추구하는 경향이 전혀 없었다. 이로 인해 70년대 '향토문학'의 대 비판이 촉발되었다. 그러나 70년대 '중화민국'이 UN에서 '중국' 대표 지위를 상실하게 되자 정치 지위에서 발생한 문제가 자기정체성의 위기를 불러 일으켜 '향토파'는 중국파와 타이완파의 두 경향으로 분화하였다. 70년대 이전에는 전자가 주도하였으나, 80년대 이후부터는 타이완 독립파의 세력이 고조를 이루었다. 그리하여 70년대 '향토문학'의 흥기 이후 일어난 일련의 대논전, 그리고 그것이 낳은 각종 논조들(위에서 서술한 바 대개는 세계파, 중국파, 타이완파로 나눌 수 있다)은 기본적으로는 모두 타이완의 자기 정체성 위기가 수면으로 떠오른 이후의 산물들이다.

만일 지금 '향토문학'을 둘러싼 각종 복잡하고 상호 모순적인 해석들을 명료하게 이해하고자 한다면, 그 전제는 무엇보다도 각기 다른 정치 입장들과 '향토문학'의 미묘한 관계를 분명히 하는 것이라고 말할 수 있다.

2008년

뤼정훼이, 향토문학과 타이완 현대문학(2008)

초출: 2012년 4월 『마카오 이공학보(인문사회과학판)』 15권 2기
原載: 2012年 4月 《澳門理工學報(人文社會科學版)》 15卷2期

보론: 향토문학중의 '향토'

70년대의 향토문학은, 그 반(反)현대주의와 반(反)식민경제의 입장에서 말하자면 반(反)제국주의, 민족주의로의 회귀, '향토'로 회귀하자는 경향을 모두 갖추고 있다. 그것의 반미, 반일은 천잉전(陳映真), 황춘밍(黃春明), 왕전허(王禎和) 등의 다국적기업 및 식민지경제를 다루는 소설 속에서 매우 쉽게 찾아볼 수 있다. 그것의 중국본위로 돌아가자는 입장은 또한 소설과 이론을 언급하는 문장의 행간 속에서 찾아낼 수 있다.

그렇지만 70년대 말 향토문학 논전이 마무리된 이후, '향토문학'의 구호는 반대로 점차 '타이완 문학'으로 대체되고 그 내용 또한 상반된 방향으로의 변화를 겪게 된다. 이미 형성된 '타이완 문학 자주론'에 근거하자면, '회귀'가 찾고자 하는 것은 '타이완' 및 '타이완 문학'으로 변화하였고, '타이완'과 그 자주성의 주적(主敵)은 오히려 '중국'이 되어버렸다. 본래의 미국과 일본을 '반대'하는 목표성은 상실되었고, 도리어 필요하다면 '반중국'의 도움을 청하는 세력이 되었다.

이러한 '전변(轉變)'은 변증법적인 발전의 입장에서 보자면 '정'에서 '반'으로 간 것이니, 원래 향토문학을 제창했던 사람의 입장에서 보자면 이보다 더 아이러니한 일이 없을 것이다.

20년이 지나 그때의 역사를 되돌아보는 지금, 나는 당시 널리 유행했던 구호인 '향토로의 회귀' 속의 '향토'라는 개념에 착안하여, 당시의 역사적 조건하에서 혼잡하고 애매하던 현상과, 마침내 이 개념이 '타이완'으로 한정되기까지, 또 '중국'에 대항하는 것으로 변화되어

소환되기까지의 원인들을 분석해보고자 한다. 20여 년이 지난 지금, 우리는 당시에 비해서 '사후지명(事後之明)'을 가질 수 있기에 당시에는 볼 수 없었던 일부의 '진상'을 확인할 수 있을 것이다.

60년대 타이완 지식분자들의 주요한 목표는 동시대 서방(특히 미국)의 지식, 예술과 문학을 좇는 것이었다. 그들은 정치에 대해 논할 수 없었다. 정치적 발언에 대해서는 매우 강한 금기가 작용하고 있어 조금만 실수해도 곧바로 잡혀갈 수 있었다. 또한 그들은 타이완의 신속한 경제발전과 그에 따라 일어나는 사회변천에 대해 무심했다. 동시에 더 나아가 그들은 하나의 중국이 두 개의 정권으로 존재하고 있고, 대륙에서 발생하는 더 거대한 변화와 이 특수한 '중국 현실'의 문제에 대한 사고를 할 수 없었다.

70년대의 '회귀'운동은 기본적으로는 이러한 경향에 대한 '반동'이었다. 지식분자들은 스스로에게 '순지식'에 대한 추구로부터 벗어나기를, 서방 관념의 울타리에서 벗어나기를, 자기 사회의 현실문제로 돌아올 것을 요구했다. 서방 지식의 세계로부터 자기사회로 돌아오기 위하여, '회귀'하였고, '회귀'의 정신은 당연히 자기의 '향토'와 밀접해야만 했다.

그러나 가장 큰 문제는 '향토'라는 개념에 있었다. 70년대 타이완의 '일반'적 지식분자들은 당시의 정치조건하에서 이 관념에 대해 철저하고 전면적인 사고를 진행할 방법이 없었다. 다만 천잉전과 같은 일부 극소수의 이미 확정적인 '중국' 관념을 가진 이들이나, 혹은 당시 마음속에서 이미 타이완은 반드시 독립해야 한다고 굳게 믿었던 사람들(이 부류의 사람들이나 천잉전이나 모두 극단적인 소수이다)이어야 겨우 소위 '향토'가 가리키는 것이 어디의 땅인지 혹은 어떠한 범위인지를 진정으로 이해하였다. 기타의 절대다수의 일반적인 지식인들은 대체로 '향토'라는 개념 자체에 얼마나 큰 문제가 연계되어 있는지를 깨닫지 못하거나, 혹은 생각하기가 상당히 어려웠을 것이라고 여겨진다.

문제가 가장 선명하게 드러난 지점은 당시 가장 많은 사람들이 그때까지도 자신이 '중화민국 국민'이라는 사실을 받아들이고 있었다는 것이다. 이론적으로 말하자면 '중화민국'의 판도는 전 중국을 포함하는 것으로 타이완 외에도 대륙이 있다. 그러나 실제로 대륙은 중국 공산당이 '독재'하는 '중화인민공화국'이 통치하고 있었다. 양편의 인민들의 통행은 완전히 금지되어 있었고, 타이완의 '중화민국 국민'은 중국 대부분의 토지에 살고 있는 다른 중국인들(이론상으로는 자신의 '동포')이 어떻게 살고 있는지에 대해서는 전혀 알 수 없었다. 그들이 알고 있는 것이라고는 그 커다란 대륙을 '공비'들이 훔쳐 자리 잡고 앉아, 그곳의 인민들은 '공비'들의 '폭정'을 인내하며 살고 있다는 것인데, 그것은 모두 '중화민국 정부'가 그 국민들에게 가르쳐준 것이었다.

70년대 '중화민국'은 확실히 여러 가지 중대한 문제에 봉착하고 있었다. 예를 들어 명칭은 '민주' 정부이지만 주요한 민의기관인 국민대회와 입법원의 대표는 오히려 장기간 변하지 않았다. 또, 여타의 관료체제 또한 20여 년간 일어난 타이완의 경제·사회상의 변화를 이해하고 대응하기 어려웠다. 그 외에 훨씬 더 중요할 수 있는 문제가 남아 있었으니, 그것은 '중화민국'의 국제적 '합법성'의 상실이다. 국제사회는 날이 갈수록 '중화인민공화국'이 '중국'의 '합법' 정부이며, '타이완'은 '중국'의 일부분임을 승인하게 되었다.

70년대 '회귀'운동의 특징(또는 그 '문제')은 그것이 주로 '중화민국' 내부의 문제에 관심을 기울이고 있다는 것이다. 민주를 추구하고, 더욱 진일보한 현대화를 추구하며, 확연히 드러나는 사회문제에 관심을 갖는다. 그것은 직접적으로 '중화민국'과 중국 혹은 '중화민국 국민'과 중국인이라는 복잡한 문제에 이르지는 않았는데, 그것은 당시 극소수의 인물들만이 그 문제의 신체적 핍진성과 중요성을 인지했기 때문이다.

우리는 향토문학논쟁이 일단락 지어진 이후에야 향토문학 진영내부에서 통독(統獨)논쟁[10]이 나타났다고 말할 수 있다. 논쟁의 마지막에 전 타이완 사회가 알게 된 '통·독'의 대립이 형성되고 나서야 소위 '향토'가 마침내 진정으로 경계를 명확히 해야 하는 시점에 다다른 것이었다. 이 각도에서 보자면, '통·독' 논쟁은 기실 '회귀'운동의 연장이었다. 이때가 되서야 '형성된' 통파와 독파는 타이완 사회가 대면해야 하는 '향토'문제에 대한 진정한 사고를 하기 시작했다.

향토문학의 주요 발언인이었던 천잉전, 웨이톈충(尉天驄), 왕퉈(王拓)(여기에 현대시논쟁을 불러 일으켜 향토문학으로 볼 수 있는 탕원

---

10) [역자주] 통독(統獨)논쟁 : 통독논쟁은 1980년대 이후 타이완과 중국과의 관계에 대한 재(再)정의의 성격을 지닌다. 하나의 중국으로의 통일(統) 대 독자적인 타이완(獨)의 대립항으로 볼 수 있다. 논쟁에서 중국과 향토의 좌표는 1970년대 향토문학논쟁과는 또 다른 결을 지니게 된다. 역사적으로는 1983년 2세대 외성인(外省人) 한한(韓韓)·마이궁(馬以工)의 계간지 『대자연(大自然)』 창간, 그리고 역시 2세대 외성인 출신 민가(民歌)가수 허우젠더(侯建德)가 조국회귀(祖國回歸)의 꿈을 이루기 위해서 중국대륙으로 간 두 사건으로 통독논쟁이 촉발되었다. 메이리다오 사건으로 인해서 각성한 세대는 논쟁 과정에서 뚜렷하고 확고한 반중국의 타이완 의식을 드러냈다. 자세한 내용은 천자오잉(陳昭瑛), 「타이완의 본토화 운동을 논한다 – 문화사의 한 고찰(論台灣的本土化運動 : 一個文化史的考察)」, 『해협평론(海峽評論)』, 51호, 1995. 3 참조.

뱌오(唐文標)를 포함할 수 있다) 등으로서는 당시의 사회조건상, 기본적으로 위에서 서술한 것과 같은 방식으로 문제를 사고하지는 않았다.

그들이 '향토'를 논하던 시기에 그들이 주로 가리킨 것은 향토의 인민들이고, 인구의 다수를 차지하는 중하층의 인민이었다. 현대주의의 엘리트주의와 상아탑의 색채를 반대하기 위해 그들은 지식인의 책임감과 예술의 사명 그리고 문학이 현실에 대한 관심을 지녀야 함을 강조하였다. 그들의 인도주의는 분명 좌익경향을 지니고 있었다.

소설 창작 면에서는 천잉전, 황춘밍, 왕전허 등이 동시적으로 다국적 기업과 식민경제 대해 썼고, 타이완의 미국·일본 경제에 대한 의존을 묘사하는 것 외에도 타이완 인들이 경제적 의존관계에서 겪게 되는 인격의 왜곡, 특히 민족존엄의 상실을 다루었다. 이들의 반제(反帝) 경향과 민족주의 색채는 매우 쉽게 눈에 띄는 것이었다.

이들 주요 인물들 혹은 최소한 일부(천잉전)는 사실상 '향토'문제가 다만 타이완만을 범위로 한정하여 사고할 수 있는 것이 아니라는 것을 이해하고 있었다. 하지만 당시의 정치환경에서는 '반공'과 '대륙수복'만이 양안문제에 대해 유일하게 공개적으로 말할 수 있는 '견해'였다. 천잉전 등의 인물들은 공개적으로 전 중국의 '향토'문제를 토론할 수 없었으니, 부득이라고 밖에 할 수 없다. 당시 잡지 『선인장』에 실린 글들은 많은 사람들이 5·4 민족·애국운동과 자유주의 개혁론에 관심을 기울이게 하고자 하는 의도를 가졌다. 그러나 이러한 논술방식이 대표하는 것은 자유주의 전통으로, 당시 향토문학의 주류들이 암암리에 품고 있던 '좌'경향이 사람들을 이끄는 것보다 영향력이 적었다.

한 층 더 깊이 들어가 보자면, 자유주의는 60년대에 이미 현대주와 결합하여 타이완 지식인들의 정식적 기탁처가 되어 있었다. 회귀 운동은 본래 현대주의를 비판하는 것을 목표로 삼았기에, 현대주의와 예전부터 '동맹'관계였던 자유주의로는 5·4 운동의 민족주의를 부활시키자고 주장한들 그 흡인력은 좌익 색채의 향토문학주의에 미치지 못하는 것이었다.

더 나아가 타이완의 좌익사상은 이미 금지당한 지 근 20년에 달하여, 지식인들이 향토와 사회의 현실에 '관심을 갖고' 현실체제에 '비판'경향을 드러내게 되는 때에, 오랫동안 금지되어온 좌익사상은 사람을 이끄는 독특한 매력을 발휘했다. 그리하여 향토문학에 뛰어든 지식인 중 일부는 '향토 색채'나 민족주의 성분이 아닌 그 속의 '좌익사상'을 더욱 중시했었다.

그렇지만 천잉전과 같은 사유방식을 가진 사람을 두고 보자면 상황은 더욱더 복잡해진다. 70년대까지 대륙의 사회주의 사상의 정통성은 아직도 상실되지 않았다. 천잉전과 같은 경향의 사람들은 아마도 '좌'를 이야기하는 것과 '중국 향토'를 논하는 것이 근본적으로는 상충되지 않는다고 생각했을지 모른다. 그것은 '사회주의 중국'이라는 논법으로 귀결될 수 있기 때문이다. 그리하여 그들은 반드시 '향토'의 정의문제를 다시 가져와 많은 고민을 더할 필요가 없었다.

'좌'를 중시했던 사람들로 말하자면 '향토'의 명확한 정의에 대해서는 그리 관심을 기울이지 않았다. 명확한 중국 정서를 지닌 좌파에게 이 문제는 애초에 문젯거리가 되지 않는 것이었다. 굳이 명확히 할 필요가 없는 상황에서, 당시의 정치조건을 고려해보면 정의를 명확히 하는 것은 그다지 좋은 일이 아니었다. 이것이 아주 근본적이고 몹시 중요한 '향토'의 정의 문제가 드러나 있지만 논해지지 않고, 모호한 상태를 형성하여 이후 '분화'의 가능성을 지니게 만든 것이다.

간단하게 말하자면 향토문학 운동의 주류였던 '좌통파(左統派)'(여기서는 후대의 명칭을 쓰도록 한다)는 당시에는 '향토' 개념이 이토록 충돌하고 복잡해질 것에 대해서는 전혀 '예상'하지 못한 것이다. 따라서 그들이 가장 큰 영향력을 발휘하던 시점에도 먼저 나서서 적극적으로 '명료'하게 하려 하지 않은 것이다. 80년대 초 타이완 문학론의 굴기에 이르러 그제야 '좌통파'는 비판과 논전 중에 이 문제에 대해서 정식적으로 발언하게 된다. 그때가 되어 응전하도록 내몰린 뒤에야 그들은 선제공격의 기회와 주도권을 잃게 되었다. 당연히 이것은 '후견지명(後見之明)'으로 당시의 상황에서는 '좌통파'를 탓하기 어렵다.

'향토로의 회귀'와 '향토문학' 속의 '향토' 개념을 확장하여 반드시 '정의'해야 할 관건으로 만든 것은, 사실상 80년대 이후의 대독파(臺獨派)이다. 그들은 서방 관념과 국민당 교육의 아래 성장하였기에, 근대중국이 현대서방의 충격에 맞닥뜨렸을 때의 '사회주의 혁명'이 역사적 합리성을 지니고 있었음을, '공비'로 공산당을 부르는 것을, 또 서구의 현대적 체제의 관점으로는 중국이 실험했던 사회혁명을 반대할 수 없음을 근본적으로 이해할 도리가 없었다. 그들은 미국식의 서방 사회개념을 통해 '사회주의 중국'을 반대한다. 당연히 '현실에 존재하는 중국'에 대해서는 동질감을 느끼지 못한다. 더 나아가, 국민당은 대륙으로부터 와서 타이완을 접수하고, '과두파 통치로' 다수의 타이완 민중을 지배하였다. 그들은 국민당 정권에 대해 동의하지 않으며, 중국 현대사의 맥락에서 이해할 수 없기에, 아주 간단하게 '외래정권'의 문제로 단순화시켜 '중국 사람'이 '타이완 사람'을 압박하는 것으로 만들어 '중국'에 대해 전혀 동질감 혹은 이해가 없다.

또 그들의 '로직'에서 그들은 '중국'의 토지는 한 번도 밟아본 적이 없다. '중국'의 민중을 그들은 한 번도 만나본 적도 없는데, 어떻게 그들의 '향토'를 산정할 수 있겠는가? 만일, '향토'라는 것이 그들이 익숙함을 느끼는 곳이라면, 감정상의 '연결'을 느낄 수 있는 것이라면, 그것은 당연히 '타이완'일 것이다. 그들은 대개는 이러한 논리로 70년대의 애매한 '향토'개념을 다시금 명확하게 '타이완'으로 정의하고, '인정투쟁'의 일종의 감정적 호소로 만들었다.

타이완 문제는 중국 현대사의 입장으로 설명할 수 있는 것이다. 중국이 전쟁에 패배하여 부득불 타이완을 일본에 할양할 수밖에 없었다. 제2차 세계대전 후, 중국은 타이완을 돌려받았다. 그러나 중국에 내전이 일어나 민심을 얻지 못한 국민당이 타이완을 지키는 것을 미국이 도왔다. 타이완은 또 다시 잠시 중국 본부와 떨어지게 되었다. 중국 본부를 통치하는 공산당은, 1949년의 혁명과 1979년 이후의 개혁개방에 있어서는 모두 역사 발전의 합리성을 지니고 있다. 다만 대독파의 지식인들은 이러한 '역사이성'을 이해하지 못하며, 또 이러한 '역사이성'을 듣고 싶어 하지도 않는다. 그들은 자신의 '몸소 겪은 경험'에 의존하여, '향토'의 경계를 '타이완'으로 한정시킨다.

대독파의 '인정투쟁' 또한 '역사이성'의 산물이라고 말할 수 있다. 중국은 점차 약함을 누적하고 일어나지 못해 일본의 50년 타이완 통치를 초래했고, 미국의 40년 타이완 '보호'를 받았으니 이 또한 중국의 비참한 현대사 경험의 한 '결과'이다. 이 모든 과정은 '이성적 진술 (陳述)'로 대독파의 이해를 구할 방법이 없고, 그들로 하여금 처음부터 다시 생각해보도록 하지 못했다.

혹여 역사적 문제는 다만 '역사과정'을 통해서만 해결이 가능할지 모른다. 여기서 말하고 싶었던 것은, 이제와 돌이켜 보니 향토문학 시기의 '향토로의 회귀'라는 주장이 사실은 오늘날 타이완 사회에 보편적으로 퍼져있는 '인정'문제의 기점이었다는 것이다. 이러한 해석방식은 70년대에는 많은 사람들이 미처 깨닫지 못한 것이었지만, 지금 보기에는 매우 합리적이다. 이는 '향토문학 운동'의 중층적이고 복잡한 성격을 충분히 증명하는 것이다.

1997년 10월

보론: 향토문학중의 '향토'(1998)

초출: 1997년 12월 잡지『연합문학』
原載: 1997年 12月《聯合文學》雜誌

향토논술 속의 중국 콤플렉스

– 향토문학논쟁과 『하조(夏潮)』

옌산눙(晏山農)

1977년부터 78년까지 타이완 문화계에서는 문학의 이름을 빌린, 기실은 정치·경제·사회·문화에 대한 총 비판논쟁이었던 향토문학논쟁이 진행되었다. 향토문학이 논쟁을 불러일으키게 된 것은 결코 평지돌출이 아니었다. 그곳에는 반제·반독재·반현대주의의 이데올로기적 배경이 포함되어 있기에, 국민당 정권의 기탄(忌憚)과 탄압을 받아 78년 이후에 잠시 멈추게 된다. 그러나 향토문학의 향화(香火)는 '메이리다오 사건[美麗島事件]'[1]을 거치면서 본토의 정치·문화적 역량에 의해 계승되었다. 국민당정권은 향토문학논쟁에 대해서는 결코 입을 다물고 언급하지 않았다. 한편, 향토문학의 성질·발전·영향

---

1) [역자주] 1979년 12월10일 잡지사 메이리다오(美麗島)에서 주최한 민주와 자유를 호소하는 시위에서 촉발된 민주화운동으로 2·28 사건 이후 규모가 가장 큰 민중과 경찰의 충돌 사건이었다.

이 어떠하였는지에 대해서는 사실 수십 년 이래 시종(始終) 합의된 내용이 없었다. 그 말인즉슨 문화적 헤게모니를 다투는 전쟁은 한 번도 쉰 적이 없었다는 것이다.

가장 뚜렷한 예로, 논쟁이 벌어진 지 만 20년이 된 1997년, 논쟁의 주인공 중 한 명이었던 왕퉈(王拓)가 널리 각계 인사를 초청해서 향토문학 20년의 회고의 자리를 마련하고자 했다. 그런데 의외로 천잉전(陳映真)은 이 행사에 참여하지 않겠다고 했을 뿐더러, 10월 19일에 자신이 먼저 '향토문학논쟁 20주년' 심포지엄을 주관하였다. 라이벌 의식이 농후했다. 왕퉈가 주관하는 춘풍문교기금회(春風文教基金會)는 문건회(文建會)[2], 그리고 『중국시보·인간부간(中國時報·人間副刊)』과 함께 10월 26일 '청춘시대의 타이완—향토문학논쟁 20주년'이란 제목으로 성대한 심포지엄을 개최했다. 그 해에 그들은 서로 바다(대만해협) 건너 격렬하게 칼끝을 맞댔다.

필자는 그 해에 왕퉈 측의 심포지엄에 초청을 받아 「향토논술 속의 중국 콤플렉스—향토문학논쟁과 『하조』」라는 논문을 쓰게 되었다. 이 논문은 그 당시 『하조』가 좌익과 향토의 노력, 그리고 성과를 결합시켰다는 것에 관해서 논했다. 10년이 지났지만 다시 꺼내어보니 오늘날 재독(再讀)할 필요가 있을 것 같아, 특별히 향토문학논쟁 30주년인 오늘 여기에 올린다! 이 10년 동안 좌익과 본토의 거리가 해협의 거리만큼이나 멀어졌다니, 이는 참으로 유감스러운 일이 아닐 수 없다! 그리고 『하조』의 맹장이었던 수칭리(蘇慶黎)가 세상을 떠난 것

---

2) [역자주] 타이완 행정원(行政院)의 문화건설위원회(文化建設委員會).

은 더욱 안타까운 일이 아닐 수 없다! 또한 남색과 연두색[3]이 정권 독점을 위해 치열하게 다투고 있는 가운데, 더 이상 향토문학논쟁을 언급하는 사람이 없다는 것은 타이완 문화의 더 큰 아픔이다!

머리말

70년대는 이상이 불타오르던 세월이었다. 1970년 말 해외의 댜오위타이 보위운동(保釣)[4]과 72년의 '민족주의 논쟁'이 77~78년의 '향토문학논쟁'으로 이어지고, 다시금 79년 말의 '메이리다오 사건'으로 이어지게 된다. 상황은 마치 휘모리 장단처럼 사람들을 극도로 흥분시키고 감동시켰으며, 사람들의 마음을 오랫동안 가라앉지 못하게 했다. 그러나 이 성화(聖火)는 유럽이나 미국과 비교해 보았을 때 꼬박 10년이나 늦게 타이완으로 넘어온 것이었다. 1960년대 유럽·미국·일본의 영향력이 하늘을 뒤덮는 기세의 파도로 덮쳐왔을 때, 타이완은 눈멀고 귀먹은 상황인지라, 다만 꿀 먹은 벙어리였을 뿐이다.

그 이유를 따져보자면, 문화·학술계의 인사들이 자기 보호를 위해 잠재의식 속으로 기어들어가 마치 자폐아처럼 굴었다는 것이 가장 큰 원인이겠다. 물론 당·국(黨國) 체제의 촘촘한 감시망 때문에 닭목

---

3) [역자주] 원문은 남연악투(藍綠惡鬥)로, 남색은 국민당, 연두색은 민진당을 대표하는 색상이다.

4) [역자주] 미군이 타이완 영토인 댜오위타이다오(釣魚臺島, 조어도)를 오키나와에 포함시켜 일본에게 반환하려 한 것에 대하여, 재미 유학생들로부터 '국토를 지키자'는 운동이 시작되었다.

가지 비틀 힘조차 없는 문인들이 겨울매미처럼 아무 말 하지 못하고 무능한 채 지냈던 것은 당연한 일이었다. 가끔 한 두 돌연변이가 '경솔히 번식하기를' 시도했지만 그 종말은 류다런(劉大任)이 쓴 책―『부유군락(浮游群落)』에서 가장 완벽한 증거를 찾을 수 있다. 그러므로 「황당무계(荒謬)」, 「고민(苦悶)」, 「공허감(失落)」 등 블루스 계열의 노래가 60년대부터 70년대까지 줄곧 유행했던 것이다.

혹여 '고민'을 오랫동안 외쳐 종내 농담이 진담이 된 것일까. 보다 엄밀히 말하자면 마음속의 울적함이 뭉쳐 마침내 밖으로 드러난 것이라 해야 할 것이다. 에릭 에릭슨(Erik Erikson)이 강조한 '정체성 위기(identity crisis)'가 외교 위기(댜오위타이 사건, 타이완의 UN 탈퇴, 닉슨의 중국 방문, 일본과의 단교), 권력구조의 경직화(정권교체 문제, 국회의 전반적인 노화(老化)), 그리고 사회·경제적 문제들의 출현(날로 커지는 빈부 격차, 농민과 노동자 계급의 소외, 외국 자본에의 의존 심화)의 스리섬 아래 폭발하여 나온 것이다.

정체성 위기의 발생은, 청소년이 유년기의 기억과 성년에 대한 동경 속에서 자신만의 중심감과 방향 그리고 조리 있는 통일감을 만들어야 하는 데서 오는 것이다. 그는 반드시 자신이 자신을 보는 관점과 자신에 대한 타인의 판단 및 기대의 사이에서 유의미한 공통점을 찾아내야 한다. 아프게 되고 나서야, 사람들은 인격이 다중의 상호작용하는 요소들이 예민하게 어우러져 구성된 것이라는 것을 발견하게 된다. 이러한 구성은 아주 먼 오래전부터 길러 온 능력과 지금의 처지가 만나 혼합되어 만들어진 것이며, 또한 각기 다른 개개인의 성장과정 중의 무의식적 선결조건 및 각 세대 간의 불안정한 상호작용이 만들어 낸 것, 그리고 재제조(再製造)의 사회조건이 혼합되어 만들어

낸 것이기도 하다. 위기의 발생은 바로 이 연쇄과정의 단절이나 균형 상실인 것이다.[5] 명확히 말하자면, 전후(戰後)에 성장한 지식청년들 또한 청춘기의 반항단계까지 성숙된 것이다.

70년대의 청춘기적 고백은 가장 먼저 쉬신량(許信良)과 장쥔훙(張 俊宏) 등이 공동 집필한 『타이완 사회력(社會力)의 분석』에서 확인할 수 있다: "가정교육이 엄격한 구식 대가족이어야만 보다 쉽게 권위에 복종하는 제2세를 길러낼 수 있다. 현대식 핵가족에서 자라난 아이들 은 눈앞에 권위적 우상(偶像)이 없었기에 마음속에 두려움이 없다. 이 들은 윗세대와 비교해볼 때 보다 순진하고 구속받지 않는 성격을 간 직하고 있다. 이러한 개성이 이들로 하여금 현대화와 합리화를 추구 하는 강렬한 경향을 촉진시켰다. 이것이야말로 현 세대 청년들의 심 리의 기본적인 특징이다."[6] 이후 관제밍(關傑明)과 탕원뱌오(唐文標) 가 '현대시논쟁'에 새겨넣은 글들은, 전후(戰後) 타이완 청춘들의 반 항적인 이미지를 마치 제임스 딘처럼 더욱 절대화시켰다.

그러나 아직 안정화 단계에 접어들지 못한 지식청년들이 만약 '정 체성 위기' 과정에서 축적된 내파력에만 의지했었다면, 대성황을 이 루는 사회의 집단적 행동력이 될 수 없었을 것이다. 따라서 장쉰(江 迅)이 진술한 것처럼, 이는 다종의 각기 다른 힘을 가진 문화패권들의 집권을 위한 상호간의 힘싸움과 연관되어 있다. 그 힘싸움에 당·국 (黨國)의 교화(敎化) 해석 체계의 경직화와 재편성, 그리고 반(反)교화 해석 체계의 굴기(崛起), 자본주의적 해석 체계의 확립 등을 포함시켜

---

5) [원주] 에릭 에릭슨, 캉뤼다오(康綠島) 역, 『청년 루터』, 원류(遠流)출판사, 8-9쪽.

6) [원주] 장징한(張景涵) 등 저, 『타이완 사회력의 분석』, 환우(環宇)출판, 19쪽.

고려해야만 '향토문학논쟁'의 형성 원인과 발전을 해석할 수 있다.

장쉰의 견해는 다음과 같다. 타이완은 원래 중국의 변경지역이었는데 '반공복국(反共復國)'의 근거지라는 명칭이 붙여진 후에 핵심적인 역할을 부여받게 되었다. 이러한 변경/핵심의 모순에 대해서 당·국의 교화 해석 체계는 '도통(道統)'과 '법통(法統)'으로 그 겉모습을 아름답게 꾸몄다. 그러나 내적인 '기표(signifier)'과 '기의(signified)'의 관계는 그로 인해 단절되었다. 그 이유는 다음과 같다. 첫째, 가족 내 세대 간 기억의 연속이 본토라는 생활세계의 역사적 진실을 지켜주었다. 둘째, 중공(中共)이 국제무대에서 두각을 나타내면서 '한적(漢賊)과는 양립할 수 없다'는 비현실적인 집념이 점차 구체적인 현실로 인해서 전복되고 말았다. 셋째, 당·국 교화 해석 체계의 과도한 도구화가 그것을 '스스로 매력을 깎아먹는' 운명을 향해 가도록 했다. 이와 같은 빈틈이 있었기에 반교화 해석 체계가 '높은 곳에 올라가서 외치며' 유기적 연합의 결맹(結盟)을 진행할 수 있었던 것이다.[7]

'정체성 위기'가 불러일으킨 내재적 수요에 의해서이든지, 아니면 외재적 해석 체계의 문화 패권 전쟁에 관여되어 있든 간에, 포부를 지닌 지식청년들에게 가장 간편하고 강력한 비판의 무기는 바로 민족주의였다. 그것에게 가장 적당했던 공방(攻防)영역은 바로 '이 땅에서 1962년의 "중·서(中西)문화 논쟁"이래 규모가 가장 큰 논쟁'─'향토문학논쟁'이었다.

---

7) [원주] 장쉰, 「향토문학논쟁: 우회적인 혁명인가? ─ 한 문화패권의 궐기와 붕괴」, 『남방(南方)』, 9호, 1987. 7, 30-32쪽.

비판무기로서의 민족주의

민족주의가 비판의 무기로 쓰일 때에 가장 중요한 것은 반드시 안팎을 모두 단련해야 한다는 것이다. 구체적인 예로는 중국의 5·4 시기 내걸었던 '대외적으로 주권을 쟁취하고 대내적으로는 국적(國賊)을 제거한다'라는 구호가 그것이다. '향토문학논쟁'은 비록 정의가 모호하고 시시각각 초점이 이동했지만, 그래도 대외적으로는 반제(反帝)·반서구화를 주장할 수 있었고 동시에 대내적으로는 '향토로 회귀'하는 민족과 향토의 맥락으로 재통합할 수 있었다. 따라서 '향토문학논쟁'이 높이 내걸었던 것은 중국 의식의 간판이었지만, '타이완에서 태어나고 자란 중국인'으로서 '타이완의 중국문학'의 입장을 지향하는 것이다. 그 안의 민족주의 색채는 여태까지의 그것과는 다른 새로운 의미를 드러냈다.[8]

논의를 더 진전시켜 보자. 일본에 유학했던 학자 천정티(陳正醍)의 견해에 따르면 "70년대 '향토문학'의 대두는 당시의 문화적 측면과 사회사상 쪽 모두의 '향토로 회귀'하고자 하는 동향의 일부였다. '향토로 회귀'하고자 하는 동향은 다음과 같은 여러 가지 의미를 반영하고 있다. 첫째, 70년대 초기 국제정세의 역전 속에 타이완 지식청년들의 의식변화, 즉 타이완의 운명에 대한 관심으로 촉발된 '민족·향토' 의식이 높아졌다. 둘째, 사회개혁 의식을 포함한 사회대중에 대한

---

8) [원주] 마쓰나가 마사요시(松永正義)의 저, 예스타오(葉石濤) 역, 「타이완 문학의 역사와 성격」, 바이셴융(白先勇) 등의 저서 『차이펑의 소원 – 타이완 현대 소설선1(彩鳳的心願-台灣現代小說選I)』에 수록됨, 명류(名流)출판사, 145쪽.

관심이 만들어낸 '향토'적 심정(心情)이 형성되었다. 그리고 기존의 지나친 서양에 대한 모방을 반성함으로써 전통문화를 재평가하게 되었다는 점 등이 있다."9) 이 중에서 '향토로의 회귀'는 '토지와 인민'의 명제와 긴밀하게 연결되어 있는 것으로, 그것이 타이완의 외부로부터 온 것이었다면 중국 의식의 민족주의를 마음껏 말하는 것은 불가능한 일이었을 것이다.

만약 우리가 '향토문학논쟁'이 후일에 확실히 일정정도의 성과를 이루었음을 인정한다면, 그 안의 전사(戰士)는 반드시 지식집단과 유기적 전선의 연결을 획득하고, '민족·향토'의 변증법적 발전상 가장 먼저 1등이 되어야만 하는 것이다. 이상의 이념에 근거하여, 논쟁 이전과 이후 항상 전투의지가 충만하고, 강한 화력과 사회주의적 색채를 지녔던 잡지『하조』가 이하 본문의 논술 대상이 된 것이다. 그것이 논쟁의 주력이었던 것에서 기인하는 것만이 아니라, 더 중요한 것은 상술한 두 가지 조건에 부합했기 때문이다.

향토파의 주요 진영

논쟁 기간에 향토파 진영에 속했던 교두보로는『하조』,『중화잡지(中華雜誌)』,『선인장(仙人掌)』,『종합월간(綜合月刊)』,『문계(文季)』,『타이완 문예(台灣文藝)』,『슝스미술[雄獅美術]』,『삿갓[笠]』,『중국시보·

---

9) [원주] 천정티 저, 루런(路人) 역, 「타이완의 향토문학논쟁 (상권)」,『난류(暖流)』, 2권 2호, 1982년 8월, 23쪽.

인간부간』,『자립만보(自立晚報)』등이 있다. 한편, 친(親)정부 보수(반동) 진영에 속하는 것으로는 당·정·군(黨政軍)에 예속되어 있는 선전 간행물 이외에도 『연합보(聯合報)』계열의 3신문과 1잡지(『연합보』, 『경제일보(經濟日報)』,『세계일보(世界日報)』,『중국논단(中國論壇)』)가 있어 작전사령부가 되었다.[10]

향토파 진영은 마치 깃발이 하늘을 가리고 북과 나팔이 일제히 울리는 것처럼 보였지만, 실제로는 후방지원이나 혹은 유격전을 벌이는 자만 많았지, 참으로 선봉이 되어 적의 진영을 무너뜨리기 위해 돌격하는 이들은 겉보기처럼 그렇게 많지 않았다. 그 이유는 '향토문학논쟁'의 쟁점이 문학이 아니라 사회경제의 문제였기 때문이다. 더욱이 항장(項莊)의 칼춤은 당시 이미 '겉보기는 금옥(金玉)이나 속은 헤어진 솜털뿐인' 국민당의 당·국 체제를 겨누고 있었다. '향토문학논쟁'은 이미 각기 다른 문화패권들이 다투어 각축하던 전면적인 투쟁이었으니 배짱이 없으면 어디 감히 양산박(梁山泊)에 갈 수 있겠는가. 더구나 논쟁에는 반드시 우세를 가져올 수 있는 비판적 무기를 구비해야 하기 때문에, 논쟁에 돌입하는 자가 '문학' 간행물일 가능성

---

10) [원주] 연합보 시리즈 중 세 신문은 향토파에게 적대적이고 탄압적으로 대하였다. 이는 처음부터 끝까지 비교적 변함없이 확고했다고 할 수 있다. 그러나『중국논단』은 자유파 지식인들의 중요한 집결지로서 순전(孫震)과 장중둥(張忠棟) 두 편집 위원이 글을 써서 '향토문학'에 대해 질의했기 때문에 적대적인 진영의 편에 서게 되었지만, 그들은 이 잡지가 반'향토문학'이라는 것을 명확하게 말하지 않았다. 당시 향토파의 주요 인물이었던 웨이톈충(尉天驄)이 이 잡지의 초대 편집자였다. 그가 이 잡지에서 주최한 좌담회에서 문제를 문학 본질의 탐구로 돌이키기를 시도했는데, 당시의 특수한 상황 때문에 다른 입장의 논쟁을 불러일으키게 되었다. 한마디로 말하자면『중국논단』은 '향토문학논쟁' 의 전쟁터가 아니었다는 것이다. 자세한 내용은『중국논단』, 361호, 1980년 10월 10일, 29쪽 참조.

이 비교적 낮았다. 그리하여 『하조』, 『선인장』, 『중화잡지』가 좌·중·우 세 개의 날개로 전면 출격한 것이었다.

　3대군단(大軍團) 중에서, 『선인장』이 먼저 1977년 4월호를 '향토문학 특집호'로 삼아 세 편의 '향토문학'에 대한 찬반의 글―왕튀의 「'리얼리즘'문학이지 '향토문학'이 아니다」, 인정슝(銀正雄)의 「무덤 속 어디서 들려오는 종소리인가?」, 주시닝(朱西寧)의 「어디로 회귀할 것인가? 어떻게 회귀할 것인가?」를 게재하여 '향토문학논쟁'의 봉화를 올렸다. 『선인장』은 진승(陳勝)과 오광(吳廣)의 역할을 맡았다. 그 후 『선인장』은 1979년 3월에 또 다시 '민족문학의 재출발 특집'을 제작하여 향토-민족이라는 주축에 따라서 자신의 임무를 완성했다. 이 잡지에서 준비한 무기들은 다른 양익(兩翼)만큼 위맹(威猛)스럽지 못했기 때문에, 문학 방면에 치중하는 것으로써 더 많은 쟁점을 불러일으키는 사화·경제적 방면을 애써 피하려고 했다.

　발언자의 위상으로 봤을 때, 『중화잡지』의 창간인 후츄위안(胡秋原)은 오거서(五車書)를 섭렵한 석학(碩學)이자 굉유(宏儒)였고, 또한 당·국 원로의 신분으로 친히 현장을 지키고 방향타를 잡고 있었기 때문에, 이 잡지에서 드러내는 이론의 깊이와 발언 후에도 유지되는 안전지수는 다른 향토파 진영의 인물들과 동등할 수 없는 것이었다. 하지만 전체 논쟁의 발전을 살펴보면 『중화잡지』는 결코 최전선에 선 적이 없었다. 오히려 수호신을 자처하여 향토파가 정부 혹은 친정부 세력에 의해 전면적으로 포위당했을 때에 중재 역할을 맡았다. 『중화잡지』는 주간(主幹) 후츄위안 이하 거의 대부분 외성인(外省人)으로 구성되어 있기 때문에 본토의 사물에 대해서는 언제나 일정한 정도의 거리를 두고 있었고, 보다 근본적인 원인은 후츄위안의 자기

정체성과 행동에 있었다.

후츄위안은 과거, 국부천대(國府遷臺) 이후로는 그 자신의 사유의 중심을 온전히 전체 중국의 미래에 두었다고 말한 적이 있다. 따라서 그는 입법원(立法院)에서 거의 현실의제에 대해서 발언하지 않았고 현실적인 글도 그다지 쓰지 않았다. 이는 그가 창간한 『중화잡지』로 하여금 시종 타이완 사회의 구체적 실제 상황과 거리를 두게 하였기에, 선봉 역할을 하는 주도자가 될 수 없게 만들었다. 덧붙여, 후츄위안은 반평생 정치와 인연을 맺어왔기에, 중국정치의 이론과 실황에 대해 깊은 이해가 있었다. 그리하여 무엇을 말할 수 있고, 무엇을 말할 수 없는지에 대해서도 너무나 잘 알고 있었다. 그의 뇌에는 이미 자기 검열 시스템이 자리를 잡고 있어, 그는 일을 처리하는 데에 있어 한 치의 오차도 없이 정곡만을 찌를 수 있었다.[11]

더욱 중요한 것은, 후츄위안과 『중화잡지』는 대(大)중국 의식을 천지를 뒤흔들 정도로 큰 소리로 외쳤지만, 그러한 민족주의는 그저 "가련한 초승달은 누구를 위해 어여쁜가, 무수한 저녁 산들을 마주하여 근심하누나" 같은 전조(前朝) 유신(遺臣)의 근심의 정서인 것이다. 심지어 민족주의는 그들에 의해서 무한히 고양되고 철저한 도덕화의 단계로까지 격상되어, 한 치의 티끌도 용납되지 않았다. 이는 『중화잡지』로 하여금 영원히 구름 속 높은 곳을 거닐면서, 타이완의 진토(塵土)를 묻히지 않도록 하였다. 그럼에도 『중화잡지』는 '향토문학

---

11) [원주] 왕퉈가 출옥하고 얼마 되지 않아 출판한 소설 『타이베이, 타이베이!』(자비출판, 1985년)에서 그려낸 국회의원 후전화(胡震華)가 바로 후츄위안을 빗대어 말하는 것이었다. 그의 정치적 성격에 대해서도 상세하고 믿을 만하게 기록했다. 자세한 내용은 그의 책, 375-403쪽 참조.

논쟁'과 '메이리다오 사건' 이후 정의롭게 직언을 하여 협객의 기품을 드러내었고, 우리는 그러한 행위에 대해서는 반드시 높이 평가해야 할 것이다. 그러나 정치적 권위의 붕괴와 『중화잡지』의 새 주간(主幹)의 이론적 수준과 분석능력이 갈수록 떨어졌기 때문에, 『중화잡지』는 마침내 국회의 전면적인 재선출 및 본토화를 반대하는 보수진영에 자리 잡게 되면서, 역사의 폐허로 전락하고 말았다.

마찬가지로 대(大)중국 의식을 표방했던 『하조』로 말할 것 같으면, 그것의 민족주의 이론 쪽의 포진은 당연히 『중화잡지』처럼 노도가 몰아치는 듯하거나, 고도로 추상화될 수는 없었다. 더구나 끝없이 민족주의를 고양하려고 목이 쉬고 힘이 다할 때까지 노력하는 일도 없었다. 그렇지만 『하조』에는 전조의 유신이 고향을 그리워하는 마음의 부담이 없었기 때문에, 시종 능수능란하게 자신의 글을 쓸 수 있었고 진퇴에 절도가 있었다. 『하조』는 완전히 자신(自信)·반성·실천의 신념을 통해 타이완에 기초한 중국 의식을 해석한 것이다. 우리는 『하조』의 구성원들이 드러내는 유기적 결맹(結盟)의 성격과 그들의 '민족·향토'에 대한 변증법적 이해를 통해서 그것의 시대적 의의를 확인할 수 있다.

『하조』— 다원적인 중국의식의 실험

기본적으로 『하조』와 『중화 잡지』의 구성원들은 상당한 중첩성을 보인다. 천잉전(陳映真), 왕샤오포(王曉波), 웨이톈충(尉天驄), 허우리차오(侯立朝), 쩡샹둬(曾祥鐸) 등은 두 간행물 모두 다에서 활약했으니 이로써 두 간행물 사이의 서로 의지하는 전우관계를 볼 수 있다. 그러나 『중화잡지』가 계도에 치중하고 현실 타이완 사회의 호흡과는 낙차가 크다는 특징과 비교해보면, 『하조』는 참으로 "타이완에 발을 딛고, 중국을 바라보며, 세계를 전망하는" 신국면을 실현해냈다.

비록 혈연적으로 가깝다고는 해도, 『중화잡지』의 대(大)중국 의식은 군센 혈기와 부권(父權)적 성격이 매우 강했고 일원화의 배타적인 색채를 띠고 있었다. 『하조』는 "한편으로는 노동자·농민 문제를 심도 있게 탐구하며 광대한 중하층 계급 인민의 말할 권리를 쟁취하였고, 또 다른 한편으로는 세계에 시선을 두고 다른 제3세계 국가들에게 관심을 부여하고 동정을 통한 이해를 추구했다. 그리고 일본·미국 등 제국주의에 대하여 강렬한 비판과 의문을 제기한, 사회적·향토적·문예적 사상·문화성을 표방한 간행물이었다. 이 지점이 『하조』가 여타의 당외(黨外)잡지들이 정치현상의 서술에만 치중하고 사상·문화 측면에 대한 심도 있는 검토가 부족했던 것과는 대비되는 지점이었다. 『하조』는 독자적인 기치를 내세운 것이 돋보였지만, 동시에 강렬한 사회주의 색채를 지닌 것으로 여겨지게 되었다."[12] 감히 유일하다고 말할 수는 없지만, 『하조』에서 전개되었던 다원성과 실천적 특질이 드러내주는 것은 틀림없이 70년대의 가장 높은 수준의 걸작이었다. 하지만 『하조』가 처음부터 이러한 면모를 보여준 것은 아니었다.

『하조』는 수칭리(蘇慶黎)(전 타이완공산당 주요 지도자였던 수신(蘇新)

---

12) [원주] 리주천(李祖琛) 저, 「70년대 타이완 향토문학운동의 분석론 - 미디어 구조의 관찰」, 국립 정치대학교 신문대학원 석사논문, 1986. 1, 84쪽.

의 딸)와 정한민(鄭漢民)(유명한 정신과 의사 정타이안(鄭泰安)) 두 사람이 1976년 2월에 창간한 것이다. 처음에는 이 간행물의 이름을 『평범(平凡)』으로 지으려고 했었지만, 훗날 '화하(華夏)'의 '조류(潮流)'로부터 뜻을 취해 『하조』가 되었다. 창간사 「우리의 땅, 우리의 인민」에서는 "이성과 감성 두 측면에서 중국의 사회·문화와 향토를 탐구하고, 더 나아가 그것들의 존재가치와 의미를 다시 새롭게 긍정할 것이다. 왜 냐하면 고향을 잊는다는 것은 자기 자신을 부정하는 것이기 때문이다!"는 것을 강조하였다.

그러나 첫 3호 동안의 내용과 편성 형식은 『독자문적(讀者文摘)』을 모방해서 금릉(金陵)의 아득한 향기, 십리양장(十里洋場) 같은 야취(野趣)를 추구하다가 서시빈목(西施嚬目)에 떨어지고 말았다. 4호 이후에야 간단하고 소박한 면모를 드러내기 시작했다. 내용은 "더 심도 있는 탐구와 비판을 추구하여, 문학과 예술·사회·문화·역사·향토민정(民情)과 세계성 등의 몇 가지 방면에 대해 과거를 회고하고 현실을 직시하며 미래를 전망하는 것"으로 전환하였다.[13] 『하조』는 그제야 자신이 가야 할 길을 찾은 것이다.

흐릿한 이미지의, 성장(盛粧)했지만 이미 머리가 하얗게 센 늙은 궁녀(문화중국)를 가엾고 애처롭게 여기던 것으로부터, 소박하고 맑은 이미지의 그러나 약간의 기억상실증이 있는 타이완의 소녀를 직시하는 것으로 전환한 것이야말로, 『하조』가 오로지 장강·황하 유역만

---

13) [원주] 『하조』 4호의 「독자에게」, 1976년 7월 1일. 그리고 수칭리는 모(某) 재단과의 특별 인터뷰에서, 『하조』가 4호 이후에 보다 넓은 시야와 명확한 방향을 확보할 수 있었던 것은 리난헝(李南衡) 선생님의 공로가 가장 크다고 말했다.

을 향했던 과거의 지향으로부터 벗어나, 구체적인 향토로부터 출발하여 화하(華夏) 조각상을 만들어 내려 한 기도(企圖)의 출발지점이었다. 이후 『하조』는 타이완의 귀중한 유산들을 발굴하는 데에 힘썼다. 예컨대, 황스챠오(黃石樵)의 일제시대의 저항운동사와 황황슝(黃煌雄)의 쟝웨이수이(蔣渭水)의 생애에 관한 해석 등을 연재했다. 그리고 또한 양쿠이(楊逵), 라이허(賴和), 우줘류(吳濁流), 우신룽(吳新榮), 장원환(張文環), 장선체(張深切), 뤼허뤄(呂赫若), 양화(楊華), 중리허(鍾理和) 등 잊혀졌던 타이완적(籍) 문예가들의 소개를 기획하여 그들의 사상과 노력들이 발굴되도록 했다. 이러한 노력의 축적은 후일의 '향토문학논쟁'을 위한 군량미를 비축해둔 것이기도 했다.

선인(先人)들의 노력을 재해석하는 것 이외에도, 『하조』는 더 적극적으로 현실사회의 병증을 짚어보는 진맥을 했다. 의료문제, 노동자문제, 칫솔주의[14], 주식문제, 오염문제, 도박문제, 농민문제, 매춘부문제, 어민문제, 원주민문제, 페이췌이 저수지[翡翠水庫] 문제 등등이 전부 관심대상이었다. 지금 와서 보기에는 이들 사회적 병리를 비판하는 글들은 왕왕 감정만 넘쳐, 쓰고 싶은 것은 많지만 그러기에는 능력이 부족했고 전문적인 탐구도 아직은 부족했다. 그러나 이는 이론과 실천을 종합하기 위한 전주(前奏)였고 소(小)지식인들이 지나치게 자기연민의 소용돌이에 빠져들지 않게 한 좋은 계책이었다. 그리고 『하조』는 시선을 세계에 두고 제3세계에 관심을 가지며 일본·미국

---

14) [역자주] 칫솔주의는 특히 국민당 정권을 중심으로 한 상류계층이 이미 해외에 자산과 기반들을 준비해놓아, 유사시 국민을 뒤로하고 칫솔만 들고 출국할 준비를 마쳤다는 것을 일컫는 표현이다.

의 경제적·문화적 침략을 비판하는 데에 마음을 썼기 때문에, 이 잡지는 항상 외부와의 환기(換氣)상태를 유지하면서 과도한 자기팽창을 피할 수 있었다.

여기서 우리는 놀랄 만한 발견을 하게 된다. 70년대『하조』의 행동과 방향은 완전히 안토니오 그람시(Antonio Gramsci)의 문화적 헤게모니와 진지전(陣地戰, war of position)의 이론을 따라서 점진적으로 발전하고 있다는 것이다. 그람시의 견해에 따르면 "서구에서는 국가와 시민사회 사이에 조정된 상호관계가 존재한다. 만약 국가가 흔들리기 시작하면 견고한 구조를 가진 시민사회가 즉각 전면으로 나선다. 국가는 그저 전진을 위한 참호일 뿐이며 후방에는 축성과 요새의 견고한 연쇄가 존재한다." "정치예술(政治藝術)에서도 군사예술(軍事藝術)에서 발생한 상황이 발생한다─운동전(運動戰)이 점차 진지전이 되는 것이다."[15] 간략하게 말하자면, 자본주의가 비교적 발달된 사회에서는 시민사회가 계급전쟁의 주전장(主戰場)이 되었다. 그렇다면 자본계급 정권의 이데올로기적 기반에 장기적으로 문화적 충격을 가해야 한다. 이것이 바로 '진지전'이 문화 헤게모니 전략으로서의 중요한 의의이다.

'진지전'은 우선 안팎의 정세에 대해서 '상황의 분석을 하고 역량을 대조해 보아야 한다.' 그 다음에는 다원성을 포용하는 연합전선을 전개해야 한다.『하조』의 가장 중요한 신예부대는 좌익 지식인과 본토파의 결합이었다는 점을 깨달아야 한다.『하조』내의 좌익계보에는

---

15) [원주] Antonio Gramsci, Selections from the Prison Notebooks, ed. & trans. by Q Hoare & G. N. Smith(New York: International Publishers, 1971), 238-243쪽.

수칭리, 탕원뱌오(唐文標), 왕퉈, 난팡쉬(南方朔), 왕리샤(汪立峽), 왕모린(王墨林) 등이 있었고, 전후하여 『하조』에서 글을 썼던 본토파로는 왕스랑(王詩琅), 예스타오(葉石濤), 중자오정(鍾肇政), 장량쩌(張良澤), 셰리파(謝里法), 양칭추(楊青矗), 쩡신이(曾心儀), 황황슝, 천융싱(陳永興), 린판(林梵, 린뤄이밍(林瑞明)의 필명), 리샤오펑(李筱峰) 등이 있었다. 이 외에도 당시에 적지 않은 수의 청년 엘리트 지식인들의 이름—쟝쉰(蔣勳), 리위안전(李元貞), 스마원우(司馬文武), 차이선장(蔡伸章), 린짜이쥐에(林載爵), 천궈샹(陳國祥) 등도 『하조』 지면에서 자주 발견된다.

통·독(統獨)간의 경계가 분명한 90년대에 이러한 구성을 봤을 때, 그야말로 천일야화 같은 이야기라고 할 수 있겠다. 그러나 『하조』와 『중화잡지』의 서로 겹치는 구성원들—민족파라고 할 수 있는—중 다수는 타이완 사회(천잉전은 좌익에 속해야 마땅해서 제외해야 함)와는 유리되어 있기 때문에 어떤 문제를 거론할 때 늘상 격화소양(隔靴搔癢)의 혐의가 있었다. 따라서 좌익의 반성적 사고력과 날카로운 시각은 반드시 본토의 초근성(草根性)과 지방의 반대세력과 서로 협력해야만 상승된 전투력을 발휘할 수 있었다. 『하조』는 전(前)세대의 『대학잡지(大學雜誌)』가 축적해 놓은 지식항쟁의 역량을 계승하여, 후일 『메이리다오[美麗島]』에서의 정치적 역량의 집결에 대한 임상실험을 제공해준 것이다. 『하조』의 이러한 역할은 과거에는 간과되었던 지점이다.[16]

---

16) [원주] 수칭리는 인터뷰에서 『하조』의 구성원은 간략하게 사회주의파와 민족주의파 두 파로 나눌 수 있다고 말했다. 그 중 사회주의파는 또 a. 소박한 사회주의자—수칭리, 왕퉈 등, b. 중국을 동경하는 사회주의자—천잉전, 웨이톈충, 저우유(周渝), 쟝쉰, 시숭(奚淞), 왕리샤(汪立峽) 등으로 나눌 수 있다고 했다. 민족주의파는 대표로 왕샤오포(王曉波)

『하조』에서 좌익과 본토파는 곤경 속에서 서로 의지하고 도와주었을 뿐만 아니라, 78년 중앙 민의(民意)대표 선거 때 좌익은 막대한 역량을 당외(黨外)선거 홍보 단체에 투입하였다. 왕튀 본인은 직접 선거에 출마하기까지 했다. 심지어 79년 말 '메이리다오 사건'이 발발한 후, 수칭리, 왕리샤 등 사람들도 참고인 조사를 받거나 감시가 붙었다. 그러나 『하조』의 구성원 중에서는 왕튀 한 사람만 체포당했기에, 『하조』 계열의 수난자로서의 후광은 약화되었다. 여하튼, 『하조』와 당외 민주진영이 두터운 혁명적 감정으로 맺어진 것은 확실하다.

혁명적 감정은 사실 일시적인 연합 전선으로만 판단하면 안 되는 것이다. 왜냐하면 '진지전'은 모략에 그치는 것이 아니라 영구적인 전쟁상태이기 때문이다. 『하조』의 좌익은 당시 민주화에 대한 요구가 다른 모든 것들보다 높고 먼 곳에 있다는 것을 잘 알고 있었다. 그래서 이들이 본토 반대운동과 손을 잡은 것은 대세의 흐름을 따른 것뿐이었다. 그 외에도, 좌익의 역량이, 혹여 정치적 강압에 의해서였던지 아니면 아직 소박한 단계에 처해 있었기 때문이었는지는 몰라도 그들은 오히려 사회민주주의의 정신을 가졌다. 그리하여 『하조』는 제2인터내셔널 시대처럼 '백화제방, 백조제명(百花齊放, 百鳥齊鳴)'의 생기와 활력을 보여주었다. 대조적으로 민족파 진영은 포부가 너무 크고 무거웠기 때문에 역량 부족을 노출하면서 주도권을 상실하게 되었다. 어떤 기회주의자들은 후일 당·국 체제에 꼬리치며 환심을 구

이외에도 쩡샹둬, 허우리차오 등이 포함되어 있었다. 본토파의 가입은 전선 확대 후의 수요에 대응하기 위해서였다. 그러나 『하조』의 모든 참여자는 어느 정도 사회주의에 대한 공통적인 인식을 가지고 있었다.

걸했고, 1990년대 이후에는 오히려 "곤궁한 때에 절개가 드러나니, 일일이 역사책에 드리워질 것이다(時窮節乃見, 一一垂丹青)."라고 큰소리쳤으니 더 심한 하수(下手)의 소행이다.[17]

논쟁기간 중 『하조』의 '민족·향토'관

구성원 방면에서 『하조』는 '진지전'에 맞추어 유기전선의 구축에 노력했는데, 그렇다면 『하조』는 또 어떻게 융통성 있게 자신의 '민족·향토'관을 드러냈던 것일까.

논쟁 기간 중 『하조』의 도전과 응전으로부터 이야기를 시작해보자.

가장 먼저 예스타오가 『하조』에 「타이완 향토문학사 서론」이라는 글을 발표했다. 그는 비록 타이완이 한(漢)민족 문화의 한 지류라는 점을 부인하지는 않았지만, 그래도 "타이완 향토문학은 '타이완을 중심으로' 해서 창작해 내는 작품이어야 한다는 것이다. 다시 말해서, 이는 타이완의 입장에 서서 전 세계를 투시할 수 있는 작품이어야 하는 것이다. …소위 '타이완 의식'은 타이완에 거주하고 있는 중국인의 공통적 경험─피(被)식민과 억압이라는 공통적 경험을 말한다. 바꾸어 말하면 타이완 향토문학에 반영되는 것은 반드시 '반제·반봉건'의 공통적 경험과 누더기 옷을 입고 허술한 수레를 끌며 힘겹게 산림

---

17) [원주] 민족파의 모 기회주의자가 남에게 아첨하여 환심을 사려고 한 사례는 『하조논단』의 1986년 5월호와 7월호 참조.

을 개척하는 대자연과 격투하는 공통적 기록이어야 하지, 절대로 어떤 통치자 의식을 갖고 광대한 인민의 뜻을 배신하며 써내는 그러한 작품일 수는 없다[18]"는 점을 분명히 했다.

쉬난춘(천잉전)은 곧바로 이어 『타이완 문예』에 「'향토문학'의 맹점」을 발표하여, 예스타오의 '타이완 의식'에 관한 견해는 "매우 고심한 끝에 나온 분리주의의 이론"이라고 지적하고 "타이완의 반제·반봉건의 민족·사회·정치·문화운동과 불가분의 관계인 중국 지향의 민족주의적 성질을 절대 소홀히 해서는 안 된다"고 주장했다.[19]

논쟁이 시작되던 때조차, 같은 진영에 속한 예스타오와 천잉전 두 사람이 '향토문학'·'타이완 의식'에 대해서 서로 다른 견해를 가지고 있다는 것이 분명히 드러난다. 최근 어떤 논자는 세 가지 관점—① 역사관의 차이, ② 타이완 본위와 중국 본위 간 해석의 입장 차이, ③ 타이완의 특수성과 중국의 공통성의 차이를 들어 두 사람의 논쟁이 1980년대에 이르러 더 치열해진 이유를 해명했다.[20] 그러나 당시 쌍방은 다 그곳에서 멈추어, 피차간 차이의 확대를 방지했다.

천정티(陳正醍)는 다음과 같이 지적했다. "지역성의 배척과 반박에 관해서, 1970년대의 '향토문학'의 예를 들어 말하자면, '향토문학'이라는 명칭에 얽매여 생기는 '오해'와 같은 것들이라고 간략하게 말할 수 있다. 이러한 공격이 아무리 논쟁을 치열하게 만든다고 해도, 그것

---

18) [원주] 예스타오, 「타이완 향토문학사 서론」, 『하조』 2권 5호, 1977년 5월 1일, 69쪽.

19) [원주] 쉬난춘, 「'향토문학'의 맹점」, 웨이톈충이 편집한 『향토문학 토론집』에 수록됨, 자비출판, 1978년 4월 1일, 97-98쪽.

20) [원주] 유성관(游勝冠), 『타이완 문학 본토론의 시작과 발전』, 타이베이: 전위(前衛)출판, 1996년 7월, 312-319쪽.

들은 여전히 논쟁 중의 부차적 요소에 속할 뿐이다."[21] 역사의 생성이라는 각도에서 볼 때에, 비교적 균형 잡힌 관점이라고 할 수 있다. 그럼에도 결과적으로 70년대의 논쟁에서 '중국 의식'은 논쟁에 참여한 이들 모두가 사용하는 호신부(護身符)였기 때문에 잠시라도 몸에서 떼어놓을 수 없었다. 한편 심지어 누군가는 논쟁의 또 다른 주제가 "많은 사람들이 비열하게도 사상경찰처럼 행세하며 야기된 한바탕의 유희"라고 여겼다.[22] 이는 사실에 토대로 하여 진리를 탐구하는 논조라고 할 수 없을 것이다.

바로 이어서 정부당국에서 '제2차 문예회의'(1977년 8월 29~31일)를 개최하기 직전,『하조』의 담당자가 폭풍우 전의 피바람 냄새를 맡았는지 특별히 3권 2호(1977년 8월)에 '현재 타이완 문학의 문제 탐방 특집'을 만들었다. 국민당 원로인 런줘쉬안(任卓宣)은 특별히 "민족문학·평민문학·사회문학이 바로 삼민주의의 문학"이라고 명시했다. 또한 자오광한(趙光漢)은 "향토문학이 바로 국민문학이다."라고 지적했다. 위와 같은 그럴듯한 말들은 모두 허풍떠는 혐의가 있다. 그러나 호신용의 안전 보호막으로서는 여전히 유용해 보였다. 이와 마찬가지로 3권 5호(1977년 11월)의 글―「후츄위안(胡秋原) 선생 방문기-민족주의에 관해서」 또한 비슷한 효과를 나타냈다. 4권 5호와 6호(1978년 5,6월)에 이르러 후츄위안은 「중국인 입장으로의 복귀-웨이

---

21) [원주] 천정티 저, 루런 역, 「타이완의 향토문학논쟁 (하권)」, 『난류』, 2권 3호, 1982년 9월, 66쪽.

22) [원주] 펑뤠이진(彭瑞金), 『타이완 신문학운동 40년』, 타이베이: 자립만보(自立晚報), 1991년 3월, 166쪽.

텐충 선생의 「향토문학 토론집」을 위해 쓰다」를 게재하였는데, 향토파는 분명히 상승세를 타고 있었고 논쟁의 포연은 사라진 듯 했다.

1978년 1월 천구잉(陳鼓應)이 『하조』에 「『이러한 '시인' 위광중(余光中)』의 서문」을 발표한 것이, 산탄총 같긴 했지만 우지(Uzi) 기관단총은 되지 못했다. 『하조』로 하여금 다시 한 번 만 개의 화살을 일제히 쏘게 만든 과녁은, 뤼정훼이(呂正惠)가 "'낙후된' 사회에서 철저히 서구화된 지식인"이라고 묘사한 타이완 대학 영문과의 교수—왕원싱(王文興)이었다.[23] 78년 1월, 경신 문교원[耕莘文教院]은 왕원싱을 초청해서 「향토문학의 공(功)과 과(過)」라는 강연을 부탁했다. 논쟁기간 중 거의 끝까지 침묵을 지켰던 상아탑의 주인은, 놀랍게도 '절묘한 문구'가 떠오를 때까지 포기하지 않았고, 하늘을 집어 삼킬 듯한 거대한 파도를 불러 일으켰다.

그는 프로문학(공농병문학)의 성과는 시험시간에 백지를 낸 것과 같이 없는 것과 마찬가지라고 비판하였다. 그는 '향토문학'의 창작을 반대하지는 않았지만, 그것의 이론에 대해서는 반대했다. 그리고 '향토문학'의 4가지 단점을 열거했다: ① 문학은 반드시 봉사를 목적으로 삼아야 한다. ② 문학은 간결화를 힘써 추구해야 한다. ③ 공식화. ④ 배타성. 왕원싱은 다음과 같은 생각을 밝혔다. "문학의 목적은 사람을 기쁘게 만드는 것, 그 뿐이다." "문학예술에는 당연히 계급의 차이가 존재한다. 우리는 절대로 이 점을 부정하지 않는다. 그렇지 않다면 우리가 학교, 그리고 대학에서 문학과를 설립할 필요가 없을 것이다. 그

---

23) [원주] 뤼정훼이, 『소설과 사회』, 타이베이: 연경(聯經), 1988년 5월, 21쪽.

냥 초등학교의 국어수업만 있으면 충분하기 때문이다."[24]

상술한 바는 그저 상아탑의 주인이 자기 본업인 문학에 대해 가진 사사로운 견해일 뿐이어서, 반드시 절묘한 문구를 떠올렸다고 하기는 어렵다. 문제는 상아탑에 살던 그가 밖으로 나와 경제·문화의 문제에 대해서 고담(高談)을 늘어놓아 마침내 공분(公憤)을 사게 되었다는 것이다. 왕원싱은 처음부터 "'신의화단(新義和團)' 사상을 반대"한다고 그의 요지를 밝혔고 경제·문화 두 방면에 대해 자신의 의견을 강하게 피력했다. 경제 방면에서 그는 다음과 같은 생각을 밝혔다. "외국의 투자는 호혜(互惠)이지 침략이 아니다." "빈부격차의 존재는 당연히 허락해야 한다." "미국과 일본을 내쫓는다면 우리는 어디에 기대어 먹고 살아 가야 하나" "타이완의 농업은 쇠퇴하지 않았고, 농민들도 착취당하지 않았다." 문화 방면에서는 또한 "서구화를 반대하는 것은 바로 문화를 반대하는 것이다." "문화침략과 정치침략은 침략이라고 할 수 없다" 그리고 "최근 몇 년의 경제적 성과는 물론 공상(工商)업계가 일등 공신이다. …솔직히 말하자면, 쌀농사 짓는 농민들은 경제성장에는 별로 도움이 안 된다"는 생각을 제시했다. 이러한 그의 발언은 이미 왕원싱의 '치세(治世)의 명언(名言)'이 되었다.[25]

왕원싱은 일개 학원(學院) 서생이었음에도, 펑거(彭哥) 등의 어용문인들보다 더 심하게 '향토문학'을 반대하고 탄압하는 역할을 맡았다

---

24) [원주] 『하조』 편집부의 기록(녹음), 「왕원싱 교수가 '향토문학의 공과 과'에 대해서 말한다」, 『하조』, 4권 2호, 1978년 2월, 64-68쪽.

25) [원주] 『하조』 편집부의 기록(녹음), 「왕원싱 교수의 경제관과 문화관」, 『하조』, 4권 2호, 1978년 2월, 69-74쪽.

는 것은 정말이지 역사의 아이러니임에 틀림없다. 한편, 그의 문학 이외 방면의 견해는 확실히 사회주의를 주조(主調)로 하는 『하조』를 화나게 했다. 그 후 『하조』는 화력을 집중해서 대대적으로 왕원싱을 포위 공격했다. 쩡신이(曾心儀), 리칭룽(李慶榮), 후츄위안, 왕퉈, 황순싱(黃順興), 스헝(石恆) 등의 논자가 전후로 왕원싱을 호되게 비판하여, 그 후로도 오랜 시일 동안 왕원싱은 모든 사람들이 보기만 하면 고함치고 때리려고 하는 '쥐'가 되어버렸다. 사실 이미 후츄위안, 런줘쉬안, 쉬푸관(徐復觀) 등이 나서 '향토문학' 진영의 든든한 배경이 되어주던 때에, 논쟁은 끝나 가고 있었다. 그럼에도 이 때 왕원싱의 행동이 여파를 만들어 낼 수 있었고, 그에 반발하는 함성이 더욱 맹렬했던 것은 왕원싱이 반대한 것이 바로 『하조』의 근본이었기 때문이다.

참으로 천정티가 말했던 것처럼, "논쟁 중의 '향토문학'이 공격하고자 했던 중심목표는 왕퉈가 말했던 '리얼리즘'과 그 기초를 구성한 사회·경제관에 있었다."[26] 『하조』가 가졌던 문예에 관한 견해는 기실은 문예사회학의 관점을 통해 관찰해야 한다. 우리는 그람시의 설명 방식을 빌려 이해할 수 있을 것이다. "'민족적'과 '인민적', 두 어휘는 동의어이다. 혹은 거의 동의어에 가깝다고 할 수 있다. …이탈리아의 지식계층은 인민과 단절되어 있었기 때문에, 즉 '민족'과 단절되어 있었기 때문에 그들은 계급제도의 전통과의 관계가 복잡하게 얽혀 있다; …마땅히 문제를 확대하여 전체민족―인민문화에까지 미치도록 해야 하지, 결코 단순히 문학창작 측면에만 구애되서는 안 될 것

---

26) [원주] 천정티, 루런 역, 앞의 글, 66쪽.

이다."[27] 이 문장 속의 이탈리아만 타이완으로 바꾸면 이 논술은 완벽하게 성립되는 것이다. 이것이야말로 바로 『하조』가 '민족·향토'에 대해서 민첩하게 변증했던 움직임이었다. 비록 그의 행위는 이미 문학 그 자체를 손상시켰지만 말이다.

맺음말

70년대 '중국의식'은 논쟁 당사자들 사이의 최대공약수였다. 하지만 그것은 결코 천잉전 등이 생각했던 '자명한' 선험적 범주가 아니었을 뿐더러, 오히려 정치적 강압 하에 문화적 헤게모니를 다투던 각 집단들이 서로 상대의 재주를 실험해 보는 책략이었다. 이러한 '중국의식'에는 전조(前朝) 유신(遺臣)의 땀자국이 남아 있는 것이 아니라면, 말 그대로 양두구육(羊頭狗肉)으로 근거를 잃은 유심론적 헛소리였다. 『하조』가 사회주의의 기조로 진지하게 타이완의 땅과 인민을 구체화시킨 이후에야 타이완-중국을 동시에 제3세계에 넣는 변증법적 상호작용이 선명해지기 시작했다.

80년대 이후, 『하조』가 강조했던 타이완–중국의 이원적(二元的) 변증은 파멸되었다. 한편으로는 '메이리다오 사건'으로 인하여 당외 운동 내에서는 본토 진영이 절대적인 주도권을 쥐게 되었고, 다른 한편으로는 중국이 보여주는 패권국으로서의 모습이 타이완으로 하여

---

27) [원주] 그람시 저, 뤼퉁류(呂同六) 역, 『문학을 논한다』, 베이징: 인민문학(人民文學), 1983년, 48-50쪽.

금 커다란 의구심을 가지게 했으므로 통·독 진영은 철저히 결렬되었다. 독파(獨派) 진영은 본토의식을 강조한 나머지 다른 제3세계에 대한 관심, 그리고 미국·일본의 제국주의에 대한 비판과는 단절되고 말았다. 통파(統派) 진영은 왕왕 중국에 굴종하는 태도를 보이며, 통일이라는 구호를 인민과 땅의 요구보다도 중요하게 여긴 나머지 마침내 문화 헤게모니상의 주도권을 상실하게 되었다. 더 가석한 것은, 통·독 쌍방이 과거『하조』시기 곤경 속에서도 서로 의지하고 도움을 주고받았던 감정들을 애써 잊어버리려 한 것이다. 그때의 다원적이고 비판적이었던 좋은 경로는 이미 완전히 어긋나버렸다. 역사의 '진화' 중 이보다 더 심한 것은 없을 것이다!

옌산눙, 향토 논술의 중국 콤플렉스 – 향토문학 논쟁과 『하조(夏潮)』(2007)

초출: 춘풍문교기금회 주최, '청춘시대의 타이완 – 향토문학논쟁 20주년' 토론회
原載: 春風文教基金會擧辦「靑春時代的台灣 – 鄕土文學論戰二十周年」研討會

20년 이래의 향토문학

어떤 사람이 나에게 20년 이래 '향토문학'의 발전 상황을 물어봤다. 나는 20년 이래 향토문학의 문제는 이미 존재하지 않는다고 대답했다. 질문한 사람은 이에 대해 의심스러워하며 전화의 반대편에서 자기도 모르게 큰 소리로 "3대, 4대, 심지어 5세대 향토작가들이 출현하지 않았습니까?"라고 물었다. 나는 속으로 "누가 이 '헛소문'을 낸 것일까"하고 생각했다. 번식력이 이렇게 빠른 작가들이 어디에 있다고. 혹여나 환각은 아닌지?

그렇다. 1977년에는 확실히 꽤나 시끄러웠던 '향토문학논쟁'이 일어났었다. 하지만 이는 문학과 거의 관련이 없었던 논쟁이었다. 이는 문학을 토론하는 명분만을 빌려서 실제로는 정권에 빌붙어 자신의 이름을 알리려는 문인들과 집권자를 반대하는 문인들 사이의, 즉 좌우 이데올로기의 투쟁이었다. 이 논쟁은 원래 매우 엄숙한 주제를 가지고 있었는데, 그것은 곧 예스타오(葉石濤)가 제기한—타이완 의식

20년 이래의 향토문학 • 365

을 온전히 갖춘 타이완 문학이었다. 그 후에 논쟁은 중심내용으로부터 벗어나기 시작했다. 우선 글을 써서 예씨의 글이 분리주의를 주장했다고 '고발'한 자는 향토 옹호파가 되어 향토문학의 대변인이 되었고, 동시에 정권에 빌붙은 문인들의 공격 대상이 되었다. 하지만 그때는 계엄시기였고 계엄시대의 사람들은 논리적 사고가 특별히 이상했다. 국민당 정부의 언론을 반대하는 것은 바로 공비(共匪)에 부합하는 언론과 동일한 것으로 간주되었다. 대독(台獨) 또한 국민당을 반대하는 것이기 때문에 대독 분자는 곧 공비의 동반자가 되는 것이다. 그 때 누군가를 대독이라고 욕하는 것은 공비와 싸잡아 욕하는 것이었기 때문에 분리주의를 주장하는 언론도 공비에 부합하는 언론이었다.

'향토문학논쟁'의 황당무계함은 바로 여기에 있었다. 공농병문학을 주장했던 '향토파'는 타이완 의식을 비난했던 급선봉이었고 우익정권에 빌붙은 문인들이 토벌하고자 하는 주요한 대상이었다. 우익문인들은 사실 '향토'를 증오하는 것은 아니었다. 이들은 그저 공비를 무서워하고 증오해서 자연스레 누군가 타이완에서 공비의 행위를 하고 공비의 말을 하는 것을 증오하게 된 것이다. 하지만 이들의 원한은 이들로 하여금 '반향토파'의 견장과 완장을 차게 하였다. 사실 반향토파는 타이완을 적대시하지 않을 뿐만 아니라 오히려 최선을 다하여 이들이 다스리고 있는 동안의 타이완을 '미화'했다. 남들이 부정적으로 묘사하는 것을 용납하지 않았고 다른 사람들이 그 상처를 들추지 못하게 하였으며 사회의 암흑면을 문학으로 그려내지 못하게 하였다. 그러나 안타깝게도 그들의 '미화' 솜씨는 너무 졸렬하고 유치하며 사실과 어긋나서 거짓처럼 보이고 그저 집권자에게 아부하는 것처럼 보였다. 우줘류(吳濁流)는 아부하는 것은 문학이 아니라고 했다. 하지만 오로지 일념으로 '타이완 의식'·'타이완 향토'에서 도피하고 달아나고자 한 사람들이 우연히 향토를 옹호하는 전투원이 되었으니 이를 황당한 논쟁이라고 아니 할 수 있을까. 그들이 사후(事後)에 득의양양하며 논쟁의 영웅이라고 자처하고 남에게 "전쟁을 치를 때 너희는 어디에 있었냐?"라고 비웃은 것도 이상한 일은 아니다. 사실, 모든 진실은 그 다음 년대인 80년대부터 시작된 통독(統獨)논쟁[1]—원래는 향토문학논쟁 이전에 전개되어야 했던 논쟁—에서 밝혀졌다.

'향토문학논쟁'은 무엇을 해결했을까. 답은 향토문학을 해결한 것이다. 왜냐하면 이 논쟁 이전에는 타이완에 살며 군중들 속에서 창작하는 것, 소위 본토에 뿌리박은 작품들 모두에 향토문학이라는 위장망이 덧씌워졌었다. 하지만 원하든 원하지 않았든 이런 형식이 존재하는 본토문학은 모두 사람들에 의해 주변·비주류·비주류문학과 동등하게 간주되었다. 이는 문학에 중앙이 있고 주류가 따로 있다는 것을 의미한다. 이 지점에 한정하여 말한다면, 당시 반향토와 향토파를

---

1) [역자주] 통독(統獨)논쟁 : 통독논쟁은 1980년대 이후 타이완과 중국과의 관계에 대한 재(再)정의의 성격을 지닌다. 하나의 중국으로의 통일(統) 대 독자적인 타이완(獨)의 대립항으로 볼 수 있다. 논쟁에서 중국과 향토의 좌표는 1970년대 향토문학논쟁과는 또 다른 결을 지니게 된다. 역사적으로는 1983년 2세대 외성인(外省人) 한한(韓韓)·마이궁(馬以工)의 계간지 『대자연(大自然)』 창간, 그리고 역시 2세대 외성인 출신 민가(民歌)가수 허우젠더(侯建德)가 조국회귀(祖國回歸)의 꿈을 이루기 위해서 중국대륙으로 간 두 사건으로 통독논쟁이 촉발되었다. 메이리다오 사건으로 인해서 각성한 세대는 논쟁 과정에서 뚜렷하고 확고한 반중국의 타이완 의식을 드러냈다. 자세한 내용은 천자오잉(陳昭瑛), 「타이완의 본토화 운동을 논한다-문화사의 한 고찰(論台灣的本土化運動 : 一個文化史的考察)」, 『해협평론(海峽評論)』, 51호, 1995. 3 참조.

옹호하는 입장은 일치하는 것이었다. 그저 각자 다른 '중앙'을 껴안 았을 뿐이다. 논쟁은 어디까지나 향토문학의 이름을 내걸었기 때문에 향토문학의 내용은 그래도 분명하게 밝혀졌다. 타이완을 주체로 하고 타이완에 의거해서 창작하는 문학이다. 그래서 '향토'의 위장망을 덧씌워야 했던 것은 순전히 외래정권이 정치의 힘으로 문예활동을 간섭하고 통제하려 한 결과이다. 사실 이들이야말로 유일하게 진정 타이완의 땅에서 자라 난 본토종(本土種) 문학이다. 아무 이유 없이 이 전쟁에 휘말려 담금질을 당하게 된 순간 그 정당성이 즉각 부각된 것이다. 사람들로 하여금 이것이 바로 타이완을 대표하는 문학이라고 문득 깨닫게 한 것뿐 아니라, 과거 사람을 속이던 '반공문예'의 가면도 폭로했다. 더 나아가 '서구파'의 방랑·자아추방의 허위성도 폭파시켜버렸다. 그리하여 '정권'에 달라붙어 존재해 온 '중국문학'과 '중국작가'는 지반을 파낸 빌딩처럼 순식간에 인민이 없고 땅이 없는 공중(空中)문학이었음이 증명되었다.

논쟁의 결론은 과단(果斷)·명확하게 내려졌다. 문학사에서 봤을 때, 아마 이처럼 깔끔하게 끝맺은 두 번째의 논쟁은 없을 것이다. 작가가 자신이 생활하는 땅에서 창작하는 것은 당연한 도리이다. 동양이나 서양, 옛날이나 지금이나 이 도리는 통하는 것이다. 향토문학이 흠잡을 데가 없다고 말하는 것보다는 본토문학은 고개를 치켜들고 활보해야 한다고 말하는 것이 낫다. 전쟁은 그것의 위장(僞裝)을 제거했다. 따라서 이 논쟁을 통해서 타이완 문학은 전혀 새로운 국면을 맞이하게 되었다. 과거 수십 년간, 전쟁 이전도 그렇고 전쟁 이후에도 그렇고 작가는 그저 뿌리를 지키고 향토의식을 잃지 않는다면 역대의 조상에게 떳떳할 수 있는 것이다. 문학은 어디까지나 손에 무기를 들고 있는 정권과 정면으로 맞설 수는 없었다. 하지만 뿌리를 보호하고 근본을 보존하는 것만은 수십 년 동안 끊임없이 노력해 왔던 것으로, 한 세대에서 다음 세대의 작가로 전해주던 한 번도 중단되지 않았던 '사명'이었다. 향토문학논쟁이 있었기에 향토문학이 있을 수 있었다. 이는 타이완 문학 발전사에 대해 완전히 무지몽매한 사람이나 할 만할 말이다. 향토문학은 오히려 뿌리가 깊고 튼튼하며, 이미 타이완의 토지에 자리 잡은 채 땅과 함께 호흡한다. 그것은 끊임없이 번성하고 굳고 완강하게 생존할 수 있다. 향토문학이 그들 허위·허공·위조의 '문학'에 위협이 되었기에 논쟁을 불러일으킨 것이다. 다만 이 논쟁의 포화가 목표를 빗나가 문학의 질적인 면이 토론되지 못하고 서로 관계없는 이데올로기 투쟁이 되어 버린 것이다.

그러므로 논쟁이 끝난 후, 타이완의 작가들은 성급하게 아버지 노릇을 하려고 하거나 한가로이 할아버지 노릇을 하려고 기다리며 2대, 3대… 향토작가를 생산하려 하지 말지어다. 무엇보다도 모든 사람이 각자 자신의 일을 하고, 과거 압박을 받았던 비정(悲情)에서 벗어나 주인의식을 회복하여 타이완 문학을 건설하는 데 나서야 한다. 과거 20년 동안 나는 언제나 작가들에게 창작에 몰두하라고 고취해 왔다. 그리고 몇몇 나와 같은 길을 가는 선배들은 타이완 문학사의 구성, 타이완 문학 교육자료의 개발과 확장, 타이완 문학의 성장과 발전 공간의 개척 등에 힘을 썼다…… 곳곳에서 주인의 심정으로 이미 황폐한 지 너무 오래된 문학의 정원을 가꾸려는 이들에게, 어찌 손자의 재롱을 보는 할아버지의 한가로운 심정이 있을 수 있겠는가? 물론 여전히 '향토문학'을 입버릇처럼 말하는 사람들이 있다. 이들이 역사에 대해서 말하고 있는 것이 아니라면 마음속에 또 다른 주류문학이 있다는 것이 분명하다. 이는 투쟁의식에서 비롯된 것이든 고치지 못하는 첩부(妾婦)의 심정이든, 아마 모두 다 지금껏 얼마나 많은 시간이 흘렀는지 깨닫지 못하고 정체된 시간 속에 머물고 있기 때문일 것이다.

펑뤠이진, 20년 이래의 향토문학(2006)

초출: https://www.ptt.cc/man/Taiwanlit/D623/M.1151296228.A.DD0.html

부록

附錄

중국어 서명(書名) 찾아보기

- 독자의 편의를 위하여 한국어로 번역된 제목과 원문주석에 제시된 그대로의 서지사항을 정리해두었다. 서명의 배열 순서는 원주석의 순서를 따랐다.
- 개별 논문에서 언급된 모든 서명을 반영하지는 못했다는 점을 밝혀둔다.

린리원, 향토문학논쟁 서언

웨이톈충 편,『향토문학토론집』, 타이베이; 자비출판, 1978, 초판

　　尉天驄編,《鄕土文學討論集》, 台北, 作者自行出版, 1978, 初版

궈지저우,『70년대 타이완좌익운동』, 타이베이; 해협(海峽)학술출판사, 1999, 초판

　　郭紀舟,《70年代台灣左翼運動》, 台北, 海峽學術出版社, 1999, 初版

자오치나, 「미국정부의 타이완에서의 교육과 문화교류활동(1951-1970)」, 『구미(歐美)연구』31권 제1기, 2001

 趙綺娜, 〈美國政府在台灣的教育與文化交流活動(1951-1970)〉, 《歐美研究》31卷第1期, 2001

왕메이샹, 『은폐권력: 미국원조 문예체제 하의 타이완·홍콩 문학(1950-1962)』(2015), 타이완 신주(新竹) 칭화(淸華)대학 사회연구소 박사논문, 2015

 王梅香, 《隱蔽權力: 美援文藝體制下的台港文學(1950-1962)》, 台灣新竹清華大學社會研究所博士論文, 2015

천젠중, 「USIS와 타이완 문학사 다시쓰기 – 미국원조 문예체제하 타이완·홍콩의 잡지출판을 중심으로」, 『국문학보』52호, 2012

 陳建忠, 〈美新處(USIS)與台灣文學史重寫: 以美援文藝體制下的台, 港雜誌出版為考察中心〉, 《國文學報》52期, 2012

젠이밍(簡義明), 「냉전시기 타이완·홍콩 문예사조의 형성 과정과 전파 – 궈숭펀의 「타이완의 문학을 말한다」를 실마리로」

 簡義明, 〈冷戰時期台港文藝思潮的形構與傳播 – 以郭松棻〈談談台灣的文學〉為線索〉, 《台灣文學研究學報》18期, 2014

샤오아친, 「민족주의와 타이완 1970년대의 '향토문학' – 문화(집체)기억 변천의 검토」, 『타이완사연구』, 6권 2호, 중앙연구원 타이완역사연구소 준비처, 민국88년(1999) 12월

 蕭阿勤, 〈民族主義與台灣一九七〇年代的「鄉土文學」一個文化(集體)記憶變遷的探討〉, 《臺灣史研究》, 第六卷第二期, 中央研究院臺灣史研究所籌備處, 民國八十八年十二月

예스타오, 타이완 향토문학사 서론

팡하오, 「타이완의 문헌」, 『60세, 그는 탈고했다』(하권)

　　方豪, 〈臺灣的文獻〉, 《六十歲他定稿》(下冊)

정시푸, 「정씨왕국 말기 타이완의 조세」, 『타이완 역사 관규 초집』

　　鄭喜夫, 〈明鄭晚期臺灣之租稅〉, 《臺灣史管窺初輯》

예룽중, 『타이완 민족운동사』

　　葉榮鐘, 『臺灣民族運動史』

린수광, 「노리카즈 카케의 창상사(滄桑史)」, 『타이완 지방 인물 잡담』

　　林曙光, 〈順和棧滄桑史〉, 《臺灣地方人物趣談》

양쑤쥐안 편, 『눌러도 납작해지지 않는 장미꽃』

　　楊素絹編, 「壓不扁的玫瑰花」

린짜이쥐, 『일제시대 타이완 문학의 회고』

　　林載爵, 《日據時代臺灣文學的回顧》

천사오팅, 「5·4운동과 타이완 신문학 운동」, 『대학』 23호

　　陳少廷, 〈五四與臺灣新文學運動〉, 《大學》 二十三期

량징펑, 「라이허는 누구인가?」, 『하조』 6호

　　梁景峯, 〈賴和是誰?〉, 《夏潮》六期,

스수, 향토의 상상·족군의 상상 – 일제시대 타이완 향토 관념의 문제

유성관, 『타이완 문학 본토론의 시작과 발전』, 타이베이: 전위출판사, 1996

　　游聖冠, 《臺灣文學本土論的興起與發展》, 前衛出版社, 台北, 一九九六

인정슝, 「무덤 속 어디서 들려오는 종소리인가?」, 웨이톈충 편집, 『향토문학 토론집』, 타이베이, 1978

銀正雄,〈墳地裡的鐘聲〉, 尉天驄主編,《鄉土文學討論集》, 台北, 一九八七

위광중,「늑대가 왔다」, 웨이톈충 편집,『향토문학 토론집』, 타이베이, 1978
余光中,〈狼來了〉, 尉天驄主編,《鄉土文學討論集》, 台北, 一九八七

펑거,「통전의 주와 종」, 웨이톈충 편집,『향토문학 토론집』, 타이베이, 1978
彭歌,〈統戰的主與從〉, 尉天驄主編,《鄉土文學討論集》, 台北, 一九八七

리난형 편집,『일제하 타이완 신문학 문헌자료 선집』, 타이베이: 명담출판사, 1979
李南衡主編,《日據下台灣新文學‧文獻資料選集》, 明潭出版社, 台北, 一九七九

랴오위윈,「타이완 문자개혁 운동사략」,『타이베이 문물』, 4권 1호, 1955년 5월
廖毓文,〈台灣文字改革運動史略〉,《台北文物》四卷一期, 一九五五年五月

츄쿤량,「일제시기 타이완 희극의 연구」, 타이베이, 자립만보사문화출판부, 1992
邱坤良:《日治時期台灣戲劇之研究》, 自立晚報社文化出版部, 台北, 一九九二

스수,「일제시대 타이완 소설 속 퇴폐의식의 기원」,『양안문학논집』, 타이베이: 신지문학출판사, 1997
施淑,〈日據時代台灣小說中頹廢意識的起源〉,《兩岸文學論集》, 新地文學出版社, 台北, 一九九七

뤼사오리,「기적이 울려퍼지다: 일제시기 타이완 사회의 생활 일과」, 정치대학 역사연구소 박사논문, 1995년 2월
呂紹理 ,《水螺響起: 日治時期台灣社會的生活作息》, 政治大學歷史研究所博士論文, 一九九五年二月

양웨이리 저, 천잉전 역, 『쌍향기』, 타이베이: 인간출판사, 1995

　　楊威理著, 陳映真譯:《雙鄕記》, 人間出版社, 台北, 一九九五

예룽중, 「'대중문예' 대망」, 『남음』 2호

　　葉榮鐘, 〈「大衆文藝」待望〉, 《南音》第2號

예룽중, 「제3문학의 제창」, 8호,

　　葉榮鐘, 〈第三文學提倡〉, 《南音》第8號

예룽중, 「'제3문학' 재론」, 『남음』, 9-10호

　　葉榮鐘, 〈再論「第三文學」〉, 《南音》第9-10號

우쿤황, 「타이완 향토문학론」, 『포르모사』, 1권 2호

　　吳坤煌, 〈台灣鄕土文學論〉, 《福爾摩沙》第一卷 第二期

류수친, 「전쟁과 문단 - 일제말기 타이완의 문학 활동(1937. 7-1945. 8)」, 타이완대학 역사연구소 석사논문, 1994년 6월

　　柳書琴, 《戰爭與文壇 - 日據末期台灣的文學活動(1937. 7-1945. 8)》, 台灣大學歷史研究所碩士論文, 一九九四年六月

후지이 쇼조, 「'대동아전쟁' 시기 타이완 독서시장의 성숙과 문단의 성립 - 황민화운동부터 타이완 국가주의의 길」, 「라이허와 그 동시대의 작가: 일제 시기 타이완문학 국제 학술회의」논문, 칭화대학, 1994년 11월

　　藤井省三, 〈「大東亞戰爭」時期台灣讀書市場的成熟與文壇的成立 - 從皇民化運動到台灣國家主義之道路〉, 〈賴和及其同時代的作家: 日據時期台灣文學國際學術會議〉 論文, 淸華大學一九九四年十一月

차이페이훠, 『일본국민에게 보내는 글』, 학술출판사, 1974년 중일 대역본

　　蔡培火, 《與日本國民書》, 學術出版社, 一九七四年中日文對照本

후지이 쇼조 저, 장지린 역, 「타이완 이국정조 문학 속 패전의 예감 - 니시카와 미츠루의 『츠칸기』를 중심으로」

藤井省三, 張季琳譯, 〈台灣異國情調文學的敗戰預感 – 論西川滿「赤崁記」〉

린짜이쭤, 본토 이전의 향토 – 일종의 사상적 가능성의 중도 좌절을 말한다

동해대학교 둥펑서, 『둥펑(東風)』40호 1973년 1월
　東海大學東風社, 《東風》四O期, 一九七三年一月

동해대학교 둥펑서, 『둥펑(東風)』41호, 1973년 6월
　東海大學東風社, 《東風》四一期, 一九七三年六月

『선인장』제1권 2호, 1977년 4월
　《仙人掌》一卷 二號, 一九七七年四月

황스챠오, 「타이완의 농민 운동사」, 『하조』제1권 9호, 1976년 12월
　黃師樵, 〈台灣的農民運動史〉, 《夏潮》一卷九期, 一九七六年十二月

쉬칭리와의 인터뷰, 「우리의 땅위에 서서 말한다」(1978년 9월 29일), 송궈
　청·황중원, 『신세대의 절규』, 타이베이: 자비출판, 1978년 12월
　訪許慶黎, 〈站在我們的土地上說話〉(一九七八年九月二十九日), 宋國誠 黃
　宗文, 《新生代的吶喊》, 台北:自印, 一九七八年十二月

탄잉쿤, 「1945년 이전의 타이완 사회경제」, 『하조』제2권 4호, 1977년 4월
　譚英坤, 〈一九四五年以前的台灣社會經濟〉, 《夏潮》二卷四期, 一九
　七七年四月

린원겅, 「타이완 민중운동과 국민혁명」, 『중국시보』, 1977년 5월 11일
　林問耕, 〈台灣民眾運動與國民革命〉, 《中國時報》, 一九七七年五月十一日

귀지저우, 「1970년대 타이완 좌익 계몽운동 – 『하조』잡지연구」, 타이중:
　동해대학교 역사연구소 석사논문, 1955년 6월

郭紀舟,〈一九七〇年代台灣左翼啓蒙運動 –《夏潮》雜誌研究〉,台中:東海大學歷史研究所碩士論文, 一九五五年六月

천정티 저, 루런 역, 「타이완의 향토문학논쟁」, 『난류』 제2권 2호, 1982년 8월

陳正醍著, 路人譯,〈台灣的鄉土文學論戰〉,《暖流》二卷二期,一九八二年八月

탕쥐안, 「'제3세계'는 도대체 무엇인가?」, 『하조(夏潮)』 제4권 4호, 1978년 4월

唐狷,〈「第三世界」究竟是什麼〉,《夏潮》四卷四期,一九七八年四月

리쐉쩌, 「민족정신을 상실한 필리핀 교육」, 『하조(夏潮)』 제2권 5호, 1977년 5월

李雙澤,〈喪失民族精神的菲律賓教育〉,《夏潮》二卷五期,一九七七年五月

후칭위, 「제3세계 인권의 경제·정치적 기초 – 한국을 중심으로」, 『하조(夏潮)』 제5권 3호, 1978년 9월

胡晴雨,〈第三世界人權的經濟·政治基礎 – 以韓國為例〉,《夏潮》五卷三期,一九七八年九月

루원쥔, 「제3세계 경제발전 이론의 재검토」, 『하조(夏潮)』 제2권 4호, 1977년 4월

陸文俊,〈第三世界經濟發展理論的再檢討〉,《夏潮》二卷四期,一九七七年四月

탕원뱌오, 「사람의 행복만이 지표이다」, 『하조』 제2권 6호, 1977년 6월

唐文標,〈人的幸福才是指標〉,《夏潮》二卷六期,一九七七年六月

『향토문학논문집』, 『하조』 제4권 6호, 1978년 6월

《鄉土文學論文集》,《夏潮》四卷六期,一九七八年六月

스헝, 「사상과 사회현실」, 『하조』 제4권 4호, 1978년 4월

　　石恆, 〈思想與社會現實〉, 《夏潮》 四卷四期, 一九七八年四月

왕퉈, 「'리얼리즘' 문학이지 '향토문학'이 아니다」, 『선인장』 제1권 2호,
　　1977년 4월

　　王拓, 〈是現實主義文學, 不是鄉土文學〉, 《仙人掌》 一卷二期, 一九
　　七七年四月

리줘, 「20세기 타이완 문학 발전의 방향」, 『향토문학 토론집』, 타이베이: 원
　　경, 1978년 4월

　　李拙, 〈二十世紀台灣文學發展的方向〉, 《鄉土文學討論集》, 台北:遠景,
　　一九七八年四月

천잉전, 「양칭추 문학의 도덕적 기초」, 『고아의 역사·역사의 고아』, 타이베
　　이: 원경, 1984년 4월

　　陳映真, 〈楊青矗文學的道德基礎〉, 《孤兒的歷史·歷史的孤兒》, 台北:遠
　　景, 一九八四年四月

린볜, 「쑹쩌라이의 『다뉴난 촌』에 대한 감상」, 『민중일보(民衆日報),』
　　1979년 2월 22일

　　林邊, 〈隨想宋澤萊的《打牛湳村》〉, 《民眾日報》, 一九七九年二月二十二日

쉬난춘, 「천잉전 시론」, 『향토문학 토론집』

　　許南村, 〈試論陳映真〉, 《鄉土文學討論集》

탕원뱌오, 「기쁨이 곧 문화다 – 타이완 대중문명 초론」, 『하조』, 제1권 5호,
　　1976년 8월

　　唐文標, 〈快樂就是文化 – 草論台灣的大眾文明〉, 《夏潮》 一卷五期,
　　一九七六年八月

장쉰, 「루강 민속 기예의 경기 특집 보도」, 『슝스미술』 89호

　　蔣勳, 〈鹿港民俗才藝競賽專訪〉, 《雄獅美術》 八九期

류무쩌, 「'이러한 대중문화'는 어떻게 할 것인가?」, 『선인장(仙人掌)』제1권 4호, 1977년 6월

　　劉幕澤, 〈「這樣的大眾文化」怎麼辦?〉, 《仙人掌》一卷四號, 一九七七年六月

황칭리, 「노래는 어디서 온 것인가?」, 『하조』, 제5권 5호, 1978년 11월

　　黃慶黎, 〈歌從那裡來?〉, 《夏潮》五卷五期, 一九七八年十一月

천광싱, 「탈식민의 문화연구」, 『타이완 사회 연구』21호, 1996년 1월

　　陳光興, 〈去殖民的文化研究〉, 《台灣社會研究》二一期, 一九九六年一月

펑뤄이진, 「타이완 문학 본토화의 몇몇 의구심들을 분명하게 밝힌다」, 『문학수필』, 가오슝 시립 중정문화중심, 1996년

　　彭瑞金, 〈澄清台灣文學本土化的一些疑慮〉, 《文學隨筆》, 高雄:高雄市立中正文化中心, 一九九六年

차이위안황, 「향토문학 논쟁의 평의」, 『중국시보』, 1991년 1월 4일

　　蔡源煌, 〈評議鄉土文學論戰〉, 《中國時報》, 一九九一年一月四日

Fredric Jameson저, 탕샤오빙 역, 『포스트모더니즘과 문화이론』, 허즈, 1989년

　　Fredric Jameson著, 唐小兵譯, 《後現代主義與文化理論》, 合志, 一九八九年

옌산눙, 향토 논술의 중국 콤플렉스 – 향토문학 논쟁과 『하조(夏潮)』(2007)

에릭 에릭슨, 캉뤼다오 역, 『청년 루터』, 원류출판사

　　愛力克森著, 康綠島譯, 《青年路德》, 遠流出版公司

장징한 등 저, 『타이완 사회력의 분석』, 환우출판

張景涵等著,《台灣社會力的分析》, 環宇出版

쟝쉰,「향토문학 논쟁: 우회적인 혁명인가? - 한 문화패권의 궐기와 붕괴」,
『남방』, 9호, 1987. 7

江迅,〈鄉土文學論戰: 一場迂迴的革命? - 一個文化霸權的崛起與崩解〉,
《南方》第九期, 1987年7月

마쓰나가 마사요시 저, 예스타오 역,「타이완 문학의 역사와 성격」, 바이셴
융(白先勇) 등 저『차이펑의 소원 - 타이완 현대 소설선1』, 명류출판사

松永正義著, 葉石濤譯,〈台灣文學的歷史和個性〉, 白先勇等著,《彩鳳的
心願 - 台灣現代小說選I》, 名流出版社

천정티 저, 루런 역,「타이완의 향토문학 논쟁』(상권),『난류(暖流)』, 2권
2호, 1982년 8월

陳正醍作, 路人譯,〈台灣的鄉土文學論戰(上)〉,《暖流》, 二卷二期, 民國
71年8月

『중국논단』361호, 1980년 10월 10일

《中國論壇》第361期, 民國 79年10月10日

왕퉈,『타이베이, 타이베이!』, 자비출판, 1985년

王拓,《台北, 台北!》, 自費出版, 一九八五年

리주천,「70년대 타이완 향토문학운동의 분석 - 미디어 구조의 관찰」, 국립
정치대학교 신문대학원 석사논문, 1986년 1월

李祖琛著,《七十年代台灣鄉土文學運動析論 - 傳播結構的觀察》, 國立政
治大學新聞研究所碩士論文, 民國 七十五年元月

「독자에게」,『하조』4호, 1976년 7월 1일

〈致讀者書〉,《夏潮》第四期, 民國 65年7月1日

예스타오,「타이완 향토문학사 서론」,『하조』2권 5호, 1977년 5월 1일

葉石濤,〈台灣鄉土文學史導論〉,《夏潮》, 二卷五期, 民國 66年5月1日

쉬난춘,「'향토문학'의 맹점」, 웨이톈충 편, 『향토문학토론집』에 수록됨, 자비출판, 1978년 4월 1일

許南村, 〈「鄉土文學」的盲點〉, 魏天驄主編, 《鄉土文學討論集》, 自費出版, 民國 67年4月1日

유성관, 『타이완 문학 본토론의 시작과 발전』, 타이베이: 전위출판, 1996년 7월

游勝冠, 《台灣文學本土論的興起與發展》, 台北: 前衛出版, 1996年7月

천정티 저, 루런 역, 「타이완의 향토문학 논쟁(하권)」, 『난류(暖流)』, 2권 3호, 1982년 9월,

陳正醍作, 路人譯, 〈台灣的鄉土文學論戰(下)〉, 《暖流》, 二卷三期, 民國 71年9月

펑뤠이진, 『타이완 신문학운동 40년』, 타이베이: 자립만보, 1991년 3월

彭瑞金, 《台灣新文學運動 40年》, 台北: 自立晚報, 民國 80年3月

뤼정훼이, 『소설과 사회』, 타이베이: 연경, 1988년 5월

呂正惠著, 《小說與社會》, 台北: 聯經, 民國 77年5月

『하조』편집부의 기록(녹음), 「왕원싱 교수가 '향토문학의 공과 과'에 대해서 말한다」, 『하조』, 4권 2호, 1978년 2월

夏潮編輯部記錄(錄音), 〈王文興教授談:「鄉土文學的功與過」〉, 《夏潮》, 四卷二期, 民國 67年2月

『하조』편집부의 기록(녹음), 「왕원싱 교수의 경제관과 문화관」, 『하조』, 4권 2호, 1978년 2월

夏潮編輯部記錄(錄音), 〈王文興教授的經濟觀和文化觀〉, 《夏潮》, 四卷二期, 民國 67年2月

그람시 저, 뤼퉁류 역, 『문학을 논한다』, 베이징: 인민문학, 1983년

葛蘭西著, 呂同六譯, 《論文學》, 北京: 人民文學, 1983年

원저자 소개

후츄위안(胡秋原, 1910-2004)

작가, 역사학자.『중화잡지』창간인. 향토문학논쟁기간「중국인 입
장으로의 복귀」를 통해 반향토파 작가들의 논점을 하나하나 반박
했다. 뿐만 아니라 향토문학작가들을 널리『중화잡지』의 편집회의
에 끌어들이고 문장을 발표하도록 했다. 천잉전은 그를 일컬어 '향
토문학을 보호, 보존해 준' 큰 우산이라 칭했다.

예스타오(葉石濤, 1925-2008)

2차 대전후 타이완 문학의 중요한 평론가. 젊은시절 일본인 작가
니시카와 미츠루(西川滿)를 사사하여 다수의 일본어 소설을 발표하
였다. 전후에는 타이완 역사, 문학 및 정치에 있어 주체적 시각을
제출하였다. 그가 쓴『타이완 문학사강』은 전후 처음으로 타이완을
중심으로 삼아 쓴 타이완 문학사 저작이라고 할 수 있다. 훗날 중

국의 역사경험과 타이완 의식과의 차이점을 강조하는 문학의 남상
이 되었다.

왕퉈(王拓, 1944-2016)

소설가, 본명은 왕훙쥬(王紘久). 국립 정치대학에서 공부하던 시기
웨이톈충이 주도하는 『문학계간』의 편집에 참여하며 소설창작을
시작하였다. 향토문학논쟁 기간 다수의 평론을 발표하여 향토문학
의 대신 리얼리즘 문학으로 부를 것을 주장하였다. 오랜기간 문화
공공영역에서 활동하다가 정치계에 투신하여 입법위원, 문화건설
위원회 주위(主委) 등을 역임했다.

궈숭펀(郭松棻, 1938-2005)

소설가. 타이완 대학 재학기 첫 번째 단편 「왕화이(王懷)와 그의 여
인」(1958)을 발표한다. 1969년 UC 버클리에서 비교문학 석사학위
를 취득한 후 전심전력으로 댜오위타이 보위운동에서 활동하였다.
이후 25년간 주로 정치평론을 위주로 글을 쓰다가 1983년이 되어
야 뤄안다(羅安達)라는 필명으로 소설창작을 재개한다. 1976년 뤄
룽마이(羅隆邁)라는 필명으로 「타이완의 문학을 말한다」를 홍콩의
잡지 『두수(抖擻)』 창간호에 발표한다.

천잉전(陳映真, 1937-2016), 또 다른 필명으로 쉬난춘(許南村)

소설가, 본명은 천융산(陳永善). 천잉전은 필명으로, 그 외에도 쉬난
춘, 스쟈쥐(石家駒) 등으로 평론을 발표하였다. 1968년 좌익독서회
를 조직하였다는 죄명으로 감옥에 들어갔다. 출옥 후 「향토문학의

맹점」을 써서 향토문학논쟁에 참여하였다. 같은 해「문학은 사회
로부터 오고 사회를 반영한다」를 발표했다. 일찍부터『문계(文季)』,
『하조(夏潮)』등의 편집에 간여하는 한편『인간』을 창간하여 타이
완 보도문학의 길을 개척했다. 그의 국·족(國族) 정체성과 좌파적
정치입장에 대해서는 논란이 많지만, 그의 글과 사상이 후학들에
게 남긴 영향은 매우 거대하다.

『하조』월간(《夏潮》月刊)

잡지『하조』는 1976년 창간되었고 같은 해 4월 수칭리(蘇慶黎)가
편집을 맡은 이후 반제국주의, 반자본주의의 노선으로 선회한다.
향토문학논쟁 기간 중 다량의 제3세계 신좌파의 정치적 이상을 끌
어들여, 타이완 좌익 지식논술의 효시가 되었다. 1979년 발행중지
당하기까지 총 35호가 발간되었다.

웨이톈충(尉天驄)

국립 정치대학 중문과를 졸업하고, 같은 대학에서 교편을 잡았다.
『필회(筆匯)』,『문학계간』등의 문학잡지를 창간하여, 서방의 사조
를 소개하고 젊은 작가들을 발굴해내어 타이완 문단에 많은 공헌
을 했다. 1978년 향토문학논쟁에 참여했을 뿐더러, 논쟁 쌍방의
74편의 문장을 수록한『향토문학토론집』을 발간하여 훗날 타이완
향토문학논쟁 연구의 중요한 참고자료를 제공했다.

린짜이줴(林載爵)

동해대학 역사연구소에서 석사, 영국 캠브리지 대학에서 역사학

박사학위를 취득하였다. 동해대학 역사학과 교수로 있으면서 연경 (聯經)출판사의 총편집인이자 발행인을 맡고 있다. 일제시기 타이완 문학연구에 있어서 많은 존경을 받고 있다. 오랜기간 외국의 인문학서적의 번역 소개에 힘써왔으며, 동시에 타이완과 동아시아 출판계의 국제교류의 개척에 노력하고 있다.

옌산눙(晏山農)

본명은 차이치다(蔡其達). 옌산눙이라는 필명으로 많은 평론이 있다. 신문기자, 평론가로 『중국시보』에 깊이 관여하여 주편집인을 맡기도 했다. 저서로 『도서부광(島嶼浮光)』이 있다. 1997년 왕퉈로 부터 '향토문학논쟁 20주년' 토론회에 참여할 것을 요청받아 「향토 논술의 중국 콤플렉스– 향토문학 논쟁과 『하조(夏潮)』」를 썼다.

펑뤠이진(彭瑞金)

국립 가오슝 사범대학 국문과를 졸업하고 징이[靜宜] 대학 타이완 문학연구소에서 가르치고 있다. 장기간 타이완 문학평론 및 연구에 투신하여 타이완문학 본토관(本土觀)을 추동하는 실력자로 인정 받는다. 일찍이 예스타오와 함께 『민중일보』의 「매월 작품대담」을 편집하였고, 예스타오의 타이완 주체성의 문학사관을 계승하고 있다.

난팅(南亭)

작가, 정치평론가. 본명은 왕싱칭(王杏慶)이다. 난팡쉬(南方朔)라는 필명으로 평론매체에서 활약하고 있다. 1977년 난팅이라는 필명으로 「도처에 종소리 울린다」를 발표하여 향토문학의 발전을 지지하였다.

뤼정훼이(呂正惠)

둥우[東吳]대학 중국문학연구소 박사로 타이완 신주 칭화[新竹淸華]대학에서 21년간 가르쳤다. 퇴직후 단장[淡江]대학 중문과로 갔다가, 2014년 1월 단장대학을 은퇴하고 중국 충칭[重慶] 대학 인문사회과학고등연구소의 객좌교수로 부임하였다. 같은 해 9월 베이징 칭화 대학에서도 객좌교수로 초빙하였다. 전문연구영역은 중국현대문학사, 당대(唐代)문학이다. 70년대 향토문학논쟁을 뒤돌아보는 평론 여러 편이 있다.

스수(施淑)

본명은 스수뉘(施淑女). 타이완 대학 중문과 석사를 거쳐 캐나다의 브리티시 컬럼비아 대학 아시아연구학과 박사가 되었다. 현재 단장[淡江]대학 중문과 명예교수이다. 중국현대소설, 타이완문학, 문학이론과 평론을 주로 연구하였다. 『일제시기 타이완단편소설선』과 여러 권의 문학비평저작을 출간하였다.

임우경(任佑卿) 성균관대학교 동아시아학술원

성균관대 동아시아학술원 HK교수. 연세대 중문과 박사. 동아시아
민족국가와 젠더, 냉전문화 연구. 주요 저서로『근대 중국의 민족
서사와 젠더』,『한국의 식민지 근대와 여성공간』(공저),『냉전 아시
아의 탄생: 신중국과 한국전쟁』(편저),『이동하는 아시아: 탈냉전 수
교의 문화정치』(편저) 등이 있으며 역서로『시인의 죽음』,『적지지
련』등이 있음.

린리윈(林麗雲) 타이완 교통대학 아시아태평양/문화연구실

프랑스 파리사회과학고등연구원(EHSS)인류학 박사. 현재 타이완
교통대학 아시아태평양/문화연구실 연구원이다. 번역서로『알라
가 반드시 필요한 것은 아니다(Allah n'est pas obligé)』,『야수들도 투
표할 수 있기를 기다린다(En attendant le vote des bêtes sauvages)』

등이 있다. 2013년 '타이완 전후 좌익운동구술사연구조사 - 천잉 전을 실마리로'에 참여하기 시작하여 다년간 연구를 진행했다. 저 서로는『그림찾기: 우야오중의 그림그리기, 교우 및 좌익정신[尋畫: 吳耀忠的畫作, 朋友與左翼精神]』(2012)이 있다.

쉬슈훼이(徐秀慧) 장화[彰化] 사범대학 국문과

단장[淡江]대학 중문학 석사, 칭화[淸華]대학 중문과 박사. 현재 국 립 장화 사범대학 타이완 문학연구소 부교수. 주로 전후(戰後) 초 기 타이완 문학, 좌익문학, 중국 현·당대 문학 및 근대문예사조 를 연구하고 있다. 행정원 문화건설위원회로부터 '현대문학연구 논문 장려금'을 수여받은 바 있다. 저서로『전후 초기 타이완의 문 화장(field)과 문학사조(1945-1949[戰後初期臺灣的文化場域與文學思 潮(1945-1949)]』,『경계를 넘는 타이완 문학연구 - 향토, 좌익과 현 대성의 재고(再考)[跨際的臺灣文學研究 - 鄕土, 左翼與現代性的反思]』가 있다.

왕즈밍(王智明) 타이완 중앙연구원

UCSB에서 박사학위를 취득했다. 타이완 중앙연구원 유럽·미국 연구소 부연구원으로 재직 중이며, 칭화대학 인문사회학과 및 교 통대학 사회와 문화 연구소의 합빙 부교수(合聘副教授; Associate Professor(Joint appointment))이다. 연구분야는 아시안-아메리칸 문 학, 문화연구 및 학술제도와 사상사이다. 저서로『Transpacific Articulations: Student Migration and the Remaking of Asian America (University of Hawaii Press, 2013)』, 편저로『Precarious

Belongings: Affect and Nationalism (London: Rowman and Littlefield International, 2017)』가 있다. 현재 외국문학 학과의 학술제도, 그리고 사상사와 관련된 연구를 진행하고 있다.

임의선(林宜宣) 성균관대학교 국문과

타이완인. 타이완 정치대학교 한국어문학과를 졸업하고, 성균관대학교 국어국문학과(현대문학 전공)에서 석사 학위를 받은 후 박사과정을 수료했다.

이용범(李鎔範) 성균관대학교 동아시아학술원

성균관대학교 동아시아학술원 동아시아학과 박사과정 수료. 주요 논저로 「김태준 초기이력의 재구성과 '조선학'의 새로운 맥락들」, 「'식민지 국학'과 식민지적 총체성의 역설」이 있다.

역자후기

1.

모든 책의 출간이 그렇듯이, 이 책도 많은 사람들의 도움으로 이루어졌다. 먼저 이러한 기획을 제안해 준 인터아시아스쿨(亞際書院; Inter-Asia School)에 감사의 인사를 드린다. 또한, 성균관대학교 출판부의 작업과 동아시아학술원의 지원이 없었다면 이 책의 출간은 불가능했을 것이다.

각기 출발어와 도착어를 모국어로 가진 두 명의 역자가 한 명은 한국에서, 한 명은 미국에서 인터넷을 기반으로 삼아 협동작업을 진행했다. 한 명이 작업을 마치고 퇴근하면 다른 한 명이 출근해서 작업을 잇는 이어달리기가 반복되는 재미있는 시간표였다. 혼자서 작업을 진행했었다면 틀렸거나, 보지 못하고 넘어갔을 많은 부분들이 상호점검에 의해 보완되었다. 그렇지만 분명 미진한 부분은 있을 것이다. 모든 문책(文責)은 역자에게 귀속된다.

2.

2015년 초, 우연히 양쿠이의 「나의 꼬마선생님[我的小先生]」과 천 잉전의 「시골교사[[鄉村的教師]]」를 번역할 일이 있었다. 그 때는 타이완의 대학생들이 입법원을 점거했던 해바라기 운동(太陽花運動; Sunflower movement)의 여파가 아직 남아 있었고, 한국의 걸그룹 트와이스의 타이완 출신 멤버 쯔위(周子瑜)가 인터넷 방송에서 들고 나온 청천백일만지홍기(青天白日滿地紅旗)가 일파만파의 파장을 불러오던 때이기도 했다. 타이완 사회에서, 또 베이징 언론에서 문제 삼는 지점들에 대해 한국인들은 어느정도는 이해했고, 어느정도는 이해할 수 없었지만 대개는 남한과 북한과의 관계에 그것을 대입해서 생각하는 경향, 그리고 어쨌든 초록은 동색이라고 대륙과 타이완을 묶어서 취급하는 수준에 머물렀다.

한국인들의 타이완에 대한 이해는 매우 부족하다고 밖에 말할 수 없다. '중국말을 쓰는 일본' 정도가 오히려 꽤나 깊은 수준이라고 말할 수 있을 정도이다. 하지만 이해가 부족한 수준을 넘어서 문제가 되는 지점은, 잘 알지 못하는 타이완에 중국에 대한 스테레오타입을 채워 넣어 자신이 알고 있다고 착각하고 있는 것이다. 물론, 일반인들이 자신의 현실생활에서 크게 맞닥뜨릴 일이 없는 타국에 대해 잘 알지 못하는 것은 당연한 일일 수 있다. 그렇지만 최소한 학자라고 한다면 대상에 대한 이해와 그것에 기반한 발언을 행해야할 것이다.

3.

동아시아 담론이 유행한지 근 30년, 동아시아에서 생산된 담론들 중 일부는 서구의 이론에 못지않은 세련됨을 갖추게 되었다. 루쉰(魯迅)을 읽는 다케우치 요시미(竹內好)를 읽는 쑨거(孫歌), 그리고 왕후이(汪暉)에 이르기까지 동아시아의 너른 지역과 다른 언어들을 관통하며 구성되는 담론들은 일정정도의 성취를 이루어냈다. 나는 그들의 논리구조나 사유 등을 문제 삼는 것이 아니다.

동아시아 담론은, 그것이 담론적 구성체이기 때문에 한·중·일(그리고 더 많은 참여자들)의 동격의 네이션 스테이트들을 상정한 뒤 그 상위개념으로서의 동아시아 안에서 구성되는/되어야 하는 것으로 이해된다. 그렇지만 위에서 언급된 논자들에게 있어 담론의 구성은 중·일간의 대화와 그것에 대한 재해석이 위주가 될 뿐, 식민지 경험과 주변부의 경험들은 극히 후경화되어, 종내에는 부재한다. 곧 동아시아라는 용어는 중·일, 혹은 트랜스내셔널로 대체가능한 것에 불과한 경우가 많았다.

일제치하의 식민지 경험, 냉전체제하 신식민주의 제국 미국의 영향력. 이 책의 편집자가 서문에서 거론하는 한국과 타이완의 역사적 경험의 비교가능성의 기반이다. 한·중 수교 이전까지 한국에서의 중국이 현실정치와 개념과의 괴리를 지녔던 자유중국이었던 점을 감안한다면, 양자간의 서로에 대한 직시는 아직 시작되지 못했다고 봐도 무방할 것이다. 그렇기에 우리는 아직 적절한 언어나 방법론을 찾아내지는 못했다. 편집자가 밝힌 제3세계적 시각이라는 것도 기존의 냉전체제가 규정한 사유의 틀로부터의 탈출을 위한 여러 가능성 중의 하나로 보아야지, 그것이 우리의 최종 귀착지라고 말할 수는 없을 것이다.

4.

「나의 꼬마선생님」에는 갑자기 나타난 국가권력에 의해 '국어교육'을 강요받아 자신의 어린 딸로부터 한국어로 치면 가나다라고 할만한 보포모(ㄅㄆㄇ)를 배우기 시작하는 지식인의 모습과, 역시 공권력에 의해 가족들과 생이별하게 되는 모습들이 짧은 글 속에서 여실히 나타나고 있다. 「시골교사」의 극단적인 경험 또한 어쩌면 후(後)식민지들 속에서는 편재성을 지니고 있는 것일지도 모른다.

십 여편의 논문을 번역하는 과정은 알지 못하는 것들 투성이로 계속 배우고 또 모르는 것이 나타나는 과정의 연속이었다. 과거 한국과 자유중국과의 교류에서 축적된 연구성과들도 이미 많은 시일이 지났고 거대한 변화들을 겪은 뒤라 오늘날 참조하기에는 많은 어려움이 뒤따랐다. 아직은 한국과 타이완 상호에 대한 이해도, 또 그것을 표현하기 위한 언어도 충분하지 못하다. 그렇지만 가능성만은 충분하다. 제국의 경험과 시각 그리고 언어로는 도무지 해결되지 않는 지점들이 있다. 과거 식민지 혹은 주변부 사이의 대화는 그런 지점들에 대한 새로운 시야를 제공해 줄 수 있을 것이라고 생각한다.

2017년 4월
임의선·이용범

타이완 향토문학논쟁 40주년 자료집

초판 1쇄 인쇄 2017년 7월 25일
초판 1쇄 발행 2017년 7월 31일

엮은이 임우경·린리윈·왕즈밍·쉬슈훼이
옮긴이 임의선·이용범
편집인 진재교, 성균관대학교 동아시아학술원 02)760-0781~4
펴낸이 정규상
펴낸곳 성균관대학교 출판부
등 록 1975년 5월 21일 제1975-9호
주 소 03063 서울특별시 종로구 성균관로 25-2

ⓒ 2017, 성균관대학교 동아시아학술원

ISBN   979-11-5550-227-3   94830
            979-11-5550-232-7   (세트)

• 본 출판물은 2007년 정부(교육부)의 재원으로 한국연구재단의
  지원을 받아 수행된 연구임(NRF-2007-361-AL0014).